HEYNE <

Das Buch

Celia ist ratlos. Was ist mit Leanne geschehen: Deren Liebhaber Devin braucht nur mit dem Finger zu schnippen und schon gehorcht sie ihm! Was Celia nicht weiß: Sie selbst wird sich auf eine Reise begeben, die sie an ihre eigenen Grenzen führt, lustvoll, spannend und fesselnd. Celia ist zwar schüchtern, doch sie hat durchaus einige erotische Erfahrung. Aber nicht diese …

»Auch diesmal schafft es Jansen, mit ihrer Art zu schreiben, die weibliche Fantasie anzusprechen: nicht zu viel, nicht zu dezent und immer ein Auge auf die Gedanken der Frau.«

Dark Spy

Gehorche mir von Nina Jansen ist ein absolut empfehlenswerter Roman (…) Ein Buch für die Romantiker unter uns, die SM erst dann schön finden, wenn es beiden gefällt und mit einem vertrauten Partner geschieht.« *Schlagzeilen*

Die Autorin

Nina Jansen ist eine erfolgreiche Autorin, die unter mehreren Pseudonymen schreibt. Seit sie mit etwa zwanzig Jahren *Die Geschichte der O* gelesen hat, wusste sie, dass sie eines Tages einen erotischen Roman schreiben würde. Mit ihrem Bestseller *Bestrafe mich!* legte sie diesen vor. *Gehorche mir!* ist ihr zweiter erotischer Roman.

Lieferbare Titel

Bestrafe mich!

Nina Jansen

Gehorche mir!

Erotischer Roman

WILHELM HEYNE VERLAG
MÜNCHEN

FSC
Mix
Produktgruppe aus vorbildlich
bewirtschafteten Wäldern und
anderen kontrollierten Herkünften

Zert.-Nr. SGS-COC-001940
www.fsc.org
© 1996 Forest Stewardship Council

Verlagsgruppe Random House FSC-DEU-0100
Das für dieses Buch verwendete
FSC-zertifizierte Papier *Holmen Book Cream*
liefert Holmen Paper, Hallstavik, Schweden.

Vollständige Taschenbuchausgabe 09/2010

Printed in Germany 2010
Umschlagabbildungen: © plainpicture / Greg Gerla
Umschlaggestaltung: Nele Schütz Design, München
Satz: KompetenzCenter, Mönchengladbach
Druck und Bindung: GGP Media GmbH, Pößneck
ISBN: 978-3-453-54534-2

www.heyne.de

Kapitel 1

Ciao, Milano!

Celia Cavendish starrte aus dem Flugzeugfenster, als die sonnendurchflutete Landschaft unter ihr rasend schnell kleiner wurde. Sie lehnte sich im Sitz zurück und seufzte, hin und her gerissen zwischen Abschiedsschmerz und Heimweh nach ihrem Loft in London. Der Frühling in Mailand war wunderbar gewesen, aber in den letzten Tagen war es schon unangenehm heiß geworden. Im Sommer, so hatte man ihr gesagt, wäre Mailand der reinste Backofen.

Ihr Auslandsaufenthalt war ein voller Erfolg gewesen. Beruflich hatte sie alles erreicht, was ihr vorschwebte. Ihre erste eigene Handschuhkollektion war begeistert aufgenommen worden. Sie hatte mit Top-Designern zusammengearbeitet, die ihre Abendkleider gern mit Celias Accessoires aus feinstem Leder oder schimmernder Seide aufwerteten.

Sie brachte viele kreative Impulse mit und hatte viel zu erzählen. Zusammen mit ihrer besten Freundin Leanne, mit der sie sich seit zwei Jahren das Loft teilte, würde sie es sich mit einer Flasche Rotwein gemütlich machen und bis tief in die Nacht reden. Celia konnte ihr von ihrer »Eroberung« Roberto erzählen, dem stets gut gelaunten, schwulen Modefotografen, der so einen wohltuenden Kontrast zu den heißblütigen, für Celias Geschmack viel zu aufdringlichen Italienern darstellte. Hoffentlich hatte Leanne auch eine schöne

Zeit gehabt und nicht zu viel Unfug getrieben. Sie war eine übermütige Person, die jemanden brauchte, der auf sie aufpasste. Die flatterhafte Leanne mit dem Schalk in den blauen Augen hatte ihr wahnsinnig gefehlt!

Beim Landeanflug tauchten sie aus dem strahlenden Himmel in eine graue Wolkensuppe. Bald erschien es Celia, als wäre Mailand nur ein rasch verblassender Traum. Tropfen prasselten gegen die Scheibe. Celia glaubte den Regen förmlich zu riechen.

Nach den langen Wegen am Flughafen Heathrow und der Warterei am Kofferkarussell wollte sie nur noch eins: Voller Wiedersehensfreude in Leannes Arme fallen.

Sie sah sich in der Ankunftshalle um, konnte das vertraute Gesicht ihrer Freundin aber nirgends erblicken.

Celia löste sich aus dem Menschenpulk, um einen besseren Überblick zu haben. Sie erspähte hellblonde Haare, etwas kürzer als die von Leanne. Vielleicht ein neuer Schnitt? Die Frau drehte sich um. Nein, sie war es nicht. Nun gut, bei Regen floss der Verkehr immer etwas langsamer, da war es schon möglich, dass sie sich ein paar Minuten verspätete.

Celia setzte sich auf einen der Plastiksitze, die gegenüber den Schaltern der Autovermieter aufgereiht waren, zählte noch einmal ihre Gepäckstücke durch und wartete. Sie fand keine bequeme Position und begann sich nun Sorgen zu machen.

Celia schaltete ihr Handy ein. Keine Nachricht, kein verpasster Anruf. Hm. Sie überlegte, ob sie die Freundin anrufen sollte. Aber wenn Leanne gerade unterwegs war, konnte sie nicht rangehen, denn sie hatte keine Freisprecheinrichtung. Ob Celia ihr die falsche Zeit oder sogar den falschen Tag genannt hatte? Sie sah die Liste der gesendeten SMS durch. Doch, es war alles korrekt: Flugnummer, Ankunftszeit, Datum. Und Leanne hatte zurückgesimst: »Ich hole dich ab.«

Was ganz schön kurz und knapp war für so eine Labertasche. Überhaupt, wenn Celia es jetzt bedachte, dann war Leanne in letzter Zeit merkwürdig verändert gewesen. Sie hatte Telefonate schnell beendet, angeblich wegen der Kosten. Dabei hatte Celia ihr gesagt, dass Roberto, von dessen Anschluss aus sie anrief, eine Flatrate für Auslandsgespräche hatte.

Ob Leanne ihr wegen der langen Abwesenheit böse war? Nein, unmöglich. Sie hatte sie ja sogar darin bestärkt, das Wagnis einzugehen. Sie hatte ihr ein günstiges Flugticket und eine zentral gelegene Ferienwohnung in Mailand besorgt, denn Leanne arbeitete in einem Reisebüro.

Wenn Leanne also nicht böse war, dann hatte sie entweder vergessen, Celia abzuholen oder sie steckte im Stau. In beiden Fällen könnte sie ans Handy gehen. Na also. Celia drückte die Kurzwahltaste und lauschte. Nach dem fünften Tuten schaltete sich die Mailbox an. Leanne machte ihr Handy nie aus, nicht mal in der Oper oder in Edelrestaurants, was ihnen schon manch peinlichen Augenblick beschert hatte.

Akku leer? Das war, so weit Celia sich erinnern konnte, auch noch nie passiert, da Leanne ihr Handy jede Nacht auflud.

Celia versuchte es auf dem Festnetzanschluss des Lofts. Da meldete sich ihre eigene Stimme auf dem Anrufbeantworter.

Sie atmete tief durch. Warum nur diese Ungeduld? In Mailand hatte sie ohne Murren so manchen Streik der U-Bahn hingenommen. Sie hatte sich alle Zeit der Welt gelassen, während sie dabei zusah, wie ein Model sich langsam und vorsichtig einen engen Lederhandschuh überstreifte. Sie hatte mit ihrer Mappe in Vorzimmern von Designern auf einen Termin gewartet und dabei Small Talk mit den Assistentinnen gemacht.

Leanne würde schon nichts passiert sein. Celia sah auf ihre Armbanduhr. Der Flieger war vor über einer Stunde gelandet.

Sie machte sich Sorgen, ärgerte sich darüber, machte sich noch mehr Sorgen, und beschloss endlich, nicht länger zu warten, sondern ein Taxi zu nehmen.

Vielleicht lag Leanne mit Fieber im Bett und schlief. Sie erkältete sich leicht, weil sie so zierlich war und sich zudem immer viel zu dünn anzog. Hatte sie beim letzten Telefonat nicht etwas heiser geklungen? Anstatt hier sinnlos zu warten, sollte sie lieber schnellstens heimfahren und ihrer Freundin einen heißen Tee kochen.

Während der Fahrt schickte sie mehrere SMS an Leanne, nicht, weil sie ernstlich hoffte, Leanne würde doch noch antworten, sondern um sich abzulenken. Denn wenn sie nicht das Handy anstarrte, dann ertappte sie sich immer wieder dabei, wie sie zwanghaft die Gegenfahrbahn auf Anzeichen eines Unfalls absuchte.

Sie begann sich Vorwürfe zu machen, ohne so recht zu wissen, weswegen. Leanne hatte etwas Verletzliches an sich, das in jedem Menschen den Beschützerinstinkt weckte.

»Ich hätte sie nicht so lange allein lassen sollen«, murmelte Celia.

»Scusi?«

Sie zuckte zusammen. War sie etwa gar nicht in London? War sie in den falschen Flieger gestiegen und irgendwo anders in Italien gelandet? Aber dann hätte der Fahrer doch protestiert, als sie eine Adresse in Maida Vale angegeben hatte.

»Ich habe nur Selbstgespräche geführt. Achten Sie einfach nicht auf mich.«

»Geht klar, Signora.« Der Taxifahrer grinste sie im Rückspiegel an. Seine schwarzen Augen erinnerten sie an Roberto.

Sofort wurde sie mitteilungsbedürftig. »In Mailand war das Wetter besser. Dort komme ich gerade her. Was hat Sie nach London verschlagen?«

Er erzählte ihr von dem Restaurant, das sein Cousin in Kensington eröffnet hatte, und von seiner großen Familie in Süditalien. Sie ließ sich von seinem italienischen Akzent in die Sonne zurücktragen.

Als sie angekommen waren, bestand er darauf, ihre vier Koffer und die drei Skizzenmappen bis in den fünften Stock zu tragen. Sie gab ihm ein großzügiges Trinkgeld, und er revanchierte sich mit Komplimenten und einem Gutschein für ein Freigetränk im Restaurant seines Cousins.

Celia sah ihm lächelnd nach, als er die Treppe hinunterging. Dann seufzte sie und schloss die Tür auf. Sofort bekam sie Herzklopfen. Was, wenn Leanne etwas zugestoßen war? Wenn sie sie tot in der Badewanne fand, den Fön in der Hand?

Celia schob die Koffer in den Flur und schloss die Wohnungstür. Trotz der vielen Fenster war es düster. Dunkelgraue Wolken zogen am Oberlicht vorbei wie müde Wale. Sie sah sich nach allen Seiten um und bibberte. »Leanne? Wo steckst du?« Es war Juni, aber sie hätte am liebsten die Heizung aufgedreht.

Im Vorbeigehen hatte sie im Hausflur gesehen, dass einiges aus ihrem Briefkasten hervorquoll. Sie ging noch einmal hinunter. Briefe und Prospekte schossen ihr förmlich entgegen, als sie den Briefkasten aufschloss. Sie trug alles hoch und blätterte den Stapel durch, um zu sehen, ob etwas dabei war, das ihr weiterhalf, fand aber nichts. Jetzt brauchte sie erst mal etwas zu trinken. Am besten eine warme Milch.

Celia ging um den Tresen herum, der die offene Küche abteilte. Der Kühlschrank war nahezu leer, und das Wenige, was drin war, sah nicht besonders essbar aus: Welker Salat, Käse mit Schimmelhaube und ein Pasta-Rest, mit dem man einen Terroranschlag hätte verüben können.

Celia schlug die Kühlschranktür zu und schüttelte den

Kopf. Sie war wütend und zugleich krank vor Sorge. Sie fühlte sich, als hätte man ihr ganz London unter den Füßen weggezogen.

Systematisch begann sie das Loft zu durchsuchen: Das Bad, die beiden Schlafzimmer, die Abstellkammer, doch sie fand keinen Hinweis, keinen Zettel, keine aufschlussreichen Spuren. Sie ging in den Wohnbereich zurück, streifte die Schuhe ab und ließ sich auf die dunkelbraune Ledercouch sinken. Ihr Blick fiel auf den Anrufbeantworter, der auf einem Beistelltisch zwischen der Couch und dem Sessel stand. Sie drückte den Abhörknopf. Es waren vierzehn Anrufe eingegangen, alle für Leanne, und alle unbeantwortet, wie man an dem zunehmend ungeduldigeren Tonfall der Anrufer hörte, die sich mehrmals gemeldet hatten: Leannes Frisör, bei dem sie einen Termin verpasst hatte, und Leannes ältere Schwester Katie, für die sie Theaterkarten besorgen sollte. Katie hatte ohne Karten vor dem Theater auf sie gewartet und war entsprechend sauer.

Celia schaltete das Gerät ab und biss sich auf die Unterlippe. Verdammt, was war passiert?

Puh, ruhig atmen und logisch denken.

Leannes Boss, Charles Waters, hatte nicht auf den Anrufbeantworter gesprochen. Was auch immer los war, er wusste sicher Bescheid. Vielleicht war Leanne im Krankenhaus, und im Krankenhaus müssen Handys ausgeschaltet sein. Ja, das wäre eine logische Erklärung.

Celia suchte die Kurzwahlliste nach »Waters Worldwide Tours« durch und drückte die entsprechende Taste. Sie hoffte, dass so spät am Samstagnachmittag noch jemand da sein würde.

»Waters Worldwide Tours, Anne Waters am Apparat. Was kann ich für Sie tun?«

»Hallo Anne, hier ist Celia. Ich suche Leanne. Sie muss heute nicht zufälligerweise arbeiten?«

»Nein, wieso? Ach, ist heute nicht dein Rückflug?«

»Ich bin schon wieder daheim. Nur Leanne ist nicht da. Das wundert mich ein wenig.« *Was für eine Untertreibung!* »Wann hast du sie das letzte Mal gesehen?«

»Na, gestern, hier.«

»Es geht ihr also gut?«

»Ja, natürlich. Wieso?«

»Sie wollte mich vom Flughafen abholen und ist nicht aufgetaucht. Weißt du, wo ich sie finden kann?«

»Ich habe keine Ahnung. Vielleicht ist sie ja nur kurz einkaufen gegangen.«

Celia warf einen Blick in Richtung Küche. *Nötig wäre es.* »Die Wohnung sieht aus, als wäre Leanne tagelang nicht hier gewesen, und das kann ich mir überhaupt nicht erklären. Hat sie wirklich nichts gesagt?«

»Lass mich nachdenken. Nein. Aber weißt du was, sie war in letzter Zeit etwas schusselig und launisch. Abwechselnd wortkarg und dann wieder total aufgekratzt. Ich denke, der Urlaub wird ihr gut tun.«

»Sie hat Urlaub genommen?«

»Ja, ab Montag. Zwei Wochen lang. Hat sie dir nichts davon gesagt?«

»Kein Sterbenswort.« Celia kratzte sich am Kopf. *Ob sie schon verreist ist?,* überlegte sie.

»Ich weiß nicht, ob sie überhaupt verreisen wollte«, sagte Anne. »Sie sitzt ja hier direkt an der Quelle, aber sie hat weder einen Flug noch eine Unterkunft gebucht.«

»Dann bleibt mir wohl nichts anderes übrig, als weiter auf sie zu warten und mich inzwischen wieder einzuleben. Danke, Anne.«

»Keine Ursache.«

Celia saß noch eine Weile unschlüssig da. So hatte sie sich ihre Heimkehr nicht vorgestellt. Als ihr Magen knurrte, raffte sie sich auf. Zu einem richtigen Großeinkauf fehlte ihr die Energie, zumal bei dem scheußlichen Wetter. Sie holte lediglich ein Fertiggericht beim Inder nebenan.

Zurück daheim verschlang sie es heißhungrig. Obwohl das Gericht ausgesprochen scharf war, fror sie danach immer noch, und beschloss, ein heißes Bad zu nehmen. Das würde hoffentlich auch ihre Nerven beruhigen.

Ärgerlicherweise hatte Leanne längere Zeit keine Wäsche mehr gewaschen. Celia fand kein sauberes Badetuch und musste sich mit mehreren Handtüchern behelfen.

Während das Wasser einlief, stellte sie drei Kerzen aufs Fensterbrett und zündete sie an. Sie legte das Telefon und ihr Handy auf den Hocker zwischen Badewanne und Waschbecken und redete sich ein, es wäre nicht, weil sie verzweifelt auf Leannes Anruf oder eine SMS von ihr wartete, sondern um sich bei diversen Freunden zu melden. Sie wollte unbedingt jemanden sagen hören: »Willkommen daheim.« Sie wollte Löcher in den Bauch gefragt werden, wie es ihr in Mailand gefallen hatte, sie wollte jemandem von italienischer Küche und Modenschauen vorschwärmen. Sie konnte auf keinen Fall schlafen gehen, bevor sie nicht emotional einigermaßen angekommen war.

Celia ließ einen Strahl ihres teuersten Badeöls ins Wasser laufen, schenkte sich ein Glas Rotwein ein, zog sich seufzend aus und glitt in die Wanne.

Ein Luftzug ließ die Kerzenflammen flackern, gerade als das Telefon klingelte. Sie griff danach.

»Warum können Briten keine dichten Fenster bauen?«

»Non so. Keine Ahnung, bellissima. Ich bin Fotograf, nicht Fensterbauer.«

»Roberto! Schön, dass du dich meldest.«

»Ich wollte nur hören, ob du gut gelandet bist, und dir sagen, dass du mir fehlst, und dass ich nie wieder eine Frau so lieben werde wie dich.«

Celia lachte. »Stolto! Du Schwachkopf.« Roberto war durch und durch schwul, aber er liebte es, den charmanten Herzensbrecher zu spielen.

»Was plätschert da?«, wollte er wissen.

»Ich liege in der Badewanne.«

»Das musst du mir genau beschreiben. Ist deine Badewanne freistehend oder so ein langweiliges, unromantisches Einbauteil mit Fliesenrand? Hast du die Haare hochgesteckt, oder lässt du sie im Wasser treiben wie eine Meerjungfrau? Bist du nackt oder trägst du Handschuhe?«

»Entgegen anderslautender Gerüchte trage ich keineswegs in jeder Lebenslage Handschuhe. Das Bad ist dunkelrot gekachelt. Die Wanne ist weiß und freistehend. Auf dem Fensterbrett links von mir stehen drei rote Stumpenkerzen, weil ich das Deckenlicht zu grell finde.«

»Ist es bei euch schon dunkel?«

»Dämmrig. Ich liege in einem Ölbad, das nach Ylang-Ylang duftet, und habe die Haare hochgesteckt.«

»Hört sich an wie etwas, dass ich gerne fotografieren würde. Und jetzt erzähl mir, wie du dich selbst befriedigst.«

Celia wurde rot und hielt den Hörer vom Ohr weg, damit Roberto nicht mitbekam, wie sie entsetzt aufkeuchte. Schließlich hatte sie sich genug gefangen, um zu sagen: »Das hatte ich nicht vor.«

»Oh, dann hast du mein Abschiedsgeschenk wohl noch nicht ausgepackt?«

»Nein, aber jetzt weiß ich nicht, ob ich mich noch trauen werde.«

Roberto lachte so laut, dass Celia fürchtete, er könnte damit ihr Badewasser zum Überschwappen bringen. »Du wirst es lieben, carissima. Und hoffentlich auch benutzen. Als Dekorationsgegenstand wäre es die reinste Verschwendung. Außerdem brauchst du ein bisschen Spaß. Du bist viel zu sehr in deine Arbeit verliebt. Versprich mir, etwas lockerer zu werden.«

»Va bene. Ich werde es versuchen. Melde dich mal wieder, Roberto.«

»Mache ich. Ciao, Celia.«

Sie drückte die Auflegetaste und drehte das heiße Wasser an. Wärme war alles, wonach sie sich jetzt sehnte.

Sie mochte es, wie Roberto ihren Namen aussprach. Es war wirklich sehr, sehr schade, dass er nicht an Frauen interessiert war, denn er war der erste Mann seit langem, den Celia sich als Liebhaber hätte vorstellen können. Er war einfühlsam und lustig und ein bisschen teddybärig. Leanne hätte ihn als Softie bezeichnet.

Sofort kreisten Celias Gedanken wieder um Leanne. Es konnte nur eine Erklärung geben: Ihre Freundin war mal wieder schwach geworden. Es wäre nicht das erste Mal, dass sie einem Mann derart verfiel, dass sie alles um sich herum vergaß, bei der Arbeit durch Stimmungsschwankungen auffiel und Verabredungen sausen ließ.

Dummerweise hatte Leanne eine erschreckende Begabung, sich genau die falschen Männer auszusuchen. Ihre letzte Eroberung war fast zwanzig Jahre älter gewesen als sie. Er hieß Mark und war in Celias Augen ein herrischer, selbstgerechter, aufgeblasener Wichtigtuer, der sich an Leannes jugendlicher Zartheit aufgeilte und es genoss, sie herumzukommandieren. Celia hatte Leanne erst behutsam, dann immer deutlicher zu verstehen gegeben, was sie von Mark hielt, doch das schien ihn in Leannes Augen nur noch reizvoller zu machen. »Ich mag nun mal dominante Männer und keine Weicheier.«

»Dominant? Er ist einfach ein Pascha.«

»Du verstehst das nicht. Es ist etwas Sexuelles. Seine strenge Art erregt mich.«

»Was ist daran erregend, wenn ein Mann dir zusieht, während du nackt seinen Fußboden schrubbst?«

Solche fruchtlosen Diskussionen hatten sie immer wieder geführt. Celia war nichts anderes übrig geblieben, als die Sache auszusitzen und für Leanne da zu sein, als Mark endlich zu weit gegangen war und sie vor seinen Freunden als seine Putzfrau ausgegeben hatte, weil sie nicht vornehm genug war, um als Freundin durchzugehen.

Das hatte Leanne die Augen geöffnet, und sie hatte sich an Celias Schulter ausgeweint, entsetzt über ihre eigene Naivität.

Wer auch immer der Kerl war, dem Leanne sich jetzt hingab, er würde sich früher oder später als Ausbeuterischer oder Schlimmeres entpuppen. Leanne hatte noch nie Glück mit Männern gehabt, weil sie nach den falschen Qualitäten Ausschau hielt.

Einen feinfühligen Mann wie Roberto hätte sie jedenfalls keines Blickes gewürdigt.

Als Celia sich eine halbe Stunde später in ihrem Bett unter die verkrumpelten Laken gleiten ließ und sich schnell auf der Seite zusammenrollte, um die beim Baden gespeicherte Körperwärme gegen die kühle Matratze zu verteidigen, fühlte sie sich entsetzlich alleingelassen.

Ein herzlicher Empfang wäre herrlich gewesen. Wenn die Situation umgekehrt gewesen wäre, hätte sie Leanne in einer tiptop sauberen Wohnung empfangen, die mit Blumen geschmückt war.

Immerhin war sie in Mailand liebevoll verabschiedet worden. Roberto hatte ihr sogar ein Geschenk…

Oh, das Geschenk!

Celia stand wieder auf, ging ins Wohnzimmer und hievte einen Koffer auf den Couchtisch. Zwischen ihrer Unterwäsche lag die längliche, mit rotem Samt beklebte Schachtel, die Roberto ihr auf dem Flughafen Malpensa in die Hand gedrückt hatte, mit der Bitte, sie erst zu öffnen, wenn sie wieder in London war. »Am besten direkt vor dem Schlafengehen.«

Celia wog die Schachtel in der Hand. Für ein Schmuckstück war sie zu groß und zu schwer. Sie schloss die Augen, bevor sie den Deckel abhob, griff mit den Fingerspitzen in die Schachtel und spürte etwas Glattes, Hartes, fuhr die Kontur entlang, beugte den Kopf tiefer und schnupperte. Leder. Eine Schaufensterpuppenhand mit einem Lederhandschuh? Nein, da waren keine Finger, sondern eine runde Kuppe. Sie schloss die Hand um den Gegenstand und hob ihn heraus. Ein Schaft mit einer Kuppe. Ein Dildo! Sie riss die Augen auf. Tatsächlich, Roberto, der Spinner, hatte ihr einen mit Leder bezogenen Dildo geschenkt! Die Form war einem echten Penis nachempfunden, allerdings ohne die Adern und mit einem gebogenen Schaft, der gut in der Hand lag. Das Leder war straff darüber gespannt, die Naht fein und hauchdünn gearbeitet, wie Celia mit Kennerblick bemerkte. Es war ausgezeichnetes Leder, ohne Narben, glatt und glänzend. Ob sie den Mut fand, ihn zu benutzen? Celia glaubte nicht an Geister, aber manchmal dachte sie, es gäbe Momente im Leben, wo man nur hoffen konnte, dass die Seelen der Verstorbenen einem nicht zuschauten.

Fast ein wenig widerwillig gestand sie sich, dass es sie erregte, diesen Dildo in der Hand zu halten. Vielleicht klappte ja mit ihm, was ihr sonst selten gelang: einen Orgasmus zu erleben.

Jetzt konnte sie keine Störung brauchen. Sie schaltete ihr Handy ab und sprach hastig einen neuen Text auf den Anrufbeantworter.

Zurück im Schlafzimmer deckte sie sich sorgfältig zu und spreizte erst dann die Beine.

Sie bog den Nacken durch und ließ den Dildo an ihrer Kehle entlang nach unten zwischen ihre Brüste gleiten. Während sie mit der linken Hand ihre Schamlippen streichelte und mit der rechten den Dildo an ihren Bauch drückte, damit er ihre Körperwärme aufnahm, fragte sie sich, woran Leanne wohl dachte, wenn sie sich selbst befriedigte. Sie hatte sie einmal durch Zufall dabei beobachtet, als sie am frühen Nachmittag heimgekommen war, nachdem einer ihrer Termine geplatzt war. Als sie in den Wohnbereich kam, sah sie Leannes nackte Füße über der Rückenlehne der Ledercouch baumeln. Dazu hörte sie ein klatschendes Geräusch und lautes Protestgeschrei. »Nein, Sir. Sie tun mir weh.«

Celia hastete zur Couch und sah über die Lehne, weil sie glaubte, Leanne benötigte Hilfe. Doch da war niemand, der ihr wehtat. Leanne war allein. Sie lag mit dem Rücken auf der Sitzfläche, ihr Kopf hing nach hinten herunter, ihre Augen waren geschlossen. Sie schlug sich selbst. Mit der Handfläche klatschte sie fest und schnell auf ihre Schamlippen. Sie bettelte und flehte dabei.

Celia war völlig verwirrt. Es dauerte sogar einen Moment, bis sie überhaupt begriff, was Leanne tat. Ihr Stöhnen ging in Keuchen über, sie bewegte den Kopf ruckartig hin und her, hob sich mit den angewinkelten Beinen auf der Lehne etwas von der Sitzfläche ab, so dass ihr Schoß gespreizt nach oben gereckt war. Ihre Fingerspitzen trafen immer öfter ihre Klitoris. »Ich kann nicht mehr. Ich tue auch alles, was Sie sagen«, ächzte sie.

Leise war Celia zur Wohnungstür zurückgeschlichen und hatte draußen gewartet, bis die schrillen Schreie, die Leannes Orgasmus begleiteten, verklungen waren – und bis ihre eigene Gesichtsfarbe sich normalisiert hatte.

Bei der Erinnerung daran kam Celia eine Idee, wie sie das Schicksal herausfordern konnte. Es war so ein ähnliches Vorgehen, wie sie es anwandte, wenn sie auf einen dringenden Telefonanruf wartete. Sie ging duschen, in der festen Überzeugung, das Telefon würde genau dann klingeln, wenn sie gerade dabei war, eine Aufbaukur in die Haare einzumassieren. Manchmal klappte es sogar. Sie war sehr geübt darin, in einer einzigen geschmeidigen Bewegung das Wasser abzudrehen, aus der Dusche zu steigen, und sich die Hände an einem bereitgelegten Handtuch abzuwischen.

Wäre es nicht wahnsinnig unpassend, wenn Leanne ausgerechnet jetzt heimkäme, während Celia das nachspielte, was sie bei Leanne beobachtet hatte?

Geben wir dem Schicksal eine Chance.

Sie legte den Dildo neben sich und schob die Bettdecke weg. Noch etwas zögernd stemmte sie die Beine in die Matratze und hob das Becken. Dann patschte sie mit der Hand ein paar Mal auf ihre Pussy. »Das ist lächerlich.« *Halt. Falscher Text!* Celia legte ein Flehen in die Stimme. »Nein Sir, bitte nicht!«

Und das törnte Leanne an? Also noch einmal mit Gefühl. Celia schlug etwas fester zu, es tat sogar ein bisschen weh. Sie zuckte zurück, legte aber gleich noch ein paar Hiebe nach. Jetzt spürte sie ein angenehmes Kribbeln. Ob Leanne sich dabei wirklich Schmerzen zufügte? Ging das überhaupt?

Celia überwand die nächste Hemmschwelle und holte weit aus. »Autsch! Noch so ein Hieb, und ich werfe Sie aus dem Bett, Sir, wer auch immer Sie sein mögen.« Celia kicherte. Das war der perfekt peinlich-alberne Moment, um von Leanne ertappt zu werden. Sie sah zur offenen Schlafzimmertür, doch dort regte sich nichts, abgesehen von den nächtlichen Schattenspielen, die die Wolken durch das Oberlicht warfen.

Okay, genug davon. Ich bin mit vielen schönen Erinnerungen im Gepäck nach London zurückgekommen. Jetzt ist es Zeit, dass ich mich für meine Erfolge belohne.

Sie griff wieder nach dem Dildo, umschmeichelte ihn mit den Fingern und fuhr mit der Handfläche über ihren Bauch. Wie zart ihre Haut war, wie schön die leichte Bräune, die durch das warm schimmernde Licht der Nachttischlampe noch betont wurde.

Sie hauchte einen Kuss auf die Fingerspitzen und legte sie dann auf ihre Klitoris. »Und jetzt du.« Sie leckte die Eichel des Dildos ab, so als würde sie von einem besonders leckeren Eis schlecken. Behutsam führte sie ihn ein, drückte genussvoll gegen den leichten Widerstand der Muskeln, und besorgte es sich mit langsamen, tiefen Stößen. Es fühlte sich irrsinnig gut an, fast wie ein echter, pulsierender Penis.

Sie drehte sich um und klemmte den Dildo in den engen Spalt zwischen den Matratzen. Dann kniete sie sich darüber, kreiste mit den Hüften, um das runde Ende in all den sinnlichen Falten ihres Schoßes zu spüren. Sie reizte sich selbst, bis sie es nicht mehr aushielt und sich auf den Schaft hinabsenkte, der sie ganz ausfüllte. Sie bewegte sich auf und ab. Der Dildo steckte fest, und sie konnte ihn reiten. Ein kraftvolles, lebendiges Gefühl. Ihre Lust erreichte schnell ein hohes Niveau – doch wie so oft, steigerte sie sich nicht weiter. Wie machten andere Frauen das nur? Sie rieb ihre Klitoris, ohne dass der zusätzliche Reiz etwas bewirkte. Ja, es war schön, es war toll, es machte Spaß, und es trieb ihr den Schweiß aus den Poren. Aber sofort spürte sie den Leistungsdruck, den sie auch empfand, wenn sie mit einem Mann schlief. Immerhin rief ihr der Dildo nicht zu: »Komm schon! Komm für mich.« Das brachte ihre Libido immer völlig zum Erliegen.

Vielleicht sollte sie auch einmal ganz tief in eine Fantasie eintauchen. Sie dachte an ihren Lieblingsfilm, »Agentin wider Willen«. Darin gab es eine Szene, die sie jedes Mal feucht werden ließ, egal wie oft sie den Film sah. *Die Heldin soll dazu gezwungen werden, für den Geheimdienst zu arbeiten. Dazu wird sie an einen Stuhl gefesselt und bekommt Elektroden auf die entblößten Oberschenkel geklebt, die dann unter Strom gesetzt werden. Der Agent, der die Aufgabe hat, sie gefügig zu machen, ist von ihr fasziniert, und sie ist heimlich in ihn verliebt. So wird die Folterszene zu einer Auslotung ihrer beider Grenzen. Jedes Mal, wenn er ihr einen elektrischen Schlag verpasst, liest man in seinem Gesicht den Wunsch, sie lieber zu streicheln als zu quälen. Doch die Heldin bleibt stur, auch als er die Stromstärke erhöht, und sie vor jedem neuen Stromschlag Angst hat. Auch ihr Gesicht spricht Bände. Sie begehrt den Mann, der sie dieser Tortur aussetzt. Die Situation schaukelt sich immer weiter hoch, bis der Agent der Heldin die Elektroden wegreißt, sie losbindet und in die Arme nimmt. Unter wilden Küssen verführt er die erschöpfte Heldin, die sich nach diesem, dem angeblich besten Sex ihres Lebens, bereit erklärt, alles zu tun, was von ihr verlangt wird.*

Celia stellte sich vor, diese Heldin zu sein, erst gequält, dann geliebt. War da eine Reaktion? Fühlte sich ihre Pussy feuchter an? Spürte sie den Schaft besser? Ja, es schien zu funktionieren. Sie nahm den Rhythmus des Hebens und Senkens wieder auf.

Stöhnend und zitternd machte sie sich daran, sich zu einem Orgasmus hochzuputschen.

Grazie, Roberto. Dein Geschenk ist eine Wucht.

Kapitel 2

Zu der Zeit, als Celia im Taxi vom Flughafen heimfuhr, war Leanne bei Devin Flinkman, mit dem sie jede freie Minute verbrachte.

Sie nahm von der Welt um sich herum nur sehr wenig wahr. Der Regen war ein fernes Plätschern, übertönt von der Musik, die in Devins Schlafzimmer lief: Tschaikowsky. Er hatte eine umfangreiche Sammlung klassischer CDs in zwei schwarzen Säulen, die einen schmalen Schrank einrahmten. Was sich in diesem Schrank befand, wusste Leanne erst seit einer halben Stunde.

Sie lag bäuchlings auf dem breiten Doppelbett mit dem aufwendig gearbeiteten Metallgestell, ein dickes Kissen unter die Hüften gestopft, den Kopf zur Seite gedreht, die Knie leicht angezogen und gespreizt, den Hintern hochgereckt. Sie bekam nur mühsam Luft und konnte sich kaum bewegen. Ihr war heiß, ihr Blut pulsierte, ihr ganzer Körper schien unter Strom zu stehen.

Sie hatte sich noch nie so hilflos gefühlt. Und sie war noch nie so erregt gewesen.

Devin stand neben dem Bett und betrachtete sie. Sie hätte so gern gesagt: »Nun komm doch, nimm mich! Ich flehe dich an, bevor ich vor Lust zerfließe«, aber der Ballknebel in ihrem Mund ließ nur gutturale Laute zu.

Devin war der bestaussehende Mann, dem sie je begegnet war. Seit zwei Wochen drehte sich ihr Leben nur noch um ihn. Alles andere – arbeiten, essen, schlafen – war lästiges Beiwerk. Sie lebte für die Lust, die er ihr bereitete. Er war hochgewachsen, breitschultrig, leicht gebräunt. Sein schwarzes Haar trug er kurz und akkurat geschnitten, seine dunklen Augen schienen vor Intensität zu flimmern, wenn er sie ansah.

Seine Hände, stark und zupackend, hatten sie auf Anhieb fasziniert. Er war ins Reisebüro gekommen, als gerade eins der Regale unter den neu eingeräumten Prospekten zusammengebrochen war. Ohne ein Wort hatte er sich gebückt, die Prospekte aufgesammelt und ordentlich gestapelt, die Regalbretter an die Wand gelehnt und sie dann angelächelt. »Ich habe die Tür wohl etwas zu heftig geschlossen.«

Seine selbstbewusste Art, die leise Ironie, die einschüchternde Größe, all das hatte ihr sofort das Gefühl gegeben, diesem Mann vertrauen zu können.

Der Flirt war kurz und nur eine Formalität gewesen, denn er war genau so scharf auf sie gewesen wie sie auf ihn. Noch in derselben Nacht hatte er sie verführt. Ganz klassisch mit Kerzen, Wein, Musik, Komplimenten und tausend Streicheleinheiten.

Und dann, ganz langsam, war es intensiver geworden, meist auf ihre Initiative hin. Auch die Fesseln und der Knebel waren ihre Idee gewesen. Während sie noch überlegte, wie man das improvisieren könnte, hatte er den geheimnisvollen Schrank geöffnet. Ein Blick genügte, und Leanne war fasziniert von den Möglichkeiten, die sich hier auftaten, einige davon eher erschreckend als reizvoll, aber sie war lernfähig und sehr, sehr neugierig.

Mit gekonnter und routinierter Schnürtechnik hatte Devin sie in eine absolut hilflose Stellung gebracht. Ihre Hände waren auf dem Rücken gefesselt, ihre Beine weit gespreizt. Das lange Seil, das sich um ihren Körper wand, schien überall zu sein. Es zog, dehnte und hielt sie. Ihr Schoß pochte vor Erwartung. Der Hauch Angst, den sie verspürte, machte alles nur noch aufregender.

Devin öffnete den Gürtel seines schwarzen Morgenmantels. Dann hielt er inne, schloss den Gürtel wieder und griff nach einem Etui auf dem Nachttisch. Oh nein, was tat er denn jetzt? Er zündete sich in aller Ruhe einen Zigarillo an.

Leanne stöhnte, so laut der Knebel es zuließ.

Devin atmete eine Rauchwolke aus. »Mein großer Bruder«, sagte er in leichtem Konversationston, »hat einen Monat vor Weihnachten immer schon angefangen, im Haus herumzuspionieren, um zu sehen, ob unsere Eltern bereits Geschenke besorgt hatten. Ich wollte das nie wissen. Im Gegenteil. Ich habe den Moment immer besonders lange hinausgezögert. Ich saß neben dem Weihnachtsbaum und habe das Geschenkpapier gestreichelt, das Päckchen in der Hand gewogen, es ans Ohr gehalten und leicht geschüttelt, natürlich ganz vorsichtig, damit nichts darin kaputt ging. Dann habe ich es langsam ausgepackt.«

Ich bin aber kein verdammtes Weihnachtsgeschenk, auch wenn ich noch so kunstvoll verschnürt bin.

Immerhin trat er jetzt näher ans Bett und stellte einen Fuß darauf. Die Matratze gab ein wenig nach. Er beugte sich vor und streckte die Hand aus. »Du bist mein Geschenk. Darum wirst du zuerst gestreichelt. Ganz behutsam.« Er ließ die Fingerspitzen über ihren Rücken gleiten, verweilte auf ihren angespannten Schulterblättern.

Ein süßer Schauer glitt durch ihren Körper. Warum griff er nicht fester zu? Warum warf er sich nicht auf sie? Sie wollte ihn mit allen Sinnen spüren, am ganzen Körper. Sie wollte ihn küssen. *Bitte, nimm mir den Knebel aus dem Mund!*

Doch das stumme Flehen in ihrem Blick erreichte ihn

nicht. Er hatte sich wieder zurückgezogen, rauchte weiter, nahm einen Schluck Weißwein. Sie konnte seine Erektion als Ausbeulung in seinem Bademantel sehen. Woher nahm er nur diese Selbstbeherrschung?

»Einmal«, erzählte er, »habe ich die Geschenke wieder unter den Baum zurückgelegt und gesagt, ich würde sie erst am nächsten Tag auspacken. Mein Bruder ist fast ausgetickt, weil er auf meine Geschenke mindestens so neugierig war wie auf seine eigenen.«

Leannes Herz blieb fast stehen. Wollte er sie etwa so liegen lassen, bis er geruhte sich ihrer zu erbarmen?

Devin legte den Zigarillo in den Aschenbecher. »Mitten in der Nacht bin ich dann aufgestanden, weil ich es doch nicht mehr aushielt, und habe meinen Bruder in flagranti dabei ertappt, wie er gerade eine Schere am Geschenkband ansetzte. Aber ich glaube, du interessierst dich gerade nicht so sehr für meine Familienanekdoten.« Er löste den Gürtel und ließ den Morgenmantel zu Boden gleiten. »Du interessierst dich eher für das Geschenk, das ich für dich habe.« Er kniete sich auf die Matratze und legte seine heißen Handflächen auf ihre Pobacken.

Leanne atmete zufrieden aus. Wieder wurde sie gestreichelt, lange und geduldig, was ihre eigene Geduld bis zur Grenze des Erträglichen strapazierte. Sie reckte ihm den Hintern entgegen, versuchte, sich an seinen Händen zu reiben. Sie wollte mehr von ihm spüren.

»Meine kleine wilde Elfe«, murmelte er. »Ich glaube, du willst mir etwas sagen.« Er beugte sich über sie und löste den Klettverschluss an dem Lederband, das den Knebel festhielt. Sachte zog er ihr den Knebel aus dem Mund.

»Bitte fick mich so fest du kannst«, flehte sie atemlos.

Er warf den Knebel auf einen Sessel und strich ihr zärtlich

durchs Haar. »Ich könnte dich noch ein wenig länger hinhalten, einfach um zu sehen, wie widerstandsfähig ich bin.«

»Das darfst du nicht tun. Bitte. Ich sterbe vor Lust. Fick mich, du Mistkerl.«

»Hm.«

»Bitte.«

Er küsste ihre Wange.

»Verdammt!«

»Du bist hinreißend.« Er kniete sich hinter sie zwischen ihre geöffneten Beine und drückte die Spitze seines Glieds gegen ihre Schamlippen, tauchte in ihre Feuchtigkeit und drang endlich – endlich! – tief in sie ein. Er stieß zu, zog sich zurück, stieß schneller zu, steigerte den Rhythmus, ließ ihren gefesselten Körper vor und zurück wippen. Die Muskeln in ihrer Vagina arbeiteten auf Hochtouren, sie zuckten lustvoll und pressten sich zusammen, so fest sie konnten.

Leanne keuchte unter den Stößen. Ja, so war es gut. Aber noch nicht perfekt. »Pack mich. Pack mich richtig fest. Tu mir weh.«

Er hielt inne und lachte. Sie liebte sein Lachen. Es war so rau und offen, so frei von Hemmungen.

»Auch wenn es dich Überwindung kosten sollte«, fügte sie hinzu, wohl wissend, dass er nur darauf lauerte, von ihr um so einen speziellen Service angefleht zu werden. Wie gut sie miteinander harmonierten, und das nach so kurzer Zeit!

Er grub die Finger in ihre Flanken, bohrte sie regelrecht hinein. Und dann stieß er wieder zu, mit einer Wucht, die sie vom Bett geschoben hätte, wenn die Seile sie nicht gehalten hätten.

Sie krampfte die Hände auf dem Rücken zusammen, wollte sich irgendwo festhalten und biss schließlich ins Kissen. Sie war vor Lust völlig außer sich. Devins Stöße wurden langsamer, genussvoller. Sein Griff um ihre Hüften lockerte sich. Er hatte sogar die Muße, ihre Hände loszubinden und sie an ihre Seiten zu legen. Er beugte sich über sie und leckte sie an der empfindlichen Stelle an der Seite ihres Halses. Sie stöhnte entzückt auf. Gleich würde er kommen. Sie konnte schon spüren, wie sein Glied sich in ihr steiler aufrichtete und wie seine Hoden, die er gegen ihre Schamlippen presste, sich zusammenzogen.

Plötzlich glitt er aus ihr hinaus. Sie wollte protestieren, doch da sagte er: »Wenn du jetzt nichts sagst und nicht den allerkleinsten Laut von dir gibst, dann mache ich dir ein kleines Geschenk. Es ist nicht verpackt, aber es kommt von Herzen. Also beherrsche dich.«

Disziplin war sein Lieblingsthema. Aus diesem Grund hatte sie ihn vorhin gebeten, sie zu fesseln und zu knebeln. Das machte es ihr einfacher, sich zu beherrschen. Aber jetzt waren ihre Hände und ihr Mund wieder frei. Sie genoss umso mehr den Zug der Fesseln, der ihre Beine gnadenlos spreizte. Nicht, dass sie den Wunsch gehabt hätte, die Beine zu schließen. Sie fand es herrlich, sich ihm so zu öffnen. Wenn er doch nur wieder Gebrauch von ihrer Willigkeit machen würde.

»Okay«, sagte sie.

»Schön. Ich will keinen Laut hören, sonst ist es sofort vorbei.«

Sie verdrehte den Kopf ein wenig, um zu sehen, was er tat. Er hockte auf den Fersen, direkt hinter ihr und näherte sein Gesicht ihrer weit gespreizten Pussy. Im nächsten Augenblick spürte sie seinen Atem über ihre feuchte Spalte streichen. Sie wollte wohlig »Oh ja« sagen, aber dann fiel ihr ein, dass sie schweigen musste, wenn sie dieses wunderbare kleine Geschenk bekommen wollte, von dem sie jetzt wusste, was es war: Seine Zunge.

Sie mochte es, geleckt zu werden, aber eher als Vorspiel. Im Moment wollte sie einfach nur gefickt werden. Doch dann änderte sie ihre Meinung ganz schnell, als er mit der Zunge sacht ihre Schamlippen leckte. Ein Gefühl von Weichheit ging durch ihren Körper, eine Zärtlichkeit, die ihr sogar die Tränen in die Augen trieb. Sie barg den Kopf in den Händen, während er immer weiter leckte, dabei allmählich fester zudrückte, bis nicht nur seine Zunge sondern auch seine Lippen sie berührten. Er zog eine Schamlippe zwischen die Zähne und knabberte behutsam daran.

Sie hatte Oralverkehr noch nie als so lustvoll empfunden. Woran lag es? An der ungewöhnlichen Stellung? An den Fesseln? An Devins Zungenfertigkeit? Oder schlicht und einfach daran, dass sie nach ihm so verrückt war wie noch nach keinem anderen Mann? *Das heißt, nach keinem Mann außer Franklin.*

Er drang mit der Zunge tief in sie ein. Leanne musste sich mit ihrer eigenen Faust knebeln, um nicht laut aufzustöhnen.

»Greif nach hinten«, sagte er. »Ich möchte, dass du deine Schamlippen weit auseinanderziehst.«

Leanne löste eine Hand von ihrem Mund und die andere von dem Kissen, das sie krampfhaft umklammert hatte. Sie griff nach hinten um ihren Po herum und folgte seiner Aufforderung. Er schob zwei Finger in ihre Spalte und küsste sie auf die Rosette. Leanne war einer Ohnmacht nahe. Ihre Wahrnehmung war auf wenige Quadratzentimeter beschränkt. Er fickte sie mit den Fingern, ließ zwei weitere folgen. »Es fehlt nicht viel«, murmelte er.

Nicht viel wozu? Das muss ich ihn nachher unbedingt fragen.

Sie drückte die Fingerspitzen fester in ihre Haut und zog sie ein Stück weiter auseinander. Seine Finger glitten mit einem schmatzenden Geräusch aus ihr hinaus. Dann leckte er sie wieder. »Hm, du schmeckst wunderbar. Ich könnte in dir ertrinken. Reck den Po noch ein wenig höher.«

Alle ihre Muskeln waren angespannt: Die gespreizten, gefesselten Schenkel, die gedehnte Vagina, ihre Arme und Hände, ihre Schultern, ihr Nacken. Ihre fest aufeinandergepressten Lippen, der eingezogene Bauch – alles schrie nach Erlösung. Und dann schrie sie auch, konnte einfach nicht anders, denn er hatte seine Lippen um ihre Klitoris geschlossen und saugte daran. Ihre Selbstbeherrschung war dahin, sie zitterte am ganzen Körper.

Er hörte auf, gerade als die erste Welle des Höhepunkts durch ihren Körper flutete. Sie schrie lauter, protestierte, flehte.

Doch er machte nicht weiter, sondern begann ruhig und systematisch die Seile um ihre Beine zu lösen.

Das darf ja wohl nicht wahr sein!

»Wenn du mich schon nicht mehr lecken willst, weil ich die Beherrschung verloren habe, dann fick mich wenigstens, zum Henker!« Leanne wurde immer etwas vulgär, wenn sie heiß war.

Er befreite sie von der letzten Fessel, griff unter sie und drehte sie auf den Rücken. »Ich liebe deine gewählte Ausdrucksweise.«

Nun lag sie mit dem Po auf dem dicken Kissen und ließ die Knie aufreizend auseinanderfallen. »Bitte beglücke mich mit deinem wunderbaren Phallus.«

»Schon besser.« Er hockte zwischen ihren Schenkeln und drückte sie sanft nach unten, beugte sich vor und küsste ihren Venushügel und den zarten Vlies von blonden, seidigen Schamhaaren. »Aber diesen Orgasmus wirst du dir selbst bescheren müssen. Ich bin erst wieder für den nächsten zuständig. Strafe muss schließlich sein.«

»Wie – selbst bescheren?«

»Indem du es dir selbst besorgst.«

»Jetzt und hier?«

Er hob eine Augenbraue. »Wann und wo denn sonst?«

Sie verschränkte die Arme vor der Brust und versuchte energisch zu klingen statt entsetzt. »Das kommt überhaupt nicht in Frage.«

Hoffentlich versuchte er nicht, sie dazu zu zwingen, dann hatte sie ein ernsthaftes Problem.

»Das war keine Bitte. Das war ein Befehl.« Devin griff nach ihrem rechten Handgelenk und legte ihre Hand auf ihren Schoß. »Fang an.«

Leanne merkte, wie sie zusehends verkrampfter wurde. Ruckartig zog sie die Hand weg. »Ich will mich nicht selbst befriedigen. Das kann ich zu Genüge haben, wenn ich allein bin. Wozu habe ich dich?«

»Im Moment hast du mich als Zuschauer. Du kannst dir gar nicht vorstellen, wie sehr es einen Mann anheizt, einer Frau beim Masturbieren zuzusehen.«

Sie hob den Kopf und warf einen bedeutungsvollen Blick auf sein pralles Glied. »Ich habe nicht den Eindruck, dass du angeheizt werden musst.«

Er zog die Augenbrauen zusammen. »Du bist doch bestimmt keine der verklemmten Frauen, die sich nur im Dunkeln unter der Bettdecke selbst befriedigen, oder sogar *mit* der Bettdecke, weil sie Hemmungen haben, sich selbst zu berühren. Also gibt es nur eine Erklärung: Du willst, dass ich dich unter Androhung schrecklicher Strafen dazu zwinge, ja? Also, ganz ehrlich, bisher fand ich die Spielchen, die du mit mir gespielt hast, sehr erregend, aber das ist mir jetzt doch zu manipulativ.«

»Nein, ich spiele nicht, ich meine es ernst. Es ist meine Privatsache, wie ich mich selbst befriedige. Ich möchte dabei keine Zuschauer haben. Das ist schließlich keine verdammte Peepshow.«

Sie erschrak über ihren eigenen Tonfall, denn sie wusste genau, dass die Wut nur ihre Scham kaschieren sollte. Aber was konnte sie dafür, wenn es ihr keinen Spaß machte, an ihrer Klitoris herumzufummeln? Wenn sie nun mal keine Lust hatte, sich zu streicheln, bis sie kam? Das war ihr zu zahm. Sie war früher oft dabei eingeschlafen, bis sie endlich beschlossen hatte, ihre Lieblingsfantasie wenigstens ein Stück weit in die Tat umzusetzen.

Die ersten Klapse hatte sie sich unter der Bettdecke gegeben, beschämt darüber, sich selbst wehzutun. Aber es hatte sich gut angefühlt, und sie war schnell und heftig gekommen. Das war vier oder fünf Jahre her, und seitdem hatte sie es nie wieder auf andere Art getan, war dabei immer mutiger geworden, hatte sich schließlich nicht mehr beobachtet gefühlt, wie man es oft tut, wenn man allein ist und tanzt, singt, Selbstgespräche führt oder eben Selbstbefriedigung betreibt.

Sie hatte es auf der Couch getan und auf dem Küchentisch. Oh ja, das war gut gewesen, die Fersen am äußersten Rand aufgestemmt, immer in Gefahr abzurutschen, was ihr imaginärer Gebieter Franklin jedes Mal mit fünf besonders festen Hieben direkt auf die Klitoris bestrafte. Oder in der Badewanne. Franklin hatte ihr befohlen, die Beine über den Wannenrand zu legen und den Po hochzurecken, bis ihre Pussy gerade noch so von Wasser bedeckt war. Bei jedem Hieb war Wasser aufgespritzt. Das nasse Klatschen hatte ihre Lust verstärkt, und sie war zweimal kurz hintereinander gekommen. Ja, sie war eine Meisterin der Selbstbefriedigung. Von wegen verklemmt und mit der Bettdecke!

»In Ordnung, ist ja gut«, sagte Devin besänftigend. »Kein

Grund sich aufzuregen. Wenn du es partout nicht tun willst, dann respektiere ich das natürlich. Vorläufig.« Er zwinkerte ihr zu und gab ihr einen spielerischen Klaps auf die Pussy.

Sofort erschien Franklin vor Leannes geistigem Auge, und sie hörte seine gebieterische Stimme: »Wenn du die Beine schließt, wirst du ausgepeitscht.«

»Bitte, fessle mich wieder«, flehte sie ihn an. »Mach es mir leichter.«

»Was soll ich dir leichter machen?«, wollte Devin wissen, sichtlich verwirrt.

Leanne errötete. Hatte sie es laut ausgesprochen? »Ich – könntest du das bitte noch mal machen?«

»Was denn?«

»Das, was du eben gemacht hast.«

»Ich habe keine Ahnung, was du meinst.«

Es kostete sie Überwindung, es auszusprechen. Und das, nachdem sie mit ihm zwei so wilde, hemmungslose Wochen verbracht hatte! »Na, also dieser Klaps, den du mir gegeben hast.«

Er schüttelte stirnrunzelnd den Kopf und schlug noch einmal zu, ganz leicht, nur mit den Fingerspitzen.

Leanne sog scharf die Luft ein.

»Das erregt dich?«

Sie nickte.

»Also gut, wenn schon, dann mit allen Schikanen.« Er hob die Seile vom Boden auf und schlang eines um ihr linkes Fußgelenk, das er daraufhin fixierte. An seinem Bettgestell waren zu diesem Zweck rundherum mehrere Ösen angebracht. Auch das rechte Fußgelenk fesselte er. Sie genoss das gespreizte Gefühl und das Wissen, dass es nun endlich wirklich passieren würde: Nicht sie selbst, sondern ein Mann würde sie auf die Art befriedigen, die sie so unvergleichlich geil fand. Sie spürte, wie ihre Lustsäfte sich sammelten und ihre Schamlippen erwartungsvoll zuckten.

Devin ging ans Kopfende, band mit dem Seil ihre Handgelenke zusammen und fesselte sie an einer metallenen Sprosse.

»Hm, das ist schön«, sagte er mit rauer Stimme. »Ich habe schon eine Menge Sachen ausprobiert, aber das ist neu für mich. Du siehst wunderbar aus, so verletzlich.« Er kniete sich wieder zwischen ihre Schenkel und holte mit der rechten Hand aus.

»Da ist noch etwas«, sagte sie schnell.

»Und das wäre?«

»Hör nicht auf, wenn ich dich darum bitte. Egal, wie sehr ich dich anflehe, mach einfach weiter.«

»Das hört sich an, als würden wir hier gerade deine Lieblingsfantasie inszenieren.«

»Ähm, ja.« Er würde doch jetzt keinen Rückzieher machen, weil er sich manipuliert fühlte, oder? »Es ist das erste Mal«, gestand sie. »Das hat noch kein Mann mit mir gemacht.«

»Wunderbar. Es gibt nichts Intimeres, als einer Frau zuzusehen, die zum ersten Mal erlebt, wie ihre wildeste Masturbationsfantasie Wirklichkeit wird.« Er beugte sich vor und küsste sie auf den Venushügel. »Es wird mir eine Ehre sein, dein Flehen zu ignorieren und dich zu foltern, bis du kommst.«

Oh, das ist perfekt. Franklin, ich gehöre dir!

Sie schloss die Lider und ließ ihn vor ihrem geistigen Auge erscheinen. Franklin basierte auf einer realen Person, Franklin Larsson. Er war Gesangslehrer. Nein, er war *der* Gesangslehrer überhaupt, wenn man eine Karriere als Operntenor anstrebte. Er galt als streng, fordernd und wahnsinnig musikalisch. Er konnte unfassbare Feinheiten aus Stimmen herauskitzeln. Aber seine Kritik war gnadenlos, und er förderte nur Talente, die vor Ehrgeiz brannten.

Leannes ältere Schwester Katie, die an der Royal Academy of Music Violine studierte, hatte ihr Franklin Larsson nach einem Studenten-Konzert vorgestellt. Es war sofort um Leanne geschehen gewesen. Dieser blonde Hüne mit dem festen Händedruck hatte sie durch seine schiere Gegenwart bis ins Mark erschüttert. Er schaffte es, ihr mit seinen schokoladenbraunen Augen einen so eisigen Blick zuzuwerfen, wie man ihn nur mit blauen Augen zustande bringen sollte. Als er sich auch noch herabließ, einen Satz zu ihr zu sagen, wäre sie beinahe in Ohnmacht gefallen. Das war gut zehn Jahre her. Sie war siebzehn gewesen, leicht zu beeindrucken, sehr verträumt.

Seitdem hatte sie viele Männer gehabt, aber in ihren Träumen war sie Franklin treu.

Devin war der erste Mann, der dabei war, ihrem Fantasiegebieter den Rang abzulaufen.

Trotzdem stellte Leanne sich jetzt vor, es wäre Franklin, der zwischen ihren Schenkeln kniete und die Hand hob. Sie hielt den Atem an. Es war ganz anders als in ihrer Vorstellung. Ihre Hände waren gefesselt. Nicht ihre eigenen zarten Finger würden es sein, die ihre Schamlippen trafen. Sie würde auch nicht wissen, wann die Hiebe fielen.

Klatsch. Der erste Schlag landete. Zu sanft, fand sie. Franklin schlug von Anfang an gnadenlos zu, der tastete sich nicht erst vor und sondierte ihre Empfindlichkeit. Leanne hob das Becken leicht an, um Devin zu signalisieren, dass er ruhig heftiger werden konnte. Doch auch die nächsten beiden Hiebe waren noch zurückhaltend. Sie baute es in ihre Fantasie ein.

»Bitte, Franklin, lassen Sie mich Ihre ganze Härte spüren.«

»Ich bestimme, wie fest ich zuschlage. Wenn du nicht still bist, kneble ich dich.«

»Tut mir leid, Sir.«

»Was tut dir leid?«

Hatte sie schon wieder laut gesprochen? »Äh, das wofür du mich bestrafst.«

»Frauen und ihr Kopfkino!« Devin grinste. »Ich werde dafür sorgen, dass du keinen klaren Gedanken mehr fassen kannst.«

Kurz darauf spürte sie, dass er sie wieder leckte. Ah, das war gut. Sie gab dem weichen, zärtlichen Gefühl nach. Ein Moment der Stille.

Klatsch.

»Au.« Dieser Hieb hatte gesessen. Ihre rechte Schamlippe brannte wie Feuer. Wieder spürte sie seine Zunge, die kühlend darüberleckte.

Klatsch.

»Nein, halt, nicht so fest. Das – ooooohhh, schön.« Er leckte und pustete, verschaffte ihr einen Augenblick der Kühlung.

Klatsch.

»Bist du wahnsinnig?« Leannes Knie zuckten, als ihre Schenkel sich reflexartig zu schließen versuchten und von den Fesseln daran gehindert wurden.

Er spreizte ihre Schamlippen mit den Daumen und saugte an ihrer Klitoris.

»Ja, mach weiter, ja, bitte.«

Klatsch.

Bald stöhnte Leanne nur noch, mal vor Lust, dann wieder vor Schmerz. Der Rhythmus, in dem er abwechselte, blieb gleich. Als sie kurz davor war zu kommen, hielt er inne. »Du darfst wählen. Wie möchtest du den Orgasmus? Mit der Zunge oder mit den Händen? Willst du zum Höhepunkt geleckt oder geschlagen werden?«

»Beides«, keuchte sie, völlig von Sinnen.

»Dann nehme ich die Peitsche.«

Leanne riss die Augen auf. Von einer Peitsche war bisher nie die Rede gewesen. Angstvoll verfolgte sie jede seiner Bewegungen. Er öffnete den Schrank und holte zwei Peitschen heraus. Eine war einriemig und aus glänzendem Leder, die andere hatte mehrere breite Riemen und schien aus einem weicheren Material zu sein. Er legte die Einriemige weg und kam mit der weichen Peitsche zum Bett zurück. »Schließ die Augen und genieße.«

Leanne gehorchte. Was dann folgte, war vollkommen. Weich wie eine Zunge und doch fest wie zuschlagende Hände traf die Peitsche ihre Schamlippen. Jedes Mal, wenn er nach einem Hieb die Riemen wegzog, glitten sie schmeichelnd über ihre erhitzte Haut.

»Mehr, schneller. Ja!«

Devin schlug sie, bis sie heftiger kam, als sie es je für möglich gehalten hätte. Sie verkrampfte sich von den Zehen bis zu den Fingerspitzen. Süße, lustvolle Wogen rasten durch ihren Körper. Devin hörte erst auf, als sie nicht einmal mehr leise stöhnen konnte.

Zum zweiten Mal löste er die Seile, die sie hielten. Er zog das Kissen unter ihrem Po weg, drehte sie auf die Seite und drang von hinten in sie ein, so sacht, dass sie es kaum merkte. Sie war wie betäubt, alle ihre Muskeln waren erschlafft. Sein Arm umfing sie, mit dem anderen fasste er in ihre Haare, bog ihren Kopf nach hinten und küsste ihre Nasenspitze. Sie ließ alles mit sich geschehen, willenlos und biegsam wie eine Puppe, und dabei unendlich glücklich, eingehüllt in einen Kokon aus Zärtlichkeit. Er nahm sie in langen, sanften Stößen, streichelte dabei ihre Brüste und ihren Bauch. Sie fühlte sich so offen, so hingegeben an diesen Mann. »Möchtest du mit mir kommen?«, fragte er.

»Ich glaube, ich kann nicht mehr.«

»Deine Regenerationsfähigkeit ist enorm. Ich habe noch keine Frau wie dich erlebt. Ich wette mit dir, in wenigen Minuten bist du wieder so weit, dass du mich anflehst, dich zu ficken.«

»Aber das tust du doch gerade.«

»Nein, im Moment mache ich Liebe. Ficken ist anders.«

»Okay, bring mich dazu.«

Sie bezweifelte, dass er es schaffen würde. Ihre erogenen Zonen waren völlig überreizt und wollten einfach nur in Ruhe gelassen werden.

Er rutschte im Bett nach unten, bis sein Kopf an ihrem Steißbein lag. Dort begann er sie zu lecken, am Ende ihrer Wirbelsäule, knapp oberhalb der Stelle, wo ihre Pobacken sich teilten. Es fühlte sich schön an, mehr aber auch nicht. Sie hatte sogar Muße wahrzunehmen, dass es draußen dämmerte. Doch je länger er sie leckte, desto empfindlicher wurde die Stelle. Es war, als würde er nur mit Hilfe seiner Zunge eine neue erogene Zone erschaffen. Ihre Haut begann zu prickeln, kleine, zärtliche Stromstöße fuhren ihren Rücken hoch. Ihre Brustwarzen wurden hart, ihre Klitoris erwachte zu neuem Leben. »Okay, du hast es geschafft. Ich will gefickt werden.«

Er drehte sie auf den Rücken und ritt sie so schnell und fest, dass sie vor Wonne zu fluchen anfing. Sie kam gleichzeitig mit ihm, getragen von einer wilden, heißen Woge animalischer Lust.

***

Einige von Devins Beziehungen waren an seiner Dominanz gescheitert. Moderne Frauen wollten keine Paschas, keine Machos, keine Männer mit Besitzansprüchen. Dass Devin absolut kein Macho war und jederzeit dazu bereit, einer Frau die Welt zu Füßen zu legen, nützte ihm nichts, denn das glaubten ihm die Frauen nicht. Dazu entsprach er zu sehr dem Klischee des herrischen Unterdrückers. Wenn er seine sensible Seite zeigte, wurde ihm unterstellt, seiner Partnerin etwas vorzuspielen. Dass er geduldig, einfühlsam und treu war, glaubte man ihm nicht. Und am wenigsten, dass er verletzlich war. Verlassen zu werden, betrogen, ausgenutzt – das war ihm zu oft passiert. Er war vorsichtig geworden, zeigte seine Gefühle nicht mehr so offen, hielt sich zurück. Er war sogar bereit, seine sadistische Veranlagung zu unterdrücken, aber zum Glück war das bei Leanne nicht nötig. Sie forderte ständig neue Erlebnisse, neue Erfahrungen. Er achtete darauf, sie immer einen Schritt voraus sein zu lassen, ihr nichts aufzudrängen, wozu sie nicht bereit war. Es sollte keinen Zwang geben, und sei er auch noch so sanft. Sie bestimmte das Tempo. Das gefiel ihm, denn er erlebte dabei eine Überraschung nach der anderen.

Leanne war noch im Bad. Sie hatten gemeinsam geduscht, und sie fönte ihre Haare. Devin stand, nur mit Jeans bekleidet, in der Küche und arrangierte Käse und Obst auf einer Platte. Er war berauscht von dem Gefühl, sich frisch zu verlieben, aber zugleich hatte er Angst, alles könnte wieder ganz plötzlich enden. Vielleicht war er für Leanne nur ein Abenteuer, das sie bis zur Neige auskostete.

»Du hast den schönsten Rücken, den ich je gesehen habe«, hörte er sie sagen. Er drehte sich um. Barfuß und nackt stand sie vor ihm, die feinen Haare noch leicht feucht.

»Danke.«

»Dreh dich wieder um«, befahl sie. Dann gurrte sie: »Hm, wirklich ein toller Rücken. Genau die richtige Menge an Muskeln, kein einziges Haar – ich hasse es, wenn Männer haarige Rücken haben. Lässt du den Rücken epilieren oder ist er von Natur aus so zart?«

Sie legte die Handflächen auf seine Schulterblätter und bewegte sie langsam aufeinander zu.

»Schiere Natur. Sollte dort je ein Haar sprießen, verspreche ich dir, dass du es höchstpersönlich auszupfen darfst.«

»Mit den Zähnen vielleicht?« Sie küsste ihn, bis sie etwas von der straffen Haut mit den Zähnen zu fassen bekam.

»Zieh dir etwas an«, bat er sie. »Sonst kann ich dem Abendbrot nicht meine ungeteilte Aufmerksamkeit widmen.«

»Du könntest eine Traube in meinen Bauchnabel legen. Und diese leckere Mascarponecrème... hm, auf die Innenseite der Schenkel geschmiert... und dann leckst du... oh, ich werde schon wieder feucht.«

Sie konnte es einfach nicht lassen. Sie war so unersättlich, wie jeder Mann sich eine Geliebte erträumte. Aber wenn er immer nachgab, wäre sie irgendwann übersättigt. Darum ging er nicht weiter auf sie ein, trug die Käseplatte ins Schlafzimmer und stellte sie auf den Nachttisch. Dann nahm er seinen Morgenmantel vom Stuhl und legte ihn ihr um. »Wir haben in den nächsten zwei Wochen reichlich Gelegenheit, deine Fantasien in die Tat umzusetzen.«

Sie hockte sich mit überkreuzten Beinen aufs Bett. Der Morgenmantel hing offen über ihre Schultern. Sie sah sehr verführerisch aus, aber er ignorierte standhaft den Anblick ihres seidigen Schamhaars und ihrer hohen Brüste mit den dunkelrosa Nippeln und nahm ein Stück Käse.

Sie legte den Kopf schief. »Füttere mich.«

Er steckte ihr eine Traube in den Mund.

»Nein, nicht so. Von deinen Lippen.«

»Wenn du nicht aufhörst, mich um den Verstand zu bringen, fessle und kneble ich dich wieder und mache dich erst los, wenn ich satt bin. Dann darfst du die Reste aufessen, während ich mir überlege, wie ich dich am härtesten bestrafen

kann.« Halt! Falsch, ganz falsch! Er wusste doch, wie sie auf Reizwörter wie »Bestrafen« reagierte.

Sie leckte sich sinnlich die Lippen. »Ich hoffe, das ist keine leere Drohung.«

»Doch, ist es«, gestand er. »Ich bin gerade eher in der Stimmung, zärtlich zu dir zu sein.«

Sie kuschelte sich an seine Schulter. »Damit kann ich leben.«

Er biss ein Stück Camembert ab und schob es ihr zwischen die Zähne.

»Es ist schön hier bei dir. Ich könnte mir gut vorstellen, meinen Urlaub in deinem Bett zu verbringen. Aber eine kleine Reise wäre auch nicht schlecht. Was meinst du? Ich könnte am Montag meine Chefin fragen, ob sie ein geeignetes Last-Minute-Angebot hat. Irgendein romantischer Ort. Nichts Gewöhnliches, weder Venedig noch Mauritius. Eher etwas Ausgefallenes«, dachte sie laut nach.

Er hörte nur noch mit einem Ohr zu, während sie Reiseziele erwog und gleich wieder verwarf. In seinem Geist nahm eine Idee Gestalt an. Ob er ihr das zumuten konnte? Er hatte bisher zwei Frauen nach Glowcastle mitgenommen, und beide waren ausgeprägte Masochistinnen gewesen, die vor ihm bereits Erfahrung mit anderen Gebietern gemacht hatten. Natürlich konnte er selbst bestimmen, wie weit er gehen würde. Glowcastle war einfach ein Ort, an dem sich viele Möglichkeiten boten. Er würde es Leanne überlassen, welche davon sie nutzten. Oder wäre sie mit dem Ambiente überfordert, mit den vielen Reizen, den anderen Gästen? Schwer zu sagen.

»Tja«, beendete sie ihren Gedankenfluss. »Jetzt bin ich einmal um die ganze Welt geflogen und habe kein aufregendes Urlaubsziel für uns gefunden. Ich habe den Beruf verfehlt.«

»Wieso überlässt du mir nicht die Entscheidung?«

Sie sah zu ihm hoch. »In Ordnung. Überrasch mich. Buch etwas und verrate mir nichts. Nur so ungefähr die Klimazone, damit ich weiß, was ich einpacken soll. Ja? Ich liebe es, überrascht zu werden.«

Gut, sie soll ihre Überraschung haben.

»Ich muss kurz telefonieren.«

Er ging ins Wohnzimmer und wählte eine Nummer, die er auswendig kannte, wie jedes Mitglied der Glowcastle Society. Als Tess Morgan, die Empfangsdame, sich meldete, nannte er seinen Namen und die Mitgliedsnummer. »Ich wollte anfragen, ob in den nächsten zwei Wochen noch etwas frei ist.«

»Augenblick.« Er hörte Tastaturgeklapper. »Ja, die Rote Suite.« Tess nannte ihm die Daten.

Devin warf einen Blick auf den Wandkalender. »Wir könnten übermorgen früh schon anreisen? Das ist perfekt.«

Im Schlafzimmer hatte seine Elfe sich in seiner Abwesenheit heißhungrig über die Käseplatte hergemacht. Sie trank einen Schluck Wein und hielt ihm dann das Glas hin. Er nahm es, stellte es beiseite und küsste sie auf den vom Obst klebrigen Mund.

»Wir fahren morgen Abend nach Schottland, in die Nähe von Glasgow. Unser Ziel heißt Glowcastle. Alles Weitere erfährst du, wenn wir da sind.«

»Okay.« Sie schob ihm die Platte hin und er aß auf, was sie ihm übrig gelassen hatte.

Die meisten Frauen hätten jetzt keine Ruhe gegeben und ihn ausgefragt, worin denn nun genau die Überraschung bestünde. Frauen und Geduld, das widersprach sich seiner Erfahrung nach. Aber Leanne blieb völlig cool. Sie meinte nur: »Wir könnten auch nach Glasgow fliegen und dort einen Mietwagen nehmen.«

»Ich fahre lieber, dann haben wir endlich Gelegenheit, uns richtig zu unterhalten.«

Sie lächelte. »Auch gut. Ich werde dich alle hundert Meilen verführen. Wieso fahren wir nachts?«

»Das ist weniger stressig.«

»Schön. Wir können jederzeit anhalten und uns im Dunkeln auf einem Parkplatz… he, was machst du da?«

Er hatte den Gürtel aus dem Morgenmantel gezogen und ein Ende um ihr linkes Handgelenk gebunden. Er legte Leanne auf den Rücken, zog ihr Handgelenk nach oben und führte den Gürtel durch eine Sprosse am Kopfende. Sie streckte ihm die rechte Hand bereits hin, damit er sie ebenfalls fesseln konnte.

»Willigkeit ist dein zweiter Name, hm?«

Sie schloss die Augen und seufzte zufrieden. »Wenn du eine Widerspenstige zähmen willst, bist du bei mir an der falschen Adresse.«

Er streichelte ihre Schenkel, auf denen breite, rote Linien verliefen. »Du hast so heftig an den Fesseln gezogen, dass du leichte Abschürfungen hast.«

»Wen kümmert das?« Sie hob die Beine und umfasste damit seine Taille. »Na, komm schon. Runter mit der Jeans! Und dann nimm mich so fest, dass ich meine wunden Schenkel vergesse.«

Er hob ihre Unterschenkel noch etwas an und küsste ihre Fußgelenke, die von der Fesselung ebenfalls Striemen davongetragen hatten.

Sie schlug die Augen wieder auf. »Was hast du gemeint, als du vorhin gesagt hast, es würde nicht viel fehlen?«

»Ich meinte, es fehlt nicht viel für ein Fisting.«

Ihr Kopf ruckte in die Höhe? »Was? Das sagst du nur, damit ich endlich mal gegen etwas protestiere, stimmt's? Du kannst unmöglich deine ganze Hand in mich einführen, erst recht nicht, wenn sie zu einer Faust geballt ist. Du würdest mich glatt zerreißen.«

»Du bist sehr dehnbar«, sagte er ruhig. »Außerdem dachte ich nicht an die hier.« Er wackelte mit den Fingern seiner rechten Hand. »Sondern mehr an eine zarte Frauenhand. Du erwähntest mal deine Freundin. Selina oder so ähnlich.«

»Celia. Aber wir sind nur...« Leanne hielt inne und blinzelte zweimal. Ihr Gesichtsausdruck veränderte sich in Sekundenschnelle. Sie zog die Beine an und schloss sie. »Binde mich los.«

»Keine Sorge, ich habe wirklich nicht vor, dich mit meiner Faust...«

»Binde mich los!« Sie klang jetzt fast panisch.

»Okay, okay. Ist dir schlecht?« Vielleicht hatte sie einfach zu viel Käse in sich reingestopft. Er beeilte sich, ihre Hände zu befreien.

Sofort setzte sie sich auf. »Sag bitte, dass heute nicht Samstag ist.«

Immerhin klang sie jetzt wieder etwas ruhiger. »Doch, heute ist Samstag. Jedenfalls noch für etwa zwei Stunden. Warum?«

Sie biss sich auf die Unterlippe und schüttelte den Kopf. »Ich bin so eine blöde Kuh. Ich habe Celia komplett vergessen.«

»Sie ist doch in Italien – sagtest du das nicht?« Ganz am Anfang, als er Leanne einmal ins Loft begleitet hatte, hatte sie ihm von ihrer Freundin erzählt, die mehrere Monate in Mailand verbrachte.

»Heute war ihr Rückflug. Und ich hatte versprochen, sie vom Flughafen abzuholen.« Sie wippte nervös mit den Beinen über dem Bettrand und zupfte an ihren Haaren. »Sie weiß ja überhaupt nicht, warum ich nicht gekommen bin. Ich hatte ihr noch nichts von dir erzählt. Und unsere Wohnung sieht aus! Wo ist mein Handy?«

Devin brachte Leanne ihre Handtasche. Sie kramte darin herum, bis sie es gefunden hatte, pfefferte es aber sofort wieder hinein. »Akku leer.«

Er war bereits auf dem Weg ins Wohnzimmer und holte das Telefon.

Ratlos starrte sie das Zahlenfeld an. »Ich weiß ihre Handynummer nicht auswendig. Hoffentlich ist sie schon daheim.«

Leanne wählte, machte den Lautsprecher an und begann sich hastig anzuziehen.

Es klingelte dreimal, dann meldete sich der Anrufbeantworter. »Hallo, hier ist Celia Cavendish. Ich bin aus Mailand zurück. Leanne, falls du das bist, komm heim. Ich vermisse dich.«

Halb angezogen, mit einem Schuh in der Hand, ließ Leanne sich kraftlos aufs Bett plumpsen. Tränen schimmerten in ihren Augen. »Ich könnte mich ohrfeigen.«

Der Abend hatte einen unerwarteten Verlauf genommen, aber Devin konnte sich schnell an neue Situationen anpassen. Natürlich stellte er sich die Frage, ob Leanne angesichts der Rückkehr ihrer Freundin überhaupt noch mit ihm verreisen wollte, aber das konnte er morgen klären. Priorität hatte jetzt die Tatsache, dass Leanne völlig durcheinander war und es so lange bleiben würde, bis sie mit Celia gesprochen und die Sache bereinigt hatte. Darum bot er ihr an: »Ich fahre dich heim.«

Leanne kämpfte mit einem Schuh, dessen Schnürsenkel sich verknotet hatten. »Ich kann alleine fahren.«

»Dazu bist du zu durcheinander, Elfchen. Außerdem hast du mehr Wein getrunken als ich.« Er kniete sich vor sie hin, löste den Knoten, zog ihr beide Schuhe an, half ihr in ihren dünnen Sommermantel und schlüpfte in Hemd und Jacke. Ohne Socken stieg er in seine Schuhe, während Leanne ungeduldig zappelnd neben ihm stand.

»Auf ein paar Minuten kommt es jetzt auch nicht an«, versuchte er sie zu beruhigen. »Sie schläft sicher schon, sonst wäre sie ans Telefon gegangen.«

»Wie konnte ich sie nur vergessen?« Sie hängte sich dankbar an seinen Arm, als sie zum Aufzug gingen. »Ich bin so froh, dass du mir nicht böse bist, weil ich so ausgetickt bin. Du bist der netteste und zuverlässigste Mann, den ich je kennengelernt habe.«

Etwas in Devin wurde ganz weich und weit.

Sie fuhren in die Tiefgarage und stiegen in Devins BMW. Leannes Mini parkte daneben.

»Fandest du, dass sie traurig klang? Enttäuscht? Einsam?«

Devin, der gerade aus der Parklücke rangierte, brauchte einen Moment, um zu verstehen, dass sie Celias Stimme auf dem Anrufbeantworter meinte. »Sie klang eher etwas atemlos, fand ich. Vielleicht war sie total im Koffer-Auspack-Stress.«

»Es ist überhaupt nichts zu essen da.«

»Zwei Häuser entfernt ist doch dieser Inder, der 24 Stunden am Tag geöffnet hat.«

Leanne sah ihn von der Seite an. »Du bist wirklich gut darin, Menschen zu beruhigen. Du hättest Notarzt werden sollen oder Rettungssanitäter.«

Er streichelte mit dem Handrücken ihre Schulter. »Glaube mir, in meinem Job habe ich auch genug Notfälle.«

Sie warf ihm einen so seltsamen Blick zu, dass er fragte: »Du weißt doch, was ich beruflich mache, oder?«

»Hast du es mir gesagt? Wenn ja, dann habe ich nicht zugehört. Tut mir leid.« Sie zog die Stirn kraus. »Irgendetwas mit Immobilien, oder?«

»Nein, mit Investment-Gesellschaften.«

»Klingt langweilig.«

Devin war zufrieden, weil Leanne sich allmählich beruhigte. Darum erzählte er von seinem langweiligen Beruf und lullte sie damit ein. Erst als er einen Parkplatz in der Nähe des Lofts gefunden hatte, wurde Leanne wieder unruhig.

»Ich bring dich noch zur Tür«, sagte Devin und holte einen Schirm aus dem Handschuhfach.

Leanne trottete fingernagelkauend neben ihm her, überließ es ihm, den Hausschlüssel in ihrer Manteltasche zu finden, und meinte zuletzt: »Komm bitte noch mit hoch.«

»Deine Freundin möchte bestimmt nicht, dass du sie weckst, um mich ihr vorzustellen.«

»Nein, aber… ich komme mir so blöd vor, dich jetzt einfach wegzuschicken. Es ist so ein erbärmlicher Ausklang für einen fantastischen Tag. Außerdem könnte es sein, dass Celia ausgegangen ist. Dann wäre ich allein.«

»Schon gut, ich komme mit.« Er würde sie nur hineinbringen, ihr einen innigen Abschiedskuss geben, sich davon überzeugen, dass Celia zu Hause war und dann leise verschwinden, um das Wiedersehen der beiden nicht zu stören.

Leanne rannte die Stufen hoch, Devin bewegte sich in normalem Tempo, aber immer zwei Stufen auf einmal nehmend. Kaum hatten sie die Tür aufgeschlossen, hörten sie Schreie. Leanne erstarrte und sah Devin mit schreckgeweiteten Augen an. Er ging voraus, auf das Licht zu, das aus einer offenen Tür fiel. Aus den Schreien wurden Rufe.

»Schneller, tiefer, ja.«

Devin blieb wie hypnotisiert stehen. Im Schein der Nachttischlampe kniete eine Frau auf dem Doppelbett und bewegte sich schnell auf und ab. Er sah sie im Profil. Ihre vollen Brüste wogten einladend, ihre Finger spielten mit ihren

Nippeln. Falls es ein Kerl war, den sie ritt, dann musste er unter den Matratzen liegen. Wahrscheinlicher war, dass sie einen Dildo bearbeitete.

Devin spürte Leanne neben sich, so stocksteif wie er. Beide hielten sie den Atem an.

Die Frau auf dem Bett ließ den Kopf nach hinten fallen, während an ihrem Atemrhythmus erkennbar war, dass sie kam.

Devin wurde klar, dass er verschwinden sollte, bevor sie ihn bemerkte. Aber wenn er sich jetzt bewegte, würde sie ihn erst recht sehen. Was sollte er tun?

Die Entscheidung wurde ihm abgenommen. Celia ließ sich nach vorn sinken und rollte dann zur Seite weg. Jetzt blickte sie in seine Richtung. Ihre Augen weiteten sich – entsetzt, verstört, zutiefst erschrocken, aber auch betörend sinnlich, wie nur eine Frau nach einem berauschenden Orgasmus aussehen kann.

Kapitel 3

Mit einem Ruck zog Celia die Bettdecke über sich, bis sie komplett darunter verschwunden war. Sie würde nie, nie, nie wieder das Schicksal herausfordern! Aber wie hatte sie auch ahnen können, dass Leanne nicht allein nach Hause kam, sondern einen Mann mitbrachte? Da hatte doch ein Mann gestanden, oder? Es war alles so schnell gegangen. Alles, was sie gesehen hatte, waren schwarze Augen, strenge Augenbrauen, kurze, schwarze Haare und ein Bartschatten. Ingesamt eine sehr düstere Erscheinung. Ein Teufel!

Warum musste er ausgerechnet jetzt auftauchen, wo sie es endlich geschafft hatte, einen so wundervollen Orgasmus zu erleben wie schon lange nicht mehr? Dieser Schock würde ihre Libido um Jahre zurückwerfen.

Was sollte sie jetzt tun? Am besten blieb sie unter der Bettdecke. Vielleicht verschwand dieser schwarze Teufel. Nicht auszudenken, wenn er ihr die Bettdecke wegzog und sich vorstellte. Zuzutrauen wäre es ihm. Immerhin hatte er nicht den Anstand besessen, wegzusehen, während sie … o Gott! … wie unsäglich peinlich!

Celia lauschte. Hatte da nicht eben die Wohnungstür geschlagen? Ob er weg war? Hoffentlich kam er niemals wieder. Was fiel ihm überhaupt ein, dermaßen ihre Privatsphäre zu verletzen? Und wie konnte Leanne so gedankenlos sein? Nun gut, sie hatte drei Monate lang allein hier gewohnt und mitbringen können, wen sie wollte.

Jemand zupfte an der Decke.
»Die Luft ist rein«, sagte Leanne. »Devin ist fort.«
Celia lugte vorsichtig heraus. »Devil wie Teufel? Der Name passt.«
»Nein, Devin. Devin Flinkman.« Leanne legte eine Hand auf Celias Schulter. »Es tut mir alles so leid. Lass mich zu dir ins Bett. Ich werde mich den Rest der Nacht entschuldigen, aber schick mich nicht fort.«
»O Süße, wieso sollte ich dich fortschicken? Ich bin so froh, dass du endlich da bist.«
Celia hob die Decke.
Leanne schlüpfte bereits aus den Schuhen, zog sich in Windeseile komplett aus und kuschelte sich an Celia, die beim Versuch, Platz zu machen, gegen den Dildo stieß, der noch in voller Pracht zwischen den Matratzen steckte. Celia zog ihn heraus und legte ihn auf den Nachttisch. Dabei löschte sie auch gleich das Licht.
Leannes weicher Körper schmiegte sich an ihren. »Wo soll ich anfangen?«
»Du musst dich nicht entschuldigen. Ich habe mir schon gedacht, dass du mal wieder einem Kerl verfallen bist. Das wirkt sich immer verheerend auf dein Kurzzeitgedächtnis aus.«
»Sei nicht so verständnisvoll. Schimpf mit mir, dann ist mir wohler.«
Celia schloss die Augen. »Zum Schimpfen bin ich zu erschöpft.«
»Kein Wunder, nach der Nummer eben.«
»Oh bitte, sprich mich nie wieder darauf an.«
»Aber es war wunderschön.«
»Schön?«
»Ja. Du hast ausgesehen wie eine Amazone, so stark und

kraftvoll in deiner Lust. Erzähl mir von Mailand«, bat Leanne. »Und von deinem weichgespülten, schwulen leider-nicht-Lover.«

»So weichgespült ist Roberto gar nicht. Der Dildo ist sein Abschiedsgeschenk.«

»Wie stilvoll.« Leanne stand auf. »Ich muss mir noch die Zähne putzen, denn ich bin hundemüde und werde wahrscheinlich nachher in deinem Bett einschlafen.«

Celia sah der Freundin nach und traute kaum ihren Augen. Rote Linien, wie schmale Abschürfungen, entstellten Leannes blasse, zarte Haut. Sie reichten von den Oberschenkeln bis hinunter zu den Füßen.

Als Leanne aus dem Bad zurückkam, trug sie ein Nachthemd. Celia wartete, bis sie sich hingelegt hatte, dann fragte sie: »Hattest du einen Unfall?«

»Wieso?«

»Deine Beine«, sagte Celia nur.

»Mir geht es prima. Ignorier die Striemen einfach.«

»Striemen? O mein Gott, er schlägt dich.«

Leanne setzte sich auf. »Das ist doch völliger Unsinn. Devin würde nie etwas tun, das ich nicht auch möchte.«

Celia erkannte genau die Zweideutigkeit von Leannes Antwort. »Er tut dir also weh, *weil* du es möchtest?«

»Himmel, wie oft soll ich dir noch sagen, dass er mir nichts tut. Das war ich selbst.«

Celia zog die Augenbrauen zusammen. »Du selbst? Wie soll ich mir das vorstellen?«

»Am besten stellst du es dir gar nicht vor. Überhaupt muss ich mich vor dir nicht rechtfertigen. Hätte ich geahnt, dass du so einen Aufstand machen würdest, wäre ich bei Devin geblieben, anstatt mitten in der Nacht hierher zu brausen und mich vor dir mit Anschuldigungen …« Leanne hob eine

Hand. »Nein, warte, es tut mir leid. Ich wollte nicht ausfallend werden. Was ist nur mit uns los?«

Celia legte den Kopf auf Leannes Schulter. »Wir haben uns entfremdet, das ist los. Wir machen einen Deal, okay? Du erzählst mir, wo die Striemen herkommen, damit ich aufhören kann, mich zu fragen, was passiert ist. Und ich verspreche dir dafür, es nicht mehr zur Sprache zu bringen, was auch immer es gewesen sein mag.«

»Also gut. Ich wollte, dass er mich fesselt. Das hat er sehr kunstvoll getan und mich dann so in Ekstase versetzt, dass ich gar nicht gemerkt habe, wie heftig ich an den Seilen gezerrt habe. Hätte ich stillgehalten, würde man jetzt überhaupt nichts mehr sehen.«

Celia atmete tief durch. Sie fand die Vorstellung, dass Leanne sich von einem Mann fesseln ließ, mehr als beängstigend. Woher nahm sie das Vertrauen? Er hätte schreckliche Dinge mit ihr tun können.

»Wie lange kennst du ihn schon?«, fragte sie.

»Seit zwei Wochen.«

»Ah, doch schon so lange.« Sie konnte nur mühsam den Sarkasmus in ihrer Stimme verbergen. Gut, dass sie wieder zurück war, und auf Leanne aufpassen konnte.

***

Sie schliefen bis mittags. Da nichts zum Essen im Haus war, gingen sie zwei Straßen weiter in ein Café, in dem man den ganzen Tag frühstücken konnte.

Celia spürte eine leichte Anspannung. Obwohl sie sich in der Nacht lange unterhalten hatten, fremdelten sie immer noch. Gesprächspausen, die sie früher völlig entspannt erlebt hatten, erzeugten ein leises Hintergrundrauschen von Nervosität.

Woran lag es? Mussten sie sich nach der langen Trennung erst wieder aneinander gewöhnen? Oder war Devin der Störfaktor? Celia vermied es, Leanne über ihn auszufragen. Zum einen wollte sie nicht den Eindruck erwecken, Leanne zu kontrollieren, zum anderen wollte sie, dass Leanne so wenig wie möglich an ihn dachte. Ablenkung erschien ihr die beste Strategie.

Bei gebutterten Scones und kannenweise Tee sprang Celia von einem Thema zum anderen und wechselte es sofort wieder, wenn sie das Gefühl hatte, sich auf kritisches Terrain zu begeben. Der analytische Teil ihres Verstandes schimpfte dabei unablässig, sie solle nicht so feige sein und klipp und klar aussprechen, was ihr auf dem Herzen lag.

Auf dem Heimweg kauften sie fürs Abendessen ein. Celia hatte den Eindruck, dass die Situation sich allmählich normalisierte. Doch als sie daheim die Einkäufe in den Kühlschrank räumte, sagte Leanne in eine längere Stille hinein ganz unvermittelt: »Ich weiß genau, was du denkst, aber Devin ist keine Neuauflage von Mark. Er ist galant und zuvorkommend. Er verwöhnt mich von vorn bis hinten. Ich habe in seinem Haushalt noch keinen Finger krumm gemacht.« Sie sah Celia in die Augen. »Ich lerne durchaus aus meinen Fehlern.«

Celia fühlte sich ertappt. »Aber du machst vielleicht neue Fehler«, sagte sie ohne nachzudenken. Sie ärgerte sich sofort darüber und lenkte ein. »Das soll keine Kritik an Devin sein. Ich kenne ihn ja überhaupt nicht.«

»Darum geht es nicht. Du kennst *mich* und du weißt, dass ich dazu neige, unkritisch zu werden, wenn ich von einem Mann sexuell angezogen bin.«

Wenn Celia jetzt darauf herumritt, in was für demütigende Situationen Leanne sich mit ihrem unkritischen Verhalten schon gebracht hatte, würde es klingen, als hätte sie Vorurteile Devin gegenüber, weil sie davon ausging, dass ein Mann, den Leanne anziehend fand, ein gewisses Maß an Dominanz besitzen musste. Also wechselte sie wieder einmal das Thema. »Ich habe dir ja deine Geschenke noch gar nicht gegeben.«

Leanne klatschte in die Hände wie ein Kind. »Au ja. Her mit den Geschenken. Ich liebe Überraschungen.«

»So eine große Überraschung ist es gar nicht.« Celia ging den Koffer holen, in dem sich die Sachen für Leanne befanden. »Du hast dir schließlich sexy Dessous gewünscht.«

»Aber ich weiß ja nicht, was du für mich ausgesucht hast.«

Celia nahm die in Seidenpapier eingeschlagenen Stücke heraus und legte sie auf die Ledercouch.

Leanne hatte bereits angefangen sich auszuziehen. Celia zuckte unwillkürlich zusammen, als Leannes nackte Schenkel mit den allmählich verblassenden Spuren ihrer Fesselung zum Vorschein kamen. Sie bemühte sich um ein erwartungsvolles Lächeln, während Leanne einen pfirsichfarbenen Büstenhalter mit raffinierter Linienführung und zartesten Spitzen anzog und anschließend in den dazugehörigen String-Tanga stieg.

Sie stolzierte im Wohnzimmer auf und ab. »Ich komme mir vor wie ein Topmodel.« Dann blieb sie stehen und stemmte die Hände in die Hüften. »Ich hoffe doch sehr, du hast dir auch ein paar Luxusmodelle geleistet. Deine Slips sind modisch eine Katastrophe. Und die nahtlosen BHs sind vielleicht bequem, aber damit würde ich mich nicht mal beim Arzt ausziehen.« Sie griff nach dem nächsten Set, pastellgrün und mit leichtem Push-up-Effekt.

»Ja, ich habe mir auch etwas geleistet«, gestand Celia. »Allerdings bezweifle ich, dass ich jemals den Mut aufbringen werde, es zu tragen. Es war ein absoluter Fehlkauf.«

»Überlass es mir, das zu beurteilen.«

Celia fingerte das kleine Päckchen mit ihrem Leichtsinnskauf aus der Seitentasche des Koffers. »Ich gehe nie wieder mit einem Schwulen einkaufen«, murmelte sie.

»Ach, hat Roberto das für dich ausgesucht?« Leanne nahm Celia das Päckchen ab, faltete es auseinander, entfernte die Folie und schüttelte ein schwarzes Etwas in Form. »Das muss ich an dir bewundern. Zieh dich aus.«

»Also, wirklich, ich…« Celia nahm Leanne das Teil ab. »In Mailand fand ich es noch ganz hübsch, aber es passt nicht zu London, meinst du nicht auch?«

»So einen Unsinn habe ich noch nie gehört. Ich bestehe darauf, dass du es anziehst.«

Celia sah zu dem Oberlicht hoch. Falls es Geister gab, die die Lebenden beobachten, wollte sie es ihnen nicht zu leicht machen. »Ich zieh mich nebenan um.«

Leanne war bereits dabei, einen weißen Seidenbody anzulegen.

Celia ging in ihr Schlafzimmer und zog sich aus. Es stimmte schon, dass sie lernen musste, mehr Mut zur Weiblichkeit zu haben. Sie betrachtete sich im Spiegel und stellte fest, dass ihr Körper runder geworden war. Sie hatte in Mailand ihre Routine von zwei Fitness-Studiobesuchen pro Woche sträflich vernachlässigt, war höchstens hin und wieder joggen gewesen. Nun war alles an ihr femininer. Die weichen Konturen gefielen ihr besser als die Straffheit, die so mühevoll zu erhalten gewesen war. Sie hatte sich viel zu lange an den Models orientiert, denen sie aus beruflichen Gründen ständig über den Weg lief.

Sie hielt die schwarze Korsage an spitzen Fingern hoch, dann legte sie sie um ihren Rumpf und schloss die vorderen Haken. Die Korsage bedeckte die Brüste nicht, sie hob sie lediglich an. Celia hätte dazu einen passenden Slip kaufen sollen, wie sie jetzt feststellte. Sie nahm ihre hochhackigsten Schuhe aus dem Schrank – schwarze Lack-Stiefeletten mit Pfennigabsätzen – und zog sie an. Jetzt wirkte sie geradezu verrucht. Die Lust am Experimentieren wuchs. Sie ging ins Bad und legte knallroten Lippenstift auf. Noch ein schwarzer Lidstrich und die Haare einmal über den Kopf gebürstet, damit die Locken mehr Stand hatten. Ein absoluter Hingucker.

Sie riss die Badezimmertür auf, ging mit schnellen Schritten ins Wohnzimmer und rief: »Her mit den Kerlen!«

»Reicht fürs erste einer?«

Erst als sie die männliche Stimme hörte, wurde ihr bewusst, dass sie inzwischen Besuch bekommen hatten. Neben Leanne, jetzt in blassrosa Spitze gekleidet, stand Devin in Anzug und Krawatte und mit hochgezogenen Augenbrauen.

Celia duckte sich hinter die Rückenlehne der Couch. »Wieso hast du ihn reingelassen?«

»Ich konnte ja nicht ahnen, dass du so einen Auftritt hinlegen würdest.« Leanne kicherte. »Devin, dreh dich um.«

Celia linste über den Rand der Lehne. Devin hatte sich abgewandt. Sie atmete schnaubend aus und lief so schnell sie konnte ins Schlafzimmer, knallte die Tür hinter sich zu und fluchte leise. »Wieso muss dieser schreckliche Mensch immer auftauchen, wenn ich gerade etwas tue, das mich als sexbesessene, völlig hemmungslose… ach, egal.« Sie zog die Stiefeletten von den Füßen und warf sie aufs Bett. »Soll er doch von mir denken, was er will. In ein paar Wochen wird er sowieso wieder aus unserem Leben verschwunden sein. Aber wehe, er taucht noch einmal unangemeldet auf. Das ist mein Zuhause. Meine Privatsphäre, zum Henker noch mal.« Verwirrt und wütend zugleich, zog sie sich an und redete sich dabei immer mehr in Rage. Zuletzt stürmte sie ins Wohnzimmer zurück.

»Ich finde, eine Entschuldigung wäre angebracht. Vor allem wegen gestern.«

Devin saß auf dem breiten Sessel. Er wandte den Blick von Leanne ab, die auf seinem Schoß Platz genommen hatte, und nickte Celia zu. »Wenn Sie meinen, sich entschuldigen zu müssen, nur zu«, sagte er, das Gesicht ernst und unbewegt.

»Ich? Nein, *Sie* sollen sich entschuldigen, weil Sie in meine Privatsphäre eingedrungen sind.«

Ein plötzliches Grinsen entspannte seine Züge. »Natürlich, ich wollte Sie nur ein bisschen necken. Es tut mir leid, dass ich mich gestern ein paar Sekunden lang an Ihrem Anblick ergötzt habe, anstatt sofort die Wohnung zu verlassen, wie jeder anständige Mann es getan hätte. Wobei ich bezweifle, dass es tatsächlich Männer gibt, die dermaßen anständig sind. Wir sind im Herzen alle Voyeure.«

So billig würde er ihr nicht davonkommen! »Und bei Leanne sollten Sie sich auch entschuldigen. Ihre Beine sehen absolut misshandelt aus.«

Devin streichelte Leanne behutsam die Oberschenkel. »Ich habe mich bereits nach weicheren Seilen umgesehen. Leanne ist temperamentvoller, als ich es von anderen Frauen gewöhnt bin.«

»Ach ja?« Leanne kraulte seinen ordentlich frisierten Haarschopf.

Er zog ihre Hand an seinen Mund, küsste sie aufs Handgelenk und ordnete zugleich mit der freien Hand seine Frisur. »Ja, mein Elfchen.«

Celia rollte mit den Augen und wünschte sich nach Mailand zurück.

»Machen Sie bitte eine Faust«, sagte Devin unvermittelt.

»Ich hatte nicht vor, Ihnen einen Kinnhaken zu verpassen«, erwiderte Celia, jetzt völlig aus dem Konzept.

»Ich möchte mir nur einen Eindruck verschaffen.«

Celia machte eine Faust und hielt sie ihm hin. Er nahm ihre Hand, betrachtete sie von beiden Seiten, strich die Finger gerade und nickte. »Doch, das könnte gehen.«

»Was? Soll ich Boxen lernen?«

Er sah auf und lächelte. Celia gefiel es überhaupt nicht, wie gut er dabei aussah. Womöglich würde es viel länger dauern als bei den anderen Männern, bis Leanne von ihm wieder loskam. »Darüber können wir sprechen, wenn Leanne und ich aus dem Urlaub zurück sind.«

Leanne riss die Augen auf und sprang von Devins Schoß. »Oh Mist! Das habe ich ja komplett vergessen.« Sie sah hektisch zwischen Celia und Devin hin und her. »Es tut mir leid. Ich meine beides, dass ich es vergessen habe, Devin. Ich habe noch nicht mal gepackt. Ich war völlig … und dass ich dich gleich allein lasse, Celia, kaum dass du wieder zurück bist. Aber als wir den Urlaub geplant haben … also nicht richtig geplant, es war mehr eine Überraschung, etwas Spontanes … das war, bevor mir einfiel, dass du zurückkommst. Das ist jetzt wirklich total bescheuert. Ich würde am liebsten dableiben. Ach, ich weiß auch nicht. Egal, was ich jetzt mache, einen von euch beiden enttäusche ich damit.«

Leannes konfuser Redeschwall gab Celia Gelegenheit, ihren eigenen Schreck zu verdauen und einigermaßen ruhig zu fragen: »Wie lange wollt ihr denn wegfahren?«

Leanne sah Devin fragend an.

»Knapp zwei Wochen«, sagte er.

»Könnten wir das nicht verkürzen?«

Celia hob eine Hand. »Nein, ist schon in Ordnung. Ihr habt einen Urlaub gebucht, also tretet ihr ihn auch an.«

Sie würde sich die Enttäuschung nicht anmerken lassen. Ja, es tat weh, dass Leanne sie allein ließ, um sich mit Devin irgendwo an den Strand zu legen. Celia fühlte sich ausgeschlossen und abgeschoben. Sie wusste, sie könnte darauf bestehen, dass Leanne dablieb, doch dann würde Devin sie für eine herrische Zicke halten. Außerdem wäre Leanne unglücklich, hätte ihm gegenüber ein schlechtes Gewissen und wäre Celia deswegen böse. Letztlich wäre sie dann ja doch die meiste Zeit bei ihm, da konnte sie genauso gut wegfahren. Besser noch: Reisen waren der ideale Prüfstein für eine Beziehung. Celia war sich fast sicher, es würde den Lauf der Dinge beschleunigen. Nachdem sie sich die Sache dermaßen schöngeredet hatte, konnte sie lächelnd sagen: »Ich helfe dir packen«, und ganz beiläufig fragen: »Wo soll es denn hingehen?«

»Snowcastle.«

»Glowcastle«, verbesserte Devin. »In Schottland.«

»In der Nähe von Glasgow«, ergänzte Leanne. »Stimmt doch, oder?«

Er nickte.

Also kein Strandurlaub. Schottland war in Celias Augen gnadenlos unromantisch. Wenn Devin mit Leanne wandern gehen wollte – und was konnte man in Schottland sonst machen? – würde er sie von ihrer ganz schwachen Seite kennenlernen. Leanne hasste Spaziergänge, von ausgedehnten Wanderungen ganz zu schweigen.

»Ich leihe dir meine Wanderschuhe«, sagte sie und folgte Leanne in deren Schlafzimmer.

Leanne öffnete eine Schranktür nach der anderen. »Ich glaube, ich muss auch einiges andere von dir leihen. Ich habe schon eine Weile keine Wäsche gewaschen.« Sie schaute über die Schulter. »Du hast wirklich tausend Gründe, wütend auf mich zu sein. In der Wohnung sieht es aus wie gehackte Fliegen, und ich haue einfach ab.«

»Ich kann ja ein bisschen aufräumen und putzen«, bot Devin an, der am Türrahmen lehnte.

Leanne strahlte. »Würdest du das tun? Oh, das wäre toll. Die Küche hat es besonders nötig. Putzmittel findest du …«

»Keine Sorge, ich komme schon zurecht. Was das Packen anbetrifft: Wandersachen brauchst du nicht. Wir werden uns überwiegend in geschlossenen Räumen aufhalten. Nimm lieber elegante und leichte Kleidung mit, vor allem erotische Unterwäsche, und alles, was du so an gewagten Outfits besitzt.«

»Was ist denn dieses Glowcastle für ein spezieller Ort?«, wollte Celia wissen, nachdem Devin in die Küche verschwunden war.

Leanne zuckte die Schultern. »Ich glaube, ein Wellnesshotel oder eine Beauty-Farm. Devin wollte mir nichts Genaues sagen, damit es eine Überraschung wird.«

»Hm«, machte Celia und setzte sich aufs Bett.

»Du bist also doch sauer!«

»Nein, ich …« *Ich bin nur besorgt.* Aber das sagte sie lieber nicht, denn Leanne würde dann zu Recht argumentieren, dass sie drei Monate lang bestens auf sich selbst aufgepasst hatte. »Wann geht euer Flugzeug?«, wechselte sie das Thema.

»Wir fahren mit dem Wagen, die ganze Nacht durch.«

Celia fühlte sich mit einem Mal unheimlich verlassen. Sie wollte Leannes Glück, aber sie wollte an diesem Glück teilhaben. Und gleichzeitig wollte sie sicher sein können, dass Leanne nicht kopfüber in ihr Unglück stürzte. Sie wusste nicht, wovor sie mehr Angst hatte – dass Leanne mit Devin den absoluten Traummann gefunden hatte, mit ihm zusammenzog und ihn heiratete. Oder dass Leanne zulassen würde, dass er ihr wehtat, sie emotional und körperlich verletzte. Sie war zu vertrauensselig, trotz der schlechten Erfahrungen, die sie bisher gemacht hatte. Und sie war zu sexbesessen, weit mehr, als für sie gut war.

Leanne drehte sich um und schmiegte sich an Celia. »Ich rufe dich sofort an, wenn wir da sind. Versprochen.«

Celia lächelte in sich hinein, froh, dass Leanne gespürt hatte, was in ihr vorging.

Eine halbe Stunde später hatten sie zwei Koffer gepackt und gingen damit in den Wohnbereich, wo Devin mit einem Mikrofasertuch die Spüle trockenrieb.

»Holla!«, staunte Celia. »So hat sie noch nie geglänzt. Danke.«

Devin faltete das Tuch ordentlich zusammen, krempelte die Ärmel seines weißen Hemdes herunter und schloss die Manschettenknöpfe. »Gern geschehen.«

Celia brachte die beiden bis zur Tür. »Fahrt vorsichtig.« *O Gott, wie abgedroschen.*

Leanne sprang die Treppe hinunter, voller Vorfreude, wie Celia mit einem leichten Stich bemerkte.

»Also dann, bis in zwei Wochen«, sagte Devin förmlich und sah auf die Hand, die Celia auf ihr Herz gelegt hatte. Die Andeutung eines Lächelns spielte um seine Augenwinkel. »Es ist mir gestern schon aufgefallen. Und vorhin wieder, als Sie die schwarze Korsage anhatten. Aber das möchten Sie bestimmt gar nicht wissen.«

»Doch, ich möchte.«

Er sah ihr in die Augen. »Ihre Brüste sind wie dafür geschaffen, gepeitscht zu werden.«

Celias erster Impuls war, ihn zu ohrfeigen, aber da hatte er sich schon abgewandt und ging ohne Eile zum Treppenhaus.

Sie hielt den Atem an, um ihm nichts Unflätiges hinterherzurufen, schlug die Tür zu und lehnte sich von innen dagegen.

Hatte er ihr damit etwas Bestimmtes sagen wollen? War es

ein versteckter Hinweis darauf gewesen, dass er ein Brustfetischist war? Vielleicht waren ihm Leannes Brüste zu klein und… genau, dieses Glowcastle war keine Beauty-Farm, sondern eine Schönheitsklinik. Er brachte Leanne dorthin, um sie operativ seinen Wünschen anzupassen.

Nein, das war doch völliger Unsinn. Oder? Sie wusste nicht, was sie glauben sollte und wünschte sich, sie hätte Gelegenheit gehabt, Devin besser kennenzulernen, bevor er mit Leanne auf und davon gefahren war. Wieso hatte sie nicht darum gebeten, dass die beiden einen Tag später abfuhren? Da sie keinen Flug gebucht hatten, waren sie flexibel. Aber es war alles so plötzlich über sie hereingebrochen.

Was für ein bizarrer Tag. Jetzt brauche ich erst mal einen starken Espresso.

Sie ging in die Küche und stützte sich an der hellen Arbeitsplatte ab, auf der keine Teeflecken mehr zu sehen waren.

»Der Kerl sieht nicht nur teuflisch aus, er ist auch noch ein richtiger Putzteufel.« Sie öffnete den Oberschrank, in dem die Kaffeepads lagen. Dabei fiel ihr Blick auf das Gewürzbord. Devin hatte die Gewürzgläser mit den Etiketten nach vorn gedreht, dazu noch alphabetisch sortiert.

»Man kann es auch übertreiben«, murmelte Celia und öffnete neugierig alle Schränke, erst die oberen, dann die unteren. Es war unglaublich. In der kurzen Zeit hatte Devin eine perfekte Ordnung geschaffen. Die Küchenhandtücher waren in exakte Quadrate gefaltet, die Tassen standen mit den Henkeln nach vorn, die Deckel lagen auf den richtigen Töpfen und Pfannen.

Celia bekam eine Gänsehaut.

Er ist ein Pedant, ein totaler Kontrollfreak. Und dazu ein Sadist, sonst hätte er diese Bemerkung nicht gemacht, dass meine Brüste…

Sie wagte es gar nicht, den Gedanken zu Ende zu denken.

Woran erinnerte sie dieser übertriebene Ordnungsdrang? Da war doch ein Film gewesen. Genau, mit Julia Roberts. Sie spielt eine Frau, deren Mann ein gewalttätiger Psychopath ist, der sie zusammenschlägt, wenn nur ein Handtuch falsch aufgehängt ist.

Was, wenn Devin auch so einer war? Meistens hatten solche Männer einen oberflächlichen Charme und Sexappeal, dem eine Frau leicht verfallen konnte. Es dauerte eine Weile, bis sie ihr wahres Gesicht zeigten.

»Halt, stopp! Ich reagiere ja völlig hysterisch. Aber was, wenn wirklich etwas passiert? Dann werde ich mir ewig vorwerfen, dass ich Leanne nicht gerettet habe.«

Doch worin sollte diese Hilfe bestehen? Sie könnte sie anrufen und sie bitten umzukehren. Dafür musste sie einen plausiblen Grund erfinden, beispielsweise, dass jemand in der Familie krank geworden war. Das ging nur, wenn derjenige mitspielte, sonst flog ihre Lüge ruckzuck auf.

Dann fiel Celia ein, dass sie Leanne überhaupt nicht anrufen konnte. Die Freundin hatte ihr Handy im Wohnzimmer zum Aufladen an die Steckdose angeschlossen. Und jetzt hatte sie es in der Eile nicht eingepackt. Celia warf einen hoffnungsvollen Blick über die Küchentheke zum Schreibtisch. Das Handy war noch da.

Celia machte sich daran, den Espresso zuzubereiten. Dass ihre Hände dabei zitterten, gefiel ihr gar nicht. Sie würde Recherchen anstellen und herausfinden, was es mit Glowcastle auf sich hatte.

Mit dem Kaffee in ihren immer noch zittrigen Händen setzte sie sich an den Schreibtisch und fuhr den Laptop hoch. Nachdem sie sich ins Internet eingeloggt hatte, gab sie »Glowcastle« in die Suchmaschine ein und starrte stirnrunzelnd auf die einzige Seite, die gefunden worden war: Online-Poker. Da hatte jemand den Nickname Glowcastle. Die Suchmaschine wollte wissen, ob sie »Glencastle« meinte.

Vielleicht schrieb man Glowcastle anders. Celia probierte herum mit Snow-, Low- und Blowcastle, ohne fündig zu werden. Sie versuchte ihr Glück mit anderen Suchmaschinen, die ihr genauso wenig weiterhalfen. Zuletzt studierte sie auf Google Maps die Gegend um Glasgow. Kein Ort hieß so, kein Schloss, keine Ruine, nichts. Sie suchte diverse Schottland-Tourismus-Seiten durch und Verzeichnisse von Wellnesshotels. Alles ohne Erfolg.

In die leere Kaffeetasse starrend fragte sie sich, wohin Devin Leanne brachte, und was er mit ihr vorhatte.

Und vor allem, wie sie die nächsten zwei Wochen überstehen würde, ohne den Verstand zu verlieren.

Kapitel 4

Es schien eine Ewigkeit zu dauern, bis sie den zähen Verkehrsfluss des Großraums London hinter sich gelassen hatten.

Leanne hätte Devin gern nach dem Reiseziel ausgefragt, aber sie wollte sich die Überraschung nicht verderben. Außerdem musste sie erst etwas gegen ihr schlechtes Gewissen tun. »Meinst du, Celia ist mir böse? Wenn dein bester Freund dich so behandeln würde, wäre das das Ende eurer Freundschaft?«

»Ich habe keinen Freund, mit dem ich so eng verbunden bin wie du mit Celia.« Devin, der einen entspannten Fahrstil pflegte, nahm eine Hand vom Steuer und streichelte ihr übers Haar. »Eins aber kann ich dir versichern. Es ist ziemlich schwierig, dir ernstlich böse zu sein. Du weckst in deinen Mitmenschen einen starken Beschützertrieb. Ich glaube, Celia war eher verunsichert als böse.«

»Wieso sollte sie verunsichert sein?«

»Weil sie mich nicht kennt.«

»Aber *ich* kenne dich doch. Reicht das nicht?«

Er grinste, und Leanne, die sein Profil studierte, stellte fest, dass Lachfältchen ein ganz besonderes Aphrodisiakum waren. »Nun«, meinte er. »Es reicht dann, wenn sie deiner Menschenkenntnis traut.«

»Hm, sie hätte eher Grund, meiner Menschenkenntnis zu misstrauen. Meine beiden letzten Männerbekanntschaften waren ein Griff ins Klo.«

Leanne sah, wie er sich zwang, düster zu blicken. Mit zusammengezogenen Augenbrauen blickte er sie kurz an, bevor er sich wieder auf den Verkehr konzentrierte. »Und jetzt glaubt sie, dass du diese Serie mit mir fortsetzt. Dabei habe ich so lieb die Küche geputzt und ihr Komplimente gemacht.« Ein schelmisches Lächeln spielte um seine Lippen.

»Was denn für Komplimente?«

»Ach, es ging um ihre Brüste.«

Leanne hob eine Augenbraue. »Deine Hände gehören gefälligst auf meine Brüste.« Sie betrachtete sinnend seine linke Hand, die auf dem Steuerknüppel ruhte. »Erzähl mir von den Frauen in deinem Leben.«

»Das geht nicht, denn damit würde ich mein ehernes Prinzip verletzen.«

»Dass du nicht über deine Vergangenheit sprichst?«

»Nein, dass ich über andere Menschen nur Gutes sage. Wenn ich nichts Gutes über jemanden zu erzählen habe, dann sage ich lieber gar nichts.«

»Aber du kannst doch nicht nur unglückliche Beziehungen erlebt haben.«

»Du hast recht. Meine erste Liebe war wundervoll, aber ich war erst siebzehn und viel zu jung und unerfahren, um das schätzen zu können.«

»Ich hatte meine erste Liebe auch mit siebzehn. Leider war sie unerwidert.« Ob das anders gewesen wäre, wenn Franklin gewusst hätte, wie sehr sie ihn begehrte? Sofort sah sie ihn wieder vor sich. Dieser strenge, abschätzige Blick, der ihr bis tief unter die Haut ging.

Sie hatte sich immer schon nach Strenge gesehnt und nach Bestrafung. Und das wohl gerade deswegen, weil sie in allen Menschen den Beschützertrieb weckte und als Kind in Watte gepackt worden war.

Erregt bei dem Gedanken, von Franklin übers Knie gelegt zu werden – eine der ersten Fantasien, in denen er die Hauptrolle gespielt hatte – legte sie eine Hand auf Devins. »Sind die ersten hundert Meilen schon rum?«

»Wieso?«

»Ich hatte versprochen, dich alle hundert Meilen zu verführen.«

»Keine Chance. Wenn ich Auto fahre, bin ich asexuell.«

»Ich dachte immer, Männer fänden Autofahren erregend.«

»Für mich ist ein Auto ein Transportmittel, sonst gar nichts.«

Leanne drehte den Kopf nach hinten. »Ein so geräumiges, bequemes Transportmittel wie deines wäre auch ein prima Schlafzimmerersatz.« Sie sah sich schon auf dem Rücksitz liegen, die Beine gegen das Wagendach gestemmt.

»Was auch immer du gerade denkst, vergiss es. Ich hatte einmal in meinem Leben Sex in einem Auto, und ich habe mir geschworen, es nie wieder zu tun.«

»Was ging schief?«

»Wir waren in der Garage meiner Eltern und fanden es unheimlich aufregend, es im Wagen meines Vaters zu machen. Einer von uns kam dabei an die Hupe. Wir waren derart ineinander verkeilt, dass wir die Stellung nicht schnell genug ändern konnten. Es hupte und hupte. Mein Vater öffnete das Garagentor, um nachzusehen, was los war. Inzwischen hatte sich die halbe Nachbarschaft schaulustig in unserer Auffahrt versammelt, während meine Freundin und ich uns anzuziehen versuchten, was dadurch erschwert wurde, dass meine Mutter mich am Arm aus dem Wagen ziehen und ohrfeigen wollte.«

»Darf ich lachen oder verletze ich damit deine Gefühle?«

»Ich mag es, wenn du lachst. Egal aus welchem Grund.«

Leanne schloss die Augen und lauschte der Musik aus dem

Autoradio, ein Popsong mit dröhnendem Beat. »Spielst du ein Musikinstrument?«

»Nein, wieso?«

»Ich versuche nur, Konversation zu machen, um wach zu bleiben.« Sie gähnte und streckte die Arme nach vorn.

»Von mir aus kannst du gerne schlafen.« Er schaltete auf einen Sender mit Klassik um.

Sie neigte den Sitz ein Stück nach hinten. »Nur ein halbes Stündchen oder so.« Sie blinzelte in den Sonnenuntergang, bis sich ihre Lider angenehm schwer anfühlten.

»Sag Bescheid, falls dir kalt wird.«

»M-hm.« Sie seufzte, wie es Kinder tun, kurz bevor sie einschlafen, aber sie machte es absichtlich, um ihm vorzuspielen, sie wäre bereits weggetreten. Sie wollte mit ihren Gedanken allein sein.

Es gab im Grunde nicht viel, womit sie ihre Fantasien nähren konnte. Nach der ersten Begegnung hatte sie Franklin nur noch zweimal persönlich gesehen, und beide Male war er sich ihrer Gegenwart nicht bewusst gewesen: Einmal, als sie Katie von der Royal Academy abholte, und Franklin gerade die Treppe herunterrauschte – diese sicheren, zielstrebigen Schritte! – das andere Mal, als sie seine Adresse herausgefunden hatte und mit einem Fernglas sein Haus beobachtete. Gott, war das aufregend gewesen! Natürlich hatte sie sich vorgestellt, wie sie ihm »ganz zufällig« über den Weg lief, sobald er aus dem Haus kam. Wie er mit ihr ins Gespräch kam und sie zu einem Kaffee einlud, weil er fand, dass sie für ihr Alter eine faszinierende Ausstrahlung hatte. Und wie sie dann den Kaffee auf seinem Lieblingsteppich verschüttete und er sie zur Strafe zwang, sich vor ihm nackt auszuziehen.

Später hatte Leanne angefangen, Material über ihn zu sammeln. Ihre Freundinnen, die für Boygroups schwärmten, hatten es entschieden leichter. Ihnen wurden die Jungs von den Mädchenzeitschriften regelrecht nachgeschmissen, in Tausenden von Interviews, Fotosessions und Riesenpostern.

Leanne hingegen musste akribisch die Fachpresse der Musikwelt durchforsten, um Artikel über Franklin Larsson zu finden. Als sie dabei sogar auf ein kleines Schwarz-Weiß-Foto von ihm stieß, konnte sie ihr Glück kaum fassen. Im Laufe der Jahre hatte sie immerhin einen halben Aktenordner füllen können. Einige der Artikel hatten sie ein wenig erschreckt. Zum Beispiel der über den vielversprechenden jungen Tenor, der an Franklins Lehrmethode fast zerbrochen war und später in einem Artikel sagte: »Franklin Larsson ist ein eiskalter Narziss. Er mag ein Gespür für Talent haben, aber er hat keinen Zugang zu dem, was Musik wirklich ausmacht: Die Seele des Sängers.«

Was sie nie gefunden hatte, war irgendein Hinweis auf Franklins Privatleben. War er verheiratet? War er vielleicht schwul? In der Öffentlichkeit sah man ihn immer nur allein. Leanne spann daraus ihre eigene Geschichte: Er wartete auf die Richtige, die Frau, die seine Seele berührte, damit er ein noch besserer Gesangslehrer werden konnte. Und diese Richtige war natürlich sie.

***

Tess Morgan lebte in einem Vorort von Glasgow und brauchte fast eine Stunde bis zu ihrem Arbeitsplatz. Früher hatte sie es näher gehabt, als sie noch mit George Morgan verheiratet gewesen war und mit ihm eine luxuriöse Penthousewohnung in dem Glasgower Nobel-Hotel bewohnt hatte, das er managte, und in dem sie an der Rezeption arbeitete. Damals hatte sie nur mit dem Lift in die Empfangshalle hinunterfahren müssen.

Und doch war sie heutzutage auf dem Weg zur Arbeit deutlich besser gelaunt als an jedem beliebigen Tag während ihrer Zeit als Mrs Morgan.

Vor sechs Jahren hatte George sich von ihr getrennt und sich zu seiner Geliebten bekannt, einer jungen Erbin, die zu seinen Stammgästen zählte. Tess war in ein tiefes emotionales Loch gefallen. Mit einem Schlag hatte sie ihren Mann verloren, ihre Wohnung und ihren Job. George wollte sie zwar weiterhin beschäftigen, aber sie hatte von sich aus gekündigt, denn sie konnte die mal neugierigen, mal mitleidigen Blicke und das Getuschel der Kollegen nicht ertragen.

Ihre beste Freundin Susan hatte ihr damals angeboten, vorübergehend bei ihr zu wohnen. Es war eine chaotische Zeit gewesen, denn Susan hatte vier Kinder, einen Hund und einen Mann, dessen Hobbys sehr viel Platz einnahmen. Die Unordnung, die lebhafte Fröhlichkeit der Kinder und das lange Ausschlafen jeden Morgen hatten Tess schnell aus der Krise geholfen.

Susans Kusine arbeitete in der Modebranche und kannte jemanden, der ein Dessous- und Fetischmodengeschäft in einem riesigen Hotelkomplex namens Glowcastle hatte. Das, so Susan, dürfe sie Tess nur vertraulich und unter dem Siegel der Verschwiegenheit verraten. Jedenfalls hätte Glowcastle neulich einige Außenanlagen angebaut und die Anzahl der Gästesuiten erweitert und benötigte jetzt mehr Personal. Die Jobvoraussetzungen seien: Toleranz, Flexibilität, eine ungezwungene Einstellung zu Sexualität, völlige Immunität gegen Stress und absolute Diskretion.

Tess hielt Glowcastle aufgrund der Stellenbeschreibung für einen Edelpuff oder Schlimmeres und hatte die Einladung zu einem Vorstellungsgespräch – das nicht in dem abseits gelegenen Glowcastle, sondern in einem feudalen Restaurant in

Glasgow stattfand – nur deswegen angenommen, weil sie Susan nicht enttäuschen wollte. Doch dann lernte sie Alan Parr kennen, den Personalchef und stellvertretenden Geschäftsführer von Glowcastle, und wusste sofort, dass sie ihren Traumjob gefunden hatte, oder zumindest ihren Traumarbeitgeber. Alan wirkte so seriös und vertrauenerweckend, dass sie für ihn sogar gearbeitet hätte, wenn sie dafür etwas Illegales hätte tun müssen. Was zum Glück nicht der Fall war.

Ein klein wenig bedauerte sie, dass Alan sechzehn Jahre jünger war als sie. Er war auf so entspannte Art gut aussehend, dass man einfach nicht genug von ihm bekam. Auch heute schwärmte Tess immer noch ein wenig für ihn, obwohl sie längst wieder in festen Händen und rundum glücklich war.

Als sie in Glowcastle an der Rezeption angefangen hatte, war das für sie in jeder Hinsicht ein Neubeginn gewesen. Sie hatte alle alten Zöpfe abgeschnitten – auch ihre langen Haare, die sie ihrem Ex-Mann zuliebe zehn Jahre lang schwarz gefärbt hatte. Sie hatte erwartet, dass sie hellblond nachwachsen würden, aber sie waren stattdessen weiß geworden. Das war ein kleiner Schock gewesen. Sie hatte ihren schönen blonden Haaren nachgetrauert und George verflucht, der ihr viele »blonde Jahre« geraubt hatte, aber mittlerweile war sie damit ausgesöhnt. Die weiße Pracht reichte ihr bis zu den Hüften und verlieh ihr die Aura der Sängerin einer Symphonic-Metal-Band. Unterstrichen wurde dieser Eindruck durch ihre Berufskleidung: Mittelalterlich anmutende Gewänder mit Trompetenärmeln. Dank der entspannenden Massagen und straffenden sportlichen Aktivitäten, die in Glowcastle angeboten wurden und die sie eifrig nutzte, war sie inzwischen so geschmeidig, dass kein Mensch sie auf 48 geschätzt hätte. Sie betrachtete es als Kompliment, als ihr Ex bei einem zufälligen Wiedersehen ausrief: »Du hast dir ja Botox spritzen lassen!«

Das war etwas, das sie mit Sicherheit niemals tun würde, weil sie fand, dass eine lebendige Mimik auch mit Falten immer noch jugendlicher wirkte als eine starre, glatte Maske. Auf Fotos mochten geliftete Frauen gut aussehen, aber in natura fehlte ihnen die Ausstrahlung. Solche Frauen hatte Tess in dem Nobel-Hotel ihres Mannes oft genug zu sehen bekommen.

Glowcastle zog ein ganz anderes Publikum an. Der Modegeschmack der Gäste umspannte die gesamte Bandbreite von elegant bis schrill, von Kaschmir bis Lackleder. Am Anfang hatte Tess oft das Gefühl gehabt, die Gäste verkleideten sich, um vor dem Alltag zu fliehen, doch sie ahnte inzwischen, dass viele dieser Verkleidungen im Grunde das wahre Selbst ihrer Träger viel besser zur Geltung brachten als deren Alltagsuniformen.

Es war noch dunkel, als Tess am Montagmorgen in die Auffahrt kurvte. Morgennebel lag über dem kleinen See zwischen dem Wald und dem Schloss. Die dunkle Silhouette des Hauptgebäudes hob sich nur dank einiger erleuchteter Fenster vom Nachthimmel ab.

Tess parkte auf dem für sie reservierten Platz, nahm ihre Tasche vom Beifahrersitz und rannte den kurzen Weg zur Hintertür, an der sie schnell den Code in das beleuchtete Zahlenfeld eintippte, um ins Warme zu kommen.

Sie wollte sofort in den Aufenthaltsraum gehen, um sich umzuziehen, aber da kam ihr Candy entgegen. Sie hatte es sichtlich eilig. »Tut mir leid, ich muss weg.«

Normalerweise überschnitten sich die Schichten um eine Viertelstunde.

»Das Baby?«, fragte Tess. Candys Zwillingsschwester erwartete nach zwei Fehlgeburten endlich ein gesundes Baby, und Candy hatte versprochen, bei der Geburt dabei zu sein. Tess wäre es seltsam vorgekommen, ihre Schwester im Kreißsaal zu erleben, aber bei Zwillingen war eben alles ein bisschen anders.

»Die Fruchtblase ist schon geplatzt.«

»Dann nichts wie hin.« Tess gab Candy einen aufmunternden Klaps auf die Schulter. »Viel Glück.«

Die Hintertür hatte sich kaum geschlossen, als an der Rezeption das Telefon klingelte. Tess stellte ihre Tasche ab und eilte hin. Sie würde sich eben etwas später umziehen.

»Glowcastle. Sie sprechen mit Tess Morgan.«

»Hallo, hier ist Devin Flinkman.«

»Ah, Mr Flinkman. Guten Morgen.« Sie warf einen Blick auf den Computermonitor, drückte schnell ein paar Tasten und hatte alle Informationen parat, noch bevor sie den Satz beendet hatte. »Ihre Suite ist vorbereitet.«

»Danke. Ich werde in etwa einer halben Stunde da sein.«

»Wie steht es mit einem Frühstück?«

»Deswegen rufe ich an. Wir bringen einen Bärenhunger mit, darum hätte ich gern Frühstück für zwei mit allem.«

»Wird erledigt. Gute Weiterfahrt.«

Tess gab Flinkmans Bestellung an den Zimmerservice weiter.

Sie warf einen prüfenden Blick auf das menschenleere Foyer, sah die Notizen durch, die Candy ihr hinterlassen hatte, und wollte gerade in den Aufenthaltsraum gehen, als zwei Männer von der Poolwartung aus der Tür zum Wellnessbereich kamen. Einer tippte sich an die Mütze. »Alles erledigt«, sagte er.

Tess unterschrieb den Auftrag, den er ihr auf einem Klemmbrett hinhielt. Die meisten Wartungsarbeiten wurden in den frühen Morgenstunden erledigt, wenn sie den Hotelbetrieb am wenigsten störten.

Tess wartete, bis die beiden das Foyer verlassen hatten, dann wandte sie sich wieder dem Aufenthaltsraum zu, kam aber nur einen Schritt weit.

Jemand schluchzte.

Tess fuhr herum und sah eine junge, blonde Frau, die in einen zu großen, schwarzen Ledermantel gewickelt war, auf zittrigen Beinen die breite, mit rotem Teppich ausgelegte Freitreppe herunterhuschen. Einmal blieb sie kurz stehen, warf einen schnellen Blick zur Galerie hoch und rannte dann weiter.

Die arme Fiona. So etwas hat ja kommen müssen.

Tess nahm einen tiefen Atemzug und ging Fiona entgegen. »Was ist passiert?«

»Bitte, bringen Sie mich hier weg«, flüsterte sie atemlos. »Schnell, bevor er merkt, dass ich mich aus dem Zimmer geschlichen habe.«

Tess legte ihr einen Arm um die Schultern, die merklich bebten. »Ich bringe Sie in Sicherheit.«

Damit hatte sie das Richtige gesagt, denn beim Wort »Sicherheit« entspannte Fiona sich ein wenig. Tess sah die Treppe hoch, lauschte kurz, warf einen Blick auf die Stockwerkanzeige des Aufzugs. »Er hat anscheinend noch nichts gemerkt. Keine Sorge, ich kümmere mich um Sie. Ich werde nicht zulassen, dass er Ihnen noch mehr antut.«

Oh, dieser Mistkerl!

Wenn es nach Tess gegangen wäre, hätte man ihn längst aus der Society ausgeschlossen. Wenn sie Fiona dazu bekam, ihn wegen Körperverletzung anzuzeigen – und darum musste es sich handeln – wäre es vielleicht möglich, diesen unliebsamen Gast ein für allemal los zu werden.

Tess öffnete die Tür zum Aufenthaltsraum, brachte Fiona zu einem Sessel und schloss die Tür. Sie reichte der zitternden jungen Frau ein Kleenex, mit dem sie sich die Nase putzte. »Also, was ist passiert?«

»Ich will einfach nur weg.«

»Ich werde Henry wecken, den Leiter des Fahrdienstes. Wo kommen Sie her?«

Fiona nannte einen komplizierten Ortsnamen, den Tess nicht kannte. »Wie weit ist das von hier?«

»Zwei Stunden Fahrzeit.«

Das war gut. Sie hatten Gäste aus der ganzen Welt. Wenn Fiona einen Rückflug gebraucht hätte, wäre es schwierig geworden. »Henry wird Sie heimfahren. Aber vorher muss ich zu Protokoll nehmen, was passiert ist.«

Fiona zog den Mantel enger um sich. »Ich will nicht darüber reden. Mit niemandem. Ich schäme mich so.«

Tess lächelte so aufmunternd, wie sie es trotz ihrer Wut konnte. »Es gibt nichts, wofür Sie sich schämen müssten. Sie sind nicht die Erste, die auf Lar ...«

»Sprechen Sie seinen Namen nicht aus.«

»Die auf ihn hereinfällt. Er kann sehr charismatisch sein, bis er sein wahres Gesicht zeigt. Wenn Sie ihn anzeigen, dann könnte das endlich zu seinem Ausschluss führen.«

Fiona schüttelte energisch den Kopf. »Ich habe Angst.«

Natürlich. Er hat ihr gedroht.

»Ich lasse Ihnen eine Tasse Kaffee bringen, während Sie auf Henry warten. Ist das in Ordnung?«

Die Antwort war ein schwaches Nicken.

Tess war nicht wohl dabei, die verängstigte junge Frau allein zu lassen.

Sie rief in der Küche an und bat um eine große Kanne Kaffee, denn sie konnte jetzt selbst auch einen gebrauchen.

Die nächste Nummer, die sie wählte, war die von Dr. Antonia Lawrence. In Glowcastle gehörte ärztliche Betreuung rund um die Uhr zum Service. Es waren nur in seltenen Fällen die sexuellen Praktiken der Gäste, die eine Behandlung erforderlich machten, dafür reichte meist eine Tube Wund- und Heilsalbe. Verletzungen gab es hier vielmehr beim Sport, vor allem, seit die Squash-Halle gebaut worden war. Da die nächste Arztpraxis gut zwanzig Meilen entfernt lag, war ein Arzt im Haus unerlässlich.

»Lawrence«, meldete sich die Ärztin gähnend.

»Wir haben einen Notfall an der Rezeption. Nichts Dramatisches, aber es wäre sicher gut, wenn Sie einen Blick auf die Frau werfen könnten.«

Ein weiteres Gähnen. »Bin schon unterwegs.«

Der Kaffee wurde gebracht. Tess bedankte sich, goss etwas in ihren Becher und trug dann das Tablett in den Aufenthaltsraum.

Fiona hatte sich auf der Couch zusammengerollt und schreckte hoch, als Tess die Tür öffnete. »Hier kommt niemand rein außer dem Personal. Mit Milch und Zucker?«

»Ja.«

Tess schenkte ein und reichte Fiona die Tasse. »Es wird gleich jemand kommen und Ihnen Gesellschaft leisten, bis der Fahrdienst bereit ist.« Dass dieser Jemand Fiona untersuchen wollte, erwähnte sie lieber nicht.

Sie ging zurück an die Rezeption und rief Henry an, der nicht besonders erfreut war, da er erst um zwei Uhr morgens von der letzten Fahrt zurückgekommen war. Von den beiden anderen Fahrern hatte einer Urlaub und der zweite war mit dem Lieferwagen auf dem Weg zum Großmarkt.

»Es tut mir leid«, sagte Tess. »Ich könnte versuchen, jemanden zu finden, der sowieso in die Richtung muss …«

»Schon gut. Ich dusche kalt, dann bin ich wach.«

»Danke, Henry.«

Tess sah auf die Uhr. Ab acht, also erst in anderthalb Stunden, würde die Rezeption mit zwei Personen besetzt sein. Bis dahin würde sie wohl warten müssen, bis sie sich umziehen und ein wenig verschnaufen konnte.

Sie lehnte sich in ihrem Drehstuhl zurück und pustete in den Kaffee. Um sich zu entspannen, dachte sie daran, dass Candy in diesen Stunden Tante wurde. Sofort breitete sich ein zufriedenes Lächeln auf ihrem Gesicht aus.

Sie schielte aufs Telefon und überlegte, ob sie auch Greg Sanders wecken sollte. In dringenden Notfällen war der Geschäftsführer sofort zu benachrichtigen. Aber wie dringend dieser Fall eingestuft werden musste, würde sie erst wissen, nachdem Dr. Lawrence sich Fiona angeschaut hatte.

Keine Ausflüchte. Wenn Sanders nach London zu dem Investoren-Treffen geflogen und Alan Parr stattdessen hiergeblieben wäre, würdest du ihn sofort und ohne zu zögern informieren.

Auf Alan war ja auch Verlass. Sanders würde eher im Weg sein und die Situation unnötig verkomplizieren. Das hatte sie schon oft genug erlebt. Zu dumm, dass Alan erst heute Abend aus London zurückkam.

***

Leanne spürte etwas Warmes, Weiches auf ihren Lippen und beantwortete in einem Reflex den Kuss, musste aber sofort gähnen. Sie streckte die Arme nach oben und bewegte die Schultern vor und zurück.

»Das waren aber viele halbe Stunden«, sagte Devin.

»Ja?« Sie öffnete die Augen und kniff sie gleich wieder zu. »Es wird ja schon hell.« Sie rieb sich die Augen, öffnete sie erneut und sah in fahles Morgenlicht. »Ich hab einen Bärenhunger und müsste mal auf die Toilette.«

»Wir sind in zehn Minuten da. Hältst du es so lange noch aus?«

»Ich hoffe es.« Mit einem Ruck stellte sie den Sitz aufrecht. Die Jacke, mit der er sie fürsorglich zugedeckt hatte, rutschte von ihrer Brust auf ihren Schoß »Habe ich die ganze Fahrt verschlafen? Du musst dich ja zu Tode gelangweilt haben.«

Sie schaute sich um. Sie standen auf einem Waldparkplatz. Der Weg, der tiefer in den Wald hineinführte, war von einer Schranke versperrt. Devin nahm eine Fernbedienung aus dem Handschuhfach und drückte darauf. Die Schranke hob sich. »Ist schon gut, Elfchen. Ich fand es ganz angenehm so. Ich habe einen Sender mit Rockballaden gefunden und mitgesungen.«

»Das hätte ich gern gehört.« Sie klappte die Sichtblende herunter und ordnete mit einem kurzen Blick in den Spiegel ihre Haare. »Na gut, fahren wir weiter.«

Er beugte sich ein zweites Mal an ihr vorbei und griff erneut ins Handschuhfach. »Erst muss ich dir eine Augenbinde anlegen, damit du den Weg nicht siehst, den wir nehmen. Das ist eine der Regeln, die es zu beachten gilt, wenn man einen Gast nach Glowcastle mitbringt. Du wirst noch viele Regeln lernen müssen. Fürs erste reicht es, wenn du einfach genau das tust, was ich dir sage.«

»Ja, mein Gebieter.« Es hatte unterwürfig klingen sollen, aber sie konnte nicht anders als zu kichern. Sie drehte den Kopf nach beiden Richtungen, um einen letzten Blick auf die Landschaft zu werfen – und außer Landschaft gab es hier wirklich nichts zu sehen. Dann hielt sie still, während Devin ein breites, schwarzes Tuch über ihre Augen legte und sorgfältig verknotete.

Während er den Motor wieder anließ, sagte er beiläufig: »Diese Augenbinde wirst du während der ersten vierundzwanzig Stunden auf Glowcastle tragen, außer wenn wir in unserer Suite sind. Ich möchte nicht, dass zu viele neue Eindrücke auf einmal auf dich einstürmen.«

»Huh, das klingt ja immer geheimnisvoller.« Leanne spürte einen wohligen Schauer. Ein winziger Hauch Beklommenheit war auch dabei, aber das machte es nur noch besser.

Trotz der ausgezeichneten Stoßdämpfer von Devins Wagen spürte Leanne nach einer Weile, dass sie über eine holprige Straße fuhren. Die Art Straße, die nicht viel mehr als ein befestigter Feldweg ist. Die Art Straße, die längst ausgebaut worden wäre, wenn an ihrem Ende ein Wellnesshotel auf Gäste wartete.

Leanne war versucht, die Augenbinde ein Stück anzuheben und tat es schließlich sogar, nicht nur, weil sie wissen wollte, in was für eine gottverlassene Gegend Devin sie verschleppte, sondern auch, weil sie neugierig war, wie er auf diesen kleinen Akt der Rebellion reagieren würde. Falls er wütend wurde, würde sie ihn an Ort und Stelle verführen, ganz egal, welchen persönlichen Schwur er in Bezug auf Autosex geleistet hatte.

Zuerst sah sie nur Dunkelheit, dann erkannte sie vorbeiziehende Äste, so nah, dass sie fast die Wagenfenster streiften.

Devin bremste und legte den Leerlauf ein. »Ich kann dir nicht befehlen, mir zu gehorchen«, sagte er ohne das allerkleinste Anzeichen von Wut. »Ich kann dich nur darum bitten.«

»In Ordnung, ich werde brav sein«, sagte sie und klappte die Augenbinde wieder herunter.

»Schön. Du solltest wissen, dass Ungehorsam Konsequenzen nach sich ziehen wird.«

»Oh.« Lust prickelte zwischen ihren Schenkeln. »Wirst du mich übers Knie legen, wenn ich die Augenbinde wieder anhebe?«

»Nein, ich werde den Wagen wenden und wieder nach London zurückfahren.«

Leanne glaubte ihm aufs Wort.

Aufgrund der Stille und der Schaukelbewegungen des Wagens wäre sie fast wieder eingenickt, aber dazu war sie zu ausgeschlafen und auch zu aufgeregt. Stattdessen erlebte sie einen Moment völliger körperlicher Entspannung verbunden mit ungewohnter geistiger Klarheit.

Ich muss Franklin Larsson aus meinen Gedanken verbannen, sonst kann ich das Hier und Jetzt nie wirklich genießen. Dass meine Beziehungen zu Männern bisher so katastrophal verliefen, liegt nicht zuletzt auch daran, dass ich in meinen Liebhabern immer nur eine Projektionsfläche für meine Träume gesehen habe. Bei Devin werde ich diesen Fehler nicht machen. Ich werde mich ihm ganz öffnen, ihn durch und durch kennenlernen und ihn nicht länger als Komparsen beim Ausleben meiner erotischen Fantasien missbrauchen.

Sie stellte sich vor, wie sie den Aktenordner mit den Berichten über Franklin ein für alle Mal schloss. Wenn sie wieder daheim war, würde sie ihn wegwerfen und damit endgültig erwachsen werden.

***

Wieso brannte die Nachttischlampe?

Franklin Larsson drehte sich aus der Bauch- in die Seitenlage und öffnete die Augen. Dann wurde ihm klar, dass er eingeschlafen war, direkt nachdem er Fiona gefickt hatte – von hinten, mit seinem ganzen Gewicht auf ihr lastend, damit die Wunden auf ihrer Brust und ihrem Bauch sich am Laken rieben. Ihren Kopf hatte er so tief ins Kissen gedrückt, dass ihre Schreie erstickt wurden. Ja, das war wirklich sehr, sehr gut gewesen. Dafür gab er ihr acht Punkte auf seiner persönlichen

Befriedigungs-Skala. So viel hatte bisher noch keine Frau erreicht.

Er drehte sich auf die andere Seite, um nach ihr zu sehen und fand ihre Decke zurückgeschlagen und die Matratze leer vor. Wie hatte sie sich befreien können? Nein, Augenblick mal, er war eingeschlafen, *bevor* er sie angekettet hatte. Und das hatte sie jetzt schamlos ausgenutzt und war ins Bad gegangen, ohne ihn um Erlaubnis zu fragen.

Exzellent. Er würde sich schlafend stellen und warten, bis sie zurückkam. Er würde lauschen, wie sie versuchte, sich ganz leise wieder hinzulegen, um ihn nicht zu wecken. Sobald sie dachte, dass sie es geschafft hatte, und er sie leise aufseufzen hörte, würde er sich auf sie werfen, sie packen und sich an ihrem Schreck weiden.

Sein Glied versteifte sich voll Vorfreude auf diesen Moment. Franklin umfasste es und stellte sich vor, wie er Fiona in einer sehr unbequemen Position fesselte – im Fersensitz – die Arme nach hinten gezogen, den Körper zurückgebogen. Dann würde er sich ihren hilflos vorgereckten Brüsten widmen.

Als er sie im Dark-Sex-Chatroom kennengelernt hatte, war seine erste Frage an sie gewesen: »Stehst du auf Brustfolter?« Und ihre Antwort lautete: »Sehr sogar. Du kannst meine Nippel dehnen, bis ich schreie. Du kannst mir mit einer dünnen Gerte Striemen auf die zarte Unterseite meiner kleinen, weichen Brüste verpassen, bis ich dich anflehe, einen anderen Körperteil zu foltern. Ich werde feucht, wenn ich nur daran denke, wie du mir Nippelklemmen ansetzt und sie verdrehst, bis ich in die Knie gehe.«

Ganz ehrlich, er hatte damals gedacht, hinter dem Nickname »Fio-the-slave« verberge sich ein Kerl, der ähnlich gepolt war wie er, und sich nur wünschte, eine Frau würde sich all das von ihm gefallen lassen. Aber mit ein paar Fangfragen hatte er schnell ihre Identität klären können. Fiona war genau so, wie er Frauen am liebsten mochte: Blond, zierlich und devot.

Der Reiz bestand darin, sie erst in Sicherheit zu wiegen, ihr das Gefühl zu geben, er würde ihre Grenzen respektieren. Und dann, wenn sie am wehrlosesten war, wenn sie selbst nicht mehr wusste, ob Schmerz ihr wirklich Lust bereitete, weil ihr Urteilsvermögen getrübt war, machte er die Dinge mit ihr, die ihn wirklich erregten. So wie letzte Nacht.

Wenn Fiona gleich aus dem Bad kam und er sie gefesselt hatte, um sie zu bestrafen, dann würde er sich in Ruhe sein Werk ansehen, würde ihre Brüste erst zärtlich berühren, dann immer fester, würde mit den Fingernägeln über die frischen Wunden fahren, bis sie schrie und er sie knebeln musste. Mit seinem Glied würde er ihre Schreie ersticken. Er würde sie in ihren süßen, engen Mund ficken, während seine Schenkel gegen ihre Brüste stießen. Tief in ihrer Kehle würde er kommen. Und wehe, wenn sie auch nur einen Tropfen seines Samens ausspuckte! Sie hatte sich bisher als exzellente Schluckerin erwiesen, aber da hatte sie ja auch die Hände frei gehabt und den Kopf bewegen können, wie sie wollte. Das würde diesmal anders sein. Wenn sie glaubte, an seinem Samenerguss ersticken zu müssen, und ihr ganzer Körper sich vor Entsetzen verkrampfte, dann würde er ihr ganze neun Punkte auf seiner persönlichen Befriedigungs-Skala zugestehen.

Wo blieb sie so lange? Und warum hörte er nicht das kleinste Geräusch aus dem Bad?

O Gott, ihr war etwas passiert. Hoffentlich hatte sie einfach nur das Bewusstsein verloren. Aber wenn sie ernstlich … oder gar …

Seine Erektion fiel in sich zusammen. Eine Bewusstlosigkeit oder andere kleinere Unpässlichkeiten zu vertuschen war kein Problem. Das hatte er oft genug getan. Aber wenn sie tot war, dann hatte er ein ernstes Problem. Vor allem mit den Verletzungen! Obwohl… er könnte dafür sorgen, dass ihre Fingerabdrücke auf dem Skalpell waren. Gut, dass er sie nicht an Stellen geritzt hatte, die für sie selbst nicht zugänglich waren.

Mit drei Schritten war er an der Badezimmertür und riss sie auf. Das Bad lag im Dunkeln. Er drückte auf den Lichtschalter und verstand eine Sekunde lang gar nichts. Der große, schwarz geflieste Raum war leer. Er sah in die Badewanne und hinter die Duschabtrennung. Fiona war nicht da.

»Na, immerhin lebt sie noch«, murmelte er, während er das Zimmer nach ihr absuchte, obwohl ihm längst klar war, dass sie sich nicht unterm Bett versteckt haben würde.

Er hätte besser aufpassen müssen, hätte nicht einschlafen dürfen, bevor er sie angekettet hatte.

Diese Schlampe! Diese verdammte, unzuverlässige, miese Schlampe. Haute einfach ab, mitten in der Nacht. Und dann? Sie konnte doch nirgendwo hin. Sie hatte keine Kleidung. Er hatte ihr alles weggenommen, jedes noch so kleine Kleidungsstück, jede Kreditkarte, jeden Cent Kleingeld und es in seinem Koffer mit dem Zahlenschloss verstaut.

Für Franklin war nur eine nackte Frau eine vollkommene Frau. Die Sklavin, von der er träumte, benötigte nichts außer sich selbst: Ihre Haut, ihre Haare, ihre Hingabe an ihn. Jederzeit und immer. Stets bereit, sich von ihm nehmen, schlagen oder verletzen zu lassen. Der einzige Schmuck, den sie trug, würde ihre Angst vor ihm sein.

Franklin kniff sich mit Daumen und Zeigefinger in die Nasenwurzel.

Konzentriere dich. Der Koffer mit Fionas Sachen steht noch auf der Ablage. Aber dein Mantel hängt nicht mehr an der Garderobe. Sie hat meinen Mantel gestohlen, samt Brieftasche und Wagenschlüssel.

Eine Sekunde lang hätte Franklin am liebsten etwas gegen die Wand geworfen, aber seine Wut blieb nie lange rotglühend. Er wurde eiskalt und bewegte sich mit der ruhigen Entschlossenheit eines Gletschers. Er zog sich ordentlich an. Niemand würde ihn je barfuß und mit nicht zugeknöpftem Hemd die Treppe hinunterrennen sehen und »Hilfe, man hat mich bestohlen!« rufen hören.

Da er sowieso nicht wusste, wann Fiona sich davongeschlichen hatte, kam es jetzt nicht auf Sekunden an. Er öffnete das Zahlenschloss und warf einen Blick auf den Inhalt des Koffers, ohne zu wissen, wonach er suchte. Irgendetwas Kompromittierendes vielleicht? Oder etwas, das ihr Verschwinden erklärte wie ein Medikament, das sie regelmäßig nehmen musste? Aber das hätte sie ihm doch gesagt. Er hatte sie ja auch nach der Pille gefragt, aber sie trug eine Spirale.

Nein, der Koffer half ihm nicht weiter. Bemerkenswert war einzig die Tatsache, dass er noch da war. Ob Fiona Angst gehabt hatte, beim Hochheben ein Geräusch zu machen? Oder hatte sie gar nicht fortgewollt, sondern war noch irgendwo im Haus? Da gab es doch diese Ärztin, Dr. Lawrence. Fiona ließ sich vielleicht ein Schmerzmittel verabreichen. Oder hatte eine der Verletzungen stärker zu bluten angefangen? Musste etwas genäht werden? Er war vorsichtig gewesen, aber vielleicht nicht vorsichtig genug.

Franklin ging zum Bett zurück und untersuchte es. Da die Bettwäsche schwarz war mit einem roten Rosenmuster, war es schier unmöglich, Blutflecke auszumachen. Er entfernte das Bettlaken, konnte aber auch auf der Matratze keine Spuren entdecken.

Wie auch immer, jetzt galt es, eine besorgte Miene aufzusetzen, an die Rezeption zu gehen und seine Begleiterin als vermisst zu melden.

Franklin kämmte sich, fasste seine langen, blonden Haare mit einem Haargummi im Nacken zusammen und verließ die Schwarze Suite. Der Gang war von elektrischen Fackeln erleuchtet, ein Detail, das er kitschig fand, wie einiges andere auch. Glowcastle hätte für seinen Geschmack ruhig etwas minimalistischer sein können.

Er fuhr mit dem Aufzug nach unten und sah, dass die Nachtschicht bereits abgelöst worden war. Die Empfangs-Chefin thronte auf ihrem Lederdrehsessel und runzelte die Stirn, sobald sie ihn erblickte. Sie hasste ihn aus tiefstem Herzen. Das wusste er und fand es höchst amüsant. Er genoss es, wenn Menschen, die ihm feindlich gesinnt waren, von Berufs wegen nett zu ihm sein mussten und ihm rein gar nichts anhaben konnten.

»Guten Morgen. Heute nicht im samtenen Mieder?«, fragte er mit einem abschätzigen Blick auf ihre weiße Bluse.

Sie ging nicht auf seine Bemerkung ein. »Was kann ich für Sie tun, Mr Larsson?«

»Sie können herausfinden, wo meine Begleiterin abgeblieben ist.«

Tess tippte etwas in den Computer. »Fiona Spinner?«

»Ganz recht.«

»Nun, es ist nichts vermerkt. Keine Massage. Kein sonstiger Termin. Haben Sie schon im Frühstücksraum nachgeschaut?«

»Nein. Sie haben doch gesehen, dass ich eben erst aus dem Aufzug gestiegen bin.« Er hatte das Gefühl, dass sie ihn abzuwimmeln versuchte. »Ich gehe nach meinem Wagen sehen. Fiona hat die Schlüssel mitgenommen. Vielleicht wollte sie eine morgendliche Spritztour machen.«

Franklin war bereits aus der Seitentür, die zu den Parkplätzen führte, als seine Intuition ihm sagte, dass Fiona noch im Haus war. Sie war ein Mäuschen, das sich verkroch, kein Fluchttier. Sie würde Unterschlupf suchen. Und dafür gab es nur einen Platz: die Rezeption. Wohin hätte sie sich sonst wenden sollen?

Tess wusste garantiert, was los war. Aber sie wusste nicht alles, sonst hätte sie gegen Franklin bereits konkrete Anschuldigungen erhoben. Sie spielte ein falsches Spiel mit ihm, und er würde sie dabei erwischen.

Franklin rannte ums Haus zum Vordereingang. Durch die Glastür konnte er sehen, dass Tess nicht mehr an ihrem Platz war. Er betrat die Halle und sah sich nach einem geeigneten Versteck um. Die Passage, die zu den Geschäften führte, bot sich an, weil er durch das Eckschaufenster sehen konnte, was sich an der Rezeption tat.

Er brauchte nicht lange zu warten, dann kam Tess in Begleitung von Dr. Lawrence aus einem Nebenraum.

»Wenn sie sich weigert, sich untersuchen zu lassen, kann ich nichts tun«, sagte die Ärztin. »Ich kann ihr ja schlecht den Mantel herunterreißen. Sie wirkt zwar verstört, aber sie steht nicht unter Schock, und sie scheint auch nicht ernsthaft verletzt zu sein. Aufgrund der Art, wie sie Bewegungen vermeidet, vermute ich starke Hämatome.«

»Eher Schnitte«, sagte Tess. »Die Frau, die Mr Larsson bei seinem letzten Aufenthalt mitbrachte, hatte oberflächliche Schnittverletzungen an den Brüsten. Das wurde mir von einem anderen Gast berichtet, der sie nackt gesehen hatte. Ich habe Mr Sanders den Regelverstoß gemeldet, aber er hat nichts unternommen. Ich hatte gehofft, dass wir diesmal …«

Franklin hatte genug gehört. Für ihn stand fest: Er musste

Fiona mit ihren verräterischen Spuren loswerden. Er trat aus der Passage.

»Hier ist sie auch nicht«, rief er Tess zu. »Ich mache mir wirklich Sorgen um sie. Ich wollte sie heute nach Hause fahren, weil ihr Vater krank geworden ist, und nun ist sie weg. Wissen Sie, Fiona neigt unter Stress zu selbstverletzendem Verhalten.« *Grandios!* Damit hatte er eventuelle Vorwürfe bereits abgeschmettert. War er nicht ein Meister der Improvisation?

»Wir haben sie gerade gefunden«, schwindelte Tess. »Henry wird sie heimfahren.«

»Da bin ich aber erleichtert«, log Franklin nicht weniger geschmeidig. »Ich hole gleich ihre Sachen, dann kann sie mir meinen Mantel wiedergeben.«

Franklin fuhr mit dem Aufzug nach oben. Er hatte jegliches erotische Interesse an Fiona verloren. Sie hatte sich seiner als unwürdig erwiesen.

Was ist nur los mit den Frauen?, dachte er, während er ihre Sachen von seinem in ihren Koffer umlud. *Sie behaupten, dass es sie geil macht, sich zu unterwerfen, aber wenn man sie wahre Dominanz spüren lässt, dann sind sie überfordert.*

Er würde auch abreisen. Was sollte er hier? Den anderen zusehen, wie sie sich vergnügten mit ihren lächerlichen Spielchen? Mit ihrem affigen SM-Getue, das nur Fassade war?

Franklin brachte Fionas Koffer nach unten, den Tess entgegennahm, sich knapp bedankte und den Koffer in den Raum brachte, aus dem sie vorhin mit Dr. Lawrence gekommen war.

Kurz darauf erschien sie wieder. »Sie zieht sich jetzt um, danach können Sie Ihren Mantel wiederhaben.« Tess strich sich eine Strähne ihres weißen Haares aus der Stirn, gab vor, in Unterlagen zu kramen und fragte viel zu beiläufig: »Reisen Sie ebenfalls ab?«

Sofort änderte Franklin seine Pläne. Tess wollte ihn loswerden, und den Gefallen würde er ihr nicht tun. »Glowcastle hat so viel zu bieten. Ich bin ja in erster Linie wegen der Sporteinrichtungen und der fantastischen Massagen hier.«

Tess hob ruckartig den Kopf. »Oh, natürlich.«

Leicht gelangweilt lehnte Franklin an der Theke und ärgerte sich, dass dieser Urlaub der totale Reinfall war. Jemand würde dafür büßen müssen.

Er stellte sich vor, wie Tess Morgan nachts an seiner Zimmertür klopfte und ihm gestand, dass sie ihn immer schon heimlich angehimmelt hatte. Die Vorschriften verboten ihr, sich an den Aktivitäten zu beteiligen, aber im Geheimen sehnte sie sich danach, sich einem Mann willenlos zu unterwerfen. Und er erklärte sich natürlich großmütig bereit, sie an ihre Grenzen zu führen und weit darüber hinaus. Sie war auf ihre nordisch anmutende, groß gewachsene Art sehr attraktiv. Ihre Brüste waren etwas zu üppig für seinen Geschmack, aber wenn sie auf dem Rücken lag, die Arme weit nach oben gestreckt, die Beine so gespreizt, dass es schon beim Hinsehen wehtat, dann würde sie ein ideales Opfer darstellen. Es zuckte in seinem Arm, als er in Gedanken ausholte und einen festen Peitschenhieb auf ihren Bauch klatschen ließ. Das war immer der perfekte Einstieg. Damit rechneten Frauen nicht. Wenn sie von Auspeitschungen redeten, dann meinten sie ihren Po, ihre Schenkel, eventuell ihren Rücken und nur im Zustand heftiger Erregung auch ihre Brüste. Denen würde er sich widmen, sobald er Tess zum Wimmern gebracht hatte. Sie war der stolze Typ, der Schreie unterdrückte. Sie …

Eine Bewegung an der Eingangstür unterbrach seinen Gedankengang, der ihm bereits eine solide Erektion beschert hatte.

Franklin erkannte den Gast, der da hereinkam. Es war

Devin Flinkman, dieser bornierte, überhebliche Idiot, mit dem Franklin noch ein Hühnchen zu rupfen hatte.

Letzten Sommer waren er und Devin gleichzeitig auf Glowcastle gewesen und hatten zusammen Tennis gespielt. Nach einem Match, das Franklin haushoch gewonnen hatte, hatte Devin sich mit ihm bei einem Glas Weißwein auf der Terrasse über Geldanlagen unterhalten. Franklin hatte ihm von seinem Aktienpaket erzählt, und Devin hatte ihm geraten, es abzustoßen. »Die werden bald ins Bodenlose fallen.« Dann hatte er ihm seinen Fond schmackhaft machen wollen. Das Ganze hatte sehr nach Geschäftemacherei gerochen, und Franklin hatte die Finger davongelassen. Keine drei Wochen später waren seine Aktien kaum noch das Papier wert gewesen, auf das sie gedruckt waren, während Devins Fond zweistellige Zinsgewinne einfuhr.

Hätte Devin ihn nicht besser beraten können? Anstatt so flapsig daherzureden, hätte er ihm ja fundiertere Argumente dafür liefern können, um seine Aktien zu veräußern und dafür in Devins Fond einzusteigen. Dann hätte Franklin seinen Rat als seriös einstufen können und hätte ihn befolgt. Wegen diesem Idioten hatte er eine sechsstellige Summe in den Sand gesetzt!

Devin erkannte ihn und hob grüßend die Hand. Er näherte sich der Rezeption sehr langsam, denn die Frau an seinem Arm hatte die Augen verbunden. Was für ein lächerliches Getue!

»Guten Morgen, Mr Flinkman«, begrüßte ihn Tess. »Guten Morgen, Mrs Baker. Das Frühstück wurde gerade nach oben gebracht«, sagte sie mit einem Blick auf den Computermonitor.

Franklin beobachtete die Frau an Devins Seite. Sie war blond, klein und schlank. Ihr Mund sah betörend aus. Was für hübsche, feine Lippen. Sie grinste ein bisschen, so als ob sie es herrlich aufregend fand, blind ihrem Gebieter zu folgen.

Albern! Franklin wäre jede Wette darauf eingegangen, dass Devin dieses hübsche Püppchen bald nicht mehr befriedigen konnte, dass sie nach interessanteren Reizen suchen würde als die, die er ihr zu bieten hatte.

»Guten Morgen, Tess«, sagte Devin. »Wurde die Kleiderordnung geändert?«

Tess sah an sich herab. »Ich hatte noch keine Gelegenheit, mich umzuziehen. Heute Morgen war schon eine Menge los. Sie können gleich hochgehen und die Anmeldung später ausfüllen.«

»Danke.« Devin lächelte seiner Begleiterin zu, auch wenn sie es nicht sehen konnte. »Komm, Elfchen.«

Als die beiden an ihm vorbeigingen, streckte Franklin die Hand aus, so dass sie den nackten Unterarm des »Elfchens« berührte. Er sah sie zusammenzucken und kurz innehalten, dann ging sie mit unsicheren Schritten weiter.

Fiona kam aus dem Nebenraum. Sie blieb stehen, als sie Franklin sah und hielt den Mantel von sich gestreckt. Doch Franklin hatte kaum noch einen Blick für sie übrig. Sie hatte für ihn längst aufgehört zu existieren.

Tess nahm den Mantel und brachte ihn an die Theke. Franklin durchsuchte kurz die Taschen, fand den Autoschlüssel, klappte die Brieftasche auf und zählte seine Kreditkarten nach. »Danke, alles noch da.«

Er wandte sich ab und folgte Devin und seiner Elfe die Treppe hoch. Als sie im zweiten Stock den Gang hinuntergingen, blieb Franklin am Treppenabsatz stehen und sah ihnen nach.

Ein Gedanke nahm langsam Gestalt an, wie er sich an Devin für das erlittene finanzielle Fiasko rächen konnte.

Kapitel 5

Das erste, was Leanne wahrnahm, als sie die Suite betraten, war Kaffeeduft.

Nachdem Devin ihr die Augenbinde abgenommen hatte, drehte sie sich mit ausgestreckten Armen einmal um ihre Achse und rief: »Was für ein Luxusschuppen!«

»Es ist die Rote Suite«, sagte Devin.

Leanne streifte durch die Räume und befingerte alle Dekorationsgegenstände. Die Suite bestand aus einem L-förmigen Wohnzimmer mit einer riesigen Couch, einem Esstisch aus Glas und einem Computerarbeitsplatz, der von einem Raumteiler abgetrennt wurde, einem Schlafzimmer mit begehbarem Kleiderschrank und zwei Bädern. Es gab noch ein weiteres, kleines Schlafzimmer mit einem französischen Bett.

Die Farbe Rot dominierte, wurde aber angenehm abgemildert durch dunkelbraune, moderne Möbel und beigefarbene Vorhänge.

Neben der Tür standen ihre Koffer.

»Unser Gepäck wurde ja auch schon hochgebracht!«

Devin hatte bei ihrer Ankunft direkt vor dem Eingang geparkt, wie er ihr gesagt hatte, da sie es ja nicht sehen konnte, und hatte einem Hotelangestellten den Wagenschlüssel übergeben. Anscheinend arbeitete man hier schnell und ohne viel Aufheben. »Was für ein Service.«

»Das«, sagte Devin und deutete auf den Esstisch, »das ist der einzige Service, den ich im Moment brauche.«

»Frühstück!«, freute sich Leanne, als sie die Servierhauben zählte. »Aber zuerst muss ich ins Bad.« Sie holte ihren Kulturbeutel aus dem Koffer und ging in das kleinere der beiden Badezimmer. »Ich nehme das hier«, rief sie ins Wohnzimmer. »Es hat eine Powerdusche.«

Sie zog sich aus, beschränkte sich aber auf eine Katzenwäsche, da ihr Magen laut und vernehmlich knurrte. Dann streifte sie den flauschigen, roten Bademantel über, der an der Tür hing.

Als sie ins Wohnzimmer zurückkam, deckte Devin gerade die Platten auf und fächelte sich die Aromen zu; unter anderem gab es frisch gebackenes Brot, pochierte Eier, Guacamole, gebratene Nierchen, gegrillte Kirschtomaten und Waffeln mit Fruchtpüree. »Eins leckerer als das andere«, murmelte sie und stellte sich auf einem Teller eine Auswahl zusammen. Mit vollem Mund fragte sie: »Ist das die Verpflegung für unseren gesamten Aufenthalt?«

»Könnte man meinen.« Devin bediente sich von den Nierchen. »Aber du wirst sehen, die Landluft macht hungrig, von den sportlichen Aktivitäten ganz zu schweigen.«

Leanne, die unter dem Morgenmantel nackt war, öffnete die Beine und strich sich aufreizend über die Innenseiten ihrer Schenkel. »Ich kann es gar nicht erwarten, sportlich aktiv zu werden.«

»Ich dachte an Tennis, Reiten und Schach.«

»Über Schach ließe sich noch reden, aber alles andere ist mir zu anstrengend. Ich muss meine Energie sorgfältig einteilen. Dieses Bett«, sie deutete mit dem Kinn in Richtung Schlafzimmer, »ist eine Wucht. Und die Peitschen an den Wänden sind wohl auch nicht nur Deko.«

»Doch, das sind sie.«

»Oh.« Leanne schenkte sich Kaffee ein und löffelte geschlagene Sahne darauf. Sie betrachtete das Gemälde über dem Kamin: Eine Frau, die sich über die Balustrade eines Opernbalkons beugte. Sie trug ein schwarzes, bis zur Taille geschlitztes Kleid. Der Schlitz war offen, ihr nackter Po aufreizend dargeboten. Hinter ihr stand ein Mann im Frack, eine Reitgerte in der Hand. »Glowcastle ist ein SM-Hotel, wenn mich nicht alles täuscht.«

»Es ist etwas viel Besseres und Exklusiveres. Und natürlich gibt es neben dem Wandschmuck auch Peitschen und anderes Spielzeug, das zur Benutzung gedacht ist.«

»Du warst schön öfter hier, nicht wahr?«

Er nickte mit leicht gerunzelter Stirn.

»Ich fühle mich geehrt, diesmal deine Begleitung sein zu dürfen.«

So ein offenes, zufriedenes Lächeln hatte sie noch nie auf Devins Gesicht gesehen. »Ach, Elfchen, du bist großartig. Ich dachte schon, du würdest mich jetzt nach deinen Vorgängerinnen ausfragen und von mir hören wollen, dass mit dir alles viel schöner ist.«

»Eifersüchtiges Getue ist doch albern«, meinte sie mit einer wegwerfenden Handbewegung.

»Aber es ist ein Bestandteil der weiblichen Psyche«, behauptete er.

Sie lehnte sich zurück und spreizte die Beine noch ein wenig weiter. »Ich konzentriere mich lieber auf meinen weiblichen Körper.« Dabei merkte sie, dass sie in dem Moment nicht ganz sie selbst war. Sie benahm sich, wie sie sich immer benommen hatte: aufreizend und unkompliziert. Bisher hatte das auch ihrer Persönlichkeit und ihren Gefühlen entsprochen. Aber in den letzten Tagen war eine Veränderung mit ihr vorgegangen. Sie wollte Devin nicht nur verführen – sie wollte ihn auch berühren, seelisch und menschlich.

Er beugte sich vor und schob ihre Knie zusammen. »So lange wir hier sind, möchte ich nicht, dass du dich mir anbietest. Ich nehme dich dann, wenn ich es möchte. Und so, wie ich es möchte. Keine Avancen, verstanden?«

Sie seufzte zufrieden. Zum einen, weil es viel einfacher war, ihr Verhalten zu kontrollieren, wenn es feste Regeln gab. Zum anderen, weil sie es mochte, wenn er diesen halb amüsierten, halb strengen Tonfall verwendete. Seine Augen funkelten dabei bedrohlich bis belustigt. »Ja, mein Gebieter«, sagte sie artig.

»Nenn mich nicht so. Zeige mir lieber, dass du tatsächlich folgsam sein kannst, ganz ohne Koketterie.«

Leanne schlug die Seiten des Bademantels züchtig über die Oberschenkel, zwang sich zu einem ernsten Gesicht und sagte: »Das werde ich.«

Devin sah aus, als zweifelte er noch ein bisschen, aber sie würde ihm schon zeigen, dass sie das Spiel nach seinen Regeln spielen konnte. Auf jeden Fall würde das der aufregendste Urlaub werden, den sie je verbracht hatte.

»Es gibt noch eine Reihe von Dingen, die du dir unbedingt einprägen solltest«, erklärte er. »Du bekommst nachher an der Rezeption einen Wisch, den du unterschreiben musst. Darin geht es um Haftungsausschluss bei Verletzungen, die durch unsachgemäßen Gebrauch der hiesigen Einrichtungen entstehen.«

»Alles auf eigene Gefahr.«

»Sozusagen. Und es geht um Diskretion. Du wirst hier einigen Menschen über den Weg laufen, die dir bekannt vorkommen. Prominenz aller Sparten geht hier ein und aus. Das war von Anfang an der Grundgedanke, als die Glowcastle Society gegründet wurde.«

»Das wäre ja ein gefundenes Fressen für Paparazzi.«

»Aus ebendiesem Grund ist es untersagt, anderen von dem Aufenthalt hier zu erzählen.«

»Heißt das, ich darf Celia kein Sterbenswort sagen?«

»Ja, so leid es mir tut.«

Leanne lachte vergnügt. »Aber im Gegenteil. Sie wäre entsetzt, wenn ich ihr erzählen würde, an welchem sündigen Ort wir Urlaub machen. Sie wird ja schon rot, wenn man gewisse Dinge nur ausspricht.«

»Ich hatte von Celia nicht den Eindruck, dass sie verklemmt ist.«

Leannes Lachen ging in ein Kichern über. »Sie hat Höllenqualen gelitten, weil du sie beim Ritt auf dem Dildo gesehen hast. Und die Dessous-Modenschau gestern war auch nicht ihr Ding, das kannst du mir glauben. Sie ist sehr … wie soll ich sagen? … seriös. Ja, das trifft es am ehesten. Nicht verklemmt, das würde ich nicht sagen. Aber sie betrachtet alles, was mit Sexualität zu tun hat, als ganz private Angelegenheit.«

»Nun, das ist es im Grunde auch«, räumte Devin ein.

»Celia würde nie mit einem Mann schlafen, bevor er ihr nicht sein ganzes Leben erzählt hat.«

»Dann sollte sie jüngeren Liebhabern den Vorzug geben, da dauert das Erzählen nicht so lange.«

Leanne verschluckte sich vor Lachen fast an einer Erdbeere. »Aber zurück zu den Regeln«, sagte sie, nachdem sie sich wieder im Griff hatte. »Ich darf also nichts ausplaudern. Dabei fällt mir ein, dass ich Celia versprochen hatte sie anzurufen, sobald wir da sind.«

Leanne sprang auf und lief zu der Kofferablage, auf der sich auch ihre Handtasche befand. Schon während sie sie aufklappte, wurde ihr klar, dass sie ihr Handy gar nicht eingepackt hatte. »Mist, ich habe mein Handy vergessen. Gibst du mir deins? Ich will auf keinen Fall, dass Celia sich Sorgen macht.«

Plötzlich hatte sie das Gefühl, sich selbst deutlicher zuzuhören als sonst. Sie pfefferte die Tasche auf den Koffer. »Sieh mich an«, sagte sie.

»Gern.«

»Sieh nur, was Celia aus mir macht! Ständig habe ich ihretwegen ein schlechtes Gewissen.« Sie setzte sich an den Tisch zurück und zählte auf: »Erst, weil ich vergessen habe, sie am Flughafen abzuholen. Dann, weil ich in Urlaub fahre. Und jetzt, weil ich sie nicht sofort angerufen habe. Das darf doch wohl nicht wahr sein. Als sie weg war, konnte ich heimkommen, wann ich wollte, ohne mich spätestens um Mitternacht zu melden, damit Celia beruhigt schlafen konnte. Ich konnte Fast Food essen, ohne mir dabei einen Vortrag über Vitamin- und Mineralstoffmangel anhören zu müssen. Ich konnte abartig hohe Hacken tragen, ohne von ihren orthopädischen Bedenken ins Stolpern gebracht zu werden. Ich konnte einfach ich sein! Unsere Beziehung hat nur funktioniert, weil ich mich immer gefügt habe. Oh, das hört sich jetzt so verbittert an, aber so meine ich es nicht. Wir haben viel Spaß miteinander und ergänzen uns hervorragend, gerade weil wir so verschieden sind. Aber sie könnte mir ruhig etwas mehr Vertrauen entgegenbringen. Das ist ja wohl nicht zu viel verlangt.«

»Du solltest mit ihr darüber reden, wenn du wieder daheim bist«, meinte Devin.

»Das ist zwecklos. Sie würde mir nur aufzählen, was mir alles schon beinahe passiert wäre, wenn sie nicht auf mich aufgepasst hätte. Sie hat ein Gedächtnis wie ein Elefant. Am besten stelle ich sie vor vollendete Tatsachen.«

Devin neigte den Kopf zur Seite und hob fragend eine Augenbraue. »Und wie soll das aussehen?«

»Ich tanze nicht mehr nach ihrer Pfeife. Beispielsweise, indem ich sie erst morgen anrufe.«

»Das halte ich für keine gute Idee. So lieferst du ihr nur den Beweis, dass du wirklich nicht zuverlässig bist.«

»Auch gut.« Leanne schob trotzig die Unterlippe vor.

Devin köpfte lachend ein hartgekochtes Ei. »Gut, dass ich dich besser im Griff habe. Ich muss dir nur heißen Sex versprechen, und schon bist du gefügig.«

Leanne runzelte in gespielter Entrüstung die Stirn. »Das war jetzt aber politisch völlig unkorrekt. So redet man nicht mit einer modernen Frau.« Sie zwinkerte ihm zu. »Auch wenn es in meinem Fall stimmt.«

Devin löffelte das Ei aus, streckte sich und gähnte.

Leanne wollte nicht, dass er schlafen ging und sie allein ließ, darum bat sie: »Erzähl mir, was es hier sonst noch zu beachten gibt.«

»Da wäre noch die Etikette der Gäste untereinander. Das ist hier keine große Fetischparty, bei der es jeder mit jedem treibt. Die Paare bleiben weitgehend unter sich. Hin und wieder kann es sein, dass sich Vierer ergeben oder kleine Grüppchen, aber das ist eher die Ausnahme. Man verhält sich förmlich, macht keine anzüglichen Bemerkungen.«

»Und wie sind die Geister zu behandeln?« Leanne beschloss, das Frühstück mit einer halben Grapefruit abzurunden, die sie mit Honig beträufelte.

»Welche Geister?«

»In alten schottischen Schlössern spukt es bekanntlich. Ich glaube, ich bin einem der Geister begegnet. Als wir vorhin im Foyer waren, hatte ich einen Moment lang das Gefühl, eine kalte Hand hätte mich am Unterarm berührt. Ich habe direkt eine Gänsehaut bekommen.«

Devin grinste. »Das war kein Geist, sondern Franklin Larsson. Er hat mich letztes Jahr verheerend im Tennis geschlagen.

Mal sehen, ob ich ihm inzwischen besser gewachsen bin. Sein Aufschlag…«

Leanne hörte nicht mehr zu, denn ihr Puls dröhnte in ihren Ohren.

Franklin ist hier! Franklin ist HIER?

Sie legte den Honiglöffel auf den Teller, damit Devin nicht merkte, dass ihre Hand zitterte.

Celia hatte recht. Sie erzählte immer, wenn man das Schicksal herausforderte, erlebte man alle möglichen Überraschungen.

Ich habe mir auf der Herfahrt vorgenommen, meinen Schwärmereien ein Ende zu setzen und sexuell endlich erwachsen zu werden. Und was tut das Schicksal? Es präsentiert mir die Versuchung auf einem silbernen Tablett.

***

»Meinst du, ein halbes Stündchen reicht dir?«, fragte Leanne, als Devin sich nach dem Frühstück ins Bett legte.

»Nach deinem Zeitempfinden schon«, antwortete er und zog die rote Satinbettdecke über seinen nackten Oberkörper. »Dein halbes Stündchen hat immerhin die ganze Nacht gedauert.«

»Das lag nur an deinem ruhigen Fahrstil.« Sie küsste ihn auf den Mund, zuckte aber gleich wieder zurück und tat geknickt. »Waren das jetzt schon Avancen?«

»Ich werte es als Gute-Nacht-Kuss.« Er gähnte und drehte sich auf die Seite.

»Und was soll ich inzwischen machen?«

»Auspacken, etwas lesen, mir beim Schlafen zusehen. Was dir einfällt.«

Sie setzte sich im Schneidersitz auf die freie Bettseite und betrachtete Devins Schulter, die sich bald schon rhythmisch hob und senkte. Die Vorhänge waren zugezogen, ließen aber genug

Licht durch, um Leanne bei Devins Anblick Erregung verspüren zu lassen. Er hatte ihr so viel gegeben in der kurzen Zeit, seit sie ihn kannte. Es war treulos und undankbar von ihr, dass sie nach wie vor an Franklin dachte, dem sie nichts bedeutete.

Aber was genau bedeutete sie Devin eigentlich? Aller Wahrscheinlichkeit nach war sie nur ein schönes Spielzeug für ihn, denn Devin kam aus einer anderen Gesellschaftsschicht. Er stammte aus einer Familie, in der jeder studiert hatte. Wenn Devin eine ernste Beziehung einging, dann sicher mit einer Ärztin oder Anwältin.

Was soll das denn? Seit wann denke ich an ernste Beziehungen? Ich liebe meine Freiheit. Ich will denken und fühlen können, was ich will. Auch wenn es bedeutet, dass in meinem Kopf und meinem Herzen Chaos herrschen, so wie jetzt.

Sie betrachtete Devin und verspürte den starken Drang, ihn zu streicheln. Wenn sie doch nur wüsste, ob sie ihm etwas bedeutete, das über eine heiße Affäre hinausging. Sie hatte noch nie einen Mann gefragt: »Liebst du mich?« Wenn er ja sagte, würde all das chaotische Flirren in ihrem Herzen sich zu einem echten Gefühl verdichten. Dann waren die wilden Zeiten vorbei. Genaugenommen blieben ihr dann als kleine Ausreißer nur noch die Träume von Franklin.

Wieso musste Franklin ausgerechnet hier sein und ihre Gefühlswelt aus den Fugen bringen?

Versuch mal logisch zu denken. Wenn er an der Rezeption gestanden hat, und das am frühen Morgen, dann war er vielleicht gerade beim Auschecken.

Wieso erfüllte dieser Gedanke sie fast mit Panik? Wenn er weg war, dann war das Problem doch erledigt.

Aber es wäre auch wahnsinnig tragisch. So nah, so unheimlich nah war sie ihm noch nie gewesen. Und sie wusste jetzt auch, dass sie ihn richtig eingeschätzt hatte. Wenn er in

Glowcastle Urlaub machte, dann musste er ein SM-Anhänger sein. Allerdings war er sicherlich nicht allein hier, sondern in weiblicher Begleitung.

Werde ich eifersüchtig sein, wenn ich ihn mit einer anderen Frau sehe? Ja, natürlich werde ich das.

Vor ihrem inneren Auge sah sie sich und Devin im Speisesaal sitzen – zumindest nahm sie an, dass es hier so etwas wie einen Speisesaal gab. Dann trat Franklin ein, an seiner Seite eine hochgewachsene Schönheit, nackt bis auf eine schwarze Lackkorsage. Erhobenen Hauptes schritt sie neben ihm her, stolz darauf, seine Sklavin zu sein.

Oh, und wenn es genau umgekehrt ist? Wenn Franklin der Sklave einer Frau ist? Dann würden all meine Fantasiegebäude zu Staub zerfallen.

Das ganze Hin und Her in ihrem Kopf brachte Leanne nur eine Erkenntnis: Dass Grübeln reine Zeitverschwendung war. Das war Celias Spezialität.

Genug! Leanne verließ das Schlafzimmer und schloss leise die Tür hinter sich. Sie trat an eins der drei großen Fenster im Wohnzimmer und sah hinaus. Die Landschaft drängte sich ihr förmlich ins Blickfeld. Enorm viel Landschaft. Dazu einige Nebengebäude, ein Gewächshaus, Blumenbeete, ein See, Steinfiguren. Ein paar Schafe. Ein Gärtner, der sich an Buchsbäumen zu schaffen machte.

Nach fünf Minuten hatte Leanne sich mehr als satt gesehen. Am liebsten wäre sie durchs Schloss gestreift und hätte erkundet, was es alles gab und was für Menschen sich hier aufhielten. Aber Devin hatte darauf bestanden, dass sie in den ersten vierundzwanzig Stunden die Suite nur mit verbundenen Augen verlassen durfte – und somit nur in seinem Beisein.

Strenge war ja schön und gut, wenn es um Sex ging, aber hier ging es darum, sich nicht zu Tode zu langweilen. Da fand

Leanne Regeln und Verbote plötzlich überhaupt nicht mehr spannend.

Sie öffnete die Tür zum Flur, erst mal nur einen Spalt, dann ein Stück weiter. Der Flur war nicht so luxuriös wie die Suite. Er hatte etwas Altertümliches an sich, mit nackten Wänden und einem Steinboden, der in der Mitte von einem roten Läufer bedeckt war. Rechts und links von den schweren, dunklen Holztüren brannten elektrische Fackeln. Echte Fackeln waren wahrscheinlich aus feuerschutzrechtlichen Gründen verboten.

Sie sah den Gang entlang. Links bog er zwei Türen weiter ab. Rechts führte er ins Treppenhaus und zu den Aufzügen. Viel zu sehen gab es hier nicht. Als eine Tür schräg gegenüber geöffnet wurde, zuckte Leanne ein Stück zurück.

Ein Pärchen betrat den Gang. Der Mann trug einen schwarzen Anzug mit Krawatte, die Frau lediglich ein Lächeln, sowie breite Lederarmbänder, die mit einer etwa dreißig Zentimeter langen Kette verbunden waren.

Leanne dachte an die zarten Dessous, die Celia ihr geschenkt hatte, und die sie alle mitgenommen hatte. Würde Devin sie nur in diesem Hauch von Nichts durch das Haus führen? Sie wurde feucht, als sie dem Paar hinterhersah, das zu den Aufzügen ging. Die Frau hatte einen wunderschön geformten Po, auf dem sich zahllose Striemen abzeichneten.

Ob ich den Mut hätte, mich so vor anderen Menschen zu zeigen?

Es reizte sie sehr, es auszuprobieren. Eine gewisse exhibitionistische Ader hatte sie ja, und hier war das ideale Umfeld für einen gefahrlosen Test, denn hier wurde Nacktheit regelrecht zelebriert. Hier musste sie keine Angst haben, empörte Blicke zu ernten oder eine Moralpredigt wie die, die Celia ihr einmal gehalten hatte, als sie unter dem Minirock nur einen String trug. »Es ist Sommer, da wird mein Po so heiß«, war als Begründung nicht akzeptiert worden.

Sie ließ den Bademantel von den Schultern gleiten und sah noch mal den Gang entlang. Kein Mensch war zu sehen. Die Fackeln flackerten aufmunternd, und der rote Läufer lockte wie ein Catwalk. Was konnte schon passieren? Niemand würde anzügliche Bemerkungen machen, so verlangte es schließlich die Hausordnung.

Leanne stellte sicher, dass die Tür nicht zufallen und sie aussperren konnte, indem sie den Bademantel als Stopper zusammenschob, dann trat sie in den Gang. Die Luft war hier ein oder zwei Grad kühler als im Zimmer. Leanne hob den Kopf, straffte die Schultern und stolzierte den Läufer entlang bis zu der Ecke, an der der Gang abbog. Sie sah kurz ums Eck und stellte fest, dass der Gang zu einem weiteren Gebäudeflügel führte. Sie kehrte um und ging mit federleichten Schritten bis zum Treppenhaus. Nackt in einem schottischen Schloss! Celias Lebensphilosophie zufolge forderte sie gerade wieder das Schicksal heraus. Gleich würde sich eine Tür öffnen und Franklin würde erscheinen. Bei ihrem Anblick wäre es doch glatt um ihn geschehen und …

Eine Hand legte sich auf ihre Schulter.

Leanne fuhr mit einem spitzen Schrei herum und sah sich einem Mann gegenüber, der mittelalterlich gewandet war, mit einem schwarzen Lederwams über einem weißen Schnürhemd. Der Geist des früheren Schlossherrn?

Sie verschränkte schützend die Arme vor den Brüsten.

»Kann ich Ihnen behilflich sein?«, fragte der vermeintliche Geist, der jemand vom Personal sein musste.

»Ähm, nein, ich … danke, alles bestens.«

»Zu wem gehören Sie, wenn ich fragen darf?«

»Zu Mr Flinkman.«

»Ah, gerade erst angekommen. Dann sollten Sie nicht allein hier herumgeistern.«

Leanne kicherte. Wer geisterte denn hier herum?

»Ich finde allein zurück«, sagte sie, als der Mann sie am Ellbogen nahm und sanft aber bestimmt zum Gang zurückführte.

»Sicher«, sagte er, ließ sie aber nicht los.

Seufzend ließ Leanne sich bis zur Tür ihrer Suite führen, aber auch dort machte der Kerl nicht halt, sondern hob den Bademantel auf, reichte ihn ihr und fragte: »Wo ist Mr Flinkman?«

»Er schläft.«

»Hatte er Ihnen gestattet, die Suite zu verlassen?«

Du meine Güte, war sie hier im Gefängnis oder was? »Ich wüsste nicht, was Sie das angeht.«

»Mr Flinkman ist seit sieben Jahren Mitglied der Glowcastle Society. Ich kenne seine Gewohnheiten. Ich will nur sicherstellen, dass Sie sich nicht unnötig in Schwierigkeiten bringen, indem Sie seine Anweisungen missachten.«

Leanne wollte ihn einen aufgeblasenen Pinkel nennen, aber das wäre eine anzügliche Bemerkung gewesen.

Zu allem Überfluss war Devin aufgewacht. Er erschien in Boxershorts in der Schlafzimmertür. »Hallo, Carl. Was gibt's? Ist meine Elfe davongeflattert?«

»Nur ein Stück den Flur auf und ab«, sagte Carl.

»Na schön. Maßregle sie. Ich lege mich wieder schlafen.«

Devin wollte sich schon umdrehen, da protestierte Leanne: »Was heißt hier maßregeln? Was soll der Unsinn?«

Carl nahm von seinem Gürtel einen breiten Lederstreifen ab, der aus zwei separaten Lagen bestand. »Strecken Sie bitte die Hand aus«, forderte er Leanne auf.

»Nie im Leben.« Sie verschränkte die Hände hinter dem Rücken, auch wenn sie dafür ihre Vorderseite nackt und ungeschützt präsentieren musste.

Devin seufzte, aber sie konnte sehen, dass er sich amüsierte. Jedenfalls hatte er seine Mundwinkel nicht ganz im Griff, denn die Andeutung eines Grinsens war nicht zu übersehen. »Schatz, ich mache keine Ausnahmen. Nie. Wenn du mir nicht gehorchst, solange wir auf Glowcastle sind, bestrafe ich dich. Wenn du damit nicht klarkommst, fahren wir wieder heim.«

»Ich komme bestens damit klar, wenn du mich bestrafst, aber ich lasse mich nicht von einem Wildfremden maßregeln.«

»Wenn er es in meinem Auftrag tut, ist es so, als hätte ich es getan. Streck deine rechte Hand aus.«

Leanne spürte ein Kribbeln zwischen den Schulterblättern. Sie wollte ja gern, aber sie traute sich auch nicht so recht. Der Lederriemen sah fies aus. »Warum nicht auf den Po?«, fragte sie. »Der verträgt mehr.«

»Das Hauspersonal darf deinen Po nicht anrühren.« Devin trat hinter Leanne, löste ihre Hände voneinander, packte ihr rechtes Handgelenk und schob es nach vorn. »Öffnen.«

Widerwillig öffnete Leanne die Faust und schloss die Augen. Sie mochte den Hieb nicht kommen sehen. Noch mehrere Grade widerwilliger nahm sie wahr, dass ihre Klitoris erwartungsvoll pochte, als sollte der Hieb dort landen.

Nichts geschah. Sie riss die Augen wieder auf und sah gerade noch, wie Carl ausholte und den Riemen auf ihrer Handfläche niedersausen ließ.

»Au«, rief sie. Ihre Hand zuckte reflexartig zurück, doch Devin hielt sie weiter fest.

»Es fehlen noch zwei«, sagte er.

»Nein, bitte nicht.«

Leanne wurde mit einem Mal bewusst, dass sie diese drei Worte schon Tausende von Malen in ihren erotischen Fantasien ausgesprochen hatte, oder während sie sich auf ihre eigenwillige Art selbst befriedigte. Und jetzt war sie damit in der Wirklichkeit angekommen. Es war erschreckend und schön. Bitter und süß. Heiß und kalt.

Carl schlug erneut zu, und Leanne spürte jetzt vor allem Devins Hand, die sie so unerbittlich festhielt. Sie fühlte sich auf wundervolle Art zugleich gedemütigt und geadelt. »Mein Gebieter«, murmelte sie, auch wenn er nicht so genannt werden wollte.

Sie hatte die Hand wieder zur Faust geschlossen und zwang sich mit zusammengebissenen Zähnen, sie ein weiteres Mal zu öffnen. Mit unbewegtem Gesicht verabreichte Carl ihr den letzten maßregelnden Hieb, dann befestigte er den Riemen wieder an seinem Gürtel und ging, als wäre das alles das Normalste auf der Welt gewesen.

Zufrieden lehnte sich Leanne mit dem Rücken an Devins Brust. »Ich hatte keine Ahnung, dass du so streng sein kannst.«

Er führte ihre Hand an seinen Mund und leckte über die gerötete Handfläche. »Ich fürchte, jetzt schulde ich dir etwas. Bist du auch mit einem müden Mann zufrieden?«

»Hauptsache, ich bin ganz nah bei dir.«

»Dann komm, mein Elfchen.« Sie gingen ins Schlafzimmer.

Er legte sich auf den Rücken, schloss die Augen und murmelte: »Ich gehöre dir. Aber wenn ich danach einschlafe, dann weck mich bitte nicht.«

»Ich werde den ersten geräuschlosen Orgasmus meines Lebens haben«, versprach sie.

Sie kniete sich über seine Hüften und beugte sich vor, um ihn zu küssen. Dann wanderte sie mit den Lippen bis zu seinem Ohrläppchen und von dort mit vielen kleinen Küssen zu einer Brustwarze. Sie leckte darüber und stellte wieder einmal fest, das Devin irrsinnig gut roch. Sein Glied hatte sich bereits halb aufgerichtet. Sie rutschte mit dem Po etwas tiefer, bis sie auf seinen Schenkeln saß und umfasste seinen Penis, woraufhin er schnell steif wurde. Es fühlte sich völlig stimmig an, seine Härte auf ihrer geschundenen Handfläche zu spüren.

Sie rutschte noch etwas tiefer und nahm ihn in den Mund, auch wenn sie es kaum erwarten konnte, ihn endlich in sich zu spüren. Sie wusste, sie würde viel zu schnell kommen. Sie saugte ihn tief in sich hinein und verschränkte dabei die Hände auf dem Rücken. Sie stellte sich vor, sie wäre gefesselt, und er würde sie zwingen, ihn bis zum Anschlag in den Mund zu nehmen.

Doch die Wirklichkeit war besser als ihre Fantasie. Seine Hand streichelte zärtlich durch ihr Haar.

Sie bewegte den Kopf auf und ab, bis ihr schwindlig wurde. Sie konnte es nicht länger hinauszögern. Mit einem lustvollen Aufschrei nahm sie ihn in sich auf. Ihre Vaginalmuskeln schlossen sich so fest um ihn, als wollten sie ihn nie wieder loslassen. Und auch ihr Herz schien nicht loslassen zu wollen. Sie sah auf seine geschlossenen Lider und wünschte sich, er würde sie ansehen.

Sie ritt ihn erst sachte, dann immer schneller. Sie keuchte, ihre Haare flogen, ihr Herz hämmerte. Als sie kam, quiekte sie und lachte dann über sich selbst. Endlich sah er sie an, griff zu, packte sie um die Hüften und hob sie hoch, ließ sie runterfallen, wieder und wieder, bis auch er kam. Erschöpft und zufrieden sank sie an seine Brust, kuschelte ihren Kopf in seine Halsbeuge und beschloss, so auf ihm liegen zu bleiben, während er einschlief.

Zwei Gedanken blitzten kurz auf: Ob Celia sich große Sorgen machte? Und was Franklin wohl im Moment gerade tat?

Dann ging Devins ruhiger werdender Atemrhythmus auf sie über und ließ sie in einen entspannten Schlummer gleiten.

Kapitel 6

Obwohl Celia sehr viel zu tun hatte, fand sie immer wieder Zeit, das Telefon anzustarren und darauf zu warten, dass Leanne sich wie versprochen meldete. Sie hatte zwar ihr Handy nicht dabei, aber Devin würde doch eins besitzen. Oder lag Glowcastle so abseits der Zivilisation, dass man dort kein Netzsignal empfing? Dann gab es aber immerhin noch Festnetztelefone.

Leanne hatte versprochen, sich sofort zu melden, wenn sie ankamen. Und das wäre in den frühen Morgenstunden gewesen. Jetzt war es schon mittags. Celia checkte immer wieder, ob ihr Handy an war, ob das Festnetztelefon noch funktionierte, ob eine Nachricht auf dem Anrufbeantworter war. Es war so schlimm wie am Samstag, als Leanne nicht zum Flughafen gekommen war. Und dafür hatte es eine einfache Erklärung gegeben. Diesmal gab es die sicher auch. Natürlich könnten sie und Devin einen Unfall gehabt haben. Oder sie waren noch nicht angekommen, weil sie beschlossen hatten, doch nicht die Nacht durchzufahren, sondern in einem Hotel einen Zwischenstopp einzulegen.

Ja, es gab sicher eine logische Erklärung. Aber es gab auch Celias Kopfkino und das hatte keinen Ausschaltknopf. Leanne könnte längst in den Fängen einer Bande von Sadisten sein, die Devin fürstlich dafür entlohnten, dass er ihnen Frauen besorgte. Sie könnte gezwungen werden, in einem Snuff-Movie mitzuspielen. Das gehörte zu Celias schlimmsten Albträumen, seit sie einen Bericht im Fernsehen darüber gesehen hatte, dass es wahnsinnige Mörder gab, die ihre Taten filmten – ja, die genaugenommen die Taten nur begingen, um sie zu filmen – und die damit auch noch Geld verdienten, indem sie die grausigen Werke illegal verkauften.

Gegen Mittag hatte sie keine Kraft mehr, gegen ihre Ängste anzukämpfen. Sie rief »Waters Worldwide Tours« an und erkundigte sich nach dem nächstmöglichen Flug nach Glasgow. Vor dort würde sie sich nach Glowcastle durchfragen. Und dann? Nun, das würde sie entscheiden, wenn sie diesen geheimnisvollen Ort gefunden hatte.

Celia stellte sich die Szene im Geiste vor.

Ich stöbere Devin und Leanne in einem langweiligen Road Inn auf, das Glowcastle heißt. Leanne fragt: »Was machst du denn hier?« Und ich antworte entrüstet: »Du hast nicht angerufen.«

Wer war hier der Kontrollfreak?

»Heute um viertel nach vier«, sagte Anna Waters am Telefon.

Celia schüttelte den Kopf, um ihre Gedanken freizukriegen. »Buchst du bitte den Flug für mich? Nur den Hinflug. Ich weiß noch nicht, wann ich zurückfliege. Danke.«

Falls Leanne bis dahin anrief und alles in Ordnung war, würde sie den Flug eben wieder stornieren.

Ich tue es schon wieder – ich fordere das Schicksal heraus!

Trotzdem half es. Sie hatte jetzt ein Ziel und das beruhigende Gefühl, etwas zu unternehmen.

***

Das Gefühl hielt an bis zu dem Moment, als sie zwei Stunden später in einem Taxi nach Heathrow fuhr.

Erst vorgestern war sie angekommen, und von da an war alles schiefgegangen. Leanne hatte sie nicht abgeholt, war dann mit Devin im Schlepptau erschienen, gerade als Celia sich selbst befriedigte. Am nächsten Tag hatte Devin sie in dem gewagtesten Outfit gesehen, das sie je besessen hatte, hatte ihre Küche in unglaublichem Tempo in ein Ausstellungsstück verwandelt und ihr zum Abschied mit einer unflätigen Bemerkung den Boden unter den Füßen weggezogen. War es da ein Wunder, dass sie in Panik geriet? Dass ihr alles so unwirklich vorkam?

Es war eine Reise ins Ungewisse, die sie da antrat. Sie wusste nicht, ob sie Leanne finden würde, und ob Leanne ihr diese Einmischung in ihr Privatleben jemals verzeihen würde.

Doch ihr Kopfkino zeigte ihr in allen Varianten, was Devin ihrer Leanne genau in diesem Moment womöglich antat. Die abstrusesten Ideen kamen ihr in den Sinn: Glowcastle war der Deckname eines Sammlers, vielleicht eines Ölscheichs, der in allen Ländern der Welt hübsche Blondinen für seinen Harem sammelte, und Devin war sein Einkäufer, der eine Menge Geld für Leanne kassieren würde. Inzwischen war sie schon in Saudi-Arabien und wurde ihrem Besitzer vorgeführt.

Wenn Roberto hier wäre, würde er mir helfen, aus diesem entsetzlichen Gedankenkarussell auszusteigen.

Immer, wenn Celia anfing, sich in etwas hineinzusteigern, hatte er sie an den Schultern genommen, ihr tief in die Augen gesehen und mit ruhiger Stimme gesagt: »È solo un prodotto della tua fantasia.«

Aber nicht immer waren ihre schlimmen Ahnungen ein Produkt ihrer Fantasie. Als Kind hatte sie einmal ihre Katze vor dem sicheren Tod gerettet. Ihr wurde heiß und kalt, wenn sie daran dachte, wie knapp es gewesen war. Die besänftigenden Worte ihrer Mutter klangen ihr heute noch im Ohr. »Jetzt steigere dich doch nicht so hinein. Es ist bestimmt nichts passiert. Das verspreche ich dir.«

Celias Vertrauen in die Versprechungen Erwachsener war

aufgrund der anschließenden Ereignisse in den Grundfesten erschüttert worden. Sie war jetzt selbst erwachsen, aber die Stimme ihrer Vernunft hatte wenig Gewicht, denn sie erschien ihr so unzuverlässig wie die Stimme ihrer Mutter.

Niemand kann in die Zukunft sehen. Ich kann nur meinem Bauchgefühl vertrauen. Es ist der einzige Halt, den man in einer Welt voller Gefahren hat.

»Verzeihung, wir sind da«, sagte der Taxifahrer in Celias Gedanken hinein, wahrscheinlich schon zum wiederholten Mal, denn er klang ungeduldig. Er besaß nicht den Charme des Italieners, der sie am Samstag nach Hause chauffiert hatte.

Celia bezahlte, stieg aus und nahm den Koffer entgegen.

Eine Stunde später saß sie am Mittelgang des Airbus Jets und genoss den Moment, als die Maschine die Wolken durchstieß. Es war das, was sie am Fliegen am meisten genoss. Ein geradezu erhabener Moment. Sofort besserte sich ihre Laune, und sie hörte auf, nach innen auf ihre besorgte Stimme zu lauschen.

Sie starrte so intensiv an dem Mann vorbei, der links von ihr am Fenster saß, dass er ihr anbot, die Plätze zu tauschen. »Dann können sie die Aussicht genießen, ohne ein steifes Genick zu bekommen.«

»Danke, gern.« Celia sah ihn zum ersten Mal an und fragte sich sofort, wie sie es geschafft hatte, sich neben einen so gut aussehenden Mann zu setzen, ohne ihn überhaupt zur Kenntnis zu nehmen. Der Platz zwischen ihnen war frei.

Sie löste den Gurt, stand auf, ließ ihn an sich vorbei in den Gang und setzte sich dann auf den Fensterplatz. Erfreut registrierte sie, dass er sich nicht an den Gang setzte, sondern direkt neben sie.

Jetzt musste sie sich regelrecht zwingen, wieder nach draußen zu sehen, denn lieber hätte sie den Mann genauer studiert. Sie warf den einen oder anderen Seitenblick auf ihn, aber mehr traute sie sich nicht. Er las ein Managermagazin. Sie betrachtete eingehend und, wie sie hoffte, unauffällig seine Hände und nahm dabei in Gedanken Maß für Handschuhe. Seine schlanken Finger waren geradezu perfekt dafür geschaffen, in Leder gehüllt zu werden. Am besten wäre ein ungefütterter Klassiker mit drei Handaufnähten. Seine Fingernägel waren kurz geschnitten und sauber, seine Bewegungen beim Blättern so geschmeidig, dass er fast geräuschlos die Seiten umschlug.

Sie fuhr sich durchs Haar und überlegte fieberhaft, wie sie heute überhaupt aussah. Wann hatte sie sich das letzte Mal gekämmt? Hatte sie heute früh Make-up aufgetragen? Wie konnte das Schicksal – ob nun herausgefordert oder nicht – so hinterhältig sein, einen interessanten Mann ihren Weg kreuzen zu lassen, wenn sie eine khakifarbene Cargohose trug und ein T-Shirt, das zu weit geschnitten war, um ihre Brüste zu betonen?

Die Flugbegleiterinnen begannen die Getränke zu servieren. Das gab Celia die ersehnte Gelegenheit, den Kopf nach rechts zu wenden und den Mann zu studieren.

Er war mittelgroß, schlank und trug einen dunkelbraunen Feincordanzug, der schlicht wirkte, dem Celia aber mit Kennerblick ansah, dass er maßgeschneidert war. Er trug dazu ein weißes Hemd und eine Lederkrawatte. Die Farbe der Krawatte korrespondierte mit seinen Augen, die von einem schimmernden Bernsteinbraun waren. Seine dunkelblonden Haare waren fein und weich, aber so akkurat geschnitten, dass sie seine für einen Mann erstaunlich zarten Gesichtszüge ausglichen und ihm dadurch etwas Männliches und dabei doch Verletzliches gaben.

Sein Blick wanderte langsam über die Zeilen. Ein Mensch,

der keine Eile kannte. Auch etwas, das ihn nicht gerade als Manager auszeichnete. Seine Lippen waren sinnlich und weich, hatten schöne Konturen, geradezu vollkommene Mundwinkel. Seine Wangen wirkten so glatt, als hätte er gerade einen Werbespot für die absolute Innovation in Sachen Rasierklingen gedreht. Alles in allem fand sie ihn umwerfend männlich, gerade wegen seiner fehlenden Kantigkeit und Kratzigkeit.

»Orangensaft, Tomatensaft? Was kann ich Ihnen geben?«

Celia hatte das Gefühl, schon wieder eine Frage mehrfach überhört zu haben. »Oh, äh, ein Wasser bitte.« Sie bekam einen durchsichtigen Plastikbecher und eine kleine Papierserviette in die Hand gedrückt.

»Für mich bitte einen Orangensaft«, bat der Mann, schlug das Managermagazin zu und klappte den Tisch vor sich herunter.

Plötzlich sackte das Flugzeug in ein Luftloch. Der Becher mit dem Saft rutschte der Flugbegleiterin aus den Fingern, landete auf dem Tablett und kippte um. Geistesgegenwärtig hielt der Mann das Magazin an den Rand des Tabletts, an dem es eine Staumauer bildete.

Die Flugbegleiterin begann eifrig mit Servietten den Saft abzuwischen. »Haben Sie etwas abbekommen?«

Der Mann sah an sich herab. »Nur ein paar Spritzer auf die Krawatte.«

Die Flugbegleiterin wollte sich daran zu schaffen machen, doch Celia ging dazwischen. »Halt! Nicht einfach mit einer Serviette abwischen. Zuckerhaltige Flecken auf Leder entfernt man am besten mit einem Tuch, das mit lauwarmem Wasser durchfeuchtet ist.«

Der Mann zog ein weißes gebügeltes Taschentuch aus seiner Hosentasche. Die Flugbegleiterin ging und kehrte kurz darauf mit einer Kaffeetasse zurück, in der lauwarmes Wasser war. Celia tauchte das Taschentuch ein und rieb die drei Flecken auf der Krawatte gründlich ab. »Das Leder ist an der Stelle jetzt etwas dunkler, aber nur vorübergehend.«

»Danke.«

Sie lächelte ihn an und bekam ein Lächeln zurück, das ihr das Gefühl gab, das Schicksal hätte sie nur wegen dieses einen, wundervollen Augenblicks auf ihre verrückte Reise geschickt.

»Celia Cavendish«, stellte sie sich vor.

»Alan Parr.«

Die Flugbegleiterin servierte einen neuen Orangensaft, entschuldigte sich, fragte Mr Parr, ob sie ihm eine andere Zeitschrift bringen sollte, was er verneinte. Dann zog der Servierwagen eine Reihe weiter.

Celia legte das nasse Taschentuch zusammen und gab es ihm zurück. Er sah es einen Augenblick ratlos an, dann legte er es zusammen mit dem Magazin auf den freien Sitz neben sich.

»Sie kennen sich also mit Leder aus?«

Wieso brachte diese simple Feststellung sie so in Verlegenheit? Ah ja, der Lederdildo. Diese Assoziation war neu, aber schon fest in ihrem Hirn verankert.

»Ich arbeite beruflich damit«, sagte sie. »Ich bin Handschuhdesignerin.«

»Das klingt faszinierend.«

Meinte er das ernst? Celia hatte oft genug erlebt, dass man sich über sie lustig machte mit Bemerkungen wie: »Design doch mal Handschuhe, die man nicht ständig verliert.«

»Ja, das ist es wirklich. Genau wie bei Brillengestellen ist es gerade die durch die Funktionalität vorgegebene Beschränkung, die einen besonderen Reiz darstellt, vor allem im Haute-Couture-Bereich. Ich war gerade in Mailand und … aber damit langweile ich Sie wahrscheinlich.«

»Wie könnte man jemanden mit Mailand langweilen?«

So ermuntert plauderte sie drauflos und kam dabei richtig ins Schwärmen. Er hörte aufmerksam zu und machte ein paar Bemerkungen, die ihr verrieten, dass er auch schon in Mailand gewesen war.

»Und Ihre Reise nach Glasgow, ist die auch beruflich?«, wollte er wissen.

»Nein, sie ist privat und… und etwas überstürzt.« Hoffnungsvoll sah sie ihn an. »Wie gut kennen Sie sich im Raum Glasgow aus?«

»Bestens. Warum?«

»Wissen Sie vielleicht, wo Glowcastle liegt?«

Bildete sie es sich nur ein, oder verdunkelte sich sein Blick?

»Wollen Sie denn dorthin?«

»Ja, natürlich.« Warum hätte sie sonst fragen sollen?

Alan Parr, der eben noch so aufgeschlossen und unverkrampft gewirkt hatte, musterte sie jetzt mit unverhohlener Skepsis. »Wer nach Glowcastle will, weiß für gewöhnlich, wie er es findet.«

Was war das denn für eine rätselhafte Bemerkung? Sie hätte ihn zu gern gefragt, was genau dieses geheimnisvolle Glowcastle denn war, aber damit hätte sie zugegeben, dass sie nicht einmal *das* wusste, was ihn wohl noch reservierter gemacht hätte.

»Es ist so«, tastete sie sich vor, »dass meine Freundin Leanne vorausgefahren ist. Ich soll nachkommen.«

»Ach so.« Die Erklärung schien zu funktionieren. »Leanne hätte Ihnen sagen sollen, wie Sie es finden. Am besten rufen Sie sie an und bitten Sie um eine Wegbeschreibung.«

»Sie hat ihr Handy daheim vergessen.« Das entsprach immerhin der Wahrheit.

»Dann rufen Sie Leannes Begleiter an.«

Celia runzelte die Stirn. »Ich hatte nicht erwähnt, dass meine Freundin in männlicher Begleitung ist.«

»Nein, aber anders würde sie dort nicht hineinkommen.« Er sah sie so misstrauisch an wie sie ihn. »Ich habe das Gefühl, dass Sie recht wenig über Glowcastle wissen.«

»Es ist ein Wellnesshotel«, sagte sie mit einer Spur Trotz.

Er lachte kurz auf und grinste dann. »Ja, so könnte man es auch nennen. Oder einen mehr als exklusiven Herrenclub.«

Was konnte an diesem Herrenclub schon so exklusiv sein? Wahrscheinlich tranken sie teure Weine, aßen dekadente Menüs und redeten über Weltpolitik, als könnten sie sie irgendwie beeinflussen. Sie stellte sich reiche Industrielle vor, die miteinander klüngelten, sich Aufträge zuschanzten, illegale Gelder wuschen und ihre Frau mit der naiven Assistentin betrogen, die sie einzig zu dem Zweck als Gast mitgebracht hatten. Genau so schätzte Celia Devin Flinkman ein. Bestimmt hatte er eine Frau, die daheim auf drei Kinder aufpasste, sie zum Ballett und zum Hockeytraining chauffierte, eine Köchin und eine Putzfrau herumkommandierte und keine Ahnung hatte, was ihr Mann auf seinen angeblichen Geschäftsreisen so trieb. Dass er an Leanne noch seine sadistische Ader austoben konnte, kam ihm sicher sehr entgegen. Aber irgendwann würde er ihrer überdrüssig werden – und dann würde Leanne weinend in Celias Arm liegen und ihr schwören, nie wieder auf so einen verlogenen Mistkerl reinzufallen. Und Celia würde als gute Freundin darauf verzichten zu sagen: »Ich hatte dich gewarnt«, sondern Leanne lieber versprechen, von jetzt an besser auf sie aufzupassen.

Sie sah Alan an. »Warum sagen Sie mir nicht einfach, wie ich diesen Club finde?«

»Weil nur die Mitglieder den Weg dorthin kennen.«

»Nun, ich werde mich schon irgendwie durchfragen.«

»Nein, das werden Sie nicht. Das garantiere ich Ihnen.«

»Wie meinen Sie das?«

»Ich werde Sie mitnehmen.« Er griff wieder nach dem Magazin.

Celia war elektrisiert. »Sind Sie Mitglied?«

»Ich bin der stellvertretende Geschäftsführer. Aber jetzt würde ich gerne lesen, wenn es Ihnen nichts ausmacht.«

Nun, sie würde ihn nicht weiter bedrängen. Sie bat die Flugbegleiterin, die die leeren Plastikbecher einsammelte, um eine Zeitung. Dann tat sie so, als würde sie sie lesen, während sie in Wirklichkeit während des restlichen Fluges nur versuchte dahinterzukommen, warum sie Alan Parr so sexy fand.

***

Celias Arm lag auf der Lehne zwischen ihnen. Alan gab vor zu lesen, während er ihren nackten Arm ausgiebig betrachtete. Die Haut war leicht gebräunt, was ihren Bericht von der Mailandreise zu belegen schien. Doch er misstraute ihr mindestens genau so sehr, wie er sich von ihr angezogen fühlte.

Als Alan gesagt hatte, dass er fasziniert war, hatte er es tatsächlich gemeint, und zwar gleich in mehrfacher Hinsicht. Celia Cavendish war eine interessante Erscheinung. Nachlässig gekleidet, aber von unterschwelliger Eleganz, die sich in ihrer Körperhaltung und in ihren Bewegungen ausdrückte. Sie war ungeschminkt, was ihm gefiel, denn sie hatte einen schönen, ebenmäßigen Teint und ausdrucksvolle braune Augen mit schwarzen Wimpern, die auch ohne Mascara dicht und sinnlich waren. Sie trug ihre kastanienfarbenen Locken unordentlich im Nacken zusammengebunden. Es waren Haare, die dazu einluden, in ihnen zu wühlen.

Er fand, dass ihr kreativer Beruf wunderbar zu ihr passte,

und die enthusiastische Art, wie sie davon sprach, zeigte, dass sie völlig darin aufging.

Am meisten aber faszinierte ihn die offensichtliche Unsicherheit, die sie umtrieb. Etwas beherrschte ihre Gedanken und ließ ihr keine Ruhe. Immer wieder versank sie in Grübelei, seufzte, schüttelte den Kopf, als versuchte sie einen Gedanken zu verscheuchen.

Was auch immer sie beschäftigte, es musste mit Glowcastle zusammenhängen. Spielte sie nur die Ahnungslose, oder wusste sie wirklich nicht, was sie dort erwartete? Wie kam es, dass sie dann überhaupt davon gehört hatte?

Von ihr darauf angesprochen zu werden, war ihm sehr sonderbar vorgekommen und hatte ihn für einen Augenblick sogar erschreckt, denn es konnte kein Zufall sein, dass sie ausgerechnet ihn fragte. Wahrscheinlicher war es, dass sie wusste, dass er der stellvertretende Geschäftsführer war und ihm deswegen nachspionierte. Sie war vielleicht eine Journalistin oder Privatdetektivin. In dem Fall hatte sie ihre Tarnung als Handschuhdesignerin perfekt einstudiert. Aber hätte sie ihn dann so direkt nach Glowcastle gefragt? Wäre es nicht klüger gewesen, ihm heimlich zu folgen?

Wenn er sie nach Glowcastle mitnahm, erfüllte das gleich zwei Zwecke. Zum einen wollte er sie nicht aus den Augen verlieren. Zum anderen war es die einzige Möglichkeit zu verhindern, dass sie versuchte, den Weg durch Fragen herauszufinden. Nützen würde es ihr zwar nichts, aber sie würde den Namen immer wieder nennen, bis irgendjemand sich zu wundern begann. Offiziell existierte Glowcastle nicht, und so sollte es auch bleiben.

Darum durfte er nicht zu gutgläubig sein und musste ihre Geschichte überprüfen.

Nachdem sie gelandet waren, fragte er sie auf dem Weg zu

den Ausgängen: »Wie ist der Name des Mannes, der Sie dort erwartet?«

»Devin. Warum?«

»Weil ich überprüfen möchte, ob das stimmt, was Sie mir erzählt haben.«

Sie waren am Kofferkarussell angekommen. »Ich habe nur Handgepäck«, sagte er und wartete ein Stück abseits.

Er zog sein Handy heraus und schaltete es an. Ob Leanne und Devin wirklich auf Glowcastle waren oder ein Teil von Celias Tarngeschichte? Ein einziges Telefonat würde genügen, dann hatte er Klarheit.

Kapitel 7

Nach den unerfreulichen Ereignissen am Morgen hatte Franklin sich wieder schlafen gelegt. Erst am frühen Nachmittag wachte er auf und fühlte eine bohrende, drückende Unruhe, wie eine Vorahnung von Kopfschmerzen. Er setzte sich auf und presste die Fingerkuppen an die Schläfen, bis das Druckgefühl nachließ.

Als er wieder klar denken konnte, setzte ein berauschend gutes Gefühl ein. Der Plan, wie er Devin Flinkman eins auswischen könnte, war in seinem Unterbewusstsein gereift und ließ Franklin erkennen, dass Fionas Flucht Vorsehung gewesen sein musste. Er hätte zwar eine Menge Spaß mit ihr haben können, aber das, was ihm jetzt vorschwebte, war noch viele Tausend Mal reizvoller.

Ohne Eile bestellte er ein spätes Mittagessen, duschte ausgiebig und zog sich an. Falls es genau in dem Moment an der Tür klopfte, wenn er den zweiten Schuh zugeschnürt hatte, würde er das als gutes Omen werten.

Es funktionierte. Franklin nahm den Servierwagen entgegen und aß genussvoll kauend. Er war im Jagdfieber, was für ihn immer schon das beste Aphrodisiakum gewesen war.

Anschließend entschloss er sich zu einem belebenden Spaziergang. Er blieb kurz stehen, nachdem er ein Stockwerk hinuntergegangen war, sah in den Gang, starrte für ein paar Sekunden die Tür von Devins Suite an und fragte sich, ob er vielleicht warten sollte. Ein bisschen auf der Lauer liegen, um sie abzupassen, wenn sie rauskamen. Falls sie nicht längst irgendwo im Haus unterwegs waren. Vielleicht im Restaurant.

Doch dann erschien ein Kellner mit einem Servierwagen und klopfte an der Suite.

Vortrefflich. Sie nahmen eine Mahlzeit auf dem Zimmer ein. Franklin würde seinen Spaziergang genießen können und rechtzeitig zurück sein, um seinen Plan in Angriff zu nehmen.

Er ging an der Rezeption vorbei, ohne Tess eines Blickes zu würdigen und trat in den sonnigen Tag hinaus. Herrlich, diese Pracht, diese Fülle an Blumen. Nicht zu vergessen die Frauen, die hier allesamt eine Unterwürfigkeit zur Schau trugen, die ihre Weiblichkeit besser zur Geltung brachte, als jedes andere Accessoire es vermocht hätte.

Welchen Status Leanne in Devins Leben wohl hatte?

Er nennt sie sein Elfchen. Das ist ungewöhnlich für eine Sklavin. Womöglich hat er sie hergebracht, um sie überhaupt erst zu seiner gehorsamen Lustdienerin zu machen.

Viele Doms verwendeten Glowcastle als eine Art Trainingslager, auch wenn es von der Hotelleitung nicht gern gesehen wurde, wenn die weiblichen Gäste zu unerfahren waren.

Er erreichte den See, an dessen Ufer ein achteckiger Pavillon stand, mit einem von Säulen gehaltenen Dach. Hier konnte man sich Tee servieren lassen und den Schwänen auf dem See zuschauen. Im Moment zweckentfremdete ein muskulöser Mann, der eine schwarze Lederhose trug und ansonsten nackt war, den Pavillon für eine öffentliche Auspeitschung. Seine gebräunten Arme und sein Oberkörper waren mit Tätowierungen übersät. Im Kontrast dazu war seine Sklavin hellhäutig und von zartgliedriger, makelloser Schönheit. Sie stand zwischen zwei Säulen, die ausgebreiteten Arme und Beine mit Ledermanschetten und Ketten an die Säulen gefesselt. Hinter ihr, in der Mitte des Pavillons, stand der Tätowierte und rollte eine Peitsche auf, die glänzte, als wäre sie frisch mit Öl eingerieben worden.

Franklin blieb stehen, nur wenige Meter von den beiden Stufen entfernt, die zum Pavillon hochführten und betrachtete eingehend die Brüste der Gefesselten. Durch die nach oben gespreizten Arme war die Haut gestrafft, die Brustwarzen aufgrund der Erregung aufgerichtet. Eine Einladung, sie zu berühren, sie zwischen Daumen und Zeigefinger zu nehmen und so fest zuzudrücken, dass es der Frau den Atem raubte und sie in die Knie zwang, was die Fesselung natürlich nicht zuließ.

Weitere Zuschauer fanden sich ein, kommentierten leise das Geschehen, das noch gar nicht angefangen hatte. Der Tätowierte schien der Ansicht zu sein, dass er seiner Sklavin genug Gelegenheit zu angstvoller Erwartung gegeben hatte und ließ die Peitsche ein paar Mal durch die Luft schnellen. Die Sklavin biss sich auf die Lippen.

Der erste Hieb landete auf ihrem Rücken. Das Ende der Peitsche schlang sich unter ihren Armen hindurch und erreichte fast ihre rechte Brustwarze. Ein kleiner Schrei, ein Zurücknehmen des Kopfes. Weitere Hiebe folgten, leider tiefer angesiedelt als der erste. Franklin hätte gern gesehen, wie die Brustwarze getroffen wurde. Die Peitsche schlang sich um die Hüften, dann um die Schenkel des Opfers, das kaum noch Luft zu bekommen schien. Sie spielte ihren Part wirklich perfekt. Ihr Gebieter würde zufrieden sein. Franklin war es nicht.

Auch wenn das alles in allem kein schlechtes Arrangement darstellte, outete sich der Tätowierte in Franklins Augen mit der ganzen Aktion als Anfänger. Öffentliche Auspeitschungen hatten Franklins Erfahrung nach keineswegs den gewünschten Effekt, eine Sklavin zu demütigen. Im Gegenteil. Devote

Frauen bezogen eine ungehörige Portion Stolz aus solchen Zurschaustellungen.

»Seht her, wie bereitwillig ich mich darbiete«, sagten die Blicke der Gefesselten. Ihre Schmerzenslaute hätten genauso gut Triumphschreie sein können. Dazu die kleinen schauspielerischen Einlagen, mit denen sie ihren Gebieter und das Publikum manipulierte. Sie machte es fast schon zu offensichtlich: wie sie sich wand, so tat, als würde sie versuchen, jeglichen Laut zu unterdrücken, und daran scheitern, während sie in Wirklichkeit viel lauter jammerte, als die zahmen Hiebe rechtfertigten. Wie sie die Hüfte hin und her wand, vor und zurück zuckte, immer wieder den Kopf nach hinten warf – kurz: Wie sie alle Register zog, um den Eindruck zu erwecken, dass sie litt, während er genau sehen konnte, wie ihre rasierten Schamlippen feucht glänzten und ihre Geilheit verrieten.

Er spürte Unruhe in sich aufsteigen. War es die Lust, dem Tätowierten die Peitsche wegzunehmen und seiner Sklavin einen Hieb zu verpassen, der ihre Leidensfähigkeit auf eine echte Probe stellte? Oder war es die Erregung, die er fast widerwillig empfand?

Doch dann erkannte er die Ursache. Seine innere Uhr mahnte ihn umzukehren. Er ging ins Haupthaus zurück und fuhr mit dem Aufzug in den zweiten Stock. Als die Lifttür sich öffnete, sah er Devin und sein Elfchen gerade noch im Treppenhaus verschwinden, das nach oben zur Aussichtsplattform führte. Sein Gefühl, dass es Zeit wurde, hatte ihn nicht getrogen.

Franklin trat in den Gang und überlegte kurz, was er tun sollte. Wenn er ihnen folgte, würden sie ihn bemerken. Ihm war aber mehr nach Heimlichkeit. Konversation konnte er mit Devin und Leanne noch genug machen, wenn die nächste Etappe seines Plans dran war.

Ob sie wohl erst einen Blick ins Turmverlies werfen würden? Er lauschte ins Treppenhaus und hörte ihre Schritte sich immer weiter entfernen, dann das Zufallen der schweren Tür, die zur Plattform führte. Entweder war das Verlies in Benutzung und somit geschlossen, oder sie hoben es sich für den Rückweg auf. In dem Fall könnte er ein paar wunderbare Eindrücke sammeln, wenn er sie im Verlies erwartete und unbemerkt beobachtete.

Er stieg die Wendeltreppe hoch und probierte die Tür zum Verlies. Sie war unverschlossen. Er trat ein, schloss die Tür leise und sah sich nach einem Versteck um, das ihm dennoch freie Sicht auf den Raum gewährte. Sein Blick fiel auf einen Paravent aus schwerem, dunklem Holz mit Schnitzereien. Er stand vor einer Luke, die verglast worden war. Franklin klappte den Paravent zusammen und trug ihn zu einem kahlen Wandstück. Dort klappte er ihn auf und testete, wie viel er sehen konnte, wenn er durch den Spalt zwischen zwei Holzteilen sah. Die groben Scharniere erforderten einen Abstand von mehreren Millimetern, so ergab sich ein idealer Sichtschlitz.

Sein Herz hämmerte. Sobald die beiden den Raum betraten, durfte er sich nicht auch nur den kleinsten Laut leisten. Heimliches Beobachten gehörte zu den Tabubrüchen, die mit einem sofortigen Ausschluss aus der Society geahndet wurden.

Aber solche Risiken einzugehen gehörte zu einer Jagd nun einmal dazu.

***

Leanne, die nach zu viel Schlaf vor Energie förmlich glühte, konnte es kaum erwarten, das Schloss zu erforschen. Devin schien sich über ihre Unruhe auch noch zu amüsieren. Er aß langsam und zog den anschließenden Kaffee mit einem Zigarillo in die Länge.

Nachdem jemand vom Zimmerservice das Geschirr abgeräumt hatte, und Leanne schon in den Startlöchern stand und immer mehr in Richtung Tür strebte, bestand Devin darauf, dass sie erst die Koffer auspackten und ihre Sachen ordentlich verstauten.

»Du Pedant!«, schimpfte sie. »Du perverser, pingeliger Pedant.«

Er lachte schallend. »Du bist so berechenbar.«

»Wart's nur ab, irgendwann tue ich etwas, womit du am wenigsten gerechnet hast.« Sie dachte dabei an eine heiße Nummer mit Franklin. Wenn der Mann ihrer Träume schon so zum Greifen nah war, dann musste sie einfach zupacken. Zu der Erkenntnis war sie gelangt, nachdem sie aufgehört hatte, ihre Gefühle für Devin zu ergründen, sondern einfach überlegt hatte, was sie sich in einem Jahr wünschen würde, getan zu haben.

In einem Jahr war sie bestimmt nicht mehr mit Devin zusammen, weil er längst mit einer anderen Elfe nach Glowcastle geflattert war. Dann würde sie sich wegen der verpassten Gelegenheit in den Hintern beißen.

Mit Karacho wuchtete sie ihren Koffer aufs Bett und pfefferte die Sachen in die Fächer des begehbaren Kleiderschranks, während Devin jedes seiner Hemden einzeln auf einen Bügel hängte und glatt strich.

Leanne war längst mit Auspacken fertig und saß mit wippenden Füßen auf dem Bett, während er noch dabei war, seine Krawatten nach Mustern sortiert aufzuhängen. Hoffentlich kam er jetzt nicht auch noch auf die Idee, sich umzuziehen. Er hatte nach dem Schlafen geduscht und einen legeren hellgrauen Anzug und ein weißes Hemd angezogen.

Leanne begnügte sich immer noch mit dem roten Morgenmantel.

Endlich schloss er sein Jackett, fuhr sich vor dem großen Standspiegel noch einmal durch die Haare und sagte: »Von mir aus können wir gehen.«

Leanne sprang auf und ließ den Bademantel von den Schultern rutschen. »Von mir aus auch.«

Er hob eine Augenbraue. »So etwa?«

»Ja, ich dachte...« Sie wusste nicht, was sie gedacht hatte. »Ich habe vorhin doch extra geübt, nackt über den Flur zu laufen«, fügte sie hinzu.

»Ich möchte, dass du dich ganz normal kleidest. Wir wollen doch steigerungsfähig bleiben.«

»Hättest du das nicht früher sagen können?«

»Ich dachte, du überlegst noch, was du anziehen willst.«

Sie betrachtete ihn stirnrunzelnd, doch er machte ein völlig unschuldiges Gesicht. Also zog sie rote Dessous an, eine dunkelrote Bluse, einen schwarzen Rock und stieg in schwarze Riemchensandalen. »Fehlt nur noch die Augenbinde«, sagte sie.

Devin trat auf sie zu, nahm sie an den Schultern und küsste sie. »Die hätte ich jetzt glatt vergessen.« Leanne wollte sich schon ärgern, dass sie ihn daran erinnert hatte, da fügte er hinzu: »Aber hier wird nicht nur gemaßregelt, sondern auch belohnt. Für deine Ehrlichkeit. Außerdem war meine ursprüngliche Befürchtung, dass dich die Eindrücke überfordern könnten, völlig unbegründet. Du kannst es ja gar nicht erwarten, so viele Perversitäten wie möglich in Augenschein zu nehmen.«

Leanne streichelte seine Wange. »Und ich wette, du kannst es nicht erwarten, mir dabei zuzusehen, wie ich diese Eindrücke sammle.«

***

Devin brachte Leanne zur Aussichtsplattform. Es war ein schöner, klarer Nachmittag, die Sicht war hervorragend. Devin deutete auf die verschiedenen Nebengebäude und Plätze. »Das dort ist die Squashhalle, daneben sind die Tennisplätze. Bei dem See beginnt der Golfplatz. Die Reitställe sind beim Wald. Der Fitnessbereich, sowie die Poollandschaft mit Sauna, Solarien und Massagekabinen sind hier im Hauptgebäude«, erklärte er so stolz, als gehöre ihm das Schloss samt Ländereien.

»Das ist ja alles ganz wunderbar«, meinte Leanne. »Aber ich bin nicht wegen der Wellness hier, sondern weil ich verdammt guten Sex haben will.«

»Seinem Körper Bewegung zu verschaffen gehört aber mit dazu. Glaubst du, ich wäre so ein begnadeter Liebhaber, wenn ich nicht regelmäßig meine Muskeln stählen würde?«

Leanne lachte und kniff ihn in den Bizeps. »So habe ich das noch gar nicht gesehen. Aber jetzt zeig mir bitte die wirklich interessanten Sachen, okay?«

»Dann fangen wir gleich mit dem Turmverlies an, das liegt genau unter uns. Wenn wir Glück haben, ist es gerade nicht besetzt. Es wird vorwiegend nachts genutzt, weil es erst im Dunkeln richtig zur Geltung kommt.«

Sie stiegen die steile Wendeltreppe hinab. Als sie am Absatz angelangt waren, kamen ihnen zwei Frauen entgegen und gingen zielstrebig auf die Tür zum Turmverlies zu. Eine der Frauen hatte schwarze, im Nacken zusammengebundene Haare. Sie trug ein eng anliegendes Kostüm aus schwarzem Lackleder und hochhackige Stiefel. Die andere Frau war in ein Cape gehüllt, das sich bei jedem ihrer Schritte öffnete. Sie war darunter nackt und hatte die Hände vermutlich auf dem Rücken zusammengebunden.

Die meisten Paare auf Glowcastle bestanden aus einem dominanten Mann mit ein oder zwei Sklavinnen. Die umgekehrte Konstellation war nicht zugelassen. Auch homosexuelle männliche Paare waren tabu. Jeder Mann auf Glowcastle war somit ein Sadist, man befand sich unter Seinesgleichen. Hin und wieder wurde eine lesbische Domina in die Glowcastle Society aufgenommen, aber weibliche Paare blieben eher die Ausnahme. Eine erfreuliche Ausnahme, wie Devin fand. Gab es etwas Sinnlicheres als zwei Frauen, die Zärtlichkeiten austauschten – und natürlich auch weniger zärtliche Zuwendungen? Nicht umsonst waren die Erotik-Shows, die hier aufgeführt wurden, überwiegend mit weiblichen Darstellern besetzt.

Diese beiden Frauen gefielen Devin auf Anhieb: Die strenge Schönheit der Herrin, der ergebene und doch zugleich stolze Ausdruck auf dem Gesicht der Sklavin. Sie hatte dunkelbraune, glatte, lange Haare mit leicht aufgehellten Strähnen, schön geformte Brauen und ausdrucksvolle, fast schwarze Augen.

»Guten Tag«, grüßte er mit einer angedeuteten Verbeugung.

Die Schwarzhaarige sah ihn mit einem leichten Stirnrunzeln an.

»Wurde das Verlies versehentlich doppelt gebucht?«

»Nein, ich wollte es nur kurz meiner Begleiterin zeigen, falls es frei ist. Das können wir auch später noch tun.«

Auf dem strengen Gesicht erschien ein entspanntes Lächeln. »Aber warum? Kommen Sie ruhig mit herein. Bis wir mit unseren Vorbereitungen fertig sind, haben Sie bestimmt alles gesehen.«

»Danke.« Er streckte höflich eine Hand aus. »Devin Flinkman.«

Sie ergriff sie. Ihr Händedruck war fest, ohne unangenehm zupackend zu sein. »Alessa Tannon.«

Auch Leanne stellte sich vor.

»Meine Sklavin hat heute Redeverbot«, erklärte Alessa. »Ihr Name ist Jo.«

Leanne, die bis jetzt ganz zappelig gewesen war, wirkte auf einmal sehr ruhig und in sich gekehrt. Devin las so etwas wie ehrfürchtiges Staunen auf ihrem Gesicht, als er die schwere Holztür aufschob und den drei Damen den Vortritt ließ. Dann folgte er ihnen und schloss die Tür.

Er kannte den großen, runden, hohen Raum in- und auswendig, kannte all die Möglichkeiten, die sich hier boten, hatte sie alle ausprobiert – aber jetzt kam es ihm so vor, als würde er alles mit anderen Augen sehen. Mit Leannes Augen. Er konnte sich gut vorstellen, wie sie mit einer Mischung aus kribbelnder Angst und aufgeregter Neugierde die düstere Atmosphäre in sich aufnahm, die die kahlen Steinwände verbreiteten. Sie begann die einzelnen Gerätschaften und Aufbauten zu erkunden, die stählernen Fesselgestelle, die seltsam geformten Stühle, die Flaschenzüge und Ketten. Besonders lange blieb sie vor dem Pranger stehen. Sie hob den schweren Balken mit den drei halbrunden Öffnungen für Kopf und Handgelenke, beugte sich vor, bis ihr Oberkörper waagerecht war, und legte den Kopf und die Hände in die korrespondierenden Aussparungen des festen Balkens. Selbst angezogen wirkte sie in dieser Pose mehr als verführerisch. Nackt wäre sie ein göttlicher Anblick. Es war der Kontrast zwischen all den groben Utensilien aus Stein, Stahl und altem Holz, der einen Frauenkörper umso weicher wirken ließ.

Leanne erhob sich wieder und schloss mit einem nach innen gekehrten Lächeln auf den Lippen den Pranger. Vermutlich hatte sie sich vorgestellt, wie es wohl wäre, in dieser

Stellung geschlagen zu werden, den Po weit nach hinten gereckt, die Beine gespreizt. Was ihr an Erfahrung fehlte, machte sie mit höchst plastischen Fantasien wett. Devin musste sich hin und wieder ins Gedächtnis rufen, dass Leanne vor ihm keinerlei Erfahrungen mit SM-Sex gemacht hatte. Und auch er hatte mit ihr bis jetzt nur harmlose Spielchen getrieben, in denen er ihr weitgehend die Führung überlassen hatte. Das Verlies war jedoch nicht für Spiele geeignet, sondern nur für ernsthaften Vollblut-Sado-Sex. Er hätte es seiner Elfe nicht verübelt, wenn sie kreischend hinausgerannt wäre. Doch sie schaute sich alles interessiert an, während Alessa ihrer Sklavin Jo das Cape abnahm und sie zu einer in Hüfthöhe schwebenden Stange führte, die an einem Flaschenzug befestigt war. Devin war damit immer vorsichtig gewesen. Wenn man eine Frau mit gespreizten Armen an die Stange hängte und hochzog, bot sie zwar einen wundervoll hilflosen Anblick und machte eine Vielzahl von liebevollen bis grausamen Behandlungen möglich, doch am nächsten Tag hatte sie garantiert Schmerzen in den Schultergelenken – was wohl einer der Gründe war, warum die Massagekabinen hier immer ausgebucht waren.

Alessa hatte aber etwas anderes vor. Sie löste die Fesseln an Jos Händen und befahl ihr, sich unter die Stange zu legen und die Beine nach oben zu strecken. Dann schnallte sie Jos Fußgelenke mit den breiten Ledermanschetten an den Enden der Stange fest und ging zu dem Schalter, der den Flaschenzug in Bewegung setzte.

Das Resultat war überaus ansehnlich: Jo hing kopfüber in der Luft, die Beine gespreizt, ihre intimste Körperregion – ihre nackten Schamlippen – auf erregende Weise dargeboten. Die Fingerspitzen waren nur Millimeter vom Boden entfernt. Sie konnte sich nicht abstützen, aber sie konnte jederzeit die

Hände schützend über Körperteile halten oder reflexartig eine Stelle streicheln, die von einem Peitschenhieb getroffen worden war. Zumindest nahm Devin an, dass Alessa eine Auspeitschung vorhatte. Doch zunächst trat sie zu ihrer Sklavin und streichelte die Innenseiten ihrer Schenkel und hauchte zart ihren Atem auf ihre Schamlippen.

Leanne, die gerade das Fesselkreuz begutachtete, sah zu den beiden Frauen. Ihre Augen weiteten sich. Mit fragend hochgezogenen Brauen schaute sie Devin an. Wahrscheinlich wollte sie wissen, ob sie jetzt besser gehen sollten, weil die Etikette es verlangte. Devin zuckte die Schultern. Alessa würde schon sagen, wenn sie keine Zuschauer mehr duldete.

Mit lautlosen Schritten kehrte Leanne zu Devin zurück, der neben der Tür stand, und ließ ihre Hand in seine gleiten.

Alessa hatte ihre Liebkosungen beendet und ging zu einer großen, schweren Holztruhe, die eine Auswahl an langen Peitschen enthielt, von denen Devin einige bereits benutzt hatte. Es waren anspruchsvolle Peitschen, die viel Gefühl vom Benutzer verlangten. Im Moment konnte er sich nicht vorstellen, Leanne jemals mit einer davon Bekanntschaft schließen zu lassen. Aber das hatte er bei anderen Frauen auch gedacht. Das Ertragen von Schmerzen konnte zur Sucht werden und eine immer höhere Dosis verlangen.

Alessa nahm zwei Peitschen heraus, entrollte sie, verglich ihre Länge und Schwere und entschied sich für eine davon. Sie ging wieder zu ihrer Sklavin, öffnete deren Schamlippen und legte die Peitsche über die Spalte, die feucht glitzerte. Sie zog das Leder langsam über die Haut. Jos Hände ballten sich zu Fäusten, ihr Kopf ruckte.

Leanne sackte ein paar Millimeter in die Knie, was bei ihr ein sicheres Zeichen für Erregung war.

Alessa trat zurück. Sie schien ihre Zuschauer vergessen zu haben. Mit gemessener Konzentration holte sie aus.

»Ich glaube, das ist eine Nummer zu heiß für mich«, flüsterte Leanne und zog Devin in Richtung Tür. Kurz bevor der Riegel ins Schloss fiel, hörten sie das Aufklatschen der Peitsche und Jos Schrei. Dann dämpfte das Holz die Geräusche.

Leanne zitterte. »Das ist so … so real.«

Er strich ihr eine Strähne ihres seidigen, blonden Haares aus der Stirn. »Es gibt hier noch viele andere Räume, die besser für Anfänger geeignet sind, darunter einige schöne Themenzimmer für Freunde von Rollenspielen. Es gibt den ›Orientalischen Traum‹, das ›Verhörzimmer‹ und die ›Bibliothek der Lüste‹. Die ist sehr gediegen und verglichen mit dem Verlies geradezu kuschelig.«

»Schön, aber erst brauche ich eine Abkühlung.«

Sie gingen die Wendeltreppe zum dritten Stock hinunter, wo Devin zu den Aufzügen strebte. »Dann dürfte der Pool jetzt genau das Richtige sein.« Er drückte den Knopf fürs Erdgeschoss.

»Wir könnten uns langsam hocharbeiten, und einen Tag vor unserer Abreise buchen wir das Verlies. Am besten für eine ganze Nacht«, meinte sie, schon wieder deutlich übermütiger.

»Dann hätte ich mir ja die teure Suite sparen können, wenn ich geahnt hätte, dass du auch mit dem Kopf nach unten hängend schlafen kannst wie eine Fledermaus.«

Sie kicherte und küsste ihn auf die Wange. Devin wurde bewusst, dass er mit ihr etwas teilte, das er bei anderen Frauen bisher vermisst hatte. Das heißt, er hatte es gar nicht vermisst, weil er ja nicht geahnt hatte, dass es das geben könnte. Es war der Humor – diese völlig sinnfreien, unverkrampften Wortgeplänkel. Er konnte mit Leanne seine sadistischen Neigungen ausleben und musste doch nicht ständig den gestrengen Herrn und Gebieter geben.

Der Aufzug hielt, aber Devin achtete nicht auf die sich öffnende Tür. Er drehte sich zu Leanne, zog sie zu sich herum, nahm ihren Kopf in die Hände und küsste sie mit einer Innigkeit, die ihn selbst überraschte.

»Verzeihung«, sagte jemand, der den Lift betrat.

Devin schob Leanne nach draußen, ohne dabei seinen Mund von ihrem zu lösen.

Leanne beendete den Kuss. »Sollten wir nicht erst in unserer Suite Handtücher holen?«

»Bei den Pools gibt es Handtücher und Bademäntel.«

Sie sah sich um und deutete zur Schaufensterfront. »Das sieht ja aus wie ein Einkaufszentrum.«

»Das ist eine Ladenpassage. Schau dir alles in Ruhe an. Ich frage inzwischen an der Rezeption, wann die Bibliothek frei ist.«

Leanne rannte davon, und er sah ihr lächelnd und kopfschüttelnd nach. Sie wirkte immer wie ein ausgelassenes Fohlen. Wo nahm sie nur diese Energie her?

Als er an die Rezeption trat, telefonierte Tess gerade. Sie hob die Augenbrauen, als sie ihn sah und deutete auf den Apparat an ihrem Ohr. »Celia Cavendish?«, flüsterte sie in seine Richtung, als wollte sie wissen, ob der Name ihm etwas sagte.

Devin nickte und streckte die Hand aus.

»Er steht gerade vor mir, Augenblick.« Tess reichte ihm den Hörer.

»Celia, es tut mir leid«, sagte er ohne Vorrede. »Leanne hat nicht vergessen, dass sie versprochen hatte anzurufen. Sie durchlebt gerade eine rebellische Phase. Wir sind gut angekommen und alles ist bestens. Soll ich Leanne etwas ausrichten? Und wie in aller Welt haben Sie die Telefonnummer herausgefunden?«, fiel ihm zuletzt ein.

Tess schüttelte die ganze Zeit stirnrunzelnd den Kopf. Wieso sie das tat, wurde ihm klar, als sich eine männliche Stimme meldete.

»Verzeihung, hier ist nicht Celia, sondern Alan Parr. Ich wollte mich vergewissern, dass Sie und eine gewisse Leanne tatsächlich derzeit zu Gast sind, weil Mrs Cavendish das behauptet hat.«

Devin verstand überhaupt nichts mehr. Alan Parr war der stellvertretende Geschäftsführer. Wenn er anrief, war er wohl gerade unterwegs. Und wenn er mit Celia gesprochen hatte ... »Sind Sie in London?«

»Da komme ich gerade her. Ich stehe in Glasgow am Flughafen. Mrs Cavendish saß neben mir im Flugzeug und wollte wissen, wo Glowcastle liegt. So ergab sich ein Gespräch, und ich habe ihr angeboten, sie mitzunehmen.«

Alan Parr hatte ihm zwar nichts vorgeworfen, aber Devin empfand trotzdem das Bedürfnis, sich zu entschuldigen. »Das war mein Fehler. Ich hätte den Namen des Hotels ihr gegenüber natürlich nicht erwähnen dürfen. Aber ich konnte ja nicht ahnen, dass sie auf die Idee kommen könnte, uns nachzureisen. Augenblick, ich muss das erst kurz verdauen.«

Er sah in die Passage, wo Leanne sich die Nase am Schaufenster des Korsagen-Ladens plattdrückte. Auf der Fahrt hierher, in den langen Stunden, in denen Leanne friedlich neben ihm geschlafen hatte, war Devin einiges durch den Kopf gegangen. Unter anderem hatte er sich gefragt, ob Leanne und Celia ein lesbisches Verhältnis hatten. So wie er die beiden Frauen gestern Abend vorgefunden hatte – beide in verführerischen Dessous – war das naheliegend. Es würde auch erklären, warum Leanne so heftig reagiert hatte, als ihr eingefallen war, dass sie Celia am Flughafen hatte stehen lassen. Und warum sie so hin- und hergerissen gewesen war, als ihr klar wurde, dass ihre Reise nach der langen Trennung höchst ungelegen kam. Und Celia vermisste Leanne wohl so sehr, dass sie versucht hatte, sie aufzuspüren. Und es war ihr sogar gelungen. Alle Achtung. Es könnte interessant werden, die beiden Frauen hier zu haben. Er sah Celias schöne, weibliche Brüste vor seinem geistigen Auge.

»Sind Sie noch da?«, kam es aus dem Telefon.

»Verzeihung, Mr Parr. Leanne und ich freuen uns auf Celias Kommen. Sie kann das zweite Schlafzimmer in unserer Suite haben.«

»Gut, dann wäre das geklärt. Bis später.«

Devin reichte Tess den Hörer zurück, bedankte sich und fragte nach freien Zeiten in der Bibliothek. Während er darauf wartete, dass Tess den Plan im Computer abrief, überlegte er, ob er Leanne verraten sollte, dass Celia kam. Es beschloss, ihr die Überraschung nicht zu verderben.

***

Im Turmverlies hatte Franklin genügend Zeit gehabt, sein Jagdfieber weiter anzuheizen. Erfüllt von Unruhe ging er wie ein Raubtier vor dem Paravent auf und ab und stellte sich vor, was er mit Leanne im Verlies alles anstellen könnte. Sie passte perfekt in sein Beuteschema, gerade so, als hätte Devin sie nur für ihn ausgesucht. Die Frau, die Devin das letzte Mal dabei gehabt hatte, war ein ganz anderer Typ gewesen, mit zu vielen Rundungen für Franklins Geschmack.

Er war sehr gespannt darauf, die beiden zu belauschen. Aus dem Gespräch könnte er viele Rückschlüsse daraus ziehen, wie erfahren Leanne in SM war, wie vertraut sie und Devin miteinander waren. Und welche wunden Punkte sie hatte, die er gezielt nutzen konnte. Nicht nur, dass er Devin sein »Elfchen« ausspannen würde – nein, er würde auch dafür sorgen, dass ihr kein anderer Gebieter je wieder gut genug sein würde. Hoffentlich enttäuschte sie ihn nicht, so wie Fiona es getan hatte.

Franklin räusperte sich ein paar Mal, um seinen Hals zu befeuchten, der vor Erregung trocken war. Dann sah er, wie sich der Türknauf drehte. Schnell verschwand er hinter dem Paravent und lugte durch den Spalt. Devin erschien, die Tür aufhaltend. Doch nicht Leanne trat ein, sondern eine in schwarzen Lack gekleidete Frau. Alessa Tannon! Was hatte das zu bedeuten? Hatte Devin den Raum gebucht, um mit Leanne und Alessa einen Dreier zu machen?

Alessa war eine der wenigen Dominas, die in die Glowcastle Society aufgenommen worden war, und die einzige Frau, vor der Franklin Respekt hatte. Er hätte nicht sagen können, warum. Sie war nicht besonders groß, hatte kein herrisches Auftreten. Doch sie strahlte eine Ruhe und Sicherheit aus, die anscheinend durch nichts zu erschüttern war. Ob es das war, was ihn so beeindruckte?

Auf Alessa folgte Leanne und dann Alessas langjährige Sklavin Jo. Sollte das etwa ein Vierer werden? Höchst ungewöhnlich. So hätte er Devin nicht eingeschätzt.

Doch Devin blieb an der Tür stehen, während Leanne sich umsah, als befände sie sich in einem Museum.

Alessa und Jo bereiteten inzwischen ganz offensichtlich eine Session vor. Franklin zuckte die Schultern. Es wurde zwar kein Wort geredet, und somit erfuhr er auch nicht, was hier passierte, aber er bekam ausgiebig Gelegenheit, seine Beute genau in Augenschein zu nehmen. An der Rezeption heute Morgen hatte er Leanne nur kurz gesehen, zudem mit Augenbinde.

Sie war hübsch. Nicht schön, nein, einfach nur hübsch,

und das gefiel Franklin. Schöne Frauen waren ihm unheimlich, besonders dann, wenn sie sich ihrer Schönheit bewusst waren und ihre Reize durch Make-up und auffallende Kleidung betonten. Das fand er ordinär und aufdringlich.

Der Name Elfchen passte wirklich zu Leanne. Zartgliedrig, hellhäutig, mit wunderschönen blauen Augen, die einmal direkt in seine Richtung blickten, was ihn erschrocken zurückzucken ließ. Sie trat an den Paravent. Hatte sie ihn entdeckt? Doch sie strich nur mit den Fingern über die Schnitzereien, dann wanderte sie weiter. Ihr Hintern bewegte sich dabei aufreizend.

Sie schien Holz zu mögen, denn auch der Pranger fand ihre volle Aufmerksamkeit, wurde berührt, sogar aufgeklappt. Als sie den Kopf in die Aussparung legte, bekam Franklin eine Erektion. Die innere Unruhe, die er seit dem Aufwachen fühlte, nahm zu, ähnelte immer mehr einem hämmernden Kopfschmerz, ohne wirklich einer zu sein. Schnell verdrängte er die Empfindung und wandte den Blick von Leanne ab.

Alessa hatte Jo mit dem Kopf nach unten hängend gefesselt. Franklin tauschte in Gedanken Jo mit Leanne aus.

Eine neue Variante. So habe ich es noch nie gemacht. Ich werde dünne Schnitte quer über ihren Bauch setzen. Dann werde ich zusehen, wie das Blut langsam, ganz langsam in feinen Tropfen zu ihren Brüsten hinunterläuft.

Blut auf heller Haut! Nicht zu viel Blut natürlich. Keine Wunden, nur behutsame Schnitte. Alles unter Kontrolle. Das war wichtig. Er hatte die Kontrolle. Er bestimmte, wie viel Blut floss. Er passte auf.

Nicht so wie seine Mutter es getan hatte! Nein. Nicht wie sie. So etwas wollte er nie wieder sehen. Blut, überall. Ihre Schreie. Seine Schreie. Der Rettungswagen, gerufen von der Nachbarin. Rennende Menschen, hastige Anweisungen. Und dazwischen er, ein kleiner Junge, der noch nie zuvor so viel Blut gesehen hatte. Die Ohrfeige, die ihm jemand gab. »Hör auf zu schreien.« Dann waren sie fort, die Retter, Mom auf der Trage, nur das Blut blieb zurück. Und die Nachbarin, die ihn schüttelte und schüttelte, weil er nicht aufhören konnte zu schreien: »Der Tiger wollte sie fressen.«

Franklins Beine zitterten, er musste sich hinsetzen. Den Kopf auf die angezogenen Knie gepresst saß er da und wimmerte wie ein Baby. Wie aus weiter Ferne hörte er das Knallen einer Peitsche und Stöhnen. Doch nichts davon konnte die Schreie übertönen, die in seinem Schädel widerhallten.

Endlich verblassten die Bilder, und er schaffte es, sich seine Mutter ins Gedächtnis zu rufen, wie sie später ausgesehen hatte – Jahre später. Er konzentrierte sich auf das breite goldene Armband, das sie immer getragen hatte, um die Narben ihres Selbstmordversuchs abzudecken.

Franklins Atem wurde ruhiger, alles kam wieder ins Lot. Sie hatte überlebt. Alles war gut. Alles würde für immer gut bleiben. Alles war unter Kontrolle.

Er entkrampfte die Hände und betrachtete sie, als gehörten sie nicht zu ihm. Seine Fingernägel hatten tiefe Kerben in den Handflächen hinterlassen. Seine Beine waren eingeschlafen und fühlten sich an, als flösse Starkstrom durch sie. Es dauerte lange, bis er sie wieder bewegen konnte, und noch eine Weile, bis er in der Lage war, aufzustehen.

Er fragte sich, wieso es um ihn herum so still war. Durch den Spalt im Paravent sah er nur das leere Verlies. Er wagte sich aus seinem Versteck hervor. Sie waren weg. Er hatte nichts mitbekommen, wusste nicht einmal, ob Devin und Leanne geblieben waren und mitgemacht hatten. Er musste mehrere Stunden weggetreten gewesen sein.

Franklin öffnete und schloss die Hände, bis er sie wieder

fühlen konnte, dann klatschte er sich mit der flachen Hand auf die Wange, um wieder ganz zu sich zu kommen. Das Zittern in seinen Oberschenkeln vom langen Verharren in der Hocke ließ nach.

Auf dem Tisch neben der Tür lagen die Utensilien, die während der Session verwendet worden waren und für den nächsten Benutzer desinfiziert werden mussten. Als er die Tür aufzog, sah er zwei Angestellte des Reinigungsdienstes die Wendeltreppe hochkommen.

Er schob sich an ihnen vorbei und hastete zu seiner Suite. Unterwegs wurde ihm klar, warum er ein Flashback gehabt hatte – das erste Mal seit vielen Jahren: Er hatte heute früh vergessen, sein Medikament zu nehmen. Fiona hatte alles durcheinandergebracht. Zu schade, dass er sie dafür nicht mehr büßen lassen konnte.

Kapitel 8

Alan hievte Celias Koffer und seinen Caddy in den Wagen, einen silbernen Toyota Prius, und schloss die Heckklappe. Celia stand unschlüssig neben der Beifahrertür. Ihr Kopfkino machte mal wieder, was es wollte und produzierte munter einen grausigen Showdown nach dem anderen.

Wie kann ich Leanne vorwerfen, naiv und leichtgläubig zu sein, und dann zu einem Wildfremden ins Auto steigen, nur weil er mir versprochen hat, mich an mein Ziel zu bringen, das praktischerweise auch seines ist? So viele Zufälle gibt es doch gar nicht. Am Ende lande ich als Zwangsprostituierte in einem Bordell in Lampukistan.

Aber wenn sie ganz ehrlich zu sich war, dann zögerte sie aus einem anderen Grund. Sie fand diesen Mann unwiderstehlich. Schon im Flugzeug war sie immer wieder versucht gewesen, mit ihm zu flirten. Wenn sie doch nur etwas mehr Übung darin hätte! Anstatt Leanne ständig zu kritisieren, hätte sie ihr vielleicht lieber etwas abgucken sollen. Wie man locker Konversation machte, wie man mit einer bestimmten Art zu lächeln sein Interesse am Gegenüber ganz offen und doch nicht zu plump bekundete, wie man eine absichtliche Berührung zufällig wirken ließ. Und vor allem: Wie man Sex ausstrahlte. Puren, schieren Sex. Und damit einen Mann um den Verstand brachte.

Alan sah sie über das Wagendach hinweg an und Celia versank in seinen bernsteinfarbenen Augen.

»Schon gut, steigen Sie ein, es ist alles geklärt«, sagte er. »Ich habe die Rezeption angerufen, um mich zu vergewissern, dass Sie in Glowcastle erwartet werden. Ich konnte mit Mr Flinkman persönlich sprechen. Sie können mit ihm und Leanne in seiner Suite wohnen.«

Celia rührte sich nicht vom Fleck. Ihr Mund drohte aufzuklappen, und sie presste als Gegenreaktion fest die Zähne aufeinander.

»Verzeihung, wie nachlässig von mir.« Er kam um den Wagen herum und hielt die Tür für sie auf.

Celia dankte ihm mit einem kläglichen Lächeln, stieg ein und zwang sich, ganz ruhig weiterzuatmen, während die volle Bedeutung dessen, was sie eben gehört hatte, sich allmählich in ihren Gedanken entfaltete. Sie hatte Alan gegenüber lediglich Devins Vornamen erwähnt. Dass er ihn als Mr Flinkman bezeichnete, ließ darauf schließen, dass er tatsächlich mit ihm gesprochen hatte. Somit stand fest, dass Glowcastle in der Tat eine Art Wellness-Herrenclub war, der nur deswegen im Internet nicht zu finden war, weil dort, wie Alan vorhin angedeutet hatte, reiche und berühmte Menschen abseits vom Presserummel ausspannen wollten. Devin und Leanne machten einen Liebes- und Erholungsurlaub, sonst nichts. Und da würde sie reinplatzen und sich blamieren! Ihre Blamage war sogar schon angekündigt, da Devin ihr großzügig ein Schlafzimmer in seiner Suite angeboten hatte. Devin, dem sie alles Mögliche und Unmögliche unterstellt hatte!

Sieh es positiv. Alles ist super, es war nur falscher Alarm. Leanne droht keinerlei Gefahr.

Aber die Tatsache, dass sie sich als neurotische Glucke geoutet hatte, ließ sich nicht leugnen. Am liebsten wäre Celia sofort wieder ausgestiegen und zurückgeflogen, denn sie war sicher, dass ihre Ankunft in Glowcastle eine hässliche Auseinandersetzung mit Leanne zur Folge haben würde.

Doch es gab jetzt einen anderen Grund, warum sie dorthin wollte, und der saß neben ihr und steuerte mit ruhiger Hand den Wagen mit dem fast lautlosen Hybridmotor aus dem Parkhaus.

»Könnten Sie mir bitte die Handschuhe reichen?« Er deutete aufs Handschuhfach.

Celia blinzelte zweimal, um wieder ganz bei der Sache zu sein. »Sicher.« Sie fand keinen Griff. »Wie geht das denn auf?«

»Einfach kurz antippen.«

Sie tat es, holte zwischen einem Brillenetui und einem Block die Handschuhe heraus und befühlte sie. Es waren braune, handgenähte, ungefütterte Autofahrerhandschuhe. »Peccaryleder«, sagte sie. »Hervorragend verarbeitet. Bitte sehr«, reichte sie sie ihm.

»Da spricht die Fachfrau.« Er lächelte sie aus dem Halbprofil an, und Celias Herz tat unangemeldet einen Sprung.

Sie erinnerte sich kaum, wann ein Mann sie das letzte Mal so aus der Fassung gebracht hatte. In den vergangenen Jahren hatte es nur ein paar unbeeindruckende Begegnungen gegeben, die oft nicht einmal das Kuss-Stadium erreicht hatten, von Lust und Leidenschaft ganz zu schweigen. Sie war geneigt gewesen zu glauben, dass Liebe völlig überbewertet wurde. All das Gerede von Herzrasen, Kribbeln im Bauch, rosaroter Brille und sehnsuchtsvollen Seufzern hatte sie ins Reich der Fantasie verbannt.

Und nun saß sie stocksteif da, den Blick starr auf Alans Hände gerichtet, während er die Handschuhe überstreifte, und fand, dass sie noch nie etwas Sinnlicheres gesehen hatte. Ihre Kehle war trocken, ihr Atem flach, ihre Haut eine Spielwiese für elektrische Ameisen.

»Was ist mit Ihnen los?«, fragte er, nachdem er sich in die dicht befahrene A82 eingefädelt hatte.

Sie fühlte sich ertappt und errötete. »Ich, uh, ich bin nur so still, weil ich … mir geht einiges durch den Kopf.«

»Das meinte ich nicht.« Er drehte kurz den Kopf zu ihr. »Ich meinte, dass Sie … dass du erregt zu sein scheinst.«

Die Röte wanderte vom Gesicht ihren ganzen Körper hinunter, so fühlte es sich an. Sie lachte gekünstelt. »Ich dachte, nur Männern sieht man sexuelle Erregung an.«

»Gesehen habe ich nichts«, meinte er. »Aber gehört. Die Art wie du atmest, dabei hin und wieder seufzst.«

Dessen war sie sich gar nicht bewusst gewesen. Wie konnte sie das überspielen? Und wollte sie das überhaupt? Leanne hätte sicher sofort reagiert, ihn wissen lassen, wie er auf sie wirkte.

»Ist es die Vorfreude auf deine Freundin?«

Celia sank vor Enttäuschung förmlich in sich zusammen. Er hatte ihre Erregung völlig falsch gedeutet.

Der dichte Verkehr war zum Erliegen gekommen. Alan sah sie wieder an. Seine Hände lagen entspannt auf dem Lenkrad. Celia wusste nicht, was sie mehr reizte: Sein Blick, in dem sie versinken wollte, oder der Anblick des straff anliegenden Leders an seinen schlanken Fingern.

Sie streckte eine Hand aus, noch unsicher, was sie damit vorhatte, dann berührte sie seine Krawatte, tat so, als überprüfe sie, ob die Orangensaftflecken rausgegangen waren, zog ihn dabei näher zu sich heran.

Ein leichtes ironisches Lächeln spielte um seine Mundwinkel. Das verunsicherte sie so sehr, dass sie in einer Kurzschlusshandlung die Krawatte fest packte, ihn kraftvoll zu sich herzog und ihn auf den Mund küsste. Ein klassischer Fall von Flucht nach vorn. Aber woher kam nur der plötzliche Mut?

Wo waren ihre Hemmungen, wenn sie sie brauchte? Zu verwirrt, um den Kuss überhaupt zu spüren, ließ sie die Krawatte los und wollte sich zurückziehen, doch da hatte er schon die Initiative übernommen.

Seine Hände wanderten zu ihrem Nacken. Das Leder, durch seine Körperwärme geschmeidig geworden, fühlte sich atemberaubend gut an. Dann endlich fühlte sie auch ihre Lippen – oder vielmehr seine Lippen, die auf ihren lagen und kleine, zärtliche Bewegungen vollführten. Seufzend öffnete Celia ihre Lippen, eine winzige Geste des Nachgebens, die ihn sofort vorpreschen ließ. Seine Zunge drang ein, kitzelte ihren Gaumen, leckte über ihr Zahnfleisch, traf sich mit ihrer Zunge. Der Rest ihres Körpers geriet in den Sog der Lust. Ihre Haut kribbelte, ihr Schoß wurde feucht. Sie neigte den Kopf, öffnete ihre Lippen weiter, gab kleine, kehlige Laute von sich, als er an ihrer Unterlippe saugte und dabei die Daumen in die Kuhle unter ihrem Kehlkopf legte. Der Duft von Leder mischte sich mit seinem After Shave. Ihr Stöhnen verschmolz mit seinem zufriedenen Brummen, das sie mehr spürte als hörte, eine Vibration, die sie sich augenblicklich an eine andere Stelle ihres Körpers wünschte. Sie schob den Unterleib vor, auch wenn sie damit nur der Mittelkonsole ein Stück näher kam, aber nicht ihm. Ein Drängen hatte sie erfasst, das alles andere auslöschte, so wie neulich, als sie den Lederdildo geritten hatte. Nur besser. Viel besser. Sie küsste und saugte und leckte und lachte dabei, weil es sich so gut anfühlte.

»Streichle mich«, flehte sie.

Er löste ihre Hände von seiner Krawatte und sah sie prüfend an. »Ich finde es ja sehr anregend, dass du auf heißen Auto-Sex stehst, aber sollten wir dafür nicht lieber einen einsamen Parkplatz ansteuern?«

Die Umgebung, die Celia völlig ausgeblendet hatte, stürmte wieder auf sie ein. Hinter ihnen hupte jemand. Alan hob eine Augenbraue, halb belustigt, halb entschuldigend, dann gab er Gas und floss mit dem langsam wieder auflebenden Verkehr mit.

Als sie den Stau einige Meilen später hinter sich ließen, war Celia immer noch damit beschäftigt, um Fassung zu ringen, und um die richtigen Worte. »Ich stehe nicht auf heißen Auto-Sex. Ich... ich bin nicht so, wie du jetzt vielleicht denkst. Ich bin brav, sittsam, zurückhaltend und...«

»Jungfräulich?«

Sie grinste. »Na, das nun nicht gerade. Ich wollte damit nur sagen, dass ich ein anständiges Mädchen bin.«

»Was in aller Welt willst du dann auf Glowcastle?«

Celia studierte ihn von der Seite. Machte er sich wieder über sie lustig? »Wie meinst du das?«

Er antwortete mit einer Gegenfrage. »Was haben Devin und Leanne dir denn darüber erzählt?«

»Herzlich wenig.«

»Oh.«

Sie wartete darauf, dass er noch etwas sagen würde, doch er schwieg.

Was in aller Welt willst du dann auf Glowcastle? Ja, das fragte sie sich mittlerweile auch. »Hör zu, es war dumm, idiotisch und unüberlegt.«

»Ich fand den Kuss überhaupt nicht idiotisch. Von mir aus hätte der Stau sich noch lange nicht aufzulösen brauchen. Und mein Angebot, einen einsamen Parkplatz anzusteuern, war absolut ernst gemeint.« Er drehte den Kopf in ihre Richtung und zwinkerte ihr zu. »Allerdings war das, bevor ich wusste, dass du ein anständiges Mädchen bist.«

»Mit idiotisch meinte ich nicht den Kuss, sondern die Tatsache, dass ich Leanne nachgereist bin. Es war eine Kurzschlussreaktion. Absolut peinlich und unnötig.«

Seufzend betrachtete sie seine Hände. »Ich glaube, ich schulde dir eine Erklärung.«

***

Alan hatte es wirklich ernst gemeint, als er vorgeschlagen hatte, einen Parkplatz aufzusuchen, wo sie sich ungestört näherkommen konnten. Er musste endlich lernen, weniger ironisch zu wirken. Zuweilen artete es in Sarkasmus aus, und spätestens dann war es überhaupt nicht mehr charmant.

»Nur, wenn du magst«, sagte er auf Celias Angebot hin, ihm alles zu erklären. Anscheinend trug sie ein Geheimnis mit sich herum, das ihr Probleme bereitete.

»Es ist wegen Leanne. Der Grund, warum ich ihr nachreise … es ist keineswegs so, dass die beiden mich erwarten.«

Was dann folgte, war eine weitschweifige Erklärung, wieso Celia sich Sorgen gemacht hatte, Devin könne Leanne etwas antun.

Alan lauschte interessiert und verglich Celias Schilderung ihres Kopfkinos mit dem, was er von seiner Großmutter Hannah gelernt hatte. Sie war Psychologin und hatte sich auf Sucht- und Angststörungen spezialisiert. Da sie selbst unter einer ausgeprägten Angst litt, vor Publikum zu sprechen, konfrontierte sie sich zu Therapiezwecken ständig damit, indem sie auf Vortragsreisen ging. Als Alan ein Kind war, dienten er und seine Stofftiere und Actionfiguren ihr als Testpublikum, wenn sie zu einem neuen Thema eine freie Rede einstudierte. Anfangs hatte er vor allem mitgemacht, weil es danach zur Belohnung ein großes Eis gab. Mit etwa acht Jahren fing er an interessiert zuzuhören, fand es immer spannender, was sie erzählte. Mit 12 stellte er zum ersten Mal

Zwischenfragen und lernte so eine Menge über die menschliche Psyche.

»Ich komme mir so idiotisch vor, wenn ich dort aufkreuze«, schloss Celia ihr Geständnis. »Ich und mein hysterisches Getue.«

»Psychologen bezeichnen das als generalisierte Angststörung«, sagte er.

Ihr Kopf ruckte in seine Richtung. »Das klingt doch gleich viel besser als ›hysterisches Getue‹«.

Er lachte. »Ja, nicht wahr?«

»Woher weißt du das eigentlich?«

»Meine Großmutter Hannah ist Psychologin. Ich habe viel von ihr gelernt.« Hannah war das einzige Mitglied seiner Familie, das über die Details seines Arbeitsplatzes informiert war. Sie hatte ihm sogar eine Liste mit Symptomen und auffälligen Verhaltensweisen gegeben, auf die er bei den Gästen achten sollte, da ein dominanter Mann nicht unbedingt ein entspannter, zufriedener Sadist war, sondern unter einer narzisstischen Persönlichkeitsstörung leiden könnte. Schlimmstenfalls war er ein Borderliner, der in Beziehungen weder Nähe noch Distanz ertragen konnte und an Verlustängsten und krankhaftem Kontrollwahn litt. Solche instabilen Menschen, denen es nur um das Ausleben ihrer zwanghaften Machtfantasien ging, konnten gefährlich werden. Alan hatte tatsächlich bei dem einen oder anderen Gast solche Persönlichkeitsmerkmale feststellen können, allerdings hatten sie nie bedrohliche Ausmaße angenommen. Das strikte Regelwerk, in das alle Aktivitäten auf Glowcastle eingebunden waren, verhinderte, dass Situationen außer Kontrolle gerieten.

»Und was empfiehlt Hannah gegen eine Angststörung?«, fragte Celia.

»Ihre grundlegende Heilmethode für Ängste jedweder Art

lautet grob vereinfacht: In was man sich reinsteigert, kann man sich auch wieder raussteigern.«

»Ich bin gerade dabei, aber zu spät«, sagte Celia. »Ich hätte mich schon daheim raussteigern sollen und gar nicht erst einen Flug buchen.« Wieder warf sie ihm einen Blick zu. »Andererseits … wäre es schade gewesen.«

Er nahm kurz die Hand vom Steuer und streichelte mit der Rückseite der Finger ihre Wange. »Das finde ich auch.«

Sie schien von der zärtlichen Geste peinlich berührt zu sein. Das »anständige Mädchen« senkte den Blick. »Als Leanne jünger war, noch bevor ich sie kennengelernt habe, wäre sie beinahe in eine Magersucht reingerutscht. Das ist einer der Gründe, warum ich so einen starken Drang habe, sie zu behüten.«

»Hannah hat einen unkonventionellen verhaltenstherapeutischen Ansatz bei Patientinnen, die unter Anorexie leiden. Sie schickt magersüchtige Mädchen als therapiebegleitende Maßnahme in einen Zoo, wo sie beim Füttern der Jungtiere helfen dürfen. Das positive Gefühl, das sie dabei erleben, wenn sie ein Tier heranwachsen und gedeihen sehen, ändert ihre Einstellung dem eigenen Körper gegenüber und lenkt sie von den ständig kreisenden Vermeidungsgedanken ab – dem Kalorienzählen, dem Fixiertsein aufs Hungern. Plötzlich wird Essen wieder attraktiv und normal.«

»Klingt einleuchtend. Kreisende Gedanken«, wiederholte sie. »Das ist auch bei mir das Problem. Wo kommt diese Angststörung her? Wieso machen die einen Menschen sich mehr Sorgen und andere weniger?«

»Das ist wohl eine angeborene Veranlagung. Erziehung spielt sicher auch eine Rolle. Und so kommt es dazu, dass man Dinge, die tatsächlich passieren können, statistisch überschätzt. Leanne hätte ja tatsächlich einem Mädchenhändler in die Hände fallen können. Auch abwegige Dinge passieren. Nur eben sehr, sehr selten.«

Sie verließen die A82. Alan ließ das Fenster herunter und atmete die würzige Abendluft ein.

»Welche Therapie hätte Hannah mir empfohlen?«, wollte Celia wissen.

»Im Grunde machst du bereits genau das Richtige. Du unterziehst deine Ängste einer Realitätsprüfung, indem du Leanne nachreist und feststellen wirst, dass deine Sorge unbegründet war. Beim nächsten Mal wird dir diese Erfahrung helfen, die Angst loszulassen.«

Celia lachte. »Ja, ich reise ihr bestimmt nie wieder nach. Und wenn sie tatsächlich einem Bösewicht in die Fänge gerät, hat sie Pech gehabt. Aber …« Sie zog das Wort in die Länge. »Was ist, wenn sich eine Angst als begründet herausstellt? Dann hat die Realitätsprüfung genau das Gegenteil bewirkt.«

»Das stimmt. Dann wirkt diese Erfahrung verstärkend auf die Angst.«

»Das könnte bei mir der Fall gewesen sein. Ich hatte ein sehr prägendes Erlebnis. Magst du Katzen?«

»Sehr, wieso?«

»Weil jemand, der Katzen nicht mag, meine Geschichte nicht nachvollziehen könnte.«

Was Celia ihm dann schilderte, war der klassische Albtraum jedes Katzenbesitzers: Das Tier verschwindet spurlos und man weiß nicht, was ihm passiert ist.

Celias Kater, der sie ihre ganze Kindheit hindurch begleitet hatte, hieß Diary. »Er war mein Tagebuch. Ich habe ihm jeden Tag alles erzählt, was ich erlebt hatte.«

»Und du warst dir sicher, dass er sich alles merkt«, ergänzte Alan. Es war das magische Denken der Kindheit.

»Ganz sicher sogar. Und er erzählte mir von seinen Abenteuern. Er war ein Freigänger, und seine Nächte waren erfüllt von Düften und Jagderfolgen. Jetzt, da ich in London lebe, würde ich keine Katze halten. Ein so freiheitsliebendes Tier einzusperren, würde mir widerstreben. Aber ich vermisse das feline Element in meinem Leben.«

Als Celia neun gewesen war, erzählte sie weiter, war Diary eines Tages verschwunden. Tag für Tag war er viele Jahre lang jeden Morgen pünktlich erschienen, um neben dem Frühstückstisch sein Katzenfutter hinunterzuschlingen, bevor er sich auf die Couch legte, sorgfältig sein Fell putzte und sich zum Schlafen zusammenrollte.

»Ich war total durcheinander. Ich rief in den Regen hinaus. Diary erschien nicht. Mit einem Mal war ich mir vollkommen sicher, dass ihm etwas Schreckliches passiert war. Vor meinem geistigen Auge sah ich ihn in schneller Folge mal überfahren im Straßengraben liegen, dann von Tierfängern entführt und in ein Versuchslabor verschleppt, oder von Hunden zu Tode gehetzt. Ich sah ihn im Fluss ertrinken. Ich sah ihn von einem Baum fallen und sich das Rückgrat brechen. Ich rief immer lauter und hysterischer nach ihm, bis meine Mutter wütend wurde und die Tür zuknallte. Sie versicherte mir, dass er wiederkommen würde. ›Katzen haben keine Armbanduhr‹, sagte sie. Ich fühlte mich so unverstanden. Grauenhaft. Ich habe mich dermaßen in die Gewissheit hineingesteigert, mein süßer Diary sei tot, dass mir in der Schule übel wurde, und Mum mich abholen kommen musste. Als ich wieder daheim war, zog ich sofort los, um Diary zu suchen, denn er war immer noch nicht aufgetaucht. Im strömenden Regen rannte ich herum, ziellos, getrieben nur von meiner Angst.«

»In ein Kinderherz passt sehr viel Angst«, sagte Alan.

Celias Atemgeräusche ließen darauf schließen, dass sie

Tränen in den Augen hatte. »Ich glaube, in vieler Hinsicht habe ich heute noch ein Kinderherz.«

Alan merkte, dass er selbst Herzklopfen bekommen hatte. »Hast du Diary gefunden?«

»Als der Regen nachließ, hörte ich ihn, nur drei Häuser von uns entfernt. Er maunzte ganz schwach. Er war in eine Lebendfalle geraten, die jemand aufgestellt hatte, um Marder zu fangen.«

Diary wurde aus dem engen Gefängnis befreit, bekam etwas zu essen und viel tröstenden Zuspruch.

»Etwas brannte sich in mein Gedächtnis ein: Meine wütende Mum, die den Fallensteller anherrschte, der arme Diary wäre jämmerlich eingegangen, wenn ich ihn nicht rechtzeitig gefunden hätte.«

Alan hielt am Straßenrand neben einem Bauernhof, stellte den Wagen ab, schnallte sich los und beugte sich zu Celia herüber. Er nahm sie in die Arme. »Ich hoffe, Diary hatte danach noch ein langes, glückliches Leben.«

»Ja«, sagte sie, den Kopf an seine Schulter gepresst, die Stimme gedämpft und von leisen Schluchzern unterbrochen. »Er hat alles miterlebt. Meine erste Monatsblutung, meinen ersten Liebeskummer und meine erste Zigarette, die zum Glück auch meine letzte war. Himmel, wurde mir von dem Zeug schlecht.« Aus dem Schluchzen wurde ein Lachen. »Er starb an Altersschwäche nur wenige Tage, bevor ich daheim auszog.«

Alan küsste ihr vom Fahrtwind zerzaustes Haar. Er fühlte sich seltsam glücklich. Aber es bereitete ihm Sorgen, dass Celia in Glowcastle völlig fehl am Platz sein würde. Nun, er würde sich in diese Sorge nicht hineinsteigern, so wie Hannah es ihn gelehrt hatte: Einfach abwarten und sich überraschen lassen.

***

Als Leanne durch die Ladenpassage flanierte, dachte sie, man könnte ohne jegliches Gepäck hier anreisen, denn alles, was man brauchte, waren eine Kreditkarte und ein gefülltes Konto. Ein gut sortierter Laden reihte sich an den anderen. Es gab Kleidung von sportlich bis elegant. Ob man nun ein Tennisdress brauchte oder Abendgarderobe, hier fand man alles. Und natürlich durften auch Fetischklamotten nicht fehlen. Lack und Leder, Korsagen und verruchte Accessoires – und alles so elegant präsentiert, als befände man sich bei Harrods.

Am Ende der Passage war ein Buchladen, den sie betrat. Eine Frau blätterte in einem Band mit Aktfotografie. Sie hielt eine aufgeschlagene Seite dem Mann hin, der neben ihr die Regalreihen inspizierte. Sie flüsterte etwas in sein Ohr, und er lächelte. Leanne genoss den Anblick der stillen Vertrautheit zwischen den beiden. Wie sie und Devin wohl auf Außenstehende wirkten?

Sie sog nur kurz die Atmosphäre des Ladens in sich auf, dann verließ sie ihn wieder. Für einen Einkaufsbummel war später Zeit. Sie ging auf der anderen Seite der Passage zurück. Hier gab es einen Friseur und nur eine Tür weiter einen Intimfriseur! Leanne sah zweimal hin. Sie hatte sich nicht getäuscht. Die Fotos im Schaufenster zeigten Frauen mit gestylten Schamhaaren. Einige der Models hatten zudem Intimpiercings oder Tätowierungen an sehr pikanten Stellen. Und alles das konnte man sich hier auch gleich machen lassen, wie ein Schild verkündete. »Wir arbeiten absolut steril«, las Leanne.

Der letzte Laden, bevor man ins Foyer zurückkam, war ein Schuhgeschäft.

Auf den ersten Blick war Leanne nicht gerade begeistert, denn Wanderstiefel und Tennisschuhe waren nicht unbedingt nach ihrem Geschmack. Aber das nächste Schaufenster war mit »richtigen« Schuhen dekoriert: Herrliche Pumps, hinreißende High Heels und Stiefel, die ein absoluter Traum waren. Bevor Leanne wusste, was sie tat, hatte sie den Laden schon betreten. Von allen Geschäften war dieses hier am besten besucht, was sie nicht weiter wunderte. *Frau bleibt Frau, ob Chefsekretärin, Lustsklavin oder beides.*

Leanne steuerte direkt auf die Abteilung mit den Stiefeln zu. Leder und Lack glänzten wie frisch poliert. Eine Verkäuferin im schwarzen Nadelstreifenkostüm stellte sich als Lesley vor, erkundigte sich nach ihren Wünschen und ihrer Schuhgröße.

Kurz darauf erlebte Leanne zum ersten Mal das Gefühl, von den Zehen bis zur Mitte der Oberschenkel in hautenges Leder gehüllt zu sein. Lesley hatte auf Anhieb die passenden Schuhe gefunden. Die Absätze aus Stahl waren dünner als ein Bleistift und gut und gerne zehn Zentimeter hoch. Leanne hielt sich an einer Stuhllehne fest und verlagerte probehalber ihr Gewicht, bis sie sich ausbalanciert hatte. »Einfach ein geiles Gefühl«, murmelte sie.

Lesley lächelte. »Ich weiß. Besonders erregend ist es, wenn man mit weit gespreizten Beinen stehend gefesselt ist, die Arme nach oben gezogen, so dass man ständig das fragile Gleichgewicht spürt und sich zugleich sicher fühlt.«

Leanne dachte an das gezierte Getue der Verkäuferinnen in ihrem Lieblingsschuhladen in London. Hier war alles anders. Sie fand es überaus erregend, sich an diesem Ort zu befinden, an dem so viele Überraschungen lauerten.

»Das dürfte dann eine Stellung für das Vorspiel sein«, meinte sie.

»Ja. Peitscht Ihr Gebieter Sie?«

»Noch nicht, aber ich denke, er wird es bald tun.« Sie machte einen vorsichtigen Schritt, dann noch einen. »Und ich werde dabei diese Stiefel tragen.« Ihr gelangen drei wackelfreie Schritte vorwärts bis zu einem Spiegel, und sie betrachtete sich darin von vorn und von der Seite. Die Überstreckung der Füße hatte ihre Körperhaltung geändert. Sie wirkte aufrechter, aufreizender. »Tragen Dominas nicht auch solche Stiefel?«

»Ja. Man kann darin sehr streng auftreten. Aber sobald man gefesselt ist, ändern die Stiefel ihren Charakter. Sie werden es sehen.«

»Ja, und zwar morgen Nachmittag in der Bibliothek.« Das war Devin, der sich unmerklich genähert hatte. Leanne lächelte ihm im Spiegel zu. »Heißt das, du kaufst sie mir?«

»Ich denke schon. Aber ich würde sie gern im richtigen Zusammenhang sehen.« Er machte Lesley ein Zeichen, die daraufhin zu Leanne trat und ihr den Rock und dann die Bluse auszog. Sie ließ es entspannt geschehen. Die anderen Kundinnen im Laden waren alle mit sich selbst beschäftigt, und selbst wenn sie herübergesehen hätten, wäre das Leanne gleichgültig gewesen. Sie hatte sich bereits perfekt an die Gepflogenheiten auf Glowcastle angepasst.

Nun, da sie nur in dem roten Stringtanga und dem Spitzen-BH dastand, wirkten die Stiefel wie Hinweisschilder, die auf ihren Schoß zuliefen und alle Aufmerksamkeit dorthin lenkten. Auch Devin schien das so zu empfinden, denn er trat hinter sie und berührte den Streifen nackter Haut zwischen dem ledernen Schaft und der roten Seide.

Leanne blieb die Luft weg, so plötzlich brandete die Lust in ihr auf. Ein klagender Laut entfuhr ihr.

Lesley zog einen Vorhang beiseite, hinter dem sich ein kleiner Raum befand. »Testen Sie die Stiefel doch in aller Ruhe«, schlug sie vor.

Devin nahm Leanne an der Hand und führte sie hinein. Dass ihre Beine zitterten, lag nun weniger an den hohen Absätzen als an ihrer Erregung.

In dem Raum, dessen Wände mit mattem Stahl beschlagen waren, befand sich nichts weiter als ein kantiger, schwarzer Ledersessel in der Mitte. Als Beleuchtung diente ein Wandspot, der an die Decke gerichtet war.

Devin führte Leanne hinter den Sessel. »Beug dich von hinten über die Lehne und stütze dich auf den Armlehnen ab.«

Sein sachlicher Tonfall verursachte ihr eine wohlige Gänsehaut. Sie presste die Hüfte an das kühle Leder der Rücklehne, die ihr bis knapp unter den Bauchnabel reichte und beugte sich vor, bis ihr Oberkörper einen rechten Winkel zu ihren Beinen bildete. Sie streckte die Arme aus und legte die Hände auf die Armlehnen.

»Beine weiter auseinander«, lautete sein nächster Befehl.

Leanne gehorchte. Ihr Stand wurde etwas unsicher, und sie umklammerte die Armlehnen fester. *Streichle mich*, dachte sie. *Berühre mich. Ich zerfließe vor Lust.*

Doch wie so oft ließ er sie warten und zuletzt wählen, was sie wollte. »Ich möchte mich ausschließlich diesem Bereich widmen«, sagte er und fuhr mit seinen Handflächen an ihren Beinen entlang von der Stelle in der Mitte ihrer Schenkel, wo die Stiefel endeten, bis zu der Stelle, wo die Rundung ihrer Pobacken ansetzte. »Du hast die Wahl zwischen Küssen oder Hieben mit einer Reitgerte.«

»Wie fest?«, fragte sie.

»Die Küsse werden sanft sein, kaum spürbar. Die Hiebe etwas fester.«

Sie hörte das Grinsen in seiner Stimme und lächelte. »Geht

es um das, was ich wirklich will, oder darum, wovon ich glaube, dass du es willst?«

Er beugte sich über sie und kam mit dem Mund nah an ihr Ohr, aber ohne sie zu berühren. »Es geht darum, dass ich den größten Genuss daraus ziehe, dir dabei zuzusehen, wie schwer dir die Entscheidung fällt, weil du am liebsten beides hättest. Du bist so süß, weil du unersättlich bist. Und genaugenommen möchtest du außerdem, dass ich dich anschließend ficke und dabei deine Brüste so fest massiere, dass meine Fingerabdrücke noch eine Weile zu sehen sein werden.«

»Gedankenleser«, murmelte sie, ließ den Kopf nach unten hängen und gab in den Ellbogen nach. Die Haltung wurde langsam anstrengend. Seine Worte hatten ihr zudem klargemacht, dass die Küsse sie an den Rand der Selbstbeherrschung bringen würden. Sie wollte nicht, dass Lesley, die anderen Verkäuferinnen und die Kundschaft hörten, wie sie Devin anflehte, sie zum Kommen zu bringen. Wenn er sie schlug, würde nichts weiter zu hören sein als ein paar halbunterdrückte Seufzer. Und ihre Lust würde sich ein wenig zurückziehen und ihr gestatten, sich wieder anzuziehen und einigermaßen würdevoll den Laden zu verlassen. Das hoffte sie jedenfalls. »Ich wähle die Hiebe.«

»Warte hier.«

Als er den Raum verlassen hatte, ließ sie sich weiter nach vorn sinken und stützte sich auf die Ellbogen, um ihre Unterarme zu entlasten. Sie spreizte die Beine noch etwas weiter und griff mit der rechten Hand nach hinten, um sich selbst zu streicheln. Ihre Finger hatten sich gerade einen Weg unter den Slip gebahnt, als der Vorhang zurückgeschlagen wurde. Sie beeilte sich, wieder die richtige Haltung einzunehmen.

Der Vorhang blieb offen. Verunsichert streckte Leanne den

Kopf in den Nacken und pustete sich die Haare aus dem Gesicht, um etwas zu sehen.

Devin stand mit der Hand am Vorhang und betrachtete sie stirnrunzelnd. »Ich habe inzwischen oft genug erwähnt, dass ich von dir Gehorsam erwarte. Dazu gehört, dass du eine Position erst änderst, wenn ich es dir befehle.«

»Tut mir leid«, murmelte sie.

Er ging nicht weiter darauf ein, sondern ließ den Vorhang los, trat auf sie zu und öffnete seine Hose. »Bis Lesley die Gerte besorgt hat, wirst du mir einen blasen.«

Leanne richtete sich auf. »Ich fürchte, dass ich mich in diesen Stiefeln nicht hinknien kann.«

»Von Hinknien habe ich auch nichts gesagt. Nimm deine Position wieder ein.«

Nach kurzem Zögern gehorchte Leanne.

Devin zog seine Schuhe aus, stieg aus der Hose und entledigte sich seiner Unterhose. »Du darfst die Hände nicht zur Hilfe nehmen«, sagte er. »Fang an.«

Leanne leckte sich die Lippen, öffnete den Mund und fing die wippende Spitze seines Schwanzes ein. Schnell saugte sie ihn näher zu sich heran, bevor sie ihn wieder verlor. Bequem war es nicht, mit gestreckten, gespreizten Beinen, vorgebeugtem Oberkörper und durchgestrecktem Nacken dazustehen. Sie probierte, ob sie ihn tiefer in den Mund nehmen konnte, wenn sie den Kopf schief legte. Er rutschte wieder aus ihr heraus. »Stelle ich mich sehr dumm an?«, erkundigte sie sich.

»Ja. Aber du wirst es lernen. Du wirst in den nächsten Tagen noch sehr viel lernen.«

»Zum Beispiel Gehorsam«, murmelte sie.

Er lachte. »Das an allererster Stelle.« Er kam ihr noch ein Stück entgegen, packte die Haare an ihrem Hinterkopf und dirigierte sie so hin, dass sie seinen Schwanz mit den Lippen umfassen konnte. Alles andere als sacht stieß er in ihren Mund. Ihr Schoß antwortete, indem er sich sehnsüchtig zusammenzog. Als Devin sich wieder zurückzog, umspielte sie seine Eichel mit der Zunge, leckte und saugte so aufreizend und geschickt, wie es ihr in dieser Position möglich war. Sein tiefes Stöhnen war ihre schönste Belohnung. Ermutigt reckte sie den Kopf etwas vor, um mehr von ihm zu fassen zu kriegen. Er war jetzt so tief in ihr drin, dass sie kaum atmen konnte. Der Druck der Stuhllehne gegen ihren Bauch fühlte sich mit einem Mal sehr sinnlich an. Sie rieb ihren Unterleib an dem Leder, während sie immer eifriger Devins Stöße in ihren Mund beantwortete. Er hielt immer noch ihre Haare in seiner Faust. Mit der freien Hand stützte er ihr Kinn. Sie verharrte reglos, als er sich steiler in ihr aufrichtete, denn sie wusste, dass jetzt schnelle, kurze Stöße kommen würden, bevor er sich in sie ergoss. Ihre Sinne drohten zu schwinden. Sie labte sich an seinem Geschmack, an der Festigkeit, dem Gefühl, ihn fast bis zum Anschlag in sich zu spüren. Als er kam, zog er sich ein Stück zurück, sodass ihr ganzer Mund mit seinem heißen Sperma ausgefüllt wurde. Sie schluckte einen Teil, der Rest lief ihr aus dem Mund auf seine Handfläche, die ihr Kinn umfasste. Zweimal schoss sein Samen pulsierend in sie hinein, dann begann sein Glied zu erschlaffen. Sie leckte es behutsam sauber.

Wie eine Fee, die genau wusste, wann es drei Wünsche zu erfüllen galt, erschien Lesley. Sie brachte ein feuchtes Tuch, ein Handtuch und eine Reitgerte. Der Vorhang hatte sich schon wieder hinter ihr geschlossen, als Devin »Danke sehr« keuchte und sich vollends aus Leannes Mund zurückzog. Er reinigte ihre Lippen mit dem feuchten Tuch, das lauwarm war und nach Rosen duftete.

Devin wusch auch sich selbst, trocknete Leannes Mund

und seinen Intimbereich sorgfältig ab, wickelte das feuchte Tuch in das Handtuch ein, zog sich wieder an und nahm die Reitgerte auf, die Lesley an den Sessel gelehnt hatte.

Leanne bekam all das nur schemenhaft durch den Vorhang ihrer blonden Haare mit, denn sie hatte den Kopf sinken lassen. Es wurde zunehmend schwerer für sie, sich abzustützen. Erschöpfung und Erregung hatten sie so fest im Griff, dass ihr ganzer Körper zu vibrieren schien.

Devin hingegen war keinerlei Müdigkeit anzumerken. In aller Ruhe überprüfte er die Biegsamkeit der Reitgerte und ließ sie ein paar Mal durch die Luft sausen.

Leanne erinnerte sich, wie sie einmal eine Freundin zu einer Reitstunde begleitet hatte, ein oder zwei Jahre vor ihrer Begegnung mit Franklin Larsson. Ihre erotischen Fantasien waren damals schon deutlich masochistisch geprägt, aber noch nicht so klar definiert gewesen. Die Pferde, von denen ihre Freundin so schwärmte, hatten sie nicht interessiert. Aber der Anblick einer simplen Reitgerte hatte sie feucht werden lassen.

Nun würde sie zum ersten Mal spüren, welchen Schmerz dieses Schlaginstrument ihr zufügen konnte.

Devin legte die Gerte, die sich kühl anfühlte, quer in ihren Nacken und fuhr langsam die Wirbelsäule entlang bis zu der Stelle, wo der String ihres Tangas zwischen ihren Pobacken verschwand.

»Die Stiefel stehen dir wirklich ausgezeichnet. Du solltest sehen, was ich gerade sehe. Dieser Kontrast zwischen dem glänzenden schwarzen Leder und deiner zarten, hellen Haut! Zum Reinbeißen schön. Zum Ablecken. Hm.«

Leanne war selig, als er tatsächlich nicht anders konnte, als mit der Zunge erst über ihre linke, dann über ihre rechte Pobacke zu lecken. Er richtete sich wieder auf. »Ich freue mich schon darauf, sie morgen mit gleichmäßigen Striemen zu adeln. Ganz parallel. Jeder Hieb eine gut vorbereitete Grausamkeit. Wir werden ein paar schöne, schmerzvolle Stunden in der Bibliothek verbringen.«

»Hm«, machte Leanne, ein Laut zwischen Bangen und Vorfreude, vor allem aber ein Ausdruck ihrer Ungeduld. Sie wollte, dass er endlich anfing.

»Jetzt sind deine Schenkel dran. Ich möchte, dass die Haut noch etwas besser gedehnt ist. Beug dich so weit nach unten wie es geht und nimm die Arme auf den Rücken.«

Mit einem kleinen Seufzer der Erleichterung gab Leanne ihre abgestützte Haltung auf und ließ den Oberkörper sinken. Ihr Kopf reichte nicht ganz bis zur Sitzfläche. Ihre Beine hoben ein Stück vom Boden ab. Sie führte die Arme nach hinten und verschränkte sie. Nun wurde sie nur noch von der Lehne unter ihrer Leistenbeuge gehalten.

Devin holte aus. Sie spürte es am Luftzug, dem plötzlichen Wegziehen der Gerte. Unwillkürlich hielt sie den Atem an. Sekundenbruchteile später durchfuhr sie ein schneidender Schmerz, den sie nicht auf Anhieb lokalisieren konnte. Dann breitete sich ein Brennen auf der Rückseite ihrer Oberschenkel aus, das ihr Tränen in die Augen trieb. Tief in ihr erwachte etwas aus einem langen Schlaf, und ein Gefühl von unbändiger Glückseligkeit erfasste sie. *Mehr. Lass mich noch mehr leiden. Lass mich deine Strenge spüren, Franklin.*

Der zweite Hieb landete etwas tiefer. Diesmal fühlte sie mit erschreckender Deutlichkeit, wo die Strieme anfing und wo sie endete. Leanne glühte vor Verlangen nach mehr und zugleich hatte sie den heftigen Wunsch, Devin anzuflehen, sofort aufzuhören und ihr nie wieder wehzutun. Der Widerstreit ihrer Gefühle war so stark, dass sie laut aufschluchzte.

»Nur noch ein Hieb«, sagte er sanft. »Ich bin beeindruckt

von deiner Contenance. Ich war sicher, ich müsste schon nach dem ersten Hieb deine Handgelenke fesseln, damit du nicht versuchst, dich zu schützen.«

Sie war nicht einmal auf die Idee gekommen, denn sie wollte es ja – dieses Ausgeliefertsein, dieses Gefühl von Schutzlosigkeit. Sie wollte es mehr als alles andere auf der Welt, auch wenn der Schmerz kaum zu ertragen war. Ihre Finger waren ineinandergekrampft, ihre Zähne zusammengebissen. Und die Lust, von der sie geglaubt hatte, dass sie dem Schmerz weichen würde, loderte heißer als je zuvor. Sie reckte den Po nach oben, um ihre Schenkel noch besser zu präsentieren. Sie spürte jeden Lufthauch, fühlte den Druck ihres Slips, der tief zwischen ihre Schamlippen gerutscht war, spürte das Pochen ihrer Klitoris und einen nahenden Orgasmus. War das möglich? Könnte sie tatsächlich kommen, während sie so grausam geschlagen wurde?

Devin beugte sich über sie, griff in ihre Haare und zog sie ein Stück hoch. Er drehte ihren Kopf zur Seite und küsste sie. Wie eine Puppe ließ sie alles mit sich geschehen, fügte sich, genoss das Gefühl seiner Lippen auf ihrem Mund, dachte an sein Glied, das so machtvoll in sie gedrungen war, und begann zu kommen.

Er ließ sie los, trat zurück und schlug ohne Vorwarnung ein letztes Mal zu.

Der Schmerz explodierte zugleich mit ihrem Höhepunkt. Sie schrie auf, während ihr ganzer Körper sich versteifte und nach mehr verlangte. Dann die Erlösung – seine Hände tief in ihrer Spalte. Er hatte den String beiseitegeschoben und knetete mit den Fingern ihre Schamlippen, rieb ihre Klitoris und machte so lange weiter, bis alle Muskeln in ihrem Körper nachgaben, und sie völlig kraftlos zusammensackte und langsam ausatmete.

»Jetzt«, sagte sie kaum hörbar, »jetzt brauche ich wirklich ganz, ganz dringend eine Abkühlung.«

***

Alan legte eine CD mit einem Violinkonzert ein. »Ich hoffe, es stört dich nicht, wenn ich eine Weile einfach nur still der Musik lauschen will«, sagte er.

»Natürlich nicht.« Celia betrachtete die vorbeiziehende Landschaft: Kleine, graue Cottages hinter ebenso grauen Steinmauern. Felder, so grün, dass man als Städter meinte, sie seien künstlich eingefärbt. Immer wieder Baumgruppen, aber keine davon groß genug, um als Wald bezeichnet zu werden. Die Gegend wurde zunehmend einsamer, die Straße schmaler, der Baumbestand üppiger.

Celia hatte sich noch nie so verstanden gefühlt. Nicht einmal sie selbst hatte je versucht, ihre Ängste ernst zu nehmen und daran zu arbeiten, sie zu überwinden. Dass ausgerechnet ihre übersteigerte Angst um Leannes Sicherheit sie Alan in die Arme getrieben hatte, erschien ihr wie ein besonders raffinierter Schachzug des Schicksals.

Ihr Blick wanderte wieder zu Alans Händen, und sofort regte sich ihre Lust. Sie wollte überall von ihnen berührt werden. »Alan, ich möchte …«, begann sie, dann stockte ihre Stimme.

»Du möchtest wissen, warum wir in so eine gottverlassene Gegend fahren?«

Sie nickte, obgleich er sie falsch verstanden hatte.

»Glowcastle liegt sehr einsam zwischen einem See, einem Wald und einem Hügel. Völlig abgeschirmt.«

Die Geigenklänge hatten sie in romantische Stimmung versetzt, darum mutmaßte sie: »Ein Ort zum Träumen.«

»Eher ein Ort, um Träume in die Tat umzusetzen.«

Sie sah ihn mit schiefgelegtem Kopf von der Seite an. »Erotische Träume?« Sie dachte mit einem leichten Schaudern an die Bemerkung, die Devin über ihre Brüste gemacht hatte. »Sadistische Träume?«

Er antwortete erst, nachdem er in einen Waldweg eingebogen war und vor einer Schranke gehalten hatte. Er löste seinen Sicherheitsgurt, wandte sich ihr zu und sah sie prüfend an. »Hättest du damit ein Problem?«

»So lange niemand seine sadistischen Fantasien an mir ausleben will, ist es wohl kein Problem. Denke ich jedenfalls. Jeder darf schließlich nach seiner Fasson selig werden, aber das heißt nicht, dass ich anderen dabei zuschauen will, wie sie ...« Sie merkte, dass sie vor lauter Nervosität zu schnell redete und zwang sich, tief durchzuatmen. »Ich möchte vor allem nicht so genau wissen, was Devin mit Leanne macht.«

»Ich dachte, deswegen wärst du den beiden nachgereist.«

»Ja, nein, ich ... ich wusste ja nicht, dass Glowcastle ein derartiges Etablissement ist.«

»Ein Club«, korrigierte er. »Etablissement klingt so nach Bordell. Bei uns gibt es keine Prostitution.«

»So habe ich das auch nicht gemeint. Ist das so ein Ort wie diese Nachtclubs, in denen Käfige stehen und Menschen in Ketten hereingeführt und vor den Augen der anderen ... ? Du weißt schon.«

»Nein, es ist alles zurückhaltender, diskreter, seriöser – aber natürlich geht es dort auch zur Sache. Und ja, manche Herren peitschen ihre Sklavinnen vor Zuschauern aus.«

Sie sah errötend aus dem Seitenfenster. »Aha.«

»Du kannst morgen wieder abreisen. Ich vermute, Leanne wäre das auch lieber.«

Sie schloss kurz die Augen. »Ich weiß. Es ist nur ...« Sie sah auf seine Hände, die er im Schoß ineinandergelegt hatte. »Ich bin noch nie einem Mann wie dir begegnet. Ich möchte dich gern näher kennenlernen. Aber als Geschäftsführer dieses Eta… dieses Clubs bist du sicher kein Freund von Blümchensex.«

Er lachte. »Das hast du sehr geschickt formuliert, um nicht Wörter wie Sado-Maso, Peitschen und Bondage benutzen zu müssen.«

»Du hast meine Frage nicht beantwortet.«

»Also gut. Ich kann selbstverständlich mit einer Frau zusammensein, ohne ihr wehzutun. Dennoch habe ich gewisse Vorlieben, die sicher nicht in die Kategorie Blümchensex fallen. Peitschen kommen darin nicht vor, falls dich das beruhigt.«

Mit einer Mischung aus Neugierde und Bangigkeit sah sie ihm in die Augen. »Was dann?«

»Wenn du es wissen willst, musst du dich darauf einlassen.«

»Aber ich bin völlig unerfahren in solchen Sachen wie…« Sie dachte kurz nach, was es außer Züchtigungen sonst noch an Spielarten gab. »Wie Wachs, Nadeln, Analverkehr.« Ihre Stimme wurde bei jedem Wort leiser und war nur deswegen verständlich, weil das letzte Lied auf der CD gerade verklungen war.

»Nichts davon gehört in mein Repertoire.«

Das war nicht wirklich beruhigend. »Aber was ist es dann?«

»Ich rede nicht darüber, ich praktiziere es lieber. Ich möchte in dir keine Vorurteile und unbegründete Ängste wecken. Du musst mir einfach vertrauen.«

»Das tue ich doch bereits, indem ich mich von dir in den Wald kutschieren lasse.«

Er streckte die Hand aus und streichelte ihre Wange. »Hast du denn eine Fantasie, die du gern ausleben würdest?«

Sie schmiegte sich an seine Handfläche und spürte genussvoll das warme Leder der Handschuhe. »Oh ja. Aber es ist nichts Besonderes. Es ist eher albern als verrucht.«

»Erzähl es mir, während wir weiterfahren.« Er holte ein Taschentuch aus seiner Hosentasche, faltete es auf und legte es diagonal wieder zusammen. »Ich muss dir für den Rest des Weges die Augen verbinden. Vorschrift.« Er hielt das Taschentuch hoch. »Leider nicht sehr stilvoll, aber ich konnte ja nicht ahnen, dass ich in Begleitung zurückkommen würde.«

»Ich mach das selber«, sagte sie und wollte ihm das Taschentuch abnehmen. »So spielt es keine Rolle, ob es stilvoll ist. Außerdem schaffst du es garantiert, Haare in den Knoten zu bekommen, und dann ziept es.«

»Nein, das mache ich«, beharrte er. »Du kannst dich ruhig schon mal langsam an die Gepflogenheiten gewöhnen, die auf Glowcastle herrschen.«

Er zog die Handschuhe aus, strich ihr ein paar Locken aus dem Gesicht und legte das gefaltete Taschentuch über ihre Augen. Den Knoten machte er an der Seite, wo er nicht drücken würde, wenn sie sich an die Kopfstütze lehnte. Kein einziges Haar verirrte sich in den Knoten. Nichts ziepte. Nur tief in ihr reagierte etwas, bäumte sich auf, beruhigte sich wieder. Sie hatte sich zum ersten Mal in ihrem Leben von einem Mann dominieren lassen. Es war nur eine kleine Geste, und doch merkte sie, dass sie eine Grenze überschritten hatte. Was auch immer es war, das Alan gern mit Frauen machte, sie war bereit, es auszuprobieren. Sie war bereit, ihm zu vertrauen.

Wenn sie ganz ehrlich zu sich selbst war, war es mehr als Bereitschaft. Es war Lust darauf, etwas Neues zu erleben. So wie der Lederdildo ihr eine völlig neue Dimension der Selbstbefriedigung eröffnet hatte, könnte auch Alan ihr Sexualleben bereichern. Und bestimmt würde er ihr auch ihren Wunsch erfüllen.

»Es ist seltsam«, sagte sie leise, während sie über eine unebene Straße fuhren. »Es war mir immer peinlich, einem Mann von meiner Lieblingsfantasie zu erzählen, weil ich dachte, sie sei so abwegig. Aber bei dir ist es genau das Gegenteil. Es ist mir peinlich, weil es mir so normal vorkommt. Wenn du Geschäftsführer eines SM-Hotels bist, kann man dich sicher nicht leicht beeindrucken.«

»Erstens bin ich nur stellvertretender Geschäftsführer, und zweitens hast du mich bereits beeindruckt. Einfach dadurch, dass du du bist.«

Es war das seltsamste Kompliment, dass ihr je ein Mann gemacht hatte, darum wusste sie nicht, was sie darauf erwidern sollte. »Es ist mir trotzdem peinlich. Ich glaube, ich bin nicht so gut darin, über Sex zu reden. Was aber nicht heißt, dass ich keinen Spaß an der Sache an sich hätte«, fügte sie hastig hinzu. Er durfte sie gern für anständig halten, aber nicht für prüde.

Er drückte ihr etwas Weiches in die Hände. »Hat es vielleicht damit zu tun?«

Celia führte es an die Nase und sog den wunderbaren Duft ein. Es waren seine Handschuhe. »Wie hast du das erraten?«

»Ich brauchte vorhin nur deinem Blick zu folgen.«

Sie streichelte das weiche Leder. »Ja, es ist meine Lieblingsfantasie, von einem Mann befriedigt zu werden, der dabei die ganze Zeit Handschuhe trägt. Ich male mir aus, wie er mein Gesicht streichelt. Ich lecke über die Fingerspitzen, sauge sie in meinen Mund.« Sie leckte sich über die Lippen, zögerte kurz, dann führte sie die Handschuhe erneut an die Nase, atmete die erregende Mischung aus Leder und dem Eau de Cologne ein, das Alan verwendete. »Die Hände wandern tiefer, berühren mich überall. Du… äh, der Mann nimmt meine Brustwarzen zwischen Daumen und Zeigefinger und rollt sie hin und her. Das narbige Leder ist so aufreizend, es intensiviert alles.« Sie hielt inne. »Muss ich weiterreden? Du kannst dir sicher denken, wie es endet.«

»Ja. Aber du weißt nicht, wie es enden wird, wenn *ich* die Kontrolle übernehme. Die Handschuhe werden nur der Anfang sein. Ein kleines Vorspiel.«

Er meinte es also ernst. Er wollte sie verführen. Auf seine Art. Celia lehnte den Kopf an die Kopfstütze und schwieg den Rest des Weges.

Sie war Leanne gefolgt, weil sie dachte, sie müsste sie beschützen vor ihrer Unvernunft, die von blinder Leidenschaft geschürt wurde. Nun war sie selbst in diesen Sog geraten und bereit, ein total verrücktes Risiko einzugehen.

Kapitel 9

Franklin hatte geduscht, um die Erinnerung an den Flashback fortzuspülen, aber erst als die Wirkung des Medikaments einsetzte, breitete sich Ruhe in ihm aus, und er fühlte sich wieder gereinigt. Allerdings waren seine Muskeln immer noch verspannt vom langen Verharren in der Hockstellung. Seine Unterarme, die er dabei um die Beine gekrampft hatte, schmerzten höllisch.

Obwohl er jetzt wieder in Jagdstimmung war wie ein lauerndes Raubtier, beschloss er, sich lieber eine Massage zu gönnen. Er zog nur einen Bademantel über, schlüpfte in Badeschuhe mit rutschhemmender Sohle und machte sich auf den Weg zum Wellnessbereich.

Die Beute lief ihm direkt in die Arme; denn als er den Aufzug im Erdgeschoss verließ, gingen Leanne und Devin an ihm vorbei, ebenfalls auf dem Weg zum Wellnessbereich. Er folgte ihnen. Die etwas unsichere Art, wie Leanne ihre Beine setzte, behutsam, weich und eine Idee zittrig, ließ ihn vermuten, dass sie gerade geschlagen worden war. Er hoffte, dass sie zu den Pools gingen, sodass er die Gelegenheit hätte, die Spuren zu studieren.

»Ich glaube nicht, dass es im Mittelalter schon eine Badekultur gab«, sagte Leanne. Devin lachte. »Der Pool ist natürlich der Burggraben, in dem man im Kreis schwimmen kann.«

»Im Ernst: Ist es ein Themenpool?«, fragte Leanne. »Weißt du, gewisse Themen bieten sich aufgrund der Historie des kultivierten Badens geradezu an. Römisch, mediterran, asiatisch, tropisch. Alles sehr sinnlich.«

»Nichts davon. Der Bereich ist eher nüchtern gehalten«, erklärte Devin. »Wie alle Sportbereiche hier. Das wird von den erotischen Räumen strikt getrennt.«

Der Gang teilte sich. Links ging es zu den Massagekabinen, rechts zu den Pools. Franklin würde den Weg nehmen, den sie nahmen. Der Anblick von Leannes schlankem Körper war genug, um ihn alle Verspannungen vergessen zu lassen.

Leanne las eine Tafel vor, die an der Wand zwischen den Gängen hing: »Aus hygienischen Gründen ist Sex im Wellnessbereich untersagt. Das Tragen von Fesseln, Augenbinden und High Heels ist aus Sicherheitsgründen nicht gestattet.« Sie sah Devin an. »Wirklich sehr nüchtern. Gut, dass ich meinen Spaß heute schon hatte.« Sie drehte den Kopf etwas weiter nach hinten, sah Franklin und legte die Fingerspitzen auf den Mund, als wollte sie ihre Worte zurücknehmen. Ihre Augen weiteten sich. Sie blinzelte zweimal, biss sich auf die Unterlippe und drehte sich hastig wieder weg.

Eine erstaunliche Reaktion, die er nicht deuten konnte. So etwas wie … wie Wiedererkennen vielleicht?

Devin hatte inzwischen die Tür aufgezogen, und Leanne betrat den Bereich, der in Franklins Augen so angenehm »unthemenhaft« und funktionell gehalten war. Der Boden war aus Granit, die vorherrschenden Farben waren weiß und dunkelgrau, das Design geradlinig und schnörkellos. Es gab eine Poolbar, an der eine Frau in einem weißen, hautengen Latexkleid bediente.

»Ultramodern«, meinte Leanne und folgte Devin zu den Umkleidekabinen.

Kam es Franklin nur so vor, oder war ihr Gang jetzt betont gerader? Als wollte sie ihm etwas demonstrieren. Nur was?

Franklin nahm ein Badetuch von dem Stapel neben der Tür und überlegte, wohin er sich am besten postieren sollte, um sie in ganzer Schönheit zu sehen, wenn sie aus der Umkleide kam. Er wählte eine Liege zwischen Pool und Whirlpool und drehte sie so, dass er den besten Blickwinkel hatte, zugleich aber halb hinter einer Säule verborgen war.

Noch immer im Bademantel machte er es sich gemütlich und wartete. Er wurde nicht enttäuscht. Wenige Minuten später erschien sie nackt, nur mit einem Handtuch über dem Unterarm. Ihre Brüste waren so, wie er sie sich vorgestellt hatte: Kleine, feste Kuppeln mit rosigen Nippeln. Ihr Bauch war flach, ihre Taille schmal. Sie hatte schön geformte Schultern. Schultern, die er von hinten packen wollte, während sie auf dem Bauch lag und unter seinem Gewicht stöhnte. Tätowierungen oder Piercings hatte sie keine. Sie war so erfrischend naturbelassen. Sogar ihr Schamhaar wuchs völlig natürlich, zart und blond.

Leanne ließ den Blick langsam und ein klein wenig unsicher durch den Raum schweifen. Neues Territorium. Da musste man erst mal ein Raumgefühl bekommen. Wie ein Reh, das die Deckung verlassen hatte, stand sie da und wirkte erleichtert, als Devin nun ebenfalls erschien.

»Ich ziehe ein paar Bahnen im großen Pool«, kündigte er an.

»Ich hab's nicht so mit Schwimmen«, meinte sie.

»Es gibt auch ein kleineres Becken und hier vorn ist ein Whirlpool.«

»Ich schau mir das erst mal in Ruhe an. Wo sind die Duschen? Ah da.« Sie hatte sie bereits selbst entdeckt.

Franklin setzte sich auf und sah ihr zu, wie sie sich umdrehte und auf die Duschen zusteuerte. Drei frische Striemen zierten ihre Oberschenkel. Die Form ihrer Pobacken zog seinen Blick magisch an. Rund und fest, ein wenig zu groß – verglichen mit ihren Brüsten – so wie er es mochte.

Devin war zuerst fertig und sprang in den Pool, in dem sich nur zwei weitere Schwimmer befanden. Er kraulte los, wendete, kraulte zurück. Franklin ließ den Bademantel von seinen Schultern gleiten und war mit vier ausholenden Schritten bei Leanne, die mit nach oben gerichtetem Kopf und mit geschlossenen Augen den Wasserstrahl genoss. Ein paar Spritzer trafen Franklin. Sie duschte lauwarm bis kühl. Das Wasser lief in ihren offenen Mund und perlte wieder heraus. Sie jetzt zu packen und zu küssen – die Versuchung war enorm. Sie würde sich verschlucken, um Atem ringen, sich ihm zu entwinden versuchen.

Schnell drehte Franklin die Dusche daneben auf und stellte sich darunter, bevor er seinen Jagderfolg durch eine unbedachte Handlung aufs Spiel setzte.

***

Sei nicht kindisch, schalt sich Leanne.

Doch sie wäre am liebsten unter der Dusche geblieben, weil sie sich dort unsichtbar fühlte. Dabei war ihr absolut bewusst, dass das Wasser sie nicht vor Blicken schützte, sondern eher das Gegenteil bewirkte. Bestimmt leuchteten ihre Striemen jetzt umso mehr. Gott, was sollte sie nur tun?

So hatte sie sich das nicht vorgestellt. Franklin wollte sie begegnen, wenn sie schick angezogen, geschminkt und selbstsicher war. Sie hätte gesagt: »Erinnern Sie sich? Meine Schwester hat uns vor Jahren einander vorgestellt.« Small talk, gepflegte Konversation. Sie wollte in Ruhe sein Gesicht studieren, seine Bewegungen. Wollte sich versichern, dass sie ihn immer noch so begehrte wie bei ihrer ersten Begegnung. Ihre Gefühle wollte sie sorgfältig ausloten und sie mit denen vergleichen, die sie für Devin empfand.

Und jetzt das! Sie stand nackt unter einem Wasserstrahl und wusste nicht, was sie tun sollte, weil er zwei Meter entfernt in einem Liegestuhl lag.

Ruhig bleiben! Er kennt dich doch gar nicht. Du bist einfach nur eine von vielen nackten Frauen, die er während seines Aufenthalts jeden Tag zu Gesicht bekommt. Und Striemen hat er bestimmt auch schon genug gesehen. Niemand merkt dir an, dass die Situation für dich neu und ungewohnt ist, wenn du dich ganz natürlich gibst.

Entschlossen stellte Leanne das Wasser ab, pustete die Tropfen weg, die ihr übers Gesicht liefen und öffnete die Augen.

Sie drehte sich wieder um und sah, immer noch mit wasserverschleiertem Blick, dass der Liegestuhl leer war. Erst dann hörte sie es neben sich plätschern und erkannte ihn aus dem Augenwinkel. Franklin Larsson, in ganzer Pracht neben ihr unter der Dusche! Sie hätte am liebsten laut gelacht. Wenn man ihr das vor zehn Jahren gesagt hätte, wäre sie in Ohnmacht gefallen. Nun ja, sehr weit davon entfernt war sie jetzt auch nicht. Sie sah sich nach Devin um, ihrem einzigen Halt in dieser fremden Welt.

Devin kraulte so kraftvoll und gleichmäßig, als trainierte er für die Durchquerung des Ärmelkanals. Eine perfekte Wende, ein Abstoßen von der Wand, dann schnellte er wieder an die Oberfläche und kraulte weiter. Von ihm hatte sie keine Hilfe zu erwarten. Wie war das noch mal mit den Gepflogenheiten hier? *Man verhält sich förmlich, macht keine anzüglichen Bemerkungen.*

Das war eine Regel, mit der sich prima umgehen ließ.

Leanne nahm ihr Handtuch von dem Haken an einer Säule und trocknete sich das Gesicht ab. Als sie zum Pool ging, waren ihre Bewegungen so unsicher, als hätte sie noch die hochhackigen Stiefel an. Devin hatte sie gekauft und auf die

Suite bringen lassen. Leanne überlegte, ob sie sie heute Abend schon tragen sollte, um ihre Striemen richtig schön in Szene zu setzen. Unwillkürlich griff sie mit der rechten Hand nach hinten und befühlte die wunde Haut. Sie konnte nicht anders, als sich umzudrehen, um zu sehen, ob Franklin sie beobachtete. Enttäuscht stellte sie fest, dass er ihr den Rücken zugedreht hatte. Er lehnte mit erhobenen Händen an der Wand, hatte den Kopf in den Nacken gelegt und ließ das Wasser über sein Gesicht perlen, so wie sie es eben getan hatte. Immerhin gab ihr das eine Gelegenheit, ihn nackt zu sehen. Davon hatte sie lange genug geträumt. Er war nicht so athletisch gebaut wie Devin, aber durchaus sportlich. Seine Pobacken ließen nichts zu wünschen übrig. Sein Rücken war leicht gebräunt. Der blonde Zopf klebte nass auf seiner Wirbelsäule. Wenn sie ehrlich zu sich selbst war, machte Devins Körper sie mehr an. Aber es war ja auch nicht Franklins Körper, in den sie sich verliebt hatte, sondern es waren seine eisig blickenden Augen.

Sie sah wieder zu Devin, bewunderte das Spiel seiner Muskeln beim Kraulen und seufzte. *So many men, so little time.*

Devin wendete diesmal nicht, als er am Beckenrand ankam, sondern wischte sich das Wasser aus dem Gesicht und stütze die Arme auf. Er lächelte sie an. »Wie ist es, Elfchen, magst du nicht doch reinkommen? Ich bringe dir gern die richtige Schwimmtechnik bei.«

»Danke, aber ich bin wirklich eher eine Elfe als eine Ente. Ich lege mich in den Whirlpool.«

»In Ordnung.« Devin stieß sich mit den Füßen ab, machte auf dem Rücken liegend ein paar kräftige Armzüge, drehte sich um und kraulte davon. Sie liebte die Geschmeidigkeit seiner Bewegungen. Seine Körperbeherrschung war so sexy, ob er nun schwamm, einen Wagen lenkte oder seine Hemden bügelte – ihm dabei zuzusehen hatte sie neulich fast zu einem Orgasmus gebracht. Sie hatte noch nie so glatte Hemden gesehen. Und wie er das Bügeleisen geschickt um die Knöpfe herumlaviert hatte. Dann der Kragen, ein Meisterwerk. Oh, sie wurde schon wieder erregt.

Celia hat mal gesagt, ich sei nymphomanisch veranlagt. Aber das stimmt nicht. Ich bin einfach nur sehr leicht erregbar. Das ist doch nichts Schlechtes. Außerdem geht es mir nicht nur um Sex. Bei Devin ist eindeutig mehr im Spiel. Und damit steht auch mehr auf dem Spiel.

Sie ging zum Whirlpool, in dem eine rothaarige Frau saß. Während sie sich in das angenehm warme, blubbernde Wasser gleiten ließ, dachte sie, wie gut es war, dass sie Celia von alldem nichts erzählen durfte. Sie verbrachte so einen Urlaub voller Geheimnisse.

Zwei Männer stiegen aus dem großen Becken, kamen herüber und setzten sich neben die Rothaarige in den Whirlpool.

Leanne tat so, als wäre sie ganz in Gedanken, während sie das Gespräch belauschte, in dem die beiden Männer erwogen, was sie mit der Rothaarigen in den nächsten Stunden anstellen wollten. Sie schienen eine Geheimsprache zu haben, denn vieles verstand Leanne überhaupt nicht. Bald wurde ihr klar, dass in diesem eingespielten Dreier jede Stellung, jede Variante ihre eigene Bezeichnung hatte. Einmal protestierte die Rothaarige: »Nein, bitte nicht zwanzig. Ich halte höchstens zehn davon aus.«

Einer der Männer sagte: »Du solltest doch wissen, dass du kein Mitspracherecht hast. Für deine Unverschämtheit bekommst du dreißig.«

Die Rothaarige senkte den Kopf und murmelte: »Ich bitte um Verzeihung. Danke für Ihre Strenge, Sir.«

Ja, das ist es. Genau das ist es, was ich will. Gnadenlose Strenge. Das fehlt mir bei Devin noch. Ich habe das Gefühl, dass er immer einen Schritt hinter mir ist, anstatt mir vorauszugehen, mich mitzuziehen. Oder kommt mir das nur so vor, weil ich in meinen Fantasien meinen Erfahrungen schon so weit vorgegriffen habe?

Nachdem die Männer alles liebevoll geplant hatten – von der ersten Fesselung über eine Reihe von Auspeitschungen bis zu den multiplen Orgasmen, zu denen sie ihre Sklavin zwingen wollten – verließen alle drei den Pool. Leanne sah der Rothaarigen neidisch nach. Zwei Männern zu gehören, was für ein faszinierender Gedanke!

Sie blieb nicht lange allein. Am Rande ihres Blickfelds wurde ein Bademantel über eine Bank neben dem Whirlpool gelegt, dann tauchten Männerbeine in den Pool. Der Mann bewegte sich von ihr weg und setzte sich ihr genau gegenüber an den Rand. Sie teilte einen Whirlpool mit Franklin Larsson. Himmel, was sollte sie jetzt tun? Wo sollte sie hinschauen? Und wie verhindern, dass sie anfing Unfug zu reden?

Sie streckte die Beine aus, konzentrierte sich auf das entspannende Blubbern, schloss die Augen und öffnete sie dann doch wieder. Franklin sah sie unverwandt an. Sie lächelte, eine instinktive Reaktion, wenn man sich unterlegen fühlte oder flirten wollte. Bei ihr traf beides zu. Und beides war völlig unpassend. Das Unterlegenheitsgefühl ärgerte sie, der Flirtversuch war ihr peinlich. Zumal er nicht zurücklächelte. Nun, dass er arrogant war, hatte sie ja gewusst. Ein lustvolles Ziehen ging durch ihren Körper, als sie sich vorstellte, wie Franklin wohl aussah, wenn er eine Peitsche in der Hand hielt. Dazu durfte er natürlich nicht nackt sein. Er musste ganz in Schwarz gekleidet sein, einen Ärmel aufgerollt, so dass sie sehen konnte, wie die Muskeln seines Unterarms arbeiteten, während er ausholte.

»Puh«, atmete sie aus.

Franklin schaute endlich weg. Er drehte den Kopf nach links, weil die Tür zu den Umkleiden aufging. Heraus trat Jo, die vorhin im Turm von ihrer Herrin gequält worden war. Sie war nackt, ging aufrecht und stolz zu den Duschen, wo sie sich mit nach oben gereckten Armen hinstellte und wartete. Zahlreiche Spuren von Züchtigungen schmückten ihren Körper. Leanne fand sie wunderschön, wie sie reglos dastand, die Beine leicht gespreizt, den Kopf in den Nacken gelegt.

Leanne hatte sich umdrehen müssen, um ihr mit dem Blick zu folgen. Sie konnte nun entweder darauf verzichten, sie weiter zu beobachten, oder in dem runden Whirlpool auf die andere Seite rücken, näher zu Franklin. Sie entschied sich fürs Heranrücken, auch wenn es ihr nicht gefiel, ihm ihre Neugierde so offen zu zeigen.

Dann sah sie zu, wie Jo völlig stillhielt. Leanne hätte das in dieser Stellung nicht fertiggebracht. Wurde ihr nicht schwindelig mit dem nach hinten geneigten Kopf? Und müsste sie nicht geschwächt sein von der Session, von den Schmerzen und sicher auch der Lust, die sie erlebt hatte? Leanne fühlte sich immer noch zittrig von den drei Hieben, die harmlos waren verglichen mit dem, was Jo ausgehalten hatte. Die tiefroten Striemen, die kreuz und quer über ihren ganzen Körper verliefen, waren jedenfalls vorhin noch nicht da gewesen, als Alessa sie kopfüber gefesselt hatte.

Besonders beeindruckt war Leanne von den Spuren, die über Jos Venushügel verliefen, verursacht durch Hiebe direkt zwischen ihre Beine. Ob Alessa auch Jos Klitoris getroffen hatte? Und – konnte eine Frau das überhaupt aushalten?

Jetzt kam Alessa herein. Sie trug immer noch ihr Kostüm aus Lackleder, nur die hochhackigen Stiefel hatte sie ausgezogen, wie es Vorschrift war.

Was dann folgte, schien ein festes Ritual zu sein, denn die Frauen waren vollkommen aufeinander eingespielt. Neben den vier Duschköpfen gab es einen weißen Schlauch, der aufgerollt unter dem Hahn lag, an dem er befestigt war. Alessa hob das Ende des Schlauchs und richtete es auf den Boden. Dann drehte sie den Hahn auf. Ein dicker Wasserstrahl traf auf die Fliesen. Ein paar Spritzer regneten bis zum Whirlpool herüber. Das Wasser war eiskalt.

Diesen Strahl richtete Alessa nun auf Jos rechten Fuß. Ein kaum merkliches Zittern ging durch den Körper der Sklavin, während Alessa den Strahl quälerisch langsam an der Innenseite ihres Beines entlang nach oben wandern lies. Als sie den Venushügel erreicht hatte, verharrte sie, ging sogar ein wenig tiefer, sodass die empfindliche Spalte direkt getroffen wurde. Leanne sog scharf die Luft ein und atmete erst wieder aus, als Alessa endlich den Strahl weiterführte an der Innenseite des anderen Beines bis zum linken Fuß.

Doch die Tortur war noch nicht vorbei. Alessa begann ein zweites Mal, diesmal hielt sie den Schlauch hoch nach oben. Von der rechten Hand hinunter bis zu Jos Achselhöhle, dann quer über ihre Brüste, wobei die den Nippeln besonders viel Aufmerksamkeit widmete, und von dort wieder hoch zur linken Hand.

Alessa hatte den Schlauch kaum wieder gesenkt, da drehte sich Jo um und präsentierte ihre Rückseite. Die Arme immer noch weit von sich gestreckt, beugte sie sich vor. Um das Gleichgewicht zu halten, musste sie den Po weit herausstrecken.

Wieder begann Alessa am Fuß und fuhr von dort aufwärts. Und natürlich verharrte sie auch diesmal besonders lang an der empfindlichsten Stelle. Jos Rosette wurde ausgiebig mit kaltem Wasser gefoltert. Leanne musste sich beherrschen, um vor Erregung ihre Finger nicht in Franklins Schulter zu krallen. Das wäre alles andere als ein förmliches Verhalten gewesen.

Alessa hielt den Strahl auf den Boden. Jo richtete sich auf, den Kopf weit nach hinten gebeugt, die Arme hoch über sich. Ihre Haare hingen tropfend auf ihrem Rücken herab.

Alessa schloss den Wasserhahn und rollte den Schlauch auf, während ihre Sklavin zitternd, aber ansonsten reglos dastand und auf die Erlaubnis wartete, ihre Position zu verändern. »Du hast fünfzehn Minuten, dich zu erholen«, sagte Alessa, griff in Jos nasse Haare und bog ihren Kopf noch etwas weiter nach hinten. Sie küsste sie auf den Mund, dann ging sie.

Erst als ihre Herrin fort war, erwachte Jo aus ihrer Starre. Sie senkte die Arme, schüttelte sie aus und kam gemessenen Schrittes zum Whirlpool. Sie hielt einen Fuß in das warme Wasser und seufzte wohlig. Leanne betrachtete sie von unten, bemerkte, wie steif ihre Brustwarzen waren, sah die feine Gänsehaut, die ihren Körper überzog, bewunderte die völlig glatte Schamregion, die nicht nur rasiert, sondern entweder mit Wachs epiliert oder mit Laser enthaart worden war. Leanne spitzte instinktiv die Lippen, weil sie in Gedanken einen Kuss auf diese zarte, von Peitschenspuren gezeichnete Haut setzte. *Viele Küsse. Hm.*

Jo ließ sich langsam ins Wasser gleiten, das ihr nach der eisigen Abspritzung kochend heiß vorkommen musste. Als sie bis zu den Schultern eingetaucht war und es sich bequem gemacht hatte, überlegte Leanne, ob sie es wagen konnte, mit ihr ein Gespräch zu beginnen. Tausend Fragen brannten ihr auf der Seele.

Wie ist es, einem Menschen vollkommen zu gehorchen?
Wie oft schlägt dich deine Herrin?
Demütigt sie dich auch?
Wie verhaltet ihr euch in eurem ganz alltäglichen Leben?

Hast du vor ihr andere Herrinnen gehabt?

Wie bestraft sie dich, wenn du ungehorsam warst?

Jo hatte die Augen geschlossen und den Kopf nach hinten gelehnt. Wie konnte sie ihre Aufmerksamkeit gewinnen?

Franklin verließ den Whirlpool und kehrte zu seiner Liege zurück, wo er sich in den Bademantel hüllte. Jo reagierte nicht auf die Bewegung im Wasser. Das gab Leanne den Mut, näher an sie heranzurücken, bis sie nur noch wenige Zentimeter trennten.

Woran lag es nur, dass sie von Jo so fasziniert war? Leanne hatte immer schon leichte lesbische Neigungen verspürt, sie aber nicht ausgelebt, weil sie sich bisher noch nie zu einer bestimmten Frau hingezogen gefühlt hatte, sondern nur zur femininen, sexuellen Ausstrahlung an sich.

Aber mit Jo intim zu werden, das konnte sie sich vorstellen. Dazu drängte es sie geradezu. Ob sie einfach »Hallo« sagen sollte? Doch dann fiel ihr ein, dass Alessa vor dem Turmverlies erwähnt hatte, dass Jo heute Redeverbot hatte.

Jo hob die Arme, um sie auf dem Rand abzulegen. Doch als sie den linken Arm strecken wollte, berührte sie Leanne. Sie öffnete die Augen. Ein fragender Blick traf Leanne.

»Verzeihung«, sagte sie und wollte wieder wegrücken, doch da lächelte Jo, und wenn Leanne sich nicht ganz und gar täuschte, war es ein aufmunterndes Lächeln.

Sie blieb also, wo sie war. Jo legte den Arm um ihren Nacken, die Fingerspitzen leicht auf ihren Schultern ruhend. Diesmal war es Leanne, die fragend blickte. Sie sah Jo mit leicht angehobenen Augenbrauen an. Jos Lächeln wurde breiter, verschmitzter und auffordernder.

Wie hypnotisiert rückte Leanne näher, bis sich ihre Körper berührten. Was für ein einzigartiges Gefühl. Während ihre Erregung wuchs, spürte Leanne die Luftblasen des Whirlpools deutlicher, vor allem zwischen ihren Schenkeln. Jo verhielt sich nach der anfänglichen Initiative jetzt abwartend. Leanne betrachtete das als Einladung, die Führung zu übernehmen.

Sie drehte sich mehr zu ihr hin und versank in dem entspannten Blick dieser ausdrucksvollen, grünen Augen. Jo setzte sich etwas aufrechter hin, ihre Brustwarzen wurden über der brodelnden Wasserfläche sichtbar. Leanne zögerte kurz, dann wurde der Drang nach Berührung stärker als ihre Hemmungen aufgrund ihrer Unerfahrenheit. Sie senkte den Kopf und küsste einen Nippel, der aus dem schäumenden Wasser ragte und sich bei der Berührung sofort aufrichtete. Leanne nahm ihre Hand zur Hilfe, um die Brust noch etwas hochzudrücken, sodass sie den Nippel komplett in den Mund nehmen und daran saugen konnte. Jo gab keinen Laut von sich, aber ihre Hand drückte fester auf Leannes Schulter und krallte sich hinein, als Leanne die Zähne einsetzte, erst behutsam, dann immer fester. Danach saugte sie wieder, leckte und küsste den Nippel wie zu Beginn.

Sie drückte sich vom Rand ab, umrundete Jo und setzte sich auf ihre andere Seite, um dem anderen Nippel dieselbe Liebkosung zuteil werden zu lassen.

Ihre eigenen Brüste pochten vor Verlangen. Leanne platzierte sich so hin, dass sie rittlings über Jos Schenkeln hockte. Langsam bewegte sie ihren Oberkörper auf sie zu, bis die Nippel sich berührten.

Jo umfasste Leannes Taille und zog sie noch fester zu sich heran. Einen Moment sahen die beiden devoten Frauen sich tief in die Augen, dann öffneten sie gleichzeitig ihre Lippen, neigten die Köpfe und küssten sich. Leanne glaubte ein ganzes Universum von Lust in Jos Mund zu schmecken, alle Facetten der Unterwerfung. Sie stieß ihre Zunge tief hinein und dachte dabei daran, wie Devin ihren Mund mit seinem Schwanz ausgefüllt hatte. Sie ließ ihre Zunge vor- und zurückschnellen, und Jo öffnete sich ihr noch mehr. Ihre Hände kneteten Leannes Hintern. Leanne ließ von Jos Mund ab und widmete sich ihrem Hals. Sie leckte die zarte Haut, küsste und saugte immer wieder, um mehr von Jo zu fühlen.

»Meine Damen!«

Die strenge Stimme ließ Leannes Kopf hochschnellen. Franklin stand am Beckenrand und sah auf sie herab. »Ihr verstoßt gegen die Hausordnung. Im Wellnessbereich ist Sex untersagt.«

Leanne wollte von Jo weggleiten, doch die hielt ihre Pobacken fest umklammert. Seltsam, dass diese Sklavin, die ihrer Herrin so blind gehorchte, Franklin gegenüber Trotz zeigte. Da sie es wegen des Redeverbots nicht mit Worten tun konnte, musste ihr Körper für sie sprechen. Sie streckte den Kopf vor und leckte über Leannes Lippen.

»Wir haben keinen Sex«, sagte Leanne. »Wir küssen uns lediglich.« Es sollte selbstbewusst klingen, kam aber trotzig, und damit unsicher rüber.

»Was zur Hölle tust du da?«

Das war Devin, der tropfnass herangerauscht kam. Franklin reichte ihm sein Handtuch, Devin griff automatisch danach, trocknete sich das Gesicht ab und rubbelte sich die Haare trocken.

»Ich … äh, schließe Bekanntschaft.« Endlich ließ Jo sie los. Leanne trieb rückwärts von ihr weg.

»Komm sofort raus«, befahl Devin.

Franklin kehrte zu seiner Liege zurück, als ginge ihn das nun alles nichts mehr an. Leanne warf ihm einen erbosten Blick zu, der glatt an ihm abprallte.

Sie stieg aus dem Pool. »Werde ich dafür wieder gemaßregelt?«, fragte sie aufmüpfig.

»Nein, du wirst bestraft.«

Leanne warf Franklin einen Blick zu und riss die Augen auf, als sie sah, dass er sie anschaute, als fände er die Vorstellung ausgesprochen interessant.

Jo war ebenfalls aus dem Pool gestiegen, stellte sich neben Leanne und legte solidarisch einen Arm um ihre Taille, als wollte sie sagen: »Ich war daran genauso beteiligt. Die Hälfte der Strafe gebührt mir.«

Leanne, die immer noch Franklin anstarrte, spürte ein nachgebendes Gefühl in den Knien. Sie wollte, dass er zusah, wie Devin sie bestrafte. Nein, mehr noch: Sie wollte, dass er sie währenddessen festhielt. Die Vorstellung erregte sie so sehr, dass sie Devins nächste Worte nicht mitbekam. Erst als sie Alessa sagen hörte: »Was ist denn hier los?«, erwachte sie aus ihrem kleinen Gedankenausflug.

»Jo und Leanne haben im Whirlpool Zärtlichkeiten ausgetauscht«, sagte Devin.

Leanne hätte fast aufgelacht. Zärtlichkeiten ausgetauscht! Sie hatten wild geknutscht. »Es war spontane Zuneigung«, brachte sie zu ihrer Verteidigung hervor.

Devin achtete nicht auf sie, sondern sagte zu Alessa: »Ich habe vor, Leanne morgen Nachmittag in der Bibliothek dafür zu bestrafen. Möchten Sie sich anschließen?«

Leannes Herz klopfte wie wild. Sie und Jo zusammen – das war perfekt. Obwohl … wieder wanderte ihr Blick zu Franklin, doch der war aufgestanden und auf dem Weg zum großen Pool. Vielleicht bildete sie sich nur ein, dass er an ihr interessiert war.

Alessa ging und nahm Jo mit. Leanne sah ihr mit leisem Bedauern nach. Sie hätte sie gern noch länger um sich gehabt.

Devin strebte bereits den Umkleidekabinen zu. »Heb dir deine lesbischen Anwandlungen lieber für Celia auf«, sagte er über die Schulter.

Leanne folgte ihm und trocknete sich ab. »Wie meinst du das? Denkst du, Celia und ich wären … oh, nein, das waren wir nie und werden wir niemals sein. Sie ist eher so etwas wie eine große Schwester für mich.« Daraufhin blieb es in der angrenzenden Kabine eine Weile still.

Als Leanne angezogen herauskam, wartete Devin bereits auf sie. »Seltsam«, meinte er. »Ich hätte schwören können, dass sie deine Geliebte ist.« Er kratzte sich am Kopf.

»Ist doch egal«, meinte Leanne und hakte sich bei ihm auf dem Weg ins Foyer unter.

»Leider ist es überhaupt nicht egal. Celia ist nämlich auf dem Weg hierher.«

Ruckartig blieb Leanne stehen, zog ihren Arm aus seinem und sah ihn entgeistert an. »Das ist nicht dein Ernst. Bist du verrückt geworden? Erst erzählst du mir, ich dürfe ihr nie ein Sterbenswörtchen über Glowcastle verraten, und dann … dann lädst du sie ein! Und das, ohne mich zu fragen, ob es mir passt. Du hast wohl den Verstand verloren.«

Sie mussten zur Seite treten, weil ein anderes Paar den Gang zum Wellnessbereich entlangkam.

»Ich habe weder den Verstand verloren, noch habe ich sie eingeladen«, sagte Devin. »Sie hat sich ganz allein auf den Weg gemacht. Ich habe auch nur durch Zufall davon erfahren. Als ich anbot, dass sie das Schlafzimmer neben unserem haben kann, dachte ich …«

»Neben unserem?«, unterbrach Leanne ihn aufgebracht. »Das kann ich einfach nicht glauben. Da hätten wir ja genauso gut Urlaub im Kloster machen können!«

Kapitel 10

»Der Weg ist etwas holprig«, entschuldigte sich Alan, als sie weiterfuhren.

»Wäre mir nie aufgefallen«, meinte Celia, die bereits kräftig durchgeschüttelt worden war.

»Das dient alles der Abschreckung unerwünschter Besucher«, erklärte er. »Genau wie das Urzeitmonster, das im See haust.«

»Und an das Leanne mich wahrscheinlich am liebsten verfüttern wird«, ergänzte Celia.

»Ach, deswegen hast du so seltsam reagiert«, meinte er.

Obwohl ihre Augen verbunden waren, wandte sie ihm den Kopf zu. »Worauf?«

»Als ich dir sagte, dass du bei Devin und Leanne in der Suite wohnen kannst. Du hast ganz starr dagestanden. Ich dachte, es wäre, weil du Angst hättest, zu mir in den Wagen zu steigen.«

Celia lachte. »Das auch. Du weißt doch: Kopfkino. Aber es war tatsächlich in erster Linie, weil mir in dem Moment klar wurde, dass ich einfach so in Leannes Urlaub platzen werde.«

»Dann wird es wohl besser sein, wenn du bei mir wohnst.«

Dankbar streckte sie die Hand aus, tastete nach seinem Unterarm und streichelte ihn. »Du bist ein außergewöhnlich einfühlsamer Mensch. Ich kann mir bei dir überhaupt nicht vorstellen, dass du eine sadistische Ader hast.«

»Ich würde es nicht als sadistische Ader bezeichnen, sondern als Lust am Ungewöhnlichen. Experimentierfreude. Und ein gewisser Kick, den ich daraus beziehe, dass eine Frau sich mir ohne Wenn und Aber unterwirft und mir die Macht über ihre Empfindungen gibt, von Lust bis Schmerz, wobei die Grenzen fließend sind.«

Celia bekam Herzklopfen. Die Wärme in seiner Stimme schien im Widerspruch zu seinen Worten zu stehen.

Der Weg wurde urplötzlich eben, Helligkeit drang durch das Taschentuch über Celias Augen. Der Wagen beschrieb eine weiträumige Kurve und hielt. Als Alan sagte, sie seien jetzt da, schoss Celias Puls noch ein gutes Stück in die Höhe.

»Ich nehme dir jetzt die Augenbinde ab.«

Celia blinzelte, als er das Taschentuch entfernt hatte und sah durch die Windschutzscheibe in eine Landschaft wie aus alten Mythen. Die tiefstehende Sonne tauchte alles in ein unwirkliches Licht.

Sie parkten vor einem hohen, grauen Gemäuer, das ebenfalls in eine andere Zeit, eine andere Welt zu gehören schien. Nur die modernen Autos und ein vorbeilaufendes Pärchen in Tenniskleidung störten den Eindruck.

Celia wollte gerade die Wagentür öffnen, als diese bereits aufgezogen wurde. Ein Mann, dessen Kleidung sie an den Mittelaltermarkt denken ließ, den sie in Mailand besucht hatte, verbeugte sich. »Willkommen auf Glowcastle.«

Sie stieg aus und sagte: »Danke.«

Alan öffnete den Kofferraum. »Bring Mrs Cavendishs Gepäck bitte in meine Wohnung, Matthew.« Dann wandte er sich an Celia. »Es könnten dir seltsam gekleidete Gestalten begegnen. Wenn du magst, kannst du dich jederzeit hinter mir verstecken.«

Sie grinste. »Wieso? Weil ich nur meine Freizeitkluft anhabe?«

»Nein, weil dich der Anblick erschrecken wird.«

Als sie das Foyer betraten, staunte Celia, was man aus einem alten Schloss alles machen konnte. Es war, als würde sie ein Filmset betreten, in dem ein gigantisches Spektakel gedreht werden sollte. Säulen, Marmor, Mosaikfliesen, dunkles Holz, roter Samt. Alles war üppig, festlich und augenscheinlich sündhaft teuer.

»Ein Normalsterblicher kann sich diese Art von Wellness bestimmt nicht leisten«, murmelte sie. Es bedeutete, dass sie in einer Hinsicht recht hatte: Devin würde Leanne früher oder später das Herz brechen, denn er spielte in einer anderen Liga als sie.

Etwas eingeschüchtert von der Umgebung griff Celia nach Alans Hand. Er führte sie an die Rezeption, vorbei an einem Paar, das normal gekleidet war – abgesehen davon, dass die Frau ein Hundehalsband trug und von ihrem Partner an der Leine gehalten wurde. Immerhin musste sie nicht auf allen vieren kriechen, sonst hätte Celia Anstoß daran genommen.

An der Rezeption, die einem Grandhotel Ehre gemacht hätte, begrüßte sie eine Frau mit wunderschönen, weißen Haaren, makellosem Teint und einem Lächeln.

»Guten Abend, Tess«, sagte Alan. »Celia, das ist Tess Morgan, die Seele des Schlosses. Tess, das ist Celia Cavendish. Sie braucht nicht einzuchecken, da sie mein privater Gast ist.«

Tess nickte ihr zu. »Willkommen auf Glowcastle, Mrs Cavendish. Alan, meine Schicht ist gleich um, aber es gibt ein paar wichtige Neuigkeiten, über die ich dich informieren wollte, bevor ich gehe.«

»In Ordnung, ich begleite Celia nur kurz hoch, danach treffen wir uns im Besprechungsraum. Ich muss sowieso mit Greg ein paar Dinge durchgehen.«

Sie wandten sich ab, als mitten in der vornehmen Stille eine

Bombe explodierte: Eine Glastür neben dem Lift glitt auf, und Leanne und Devin kamen lärmend und streitend herausgeschossen.

»Du musst wirklich total den Verstand verloren haben. Das ist ja fast so, als wäre meine Mutter hier«, schrie Leanne ihn an.

»Halt den Mund und hör mir endlich zu. Ich versuche dir die ganze Zeit schon zu erklären …«

»Dass du dachtest, wir seien lesbisch.«

»Nein, dass ich sie gar nicht eingeladen habe.«

»Erzähl mir doch keinen Quark. Wie soll sie denn sonst hergefunden haben? Sie wird ja wohl kaum wie ein Bluthund meiner Spur gefolgt sein.«

Devin nahm Leanne am Oberarm. »Hör auf, herumzukrakeelen. Du machst eine Staatsaffäre aus einer Kleinigkeit. Celia wird nur eine Nacht bleiben, dann schicke ich sie wieder heim. Du wirst keinen Ärger mit ihr haben. Das verspreche ich dir.«

Bisher hatten sie noch nicht in ihre Richtung gesehen, aber Celia war nahe daran, tatsächlich hinter Alans Rücken Deckung zu suchen, so wie er es ihr vorhin im Spaß vorgeschlagen hatte.

Leanne riss sich von Devins Arm los und stach ihm mit dem Zeigefinger auf die Brust. »Oh, aber du wirst Ärger mit ihr bekommen, Freundchen. Wenn Celia die Striemen auf meinen Schenkeln sieht, wird sie dich lynchen. Überhaupt – das hier wird grauenhaft für sie werden. Sie wird von einer Ohnmacht in die andere fallen.« Mit einer Geste, die den ganzen Raum umfasste und Pathos in der Stimme fügte sie hinzu: »Die brave, gut erzogene, nie ein Risiko eingehende Celia an einem Ort voller sexueller Ausschweifungen! Ein Desaster!«

Alan sah über die Schulter Celia an. »Es sieht so aus, als würdest du bereits sehnsüchtig erwartet.«

Dadurch wurden Leanne und Devin auf sie aufmerksam.

»Du bist ja schon da.« Leanne kam mit wütenden Schritten auf sie zu. »Wie konntest du Devins Einladung überhaupt annehmen? Ich dachte, du fändest ihn teuflisch.«

Celia trat hinter Alan vor und hob abwehrend die Handflächen. »Leanne, du regst dich völlig unnötig auf. Ich bin auf eigene Faust angereist.«

Wie eine Furie drehte sich Leanne zu Devin um. »Wieso erzählst du mir, alles sei so geheim und man käme nur mit verbundenen Augen her?«

»Es reicht«, sagte Devin. Er klang ruhig, aber Celia spürte, dass er seine Wut lediglich zähmte.

Leanne schien zu aufgebracht, um den Unterton zu bemerken. Sie fuhr unbeirrt fort, abwechselnd Celia und Devin zu beschimpfen. Schließlich ging sie sogar auf Alan los. »Und was haben Sie hier überhaupt verloren?«

Ohne ein weiteres Wort packte Devin Leanne um die Taille und trug sie trotz heftiger Gegenwehr zu einer Sitzgruppe. Er zog einen Sessel heran, setzte sich darauf und legte Leanne, die immer noch strampelte, über seine Knie. Dann sah er Celia an und hob fragend eine Augenbraue.

Celia verstand: Er wollte Leanne den Hintern versohlen und bat sie um ihr Einverständnis. Sie nickte, noch bevor sie darüber nachgedacht hatte, dass es für Leanne schrecklich sein musste, vor den Augen von Fremden derart gedemütigt zu werden. Außer Celia, Alan und Tess waren noch andere Personen anwesend, die gerade durchs Foyer kamen und stehen blieben, um das Schauspiel mit anzusehen. Vor dem offenen Lift bemerkte Celia einen Mann in einem schwarzen Bademantel, den die Szene sehr zu interessieren schien.

Celia hätte ihr Einverständnis gern zurückgenommen, doch da hatte Devin schon Leannes Hintern entblößt. Celia blieb die Luft weg, als sie drei leuchtend rote Striemen auf der Rückseite der Oberschenkel sah. Ihr fiel ein, wie Leanne vorhin geschrien hatte: *Wenn Celia die Striemen auf meinen Schenkeln sieht, wird sie dich lynchen.* Und wie hatte sie sie beschrieben? *Die brave, gut erzogene, nie ein Risiko eingehende Celia.*

Nein, jetzt war Schluss mit brav. Das Risiko, dass sie gleich heulend zusammenbrechen würde, wenn Devin ihrer Freundin wehtat, ging sie ein.

Dennoch war sie so unsicher, dass sie Alan einen ratsuchenden Blick zuwarf. Er deutete ein Schulterzucken an, schien also an dem Vorgang keinen Anstoß zu nehmen.

Na dann!

Devin hob die Hand und lies sie auf Leannes linke Pobacke klatschen. Nicht besonders fest, wie Celia erleichtert feststelle. Es ging ihm wohl mehr darum, sie symbolisch zurechtzuweisen.

Leanne wand sich und schlug blind mit den Händen nach ihm. »Du Mistkerl! Lass mich sofort los!«

Ihr Protest ging in ein Keuchen über, als Devin mehrmals schnell hintereinander seine Hand aufklatschen ließ. Dann fing er ihre Handgelenke ein und presste sie ihr auf den Rücken. Es wirkte routiniert – und erschreckend erotisch.

Devin schlug jetzt in einem regelmäßigen Rhythmus zu, und Leannes Proteste verebbten. Sie wand sich nur noch ganz leicht, fast genussvoll.

Devin platzierte noch einen letzten, satten Hieb, dann ließ er Leanne los. Sie kämpfte sich in eine aufrechte Position und blies ihre Haarsträhnen aus dem geröteten Gesicht.

Celia ging auf sie zu. »Es tut mir leid, dass ich hier so reinplatze und …«

Doch Leanne schob sie beiseite und rannte zum Lift, an dem immer noch der Mann im Bademantel stand. Sie lief direkt auf ihn zu und rief so laut, dass jeder es hören konnte: »Retten Sie mich vor diesem Wahnsinnigen!«

Der Mann neigte sich vor und flüsterte ihr etwas zu.

Leanne zögerte, dann lief sie die breite Freitreppe hoch.

Devin stand auf und atmete hörbar aus. »Guten Abend, Mr Parr. Ich entschuldige mich für den Aufruhr.«

»Kein Problem«, sagte Alan.

Zu Celia meinte Devin: »Ich fürchte, ich werde Sie doch nicht in unserer Suite unterbringen können. Eine Szene dieser Art reicht mir.«

Celia legte eine Hand auf Alans Schulter. »Ich bin schon untergebracht, danke.«

Devin runzelte leicht die Stirn, dann nickte er. »Verstehe. Verzeihung, ich muss mich jetzt um Leanne kümmern. Wir sehen uns später.«

Nachdem er ebenfalls die Treppe genommen hatte, schmiegte sich Celia an Alan. »Sollte ich mich jemals derart bescheuert aufführen wie Leanne eben, dann erlaube ich dir, mir ebenfalls den Hintern zu versohlen.«

»Daran ist sicher eine Bedingung geknüpft«, vermutete er und fügte grinsend hinzu: »Dass ich dabei Lederhandschuhe trage, stimmt's?«

Celia verbarg ihr Erröten, indem sie den Sessel, den Devin benutzt hatte, wieder an den Tisch zurückschob.

***

Ein bisschen Chaos, fand Devin, konnte sehr erfrischend sein, vorausgesetzt man behielt den Überblick. Er hatte geglaubt, die Situation im Foyer ganz gut gemeistert zu haben – bis Leanne einen Schritt zu weit gegangen war: Sie hatte einen anderen Gast angesprochen. Hatte ihn angefleht, ihr zu helfen. Was für ein Fauxpas!

Da Franklin Larsson den Lift genommen hatte, ging Devin die Treppe hoch. Erst da wurde ihm klar, dass Leannes Verhalten nicht nur die Etikette, sondern auch seine Gefühle verletzt hatte.

Natürlich hatte sie es nicht ernst gemeint. Das Temperament war mit ihr durchgegangen. Womöglich tat ihr diese Kurzschlussreaktion bereits leid, aber wie er sie kannte, würde sie das nicht so ohne Weiteres zugeben. Er würde den ersten Schritt machen müssen, sich entschuldigen und ihr die Sache mit Celia in Ruhe erklären – falls sie ihn zu Wort kommen ließ.

Erst danach würde er ihr die Strafe zukommen lassen, die sie verdiente.

Leanne stand vor der Tür zur Suite und wippte mit den Füßen. Devin zog seine Schlüsselkarte aus der Brusttasche seines Hemds und fuhr damit durch den Scanner.

Kaum hatte die schwere Holztür sich hinter ihnen geschlossen, da fauchte Leanne ihn an: »Wie konntest du mir das antun?«

»Was genau?«

»Alles. Celia einladen, mich übers Knie legen.« Sie machte eine ausholende Geste. »Einfach alles.«

Er ließ sich auf die rote Ledercouch sinken. »Ich entschuldige mich. Für alles. Es tut mir leid, dass es zu diesem Missverständnis gekommen ist.«

»Von wegen Missverständnis!« Leannes Wut schien allmählich zu verrauchen, denn sie stampfte mit dem Fuß auf, um sich selbst noch einmal in Fahrt zu bringen. So ein Trotzverhalten kannte Devin nur allzu gut. Sie hob den Rock. »Das ist mein Hintern, und den hast du geschlagen. Was gibt es daran misszuverstehen?«

»Ich meinte, dass Celia hier ist. Ich wurde genau so überrumpelt wie du. Ich erhielt einen Anruf von Alan Parr. Das ist der stellvertretende Geschäftsführer, den du vorhin so frech angeschnauzt hast.«

Leanne verschränkte die Hände vor der Brust und zog eine Schnute. Allmählich schien es ihr zu dämmern, dass sie aus der Rolle gefallen war.

»Er war Celia im Flugzeug begegnet und wollte sie mitbringen«, fuhr er fort. »Ich dachte, Celia wäre dir aus Sehnsucht nachgereist, und du würdest dich über sie freuen. Ich hielt sie für deine Geliebte. Das war das Missverständnis. Nun frage ich mich, wieso sie dir nachreist, wenn sie einfach nur deine Freundin ist.«

Leanne zuckte die Schultern, sagte aber immer noch nichts.

»Ich glaube, wenn du sie heute früh angerufen hättest, wäre sie jetzt nicht hier.«

»Oh, also ist alles meine Schuld, und darum wurde ich verprügelt.«

Devin musste plötzlich lachen. »Elfchen, du bist unglaublich. Erstens habe ich dich nicht verprügelt, sondern gezüchtigt. Das ist ein gewaltiger Unterschied. Zweitens weißt du genau, warum. Du warst dermaßen aufgebracht, dass ich dich zur Vernunft bringen musste. Leider hat es nichts genutzt.«

»Wieso, ich bin doch ganz vernünftig. Ich verzeihe dir sogar.« Sie lächelte, wenn auch etwas verkrampft. »Schau, ich bin wieder bestens gelaunt, und wir können da weitermachen, wo wir aufgehört haben. Wir tun einfach so, als wäre Celia nicht da.«

»So leicht kommst du mir nicht davon.«

Sie baute sich vor ihm auf und deutete mit dem Zeigefinger auf ihre Brust. »Ich? Ich habe doch gar nichts getan, außer dass ich mich ein bisschen aufgeregt habe. Ich stand unter

Schock und bin für meinen Wutausbruch nicht zur Rechenschaft zu ziehen.«

Devin nahm sie am Arm und zog sie auf seinen Schoß. »Was hat er dir zugeflüstert?«

»Wer?«

»Tu nicht so ahnungslos.«

»Du meinst den Kerl im … äh … Bademantel?« Sie kaute auf ihrer Unterlippe.

»Das war Franklin Larsson.«

»Ach, den ich für einen Geist gehalten habe.«

Warum wirkte sie mit einem Mal so verkrampft. »Also, was hat er dir zugeflüstert?«

»Ich weiß nicht mehr genau … dass er mein Verhalten missbilligt oder etwas in der Art. Es war mir reichlich peinlich, das kannst du mir glauben.«

Er hätte schwören können, dass sie schwindelte.

»Ich werde dich dafür bestrafen, dass du einen anderen Gast belästigt hast«, sagte Devin.

»Oh, nein.« Leanne sprang wieder auf. »Nein, ich …« Dann starrte sie an Devin vorbei, ihr Blick schien in weite Ferne zu gehen. Sie blinzelte ein paar Mal, dann sah sie Devin wieder an. »Worin besteht die Strafe?«

»Ich werde dich noch einmal übers Knie legen.« Er drehte sie um, hob ihren Rock an und küsste sie auf eine ihrer zarten, runden Pobacken. »Aber diesmal werde ich so fest zuschlagen, dass es dir wirklich wehtut.«

***

Alans Wohnung lag in einem Seitenflügel im ersten Stock. Celia war gespannt, wie er eingerichtet war, und ob seine Räume überhaupt eine persönliche Note hatten. Vielleicht bewohnte er einfach eine Hotelsuite.

Doch das Wohnzimmer, in das er sie führte, war vor allem eins: urgemütlich. Ein Raum, in dem gelebt wurde. Überall Bücher und Kissen. Die Dekoration zeugte von vielen Reisen. Afrikanisches, Asiatisches und Arabisches stand unkompliziert nebeneinander.

»Kuschlig«, bemerkte Celia. »Das passt zu dir. Jedenfalls zu dem, was ich bis jetzt von dir kennengelernt habe.«

»Falls du hoffst, Hinweise auf meine sexuellen Vorlieben zu finden, dann muss ich dich enttäuschen. Dafür gibt es auf diesem Schloss einen speziellen Raum.« Der Hauch eines sardonischen Lächelns auf seinem Gesicht verursachte ihr eine Gänsehaut. Vielleicht hatte sie es sich auch nur eingebildet, denn im nächsten Moment lächelte er so freundlich wie immer. »Willst du das Schlafzimmer sehen?«

»Gern. Vor allem aber das Bad. Nach der langen Reise und der heißen Begrüßung im Foyer brauche ich erst mal eine Erfrischung.«

Auch das Bad und das Schlafzimmer machten den Eindruck, sie herzlich willkommen zu heißen.

»Er hat doch nicht besonders fest zugeschlagen, oder?«, fragte sie unvermittelt, was ihr die ganze Zeit schon durch den Kopf ging.

»Aber nein.« Alan küsste sie auf die Nasenspitze. »Mach dir keine Gedanken wegen Leanne. Ich garantiere dir, dass sie jede Sekunde genossen hat.« Er sah auf seine Armbanduhr. »Ich fürchte, jetzt muss ich dich auch schon wieder allein lassen und meinen Geschäften nachgehen. Das wird ein, zwei Stunden dauern. Fühl dich wie zu Hause. Ich habe nur eine kleine Küche, da ich meistens etwas aus dem Restaurant kommen lasse. Drück die Kurzwahltaste 2 und bestell dir, was du willst. Wie sieht es mit deinem Gepäck aus?« Er sah sie von oben bis unten an. »Du hast wohl vor allem sportliche Sachen dabei?«

Sie nickte.

»Dann solltest du dir ein paar schicke Sachen besorgen. Im Erdgeschoss gibt es zahlreiche Läden. Ich werde Bescheid sagen, dass alles auf meine Rechnung geht, was du kaufst. Ich hoffe, das klingt jetzt nicht herablassend oder gar gönnerhaft. Ich mache es aus schierem Egoismus: Ich möchte, dass du dir etwas kaufst, das deine schönen Brüste voll zur Geltung bringt. Und das klang jetzt hoffentlich nicht sexistisch.«

»Es ist auf jeden Fall netter als das, was Devin über meine Brüste gesagt hat.« Sie spürte, wie ihre Wangen heiß wurden. »Vielleicht traue ich mich eines Tages, es laut zu wiederholen.«

»Ich kann es mir schon denken«, sagte Alan lachend, beugte sich vor und flüsterte ihr ins Ohr: »Dass sie sich gut zum Auspeitschen eignen.«

Celia wich zurück. »Bin ich denn hier unter lauter Perversen? Normalerweise denken Männer ans Küssen und Streicheln, wenn sie meine Brüste sehen.«

Alan hob abwehrend die Hände. »Das ist ja auch nicht das, was ich gedacht habe, sondern das, wovon ich denke, dass Devin es gedacht haben könnte. Ich kenne ihn schon viele Jahre.«

»Ein Stammgast in diesem, äh, Club«, sagte Celia wenig begeistert.

»Ja, und einer der Nettesten, Wohlerzogensten und Kultiviertesten obendrein. Deine Freundin ist bei ihm in den besten Händen.« Er zog sein Handy raus. »Gib mir deine Handynummer, dann rufe ich dich an, wenn ich fertig bin, und wir können uns im Restaurant treffen. Ich gebe dir meine Nummer, falls du Probleme bekommst, dich verläufst oder anderweitig Trost brauchst.«

Sie tauschten die Nummern aus. Er war schon fast weg, da drehte er sich an der Tür noch einmal um. »Fast hätte ich es vergessen. Es könnte sein, dass Fenella auftaucht und erst mal nicht besonders freundlich zu dir ist. Mach dir keine Gedanken, das gibt sich. Oh, und nenn sie nicht Fenny oder Nelly. Da wird sie zickig.«

Er schloss die Tür. Celia blieb eine Weile mit offenem Mund stehen und starrte entsetzt die Tür an. Was sollte das denn? Hatte er eine Freundin? Aber das hätte er doch nicht so nebenbei erwähnt? Oder war es für ihn völlig normal, mehrere Frauen zu haben? War das seine Vorliebe: Sex mit vielen Frauen gleichzeitig?

Wenn ja, dann ohne mich.

Obwohl – vielleicht gefiel ihr Fenella ja, ob zickig oder nicht. Immerhin gefiel sie Alan, und das war schon mal ein gutes Zeichen. Vielleicht war sie aber auch einfach nur jemand vom Personal, der hier aufräumen und saubermachen kam. Nötig wäre es. Auch im Bad sah es aus, als würde Alan sich nicht die Mühe machen, den großen Spiegelschrank zweckgemäß zu benutzen. Alle Ablagen standen voll mit Flaschen und Tuben, während im Schrank nur ein einsamer Kamm neben einer Packung Aspirin lag.

Sie konnte keine weiblichen Kosmetikartikel entdecken.

Also wohnte Fenella nicht hier. Das war schon mal gut. Celia hätte sich schrecklich dabei gefühlt, im Revier einer anderen Frau zu wildern, die verständlicherweise nicht gerade freundlich reagieren würde, wenn Alan unangekündigten weiblichen Besuch mitbrachte.

Wie einfach war das Leben doch in Mailand gewesen! Ein paar harmlose Flirts und Roberto, der ihr das Gefühl gab, ganz entspannt Frau sein zu können.

Kapitel 11

Leanne sog hörbar die Luft ein. Das war perfekt. Absolut umwerfend wunderbar. Devin würde sie dafür bestrafen, dass sie mit Franklin gesprochen hatte. Sie würde diese Züchtigung mit allen Sinnen genießen, um Franklin später ausführlich erzählen zu können, wie sie seinetwegen gelitten hatte. Denn sie würde bald Gelegenheit haben, mit ihm allein zu sein. Genau deswegen hatte sie die Strafe auch redlich verdient: Sie hatte Devin angelogen. Franklin hatte nicht gesagt, dass er ihr Verhalten missbilligte. Er hatte ihr ins Ohr geflüstert: »Ich bewohne die Schwarze Suite im dritten Stock. Sie können jederzeit bei mir anklopfen.«

Und das würde sie tun – irgendwann in den nächsten Tagen, wenn sie den Mut dazu aufbrachte. Erst wollte sie noch ein paar Erfahrungen sammeln.

»Darf ich mich kurz frisch machen?«, fragte sie Devin, der immer noch zärtliche Küsse auf ihren Po setzte und sie damit in einen Zustand rosaroter Lust versetzte. Sie hoffte, dass er sie wieder lecken würde, nachdem er sie gezüchtigt hatte. Schmerzen intensivierten ihre Orgasmusfähigkeit, wie sie festgestellt hatte.

»Natürlich«, sagte Devin. »Komm nackt wieder.«

Sie ging ins Bad und betrachtete ihr Spiegelbild. Sie sah erhitzt aus, was kein Wunder war nach allem, was sie in den letzten Stunden erlebt hatte. Dass Celia hier war, schob sie in ihrem Bewusstsein erst einmal ganz nach hinten. Auch, dass

Celia seelenruhig zugesehen hatte, wie Devin ihr den Hintern versohlte, wollte sie jetzt nicht ergründen. Zurzeit gab es für Leanne nur drei Menschen: Devin, sie selbst – und Franklin. Auch wenn er nur in Leannes Vorstellung anwesend war.

Sie entkleidete sich und wusch sich mit lauwarmem Wasser. Für das Gesicht nahm sie kaltes Wasser. Sie genoss es, sich für Devins heiße Hände vorzubereiten. Sie freute sich schon darauf, sie auf ihrem Hintern zu spüren. Sie streichelte ihre Pobacken, spürte die zarte Haut, fuhr tiefer und fühlte die leichten Erhebungen, die die Reitgerte auf ihren Schenkeln hinterlassen hatte.

Sie ging ins Wohnzimmer zurück, in dem Devin auf sie wartete. Er hatte zwei Gläser Rotwein eingeschenkt und reichte ihr eins davon, doch sie stellte es gleich wieder ab. Sie wollte ihren Geist nicht vernebeln.

Devin stand auf und ging zu einem roten Lehnsessel, der am Kamin stand. Ein völlig ungeeignetes Möbelstück, um darauf jemanden übers Knie zu legen, denn die hohen, üppig gepolsterten Armlehnen waren im Weg. Doch dann betätigte Devin einen Schalter seitlich an der Rückenlehne, und ein kleiner Motor setzte leise summend die Armlehnen in Bewegung. Sie senkten sich links und rechts herab, bis sie den Boden berührten. Nun formte der Sitz zusammen mit den Lehnen einen Bogen. Devin setzte sich und forderte Leanne mit einer Handbewegung auf, zu ihm zu kommen. Fasziniert davon, an was hier alles gedacht worden war, und neugierig, was für Spielereien sie noch zu sehen bekommen würde, drapierte Leanne sich über Devins Schoß. Sie streckte die Arme aus. Ihre Haut berührte das kalte Leder.

»Leg die Hände nebeneinander und drück mit den Handgelenken auf die Unterlage«, sagte Devin. »So kann die Elektronik deine Position berechnen.«

Verwundert gehorchte sie. Wenige Sekunden später schob sich aus einer verborgenen Öffnung eine Stahlklammer aus der abgesenkten Armlehne und schloss sich über ihren Händen, die dadurch auf dem Polster fixiert wurden. Eine identische Vorrichtung schien es auf der anderen Seite zu geben, denn Leanne spürte auch über ihren Waden einen kalten, harten, unnachgiebigen Druck. Sie war nun sehr effektiv gefesselt und dabei über Devins Schoß ausgestreckt. Bangigkeit ergriff Besitz von ihr, sogar eine Spur Angst mischte sich darunter.

»Ist es bequem? Kannst du es eine Weile so aushalten?«, fragte er.

»So lange, bis dir die Beine einschlafen.«

Er lachte und gab ihr einen zärtlichen Klaps auf eine Pobacke. »Hör zu, mein Elfchen, damit du weißt, worauf du dich eingelassen hast: Eine Strafe dient nicht dazu, dir oder mir Lust zu bereiten. Sie dient deiner Erziehung. Ich werde dazu nicht die Hand benutzen, sondern einen zweilagigen Lederriemen, ähnlich dem, den das Hauspersonal für Maßregelungen benutzt. Dieser hier ist breiter und aus festerem Leder, da ein Po mehr aushält als eine Handfläche. Der eine Vorteil ist, dass ich fester zuschlagen kann als mit der Hand, weil ich mir dabei selbst nicht wehtue. Der andere Vorteil ist, dass du anschließend keine negativen Assoziationen zu meinen Händen entwickelst.«

»Das Einzige, was in mir negative Assoziationen auslöst, ist dein Hang zur Geschwätzigkeit«, murmelte sie.

»Deine Frechheit ist sehr süß, darum nehmen wir sie als Safeword. Wenn du meinst, es nicht mehr aushalten zu können, dann sagst du ›Frechheit‹, und ich werde aufhören dich zu schlagen.«

Wenn ich definitiv nichts mehr aushalte, bin ich wahrscheinlich in einem Zustand, wo ich nicht mal mehr piep sagen kann, dachte sie, hielt diesmal aber wohlweislich den Mund. Sie wollte es nicht länger hinauszögern.

Sie hörte ein kurzes Zischen, dann klatschte das Leder auf ihre linke Pobacke, die augenblicklich zu brennen anfing. »Uh«, entfuhr es ihr.

Devin platzierte weitere Hiebe auf der linken Pobacke, bis die Hitze weniger zu ertragen war als der Schmerz. Anfangs versuchte sie noch still zu halten, doch bald verlor sie jegliche Selbstbeherrschung. Sie hatte ihre Reaktionen nicht mehr unter Kontrolle, musste sich winden, musste stöhnen, musste ihn anflehen aufzuhören oder ihr wenigstens eine klitzekleine Verschnaufpause gönnen. Es kam ihr vor, als atmete sie nur noch ein, nicht mehr aus. Nach zehn sengenden Hieben, die er leise mitzählte, hielt er endlich inne. Sie atmete keuchend aus und gleich wieder tief und ruckartig ein. »Gott«, stöhnte sie. »Das kannst du nicht machen. Du … du … oh.«

»Sag mir, wann du dich so weit erholt hast, dass ich die andere Pobacke aufwärmen kann.«

Sie drehte den Kopf, um ihn aus schreckgeweiteten Augen anzustarren. »Aufwärmen? Ich dachte, das wäre schon die Strafe.« Das war ja genauso wie damals, als Celia sie ins Fitness-Studio mitgeschleppt hatte. Nach fünf Minuten auf dem Laufband war sie schweißgebadet gewesen. »So, jetzt bist du aufgewärmt, jetzt können wir mit den Workouts anfangen«, hatte Celia gesagt, doch Leanne hatte nur kopfschüttelnd abgewunken und war duschen gegangen.

Beim Sex hatte sie normalerweise eine bessere Kondition. Aber das war kein Sex, das war – ja, was war es? »Devin, du musst mir helfen. Du musst etwas tun, das mich erregt, sonst erleide ich einen Kreislaufkollaps.«

»Die dahinterstehende Logik wirst du mir später erklären müssen«, sagte er. »Aber im Moment glaube ich dir einfach.«

Er ließ den Lederriemen zwischen ihre Schenkel gleiten. Schon bekam sie wieder Luft. Er drückte den Riemen tief zwischen ihre Schamlippen. »Wenn du es durchhältst, ohne ›Frechheit‹ zu sagen«, versprach er, »dann werde ich dich hinterher mit etwas ganz Besonderem belohnen. Du wirst es lieben, das verspreche ich dir.«

Mit zusammengebissenen Zähnen ertrug Leanne die nächsten zehn Hiebe. Ihr Po wurde immer empfindlicher. Sie wollte nicht noch mehr geschlagen werden. Sie wollte, dass er ihre Haut mit Eiswürfeln kühlte und anschließend eine beruhigende Creme einmassierte. Doch wenn sie ehrlich war, wollte sie genau das nicht: Dass er ihre Wünsche erfüllte. Je mehr sie sich nach Abkühlung sehnte, desto mehr Hitze brauchte sie. Die Logik dahinter verschloss sich ihr selbst.

Wieder gönnte er ihr eine Pause, die er ihr dadurch versüßte, dass er zwei Finger in ihre Vagina gleiten ließ. Mit der anderen Hand streichelte er besänftigend ihren Rücken.

»Es sind fünf Strafhiebe pro Seite. Diesmal wechsle ich nach jedem Hieb ab. Atme tief durch.«

Sie vermisste seine Finger sofort, als sie aus ihr herausglitten. Auch die Hand auf ihrem Rücken fehlte ihr. Sie kam sich nackt vor ohne seine Berührung. Sie dachte an Franklin, der nicht ahnen konnte, welche Konsequenzen der kurze Wortwechsel mit ihm für sie hatte. Wenn er jetzt da wäre, wenn er sie so sehen könnte…

Dann fiel der erste Hieb, so fest und unerbittlich, dass sie keinen klaren Gedanken mehr fassen konnte. Wie von Sinnen nahm sie wahr, wie sie ihre Hände und Füße aus den Stahlspangen zu ziehen versuchte, um irgendwie dieser Qual zu entkommen.

»Nein, nein, nein.«

Doch er schlug immer weiter zu. Tränen brannten in ihren Augen, sie glaubte noch minutenlang, nachdem er endlich aufgehört hatte, vor Entsetzen zu bersten. Völlig ermattet lag sie da und wartete auf den Moment der Erlösung, auf das Nachlassen des Schmerzes und das Aufbranden von Lust. Etwas klackte. Devin musste einen Schalter betätigt haben. Die Spangen gaben ihre Hände und Füße frei, doch Leanne konnte sich nicht rühren. Devin hob sie von seinem Schoß, stand auf und legte sie wieder hin, wobei er sie sanft umdrehte. Sie lag nun mit dem Rücken auf dem Sitz. Ihr Kopf hing über eine herabgelassene Armlehne nach unten, die Beine auf der anderen Armlehne.

»Spreiz die Beine.«

Es dauerte eine Weile, bis der Befehl ihr Gehirn erreicht hatte und sie ihm nachkommen konnte. Devin stellte sich an die Seite, über die ihre Beine hingen. »Noch etwas weiter. So weit, dass ich deine Pussy schlagen kann.«

Wie ein Blitzstrahl schoss die Lust quer durch ihren Bauch und schlug zwischen ihren Schenkeln ein. Sie wurde feucht, willig, lüstern. Sie spreizte die Beine so weit sie konnte und bog den Kopf noch etwas weiter nach hinten durch. »Ja, bitte«, keuchte sie.

Das war die Belohnung, die er ihr versprochen hatte. Sie hatte sie sich redlich verdient.

Die ersten Hiebe waren so sanft, dass sie sie kaum spürte. Zärtlich traf das Leder ihre Schamlippen. Leanne gurrte vor Wonne, als er etwas fester zuschlug. Sie stemmte die Füße in das Polster und hob den Po ein Stück an. »Hör auf, bevor ich komme«, bat sie. »Ich will dich dabei spüren.«

»Ja, das will ich auch. Sag mir, wenn es so weit ist. Das passiert bei dir immer so plötzlich.«

Hieb um Hieb brachte er sie dem Orgasmus näher, bis

Leanne merkte, wie sich alle ihre Muskeln anspannten. »Jetzt«, hauchte sie.

Devin legte den Riemen weg und zog sich aus. Leanne wartete mit pochender Klitoris und zuckenden Vaginalmuskeln. Sie sehnte sich so danach, ihn in sich zu spüren. Er legte sich auf sie und stützte sich ab. Nur ihre Unterleiber berührten sich.

»Ich war noch nie so verrückt nach einer Frau wie nach dir«, sagte er und stieß tief in sie hinein.

Sie hob die Arme und umklammerte seine Unterarme, spürte, wie die Muskeln darin arbeiteten. Er nahm sie schnell und hart, bis sie beide kaum noch Luft bekamen. Sie schrie und fluchte vor Lust. Als sie meinte, es könnte keinerlei Steigerung mehr geben, griff er hinter sich und hatte plötzlich den Lederriemen in der Hand. Er beugte sich weiter vor, befahl ihr den Mund zu öffnen und knebelte sie mit dem Riemen, den er quer zwischen ihre Zähne steckte. Sie biss zu. Anstelle ihrer eigenen Schreie hörte sie nun Devins Keuchen, als er noch schneller in sie stieß und sie ganz und gar ausfüllte.

Animalische Gefühle ergriffen Besitz von ihr. Sie kam endlos und ergab sich endlich ihrer Erschöpfung, indem sie seine Arme losließ, den Knebel ausspuckte und den Tränen freien Lauf ließ.

Irgendwann fand sie sich auf dem Bett in wohltuend kühlen Laken wieder. Sie sah zu ihm auf und lächelte matt. »Danke für die Bestrafung«, flüsterte sie.

***

Retten Sie mich vor diesem Wahnsinnigen.

Franklin ließ Leannes Worte in seinem Geist immer wieder abspulen, während er sich hastig, ja fast ein wenig panisch anzog. Er musste dringend mit Greg Sanders sprechen. Alan

Parr war zurück! Und das ausgerechnet jetzt, wo seine Beute sich ihm praktisch vor die Pranken geworfen hatte. Franklin war sicher, Leanne hatte gespürt, dass sie ihm früher oder später sowieso ausgeliefert sein würde. Ein paar Blickwechsel im Whirlpool hatten gereicht.

Sie würde kommen, dessen war er sicher. Oder? Es könnte auch sein, dass sie es mit der Angst zu tun bekam und Devin erzählte, was er ihr ins Ohr geflüstert hatte. Dann wäre sein Rausschmiss aus der Society besiegelt.

Verdammt! Franklin riss das Hemd noch einmal auf, das er in der Eile schief geknöpft hatte. Ihm war plötzlich klargeworden, dass seine Einladung an Leanne, ihn jederzeit in seiner Suite zu besuchen, doch keine so gute Idee gewesen war. Es verstieß gegen die Regeln, mit der Sklavin eines anderen Gastes heimliche Verabredungen zu treffen. Falls Leanne das wusste, hätte sie ihn in der Hand. Nun gut, er könnte immer noch behaupten, dass sie log, falls sie seine Worte wiederholte. Wie hatte er es formuliert?

Ich bewohne die Schwarze Suite im dritten Stock. Sie können jederzeit bei mir anklopfen.

Es war eine unmissverständliche Einladung. Er könnte behaupten, es ironisch gemeint zu haben.

Nun gut, das war jetzt sowieso das kleinere Problem. Erst galt es, die Sache mit Fiona zu klären, bevor Tess mit Alan Parr darüber sprach.

Er kämmte seine immer noch feuchten Haare durch und rief anschließend Sanders an. »Ich muss Sie sprechen. Dringend«, sagte er ohne Vorrede.

»Gut, ich erwarte Sie in meinem Büro.«

Na also. Franklin verließ mit entschlossenen Schritten die Suite.

Es war sehr klug und vorausschauend von ihm gewesen,

sich von Anfang an einen Verbündeten zu schaffen. Oder besser gesagt: Jemanden, den er in der Hand hatte. Wer bot sich dafür besser an als die Person, die am meisten zu sagen hatte? Darum war die Wahl auf den Geschäftsführer gefallen. Systematisch hatte Franklin nach Sanders wundem Punkt gesucht, an dem er seinen Hebel ansetzen konnte. Er hatte keine Möglichkeiten gefunden, den Mann zu erpressen, aber dann hatte sich etwas Besseres aufgetan. Greg Sanders hatte eine unverheiratete Schwester. Deren Sohn Nicolas Sanders war Opernsänger – und gar kein schlechter. Ein aufstrebender, junger Tenor, der sicher seinen Weg machen würde, allerdings einen steinigen Weg, denn die Konkurrenz war groß. Also hatte Franklin dafür gesorgt, dass die Steine aus dem Weg geräumt wurden. Er hatte Nicolas protegiert, hatte ihm ein Engagement an der Metropolitan beschafft. Nun stand Greg in seiner Schuld, denn da er selbst keine Kinder hatte, war Nicolas so etwas wie ein Sohn für ihn.

Zwei Jahre lang hatte das völlig ausgereicht, um Franklins Verbleib in der Glowcastle Society zu sichern. Seine kleinen Regelverstöße waren geflissentlich übersehen oder heruntergespielt worden.

Doch dann gab es einen größeren Zwischenfall. Franklin erinnerte sich nicht mehr an den Namen der Frau, die er damals dabeigehabt hatte, nur noch daran, dass sie ihn in der falschen Sicherheit gewiegt hatte, erfahren zu sein in absolut allen Spielarten des SM. Und dann hatte sie einen Nervenzusammenbruch erlitten. Seine Versuche, sie zu beruhigen, hatten nicht gefruchtet. Als ihre Schreie immer lauter wurden, knebelte er sie. Sie bäumte sich auf, sank dann plötzlich in sich zusammen und verlor das Bewusstsein. Er wartete, doch sie kam nicht wieder zu sich. Weder Ohrfeigen noch kaltes Wasser bewirkten etwas. Sie wollte ihm doch nicht einfach wegsterben? Er informierte Greg Sanders, der die Ärztin holte. In den drei Minuten, während sie auf Dr. Lawrence warteten, machte Franklin ihm klar, was er von ihm erwartete. »Ich will auf keinen Fall aus der Society ausgeschlossen werden. Sorgen Sie dafür.«

Greg sperrte sich zunächst. »Mr Larsson, ich habe eine Verantwortung der Society gegenüber. Nehmen Sie es nicht zu schwer. Man muss auch wissen, wann man seine Grenzen erreicht hat.«

»Ja, da stimme ich Ihnen völlig zu. Nichts im Leben währt ewig. Keine Freude, keine Liebe und auch keine Karriere.« Franklin erinnerte sich noch, wie betont freundlich er das zu Greg Sanders gesagt hatte, wohl wissend, dass der intelligent genug war, die Bedrohung zwischen den Zeilen zu hören. »Manchmal reicht schon eine Kleinigkeit, beispielsweise eine schlechte Kritik, um ein hoffnungsvolles Talent aus der Bahn zu werfen.«

Greg wurde blass. Als Dr. Lawrence kam, hatte er sich so weit gefangen, dass er geistesgegenwärtig behauptete, die junge Frau hätte Drogen genommen und sei infolgedessen kollabiert.

Seitdem war immer alles glatt gelaufen. Franklin hatte die Drohung, Nicolas Sanders' Karriere zu vernichten, nie offen aussprechen müssen. So konnten er und Greg freundlich miteinander umgehen, und keiner von ihnen verlor das Gesicht. Ein perfektes Arrangement, das Franklin bei jeder Begegnung gleich bei der Begrüßung erneuerte, so auch heute.

»Hallo, Mr Sanders«, sagte er beim Betreten des Büros. »Wie ich höre, hat Nicolas seine erste Hauptrolle bekommen. Meinen Glückwunsch.«

Sanders lächelte, wenn auch eine Spur gequält. »Danke«, sagte er mit seiner tiefen, immer etwas heiseren Stimme. »Setzen Sie sich bitte. Kann ich Ihnen etwas anbieten?« Er drehte sich auf seinem Ledersessel zu der gut bestückten Bar hinter ihm um. Sanders war ein wuchtiger Mann, den man etwas schmeichelhafter auch als stattlich bezeichnen konnte. Sein ganzes Büro war zu ihm passend mit schweren, dunklen Möbeln eingerichtet.

»Einen Scotch bitte.« Franklin wartete, bis Sanders die Drinks eingeschenkt hatte, dann kam er zur Sache. »Hat Tess Ihnen etwas über den Vorfall mit Fiona Spinner erzählt?«

Sanders hob eine Augenbraue. »Nein.«

»Ich dachte mir schon, dass sie damit warten würde, bis Mr Parr wieder da ist. Da ich Ihnen vertrauen kann …« Franklin nahm einen großzügigen Schluck.

Sanders zuckte leicht mit den Mundwinkeln, denn was Franklin damit wirklich gesagt hatte, war: »Da ich Sie in der Hand habe.« Franklin genoss dieses kleine Machtspiel fast so sehr wie guten Sex. Auf seiner persönlichen Befriedigungs-Skala bekam Sanders sechs Punkte.

Er stellte sein Glas wieder ab. »Da ich Ihnen voll und ganz vertrauen kann, erzähle ich Ihnen, was wirklich passiert ist. Und danach die offizielle Version.«

Sanders leerte seinen Scotch in einem Zug und schenkte sich einen neuen ein. »Also gut, schießen Sie los.«

***

Nachdem Celia geduscht und sich abgetrocknet hatte, schlich sie – fest in einen Bademantel gewickelt – ins Wohnzimmer und sah sich vorsichtig um, ob diese Fenella-Person in der Zwischenzeit erschienen war. »Hallo?«

Erleichtert stellte sie fest, dass sie immer noch allein war. Sie musste zur Ruhe kommen, innerlich ankommen, so wie vor zwei Tagen, als sie in London gelandet war. Erstaunlicherweise fühlte sie sich hier mehr daheim als in ihrem Loft. Alans Wohnung war wie eine freundliche Umarmung. Sie passte zu ihm, auch wenn Celia ihn aufgrund seiner korrekten Kleidung etwas ordentlicher eingeschätzt hätte. Sie strich mit dem Zeigefinger über ein Regal: kein Staub. Dann hielt sie den Kopf schief und las die Buchrücken. Science Fiction und Thriller. Das war wieder eine Überraschung, denn sie hätte ihm eher Klassiker zugetraut.

Ihr nächstes Forschungsobjekt war seine CD-Sammlung: Ein Stilmischmasch sondergleichen, nach keinem erkennbaren Gesichtspunkt sortiert.

Es wäre ein interessantes Experiment, Devin Flinkman zwei Stunden in dieser Wohnung allein zu lassen. Entweder hätte er danach einen Nervenzusammenbruch, oder Alan würde sein Reich nicht wiedererkennen.

Celia öffnete die Doppelflügeltür, die auf einen kleinen West-Balkon führte und sah eine Weile dem Sonnenuntergang zu. Ein stilles, warmes Gefühl breitete sich in ihr aus. Plötzlich raschelte es in dem Baum, dessen Krone sich bis zur Balkonbrüstung ausbreitete, und kurz darauf landete etwas neben ihr. Eine zierliche schwarze Katze mit grünen Augen.

»Fenella!«, rief Celia erfreut.

Die Katze schien weit weniger angetan von der Begegnung. Sie buckelte und fauchte.

»Alan hat mich gewarnt, dass du mich nicht besonders freundlich empfangen würdest. Mal schauen, ob ein gemeinsamer Besuch in der Küche deine Laune hebt.«

Doch Fenella hatte ihre eigenen Pläne. Sie ging schnurstracks zur Couch, wo sie sich zwischen einem Zeitschriftenstapel und der TV-Fernbedienung niederließ und sich zu putzen begann.

In der Küche fand Celia eine ungeöffnete Packung Cookies. Dazu schenkte sie sich ein Glas H-Milch ein.

»Genau der richtige Snack für einen kleinen Plausch«, sagte sie und setzte sich im Wohnzimmer aufs andere Ende der Couch. »Ich hoffe, es ist okay, wenn ich mit dir rede. Ich habe Katzen als hervorragende Zuhörer kennengelernt.«

Fenella unterbrach ihre Fellpflege und warf Celia einen misstrauischen Blick zu.

Celia nahm einen Schluck Milch. »Immerhin fauchst du nicht mehr.« Es war Jahre her, dass sie das letzte Mal eine Katze gestreichelt hatte. Eine tiefe Sehnsucht überkam sie, das glänzende Fell zu berühren, die geschmeidigen Muskeln darunter zu spüren und die wohlige Vibration des Schnurrens.

»Weißt du, Fenella, ich muss dringend mit jemandem über das reden, was mich gerade beschäftigt.«

Die Katze drehte bei der Nennung ihres Namens die Ohren.

Celia lächelte. Sie hatte eine gute Zuhörerin gefunden. »Die Sache ist die: Ich habe mich in deinen Menschen verknallt, in Alan. Ich bin immer ein wenig misstrauisch und vorsichtig in Beziehungen hineingegangen, so wie du dich in ein fremdes Revier schleichen würdest, geduckt, mit angelegten Ohren.« Celia schloss die Augen und lehnte den Kopf zurück. »Und jetzt das. Meine Hormone spielen verrückt. Meine Haut kribbelt, mein Herz rast, und ich kann es kaum erwarten, ihn wiederzusehen. Ich stelle mir vor, wie er zur Tür hereinkommt und lächelt, und schmelze bei dem Gedanken dahin.«

Sie glaubte, eine Bewegung zu spüren und öffnete die Augen. Fenella saß neben ihr, die Vorderpfoten untergeschlagen. »Genau so hat Diary immer dagesessen, wenn ich ihm etwas erzählt habe.«

Celia nahm einen Keks aus der Schachtel und biss hinein. Ein paar Krümel landeten auf Fenellas Kopf. Celia wischte sie weg, was Fenella sich ganz selbstverständlich gefallen ließ. Davon ermutigt, begann Celia die Katze an der Seite des Halses zu kraulen. »Wenn ich mit Männern doch so entspannt umgehen könnte wie mit Katzen.« Fenella drehte sich auf die Seite und streckte die Pfoten aus. Celia streichelte ihren Bauch. »Dann wären sie Wachs in meinen Händen.«

Nach drei Keksen war sie fürs erste satt. Sie trank ihre Milch aus, kraulte noch eine Weile die schlafende Katze, dann raffte sie sich auf, die gemütliche Zweisamkeit zu verlassen und ein paar Einkäufe zu tätigen.

Sie zog ein Kleid an, das auf der Vorderseite geknöpft war, weil es sich schnell ausziehen ließ, und schlüpfte in Pumps. So würden die Anproben ohne großen Aufwand vonstatten gehen. Hoffentlich waren die Läden, von denen Alan gesprochen hatte, um diese Zeit noch offen. Sie wollte Alan zeigen, dass sie verteufelt sexy sein konnte. Ein Jammer, dass sie die Korsage aus Mailand nicht eingepackt hatte.

Auf dem Weg ins Foyer überlegte sie, was ihr vorschwebte. Sie hatte von Berufs wegen genug Modeerfahrung und wusste, dass zielloses Herumstöbern genau so schlimm war wie hungrig in den Supermarkt zu gehen. Sie brauchte also einen konkreten Look, den sie ansteuerte. Sexy, aber nicht zu billig. Zudem wollte sie einen Hauch Dominanz ausstrahlen.

Im Foyer blieb sie stehen und verschaffte sich einen Überblick. Es war mehr los als vorhin. Anscheinend erwachte Glowcastle erst nach Sonnenuntergang richtig zum Leben. Viele waren korrekt gekleidet, aber andere erweckten in Celia entweder den Wunsch, neugierig hinzustarren – wie der Mann im Scheichgewand und seine Freundin vom Typ »Bezaubernde Jeannie« – oder aber beschämt wegzusehen – wie die pralle Rubensschönheit, die in viel zu enge Latex-Kleidung geschnürt war. Manche auch beides zugleich – wie die nackte

Schönheit mit den filigranen Nippelpiercings und dem aufreizend zwischen ihren Schenkeln baumelnden Intimschmuck.

Sie war froh, als sie etwas entdeckte, das sie anschauen konnte ohne zu erröten, und das ihr zudem helfen würde, sich zurechtzufinden: Eine goldfarben gerahmte Hinweistafel, die neben dem Aufzug hing. Sie studierte sie interessiert. Was es wohl mit dem Turmverlies auf sich hatte? Das Scheich-Jeannie-Pärchen war sicher auf dem Weg zum »Orientalischen Traum« gewesen. Das »Verhörzimmer« ließ Celia aufmerken. »Jetzt weiß ich, welches Outfit ich möchte«, murmelte sie. »Den Agentin-wider-Willen-Look.«

***

Alan schenkte sich Kaffee ein, zog sein Jackett aus, lockerte die Krawatte und krempelte die Ärmel hoch. Dann machte er es sich im Besprechungszimmer so gemütlich wie möglich, indem er den Sessel bis zum Anschlag zurückkippte und die Füße auf den runden Glastisch legte. Er war allein, da Tess an der Rezeption telefonierte und Greg noch in seinem Büro mit jemandem redete. Greg hatte kein Vorzimmer und keine Sekretärin. Schreibarbeiten wurden von den Rezeptionistinnen erledigt. Darum hatte Greg ein Türschild, das er umdrehte, wenn er nicht gestört werden wollte.

Alans Büro war sein Laptop. Damit konnte er arbeiten wann und wo er wollte, bei schönem Wetter am liebsten im Wintergartencafé. Er wählte sich ins Internet ein und schickte Greg die Protokolle der Verhandlungen, die er in London geführt hatte.

Kurz darauf erschien Tess und schloss die Tür hinter sich. »Es wäre mir sehr recht, wenn wir ein paar Minuten allein hätten«, sagte sie. »Es gab wieder einen Zwischenfall mit Franklin Larsson.«

Alan nahm die Füße vom Tisch und ließ die Sessellehne hochschnappen. »Was ist passiert?«

»Fiona Spinner, seine Begleiterin, ist vor ihm geflohen. Sie...« Weiter kam Tess nicht, denn da wurde die Tür aufgerissen.

»Willkommen zurück, Alan. Konnten Sie den ganzen Finanzkram klären?«

»Sicher.« Alan warf Tess einen entschuldigenden Blick zu. Sie zuckte die Schultern. Sie wussten beide, dass sie in Bezug auf Larsson sowieso keine Entscheidung über Gregs Kopf hinweg treffen konnten. »Einen Nachfolgepächter für das Café habe ich auch gefunden. Die Daten sind in Ihrer Inbox.«

»Fein, fein.« Eine leichte Alkoholfahne wehte zu Alan herüber, als Greg sich ihm gegenüber in einen Sessel fallen ließ.

Alan bedeutete Tess, sich ebenfalls zu setzen. »Sie ist vor ihm geflohen?«

»Wer vor wem?«, fragte Greg.

»Fiona Spinner vor Franklin Larsson«, erklärte Tess. »Sie hatte Schnittverletzungen, die er ihr zugefügt haben muss. Leider hat Fiona sich geweigert, sich von Dr. Lawrence untersuchen zu lassen.«

»Ach das.« Greg machte eine wegwerfende Handbewegung, die auf Alan gekünstelt wirkte. »Das ist längst geklärt. Larsson hat mich informiert, dass seine Begleiterin ein familiäres Problem hat, das sie völlig aus der Bahn geworfen hat. Sie wollte mit Larssons Wagen nach Hause fahren, hat es sich dann aber zum Glück anders überlegt. Der Mann hat aber auch ein Pech mit den Frauen!«

Greg verzog den Mund. Tess blickte ihn finster an, und auch Alan runzelte die Stirn.

»Messerspiele sind gegen die Regeln«, sagte er.

»Als ob ich das nicht wüsste.« Greg schüttelte den Kopf. Seine ganze Körpersprache, die übertriebenen Gesten, die laute

Stimme, waren ein eindeutiges Zeichen, dass er log. Um das zu erkennen, hätte Alan nicht einmal auf die psychologische Schulung durch seine Großmutter zurückgreifen müssen. »Larsson hat sie nicht geschnitten. Er sagte, sie hätte sich die Verletzungen selbst beigebracht. Er hat sie damit erwischt, wie sie sich ein Muster in den Bauch und die Brüste geritzt hat.«

Alan warf Tess einen fragenden Blick zu.

Die räumte ein: »Nun, Larsson hat tatsächlich behauptet, Fiona litte an selbstverletzendem Verhalten. Aber ich glaube ihm das nicht. Mein Bauchgefühl sagt mir, dass er ein perverser Sadist ist.«

Greg lachte lauthals und völlig unfröhlich. »Sind wir das hier nicht alle? Ha ha.«

»Nein, das sind wir nicht«, sagte Alan.

Greg beugte sich vor, und der Whisky-Atem schlug Alan warm ins Gesicht. »Wer hatte denn die Idee mit dem Verhörzimmer?«

»Ich zwinge keiner Frau meinen Willen auf«, sagte Alan. »Larsson hingegen behandelt seine Begleiterinnen nicht wie Menschen, sondern wie sein Eigentum, über das er verfügt, wie er möchte. Bei ihm beginnt der Kick erst, wenn die Frau *keine* Lust mehr empfindet.«

»Woher wollen Sie das wissen? Waren Sie dabei?«, fragte Greg.

»Nein, aber wir haben ausreichend Indizien, um diese Annahme zu untermauern.«

Greg blieb stur. »So lange keine Frau ihn direkt bezichtigt, gibt es keine Handhabe, Larsson aus der Society auszuschließen.«

»Wieso sind Sie auf seiner Seite?«, fragte Tess.

»Es ist meine Aufgabe, dafür zu sorgen, dass alles korrekt

abläuft. Und dazu gehört, dass jemand nicht einfach aufgrund übler Nachrede ausgeschlossen wird. Was meinen Sie, welchen Eindruck das auf die anderen machen würde? Wir wollen den Mitgliedern das Gefühl vermitteln, sich hier verwirklichen zu können, ohne Kontrollen, ohne Aufsicht. Und vor allem ohne Vorurteile.«

»Solange sie sich an die Regeln halten«, ergänzte Alan. »Und das tut Franklin Larsson nicht.«

»Er hält sich sehr wohl an die Regeln. Seine Begleiterinnen sind es, die sich danebenbenehmen. Drogen, Selbstverletzung, was weiß ich. Ich habe ihm ins Gewissen geredet und ihm gesagt, dass er doch in Zukunft bitte etwas sorgfältiger darauf achten soll, wen er mitbringt. Er war zerknirscht, aber einsichtig.«

Alan hätte fast laut aufgelacht. Was für eine Scharade!

Tess seufzte vernehmlich.

»Ich werde ein sehr genaues Auge auf ihn haben«, versprach ihr Alan. »Informiere mich sofort, wenn es auch nur das kleinste Anzeichen dafür gibt, dass er Schwierigkeiten macht.«

»Danke.« Tess erhob sich und ging.

Greg sah ihr kopfschüttelnd nach. »Etwas übereifrig, die Gute. Und Sie lassen sich von ihr auch noch einspannen für ihren persönlichen Feldzug gegen Larsson. Er hat mir verraten, wieso Tess ihm nicht besonders grün ist.« Er beugte sich vor und murmelte verschwörerisch: »Er hat den unverzeihlichen Fehler begangen, sie auf ihr richtiges Alter zu schätzen.«

***

Nach dem Sex – vor allem nach einer so anstrengenden Variante – war Leanne immer wahnsinnig hungrig. Sie drehte sich zu Devin um, der sich von hinten an sie gekuschelt hatte und zärtlich an ihrem Hals knabberte.

»Hier gibt es doch ein Restaurant? Ich brauche jetzt ein zehngängiges Menü, damit ich fit für die nächste Schandtat bin.«

Er ließ von ihrem Hals ab und sah sie mit seinen dunklen Augen an, die gefährlich funkeln konnten. »Dein Menü kannst du gerne haben, aber die nächste Schandtat muss warten. Wir werden keinen Sex mehr haben bis morgen Nachmittag in der Bibliothek. Du darfst dich auch nicht selbst befriedigen.«

»Ist das die Strafe dafür, dass ich Jo geküsst habe?«

Devin lachte. »Nein, die bekommst du dann mit Jo zusammen in der Bibliothek. Es geht mir darum, dass du nicht übersättigt sein sollst. Und ich ebenfalls nicht.«

Sie wollte schon protestieren, aber dann fiel ihr ein, dass sie ja gehorsam zu sein hatte. Sie schielte zur Uhr auf dem Nachttisch. Es war kurz vor zweiundzwanzig Uhr. Sechzehn Stunden, von denen sie die meisten schlafend verbringen würde – das war auszuhalten.

»Einverstanden«, sagte sie. »Ich meine: Wie du wünschst. Aber mach es mir nicht zu schwer, okay? Berühre nicht die Innenseiten meiner Schenkel und küss mich nicht auf die Brustwarzen. Sonst ist meine Keuschheit dahin.«

Devin legte eine Hand zwischen ihre Beine, drehte sie ganz zu sich herum und küsste sie erst auf den Mund, dann auf jede Brustwarze. Danach rutschte er ganz nach unten und küsste sie mitten ins Zentrum ihrer Lust. Zuletzt sah er sie herausfordernd an.

»Okay, ich hab's ja verstanden«, sagte sie. »Ich soll dir nicht sagen, wie du deinen Job als Sadist zu machen hast, stimmt's?«

Lachend schüttelte er den Kopf und legte sich mit seinem ganzen Gewicht auf sie. »Gott, bist du süß, Elfchen.«

Sie grub die Finger in seine Pobacken und schnurrte zufrieden.

»Pass auf, was du tust«, sagte er. »Ich könnte dasselbe mit dir machen.«

»Nur zu.«

Er griff unter sie und packte ihre Pobacken. Leanne schrie auf, erst vor Schmerz, dann mit erwachender Lust. »Ich glaube, ich werde nachher im Stehen essen.«

»Das wirst du nicht. Du wirst einen knallengen Rock anziehen und darunter keinen Slip tragen. Ich möchte, dass dir die ganze Zeit bewusst ist, dass du bestraft worden bist.«

Sie spürte sein Glied hart an ihrem Venushügel und überlegte, was sie tun könnte, um ihn dazu zu bringen, sie noch einmal zu nehmen. Sie versuchte es mit umgekehrter Psychologie. »Bitte geh von mir runter. Wir kleben ja förmlich aneinander. Ich muss erst mal duschen, bevor ich mich der Menschheit präsentieren kann.«

»Nicht so schnell, Elfchen. Leg dich auf den Bauch.«

Er glitt von ihr herunter, damit sie sich umdrehen konnte. Sie unterdrückte ein zufriedenes Grinsen. Er würde sie vor der sechzehnstündigen Pause also doch noch einmal nehmen, genau wie sie gehofft hatte.

»Diese roten Pobacken!«, sagte er zufrieden. »Ein Anblick, an dem ich mich nie satt sehen kann.« Er streichelte sie kurz, dann war er wieder über ihr. Leanne lag gefügig und voller Erwartung da.

Er spreizte ihre Pobacken und schob sein Glied dazwischen, dann drückte er sie wieder zusammen.

»Was machst du da?«

»Ich ficke dich, ohne dass es dir Lust bereitet.«

Dieser Mistkerl!

Er rieb sein Glied an ihren Pobacken, stieß es vor und zurück. Als sie sicher war, dass er nicht darauf achtete, was sie tat, quetschte sie ihre rechte Hand unter sich und liebkoste ihre Klitoris. Eine Sekunde später packte er ihre Oberarme und drehte sie nach hinten. »So nicht. Du wirst es jetzt übernehmen, deinen Hintern zusammenzupressen.«

Leanne drückte von außen gegen ihre Pobacken, was in Bauchlage sehr anstrengend war. Sie musste unbedingt irgendwie einen Orgasmus haben. Sie dachte an Franklin Larsson, stellte sich vor, wie er sie von hinten nahm. Jetzt waren es in ihrer Fantasie seine Hände, die fest gegen ihren Po drückten, damit sie schön eng für ihn war. Sie zog rhythmisch ihre Vaginalmuskeln zusammen und glaubte fast, sein Glied zu spüren, das erbarmungslos in sie stieß.

Doch es reichte nicht. Leanne hätte vor Frust heulen können.

Aber sie würde ihren verbotenen Orgasmus schon bekommen. Am besten gleich mehrere. Devin konnte ihr ja nicht überallhin folgen. Nachher unter der Dusche…

Plötzlich wurde ihr klar, wie albern ihr Trotz war. Sie wollte eine ordentliche Sklavin sein, und dann meuterte sie schon bei der kleinsten Anordnung ihres Herrn.

Devin keuchte und flüsterte Zärtlichkeiten, während sein Glied in der Spalte zwischen ihren Pobacken immer fester wurde.

Ob ich jemals so werden könnte wie Jo? Ob ich stillhalten könnte, wenn Devin mich mit eiskaltem Wasser abspritzt?

Die Erinnerung an die Begegnung im Whirlpool schaffte, was die Fantasie mit Franklin nicht bewirkt hatte: Leanne fühlte ein lustvolles Pochen zwischen ihren Schenkeln. Devins Stöhnen klang immer geiler in ihren Ohren. Sie spürte seine Hoden, die gegen ihre Schamlippen schlugen. Als er kam, und sein Samen heiß über ihren Rücken spritzte, erreichte auch sie einen wundervollen verbotenen Höhepunkt.

Kapitel 12

Die Besprechung zog sich noch eine Stunde lang hin, wobei Alan das Gefühl hatte, dass Greg seinen Ausführungen zur Finanz- und Personalplanung keine große Beachtung schenkte. »Den Rest gehen wir dann morgen durch«, schlug er schließlich vor. »Ich habe Besuch und möchte die Dame nicht länger warten lassen.«

»Dann sollte ich Ihnen wahrscheinlich einen schönen Abend wünschen«, meinte Greg missmutig.

Auf dem Weg zu seiner Wohnung schüttelte Alan alles Geschäftliche ab und freute sich darauf, Celia wiederzusehen. Er erwischte sich sogar dabei, wie er fröhlich vor sich hin pfiff, als er seine Wohnungstür aufschloss.

Im Wohnzimmer fand er Fenella zusammengerollt schlafend auf der Couch. Sie hob den Kopf, als er sie streichelte. »Sieht so aus, als wäre Celia schon gegangen, um sich etwas Schickes zu kaufen.« Er holte sein Handy raus und rief sie an. »Wo bist du gerade?«

»In einer Umkleidekabine – mit einem Bein in einer Hose, die so eng ist, dass ich Bedenken habe sie anzuziehen, weil ich nicht weiß, ob ich sie jemals wieder ausziehen kann. Außerdem ist sie so teuer, dass ich Hemmungen habe, dein Konto damit zu belasten.«

»Ich bekomme in allen Läden Rabatt«, beruhigte er sie. »Können wir uns in einer halben Stunde im Restaurant treffen?«

»Ja, aber es könnte sein, dass ich etwas später komme, weil ich mich im Kosmetikstudio schminken lassen möchte.«

»Du nimmst deine Mission sehr ernst«, stellte er zufrieden fest. »Bis nachher.«

Alan ging durch die Wohnung und räumte das Gröbste auf. Celia sollte ihn nicht für schlampig halten, obwohl es jetzt wahrscheinlich sowieso zu spät war. Und es stimmte ja auch. Er ließ gern alles stehen und liegen, wo er es gerade benutzt hatte. Das war einer der Gründe, warum er auf ein eigenes Büro lieber verzichtete, denn dort hätte er auch nur Chaos geschaffen.

Nachdem er oberflächlich Ordnung gemacht und dabei Schränke und Schubladen wahllos vollgestopft hatte, ging er duschen. Danach zog er eine schwarze Hose an und ein weißes Hemd. Auf Krawatte und Jackett verzichtete er, weil er es abends lieber leger mochte.

Da er noch etwas früh dran war, setzte er sich zu Fenella auf die Couch. »He, Kleine, leihst du mir ein Ohr?«

Fenella machte keine halben Sachen. Sie erhob sich, leckte sich kurz über die Flanke und drapierte sich dann über seinen Schenkeln. Er kraulte sie unterm Kinn.

»Es gibt eine neue Frau in meinem Leben«, erzählte er ihr. »Du hast sie ja schon kennengelernt, und ich hoffe, du hast ihr nicht deine kratzbürstige Seite gezeigt.« Fenella beteuerte schnurrend ihre Unschuld. »Ich frage mich, warum ich mich so zu Celia hingezogen fühle. Sie hat Klasse, sie hat ein Herz für Katzen, eine kleine Neurose und einen sehr femininen Körper. Und sie hat ein Faible für meine Hände. Da fällt mir ein, ich hätte das wichtigste Accessoire fast vergessen. Danke für die Erinnerung.«

Er hob Fenella hoch, stand auf und legte sie auf die von ihm vorgewärmte Stelle. Dann ging er ins Schlafzimmer und durchsuchte ein paar Schubladen, bis er seine feinsten Handschuhe endlich gefunden hatte. Sie waren aus schwarzem Leder und schon ziemlich alt und abgewetzt, aber so wie er Celia einschätzte, wirkten sie dadurch noch erotischer auf sie. Er legte sie für später bereit und machte sich auf den Weg zum Restaurant.

Der hohe Raum mit den naturbelassenen Steinwänden hatte viele Jahre lang die raue Atmosphäre eines Rittersaals gehabt, bis Modernisierungsmaßnahmen durchgeführt worden waren. Nun war das Restaurant in viele intime Nischen unterteilt, in denen man weitgehend ungestört blieb. Reservierungen waren überflüssig, da das Restaurant so ausgelegt war, dass es der Kapazität an Hotelgästen entsprach. Mit auswärtigen Gästen oder Busladungen voll Touristen war auf Glowcastle nicht zu rechnen.

Alan hatte einen Stammplatz, vielmehr eine Stamm-Nische mit Blick auf den See. Meistens saß er hier allein, manchmal auch zusammen mit Tess oder Dr. Lawrence. Er war seit einigen Monaten Single. Seine letzte feste Beziehung hatte nur an den Wochenenden stattgefunden, wenn er nach Glasgow zu seiner Freundin fuhr. Sie hatte sich geweigert, auch nur einen Tag auf Glowcastle zu verbringen, nachdem er ihr davon erzählt hatte. Ständig hatte sie zudem versucht, ihn dazu zu überreden, sich einen »anständigen Arbeitsplatz« zu suchen. Ihr zuliebe hatte er sich auf mehrere Stellen beworben, aber schon bei den Bewerbungsgesprächen gemerkt, dass er die Freiheiten, die er auf Glowcastle genoss, nicht gegen ein Büro und feste Arbeitszeiten eintauschen wollte.

Alan sah auf den See hinaus, der im Mondlicht glänzte. Als Thorben, der Kellner, die Kerze auf dem Tisch anzünden wollte, winkte er dankend ab. Er bestellte Tafelwasser und eine Flasche Pinot Grigio. Celia schien ihm nicht der Typ zu sein, der gern Champagner oder Cocktails trank. Da sein Magen bereits ordentlich knurrte, wählte er auch schon als Vorspeise eine Platte für zwei mit einer Auswahl an kalten Köstlichkeiten.

Zeitgleich mit den Getränken kam Celia. Er erkannte sie zwar sofort, musste aber dennoch genau hinschauen, um sich davon zu überzeugen, dass er nicht träumte.

Ihre Haare waren straff nach hinten frisiert und zu einem Zopf geflochten. Ein Smokey-Eye-Make-up betonte ihre dunklen Augen. Sie trug einen Hosenanzug aus weinrotem Lackleder. Die Hose musste die sein, die sie am Telefon erwähnt hatte. Sie schmiegte sich wie eine zweite Haut an ihre Beine.

»Hi, Alan.« Eine Spur Unsicherheit lag in ihrer Stimme. »Ist das okay?« Sie drehte sich einmal um sich selbst.

Er stand auf und legte einen Arm um ihre Taille, weil sie leicht schwankte. »Umwerfend.«

»Im wahrsten Sinne des Wortes.« Sie grinste zu ihm auf. »So hohe Absätze trage ich selten.«

Er zog sie neben sich auf die gepolsterte Bank. »Ich habe eine gemischte Vorspeisenplatte bestellt und Pinot Grigio. Ist das in Ordnung?«

»Perfekt.« Sie leerte das Wasserglas und nippte dann am Wein. »Hm, eure Einkäufer wissen, was sie tun.« Sie sah ihm in die Augen. »Ich wünschte, ich könnte das von mir auch sagen. Ich habe keine Ahnung, was ich gerade tue, denn so etwas habe ich noch nie getan. Nichts davon.« Während er die Kerze anzündete, zählte sie auf: »Ein neues Styling ausprobieren, mich in einer Fetisch-Umgebung aufhalten, einem wildfremden Mann vertrauen.«

»Bis jetzt machst du deine Sache wirklich gut«, neckte er sie. »Und wenn du die Jacke ablegen würdest, wäre es sogar noch besser. Denn ich hoffe, du trägst darunter etwas, das tiefe Einblicke zulässt.«

»Ja, darum warte ich mit dem Entblättern noch ein wenig.«

»Ach, wirklich?« Er öffnete seine beiden oberen Hemdknöpfe. »Und dabei wäre ich durchaus bereit, dir entgegenzukommen.«

Sie lachte. »Wie gut, dass du nicht einer von den Kerlen bist, die Frauen manipulieren und nach Belieben zu lenken wissen.« Sie zog den Reißverschluss ihrer Jacke auf, zögerte dann aber.

Alan ließ zwei weitere Knöpfe folgen. Sie streckte eine Hand aus und streichelte ihn.

»Du fühlst dich so weich an, wie ich erwartet hatte.«

Sie zog den Reißverschluss ihrer Jacke runter und wollte sie über die Schultern schieben, doch er fasste sie an den Handgelenken. »Lass mich das machen.«

Er ließ ihre Hände los, und sie sanken auf ihre Schenkel. Erwartungsvoll sah sie ihn an.

Thorben servierte die Vorspeisenplatte. »Danke«, sagte Alan, ohne aufzublicken. Er hatte nur Augen für die leicht gebräunte Haut unter Celias Kehle, die nach und nach sichtbar wurde, während er die Jacke langsam weiter öffnete. Ein trägerloses Korsagentop kam zum Vorschein, weinrot wie der Hosenanzug, und sehr tief ausgeschnitten. Zufrieden betrachtete er die Rundungen ihrer Brüste.

»Füttere mich«, bat sie.

Da erst erinnerte sich Alan daran, dass er hungrig war. Er nahm eine mit Avocadopaste gefüllte Kirschtomate und schob sie sich in den Mund. »Vorkoster«, erklärte er kauend.

Sie leckte sich die Lippen und öffnete leicht den Mund, als er die nächste Kirschtomate zwischen Daumen und Zeigefinger nahm und ihr hinhielt. Langsam schob er die saftige

Tomate zwischen ihre Zähne. Sie kam ihm ein Stück entgegen und leckte wie zufällig über seine Finger.

Er machte so weiter: Ein Stück für sich, ein Stück für sie. »Das Chilipastetchen eben war ziemlich scharf«, warnte er. »Möchtest du trotzdem eins?«

Sie nickte, doch kaum hatte sie hineingebissen, keuchte sie: »Mit ›ziemlich‹ meintest du wohl ›höllisch‹.«

»Ein Schluck Wasser?«

»Lieber ein Stück Brot.«

So fütterte er sie Bissen für Bissen. Dann rutschte ihm etwas Paprikafüllung aus einem Blätterteigschiffchen und landete auf ihren Brüsten. Er nahm den Klecks mit dem Zeigefinger auf, steckte ihn ihr in den Mund und genoss es, wie sie daran saugte. Er merkte, dass er bereits satt war. Ein anderer Hunger war jetzt stärker.

»Ich will dich«, flüsterte er und knöpfte sein Hemd wieder zu. »Lass uns gehen.«

Sie leerte ihr Weinglas und tupfte sich mit der Serviette den Mund ab. »In Ordnung. Ich kann in diesem engen Top sowieso nichts mehr essen.«

Alan winkte Thorben heran und unterschrieb die Rechnung.

Celia hatte inzwischen die Jacke wieder angezogen und kämpfte mit dem Reißverschluss. Sie war eben im Grunde ihres Herzens ein anständiges Mädchen. Dass sie ihm gegenüber ihre Hemmungen fallen ließ, gefiel ihm daran ganz besonders – und es machte sie auch zu etwas Besonderem. Frauen, die sich hemmungslos präsentierten, bekam er hier Tag für Tag zu sehen. Er nahm sie kaum noch wahr.

Sie strebten dem Ausgang zu. Celia hatte sich bei ihm untergehakt. An der Tür begegneten sie einem Pärchen, das wie ein Spiegelbild von ihnen aussah: Leanne hatte sich bei Devin untergehakt. Sie trug Weinrot, er Schwarz.

Sie blieben alle vier stehen, nur einen Schritt voneinander entfernt. Dann, immer noch völlig synchron, ließen die Frauen die Männer los, breiteten die Arme aus und fielen sich um den Hals. Devin und Alan tauschten ein Grinsen und ein zufriedenes Schulterzucken.

»Du siehst ja völlig verwandelt aus«, sagte Leanne, als sie sich aus der Umarmung lösten.

»Ich hoffe, du bist mir nicht mehr böse.«

»Nicht die Spur. Es tut mir leid, dass ich dich vorhin so angegiftet habe.«

»Und mir tut es leid, dass ich dir nicht vertraut habe. Oder vielmehr, dass ich Devin misstraut habe.« Celia streichelte Leanne über die Wange. »Ich verspreche dir hoch und heilig, dass ich mich nie, nie, nie mehr in dein Privatleben einmischen werde.«

Aber ich müsste mich in ihr Privatleben einmischen, dachte Alan, denn Leanne hatte vorhin im Foyer Franklin Larsson angesprochen. Das gefiel ihm nicht, aber er konnte nicht einfach sagen: »Lass die Finger von diesem Mann, er ist gefährlich.« Er hatte keine Beweise dafür, nur Indizien. Es könnte durchaus sein, dass Greg recht hatte, und dass Franklin einfach nur Pech bei der Auswahl seiner Partnerinnen hatte, auch wenn Alan keine Sekunde daran glaubte. Dazu hatte er von Hannah zu viel Menschenkenntnis abgeschaut.

Leanne schmiegte sich wieder an Devin, der sie zärtlich auf die Wange küsste.

Nein, ich muss sie nicht warnen, überlegte Alan. *Ich bin sicher, Devin Flinkman würde sie mit keinem anderen Mann teilen.*

***

Anstatt die Speisekarte zu studieren, stützte Leanne das Kinn auf die Fäuste und starrte durch eins der hohen Fenster in die Ferne.

Thorben brachte die Getränke. Devin hielt Leanne die Karte hin, doch sie schüttelte den Kopf.

»Dann nehmen wir zweimal das Meeresfrüchte-Menü«, entschied Devin. »Sah Celia nicht fantastisch aus?«, sinnierte Leanne, nachdem Thorben gegangen war.

Devin war nicht ganz klar, warum das Leanne so erstaunte. »Ich habe sie einmal nackt gesehen, einmal in einer gewagten Korsage, und gerade eben in einer knallengen Lederkluft. Sie sah jedes Mal fantastisch aus.«

»Du kennst sie ja nicht in ihrem Normalzustand«, meinte Leanne.

»In ihrer Nonnentracht?«

Leanne grinste. »So schlimm ist es nicht. Sie hat wirklich Chic, schließlich arbeitet sie in der Modebranche. Meine Bemerkung bezog sich nicht so sehr auf ihr Outfit, sondern auf ihre Gesamterscheinung. Sie sah umwerfend aus, weil sie ein Leuchten in den Augen hatte, das mir neu war.«

»Dann scheint die Umgebung sie ja nicht annähernd so zu schockieren, wie du befürchtet hast.«

»Ich glaube, die Umgebung nimmt sie gar nicht wahr. Sie hatte nur Augen für – wie heißt er noch gleich?«

»Alan Parr.«

»Es hat sie mächtig erwischt. Er sieht ja ganz nett aus, auch wenn er nicht mein Typ ist. Zu lieb. Mehr so ein Schnuckel. Aber Celia steht auf Schnuckel.«

Devin fand es besser, Leanne in ihrem Glauben zu lassen, doch sein Gesichtsausdruck hatte ihn verraten, denn sie sah ihn mit zusammengezogenen Augenbrauen an.

»Was ist? Ich sehe doch, dass du versuchst, unschuldig dreinzuschauen.«

»Es ist nur, weil ich gerade dachte, dass ich Alan ganz sicher nicht als Schnuckel bezeichnen würde. Er ist ein erstklassiger Geschäftsmann, ein hervorragender Personalchef, ein …«

»Hallo! Ich erkenne ein Ablenkungsmanöver, wenn es so plump daherkommt. Was ist wirklich los?«

Devin trank etwas vom Aperitif. »Es wäre indiskret, dir das zu sagen.«

Sie sah ihn mit bohrendem Blick an. Erstaunlich, wie stur dieses zarte Wesen sein konnte. »Wieso? Ist es ein Geheimnis, das Alan dir anvertraut hat, und das zu wahren du mit einem feierlichen Eid geschworen hast?«

»Nein, das nicht gerade. Es ist allgemein bekannt, dass er auf gewisse Praktiken steht. Der Raum dafür wurde auf seinen Wunsch hin nachträglich eingerichtet.«

»Welcher Raum?«

Devin überlegte, wie er es formulieren konnte, ohne dass Leanne sofort die falschen Schlüsse zog.

Thorben brachte die Vorspeise.

Leanne sah zu ihm auf und fragte rundheraus: »Sagen Sie, welcher Raum wurde auf Wunsch von Mr Parr eingerichtet?«

»Das Verhörzimmer.«

»Und womit genau wird dort verhört?«

Thorben sah Devin mit fragend hochgezogenen Augenbrauen an.

Devin nickte schicksalsergeben.

»Mit einem Reizstromgerät«, erklärte Thorben.

Leanne schoss wie an Fäden gezogen hoch. »Er will ihr Elektroschocks verpassen?«

»Nein, das sind so spezielle … Mr Flinkman kann das sicher besser erklären.« Thorben stellte die Teller ab und eilte davon.

Auch Leanne verließ den Tisch und strebte dem Ausgang zu.

Devin hechtete ihr hinterher, packte sie an der Schulter und drehte sie herum. »Komm zurück zum Tisch und mach keine Szene.«

»Ich muss Celia warnen.«

»Nein, das musst du nicht.«

»Ich kann nicht zulassen, dass sie sich in einen Mann verliebt, der sie auf so grausame Art foltern will.«

»Er wird sie nicht foltern. Wir sind hier an einem sicheren Ort.«

»Natürlich, wie konnte ich das vergessen!« Sie schlug sich theatralisch an die Stirn. »Ich muss nur an das schöne Turmverlies denken mit den mittelalterlichen Streckbänken und Aufhängevorrichtungen. Wirklich ein sehr, sehr sicherer Ort.«

»Es sind die Vorschriften, die für Sicherheit sorgen. Niemand darf zu Schaden kommen. Das ist das oberste Gebot. Und jetzt setz dich wieder. Sofort«, fügte er leise, aber streng hinzu.

Leanne sah sich um, als suche sie unter den anderen Gästen nach Verbündeten, doch niemand achtete auf sie.

Endlich folgte sie Devin zurück zum Tisch. Sie setzte sich, nahm die Gabel auf und aß. »Elektroschocks«, murmelte sie kopfschüttelnd. »Was soll daran erotisch sein?«

»Es ist nur die Simulation eines Verhörs.«

»Er wird Celia also nicht wehtun?«

Devin lächelte. »Nein. Jedenfalls nicht sehr.«

»Hör auf darüber zu lächeln.«

»Ich lächle über dich. Darüber, dass du dich um Celia so sorgst wie sie sich um dich. Und dabei hast du dich furchtbar darüber aufgeregt, dass sie dich zu sehr bemuttert.«

»Das war, bevor sie sich in diesen gefährlichen Irren verknallt hat.«

»Gerade war er noch ein Schnuckel.« Devin legte das

Besteck auf seinen leeren Teller. Er hatte keine Ahnung, was er eben gegessen hatte.

»Komm ja nicht auf die Idee, diesen Raum zu buchen. Da mache ich nicht mit.«

»Keine Sorge, ich stehe nicht auf Elektrosex. Das ist mir zu indirekt. Ich möchte nicht nur einen Knopf drücken oder einen Schalter umlegen. Ich will fühlen, wie die Peitsche deine Haut trifft, und die Klemmen anlegen, die in deine Schamlippen schneiden.«

Leanne seufzte verzückt, kam dann aber doch auf das zurück, was sie beschäftigte. »Du meinst also, ich sollte Celia nichts sagen?«

»Das ist etwas zwischen den beiden und geht uns nichts an.«

»Jetzt habe ich eine Idee.« Sie deutete mit der Gabel auf ihn. »Wir reservieren das Verhörzimmer für die nächsten zwei Wochen, dann weiß ich, dass Celia so lange in Sicherheit ist.«

Devin strich ihr zärtlich eine Haarsträhne aus dem Gesicht. »Alan würde sie zu nichts zwingen, was sie nicht will.«

»Aber sie könnte sich selbst dazu zwingen. Verstehst du, was ich meine? Sie könnte glauben, sie müsste sich etwas beweisen. Oder, schlimmer noch, sie könnte Alan so sehr verfallen sein, dass sie nicht mehr richtig auf sich selbst aufpasst.« Sie sah wieder aus dem Fenster und sagte leise, mehr zu sich selbst: »Ich weiß, wie das ist. Es ist mir oft genug passiert.«

***

O Gott, die Stunde der Wahrheit ist gekommen, schoss es Celia durch den Kopf, als Alan seine Wohnungstür aufschloss. *Ich werde es ihm sagen müssen. Oder soll ich einfach simulieren? So oder so ist es ein schlechter Einstieg.*

Was sie am meisten fürchtete, war dieses schreckliche Wort, das bei Orgasmusproblemen oft auftauchte: frigide. Das war sie nicht, absolut nicht! Sie liebte es, erregt zu sein. Einen schönen Männerkörper zu erforschen, ein Glied in sich zu spüren war etwas Wunderbares. Das Problem war nur, dass ihr Körper ihr den letzten Kick dabei fast jedes Mal versagte. Die wenigen Ausnahmen konnte sie an ihren Fingern abzählen, inklusive der Nummer mit dem Lederdildo, die Devin ihr so fies verdorben hatte. Obwohl – jetzt, wo sie ihn ein bisschen näher kannte, schien es ihr gar nicht mehr so schlimm, von ihm dabei beobachtet worden zu sein. Ja, nachträglich konnte sie der Situation eine gewisse Komik abgewinnen.

Alan half ihr aus der Jacke. »Du bist so nachdenklich. Hast du Sorge, dass du dein Versprechen an Leanne vielleicht nicht einhalten kannst?«

»Wird nicht ganz leicht werden«, murmelte Celia und ließ sich neben Fenella auf der Couch nieder. »Ich bin auf jeden Fall froh, dass wir uns versöhnt haben, und dass ich gesehen habe, wie glücklich sie tatsächlich mit Devin ist.« Sie streichelte die Katze, die sich der Länge nach an ihren Oberschenkel schmiegte.

»Fenella hat schnell mit dir Freundschaft geschlossen«, meinte Alan und setzte sich auf die andere Seite.

»Fängt sie ihr Futter selber?«, fragte Celia, um ein unverfängliches Thema bemüht.

»Nein, das braucht sie nicht. Sie ernährt sich von allerfeinsten Häppchen aus dem Restaurant. Damit kann keine Maus und erst recht kein Katzenfutterhersteller konkurrieren.« Er griff nach Celias Hand. »Aber irgend etwas beschäftigt dich doch! Eben noch warst du so heiß, dass ich dachte, du würdest mir das Hemd vom Leib reißen, sobald wir allein sind. Und jetzt wirkst du völlig verschlossen. Falls du Angst haben solltest, dass ich heute schon etwas Ungewöhnliches vorhabe, kann ich dich beruhigen. Ich werde sehr, sehr zärtlich sein. Wir müssen uns schließlich erst richtig kennenlernen. Außerdem habe ich für meine kleine Perversität gar nicht die nötige Ausrüstung da.«

»Ausrüstung? Das klingt eher nach Bergsteigen.« Sie versuchte zu lachen, aber ihre Gedanken kehrten sofort zu ihrem Problem zurück.

In gewisser Weise ist Sex wie Bergsteigen. Man erklimmt gemeinsam den Gipfel der Lust. Nur dass mir dabei auf halber Höhe regelmäßig die Puste ausgeht.

Als Celia immer noch zögerte mit der Sprache rauszurücken, schlug Alan vor: »Weißt du was, erzähl es doch Fenella. Katzen gegenüber bist du sicher nicht so gehemmt.«

Alan hob Fenella auf ihren Schoß und verließ den Raum. Celia wusste zwar, dass er lauschen würde – welchen Sinn hätte es sonst, dass sie über ihr Problem redete? – aber das konnte sie ausblenden, indem sie sich auf Fenellas leises Schnurren konzentrierte. Also erzählte sie der Katze ganz entspannt davon, dass sie beim Sex nur selten in den vollen Genuss kam.

»Egal, wie erregt ich bin, ab einem gewissen Punkt geht es nicht weiter. Dadurch entsteht bei meinem Partner das Gefühl, er hätte etwas falsch gemacht. Das kann zu endlosen Diskussionen führen über die Optimierung des Vorspiels. Es entstehen peinliche Momente, wenn er unbedingt meinen G-Punkt ausfindig machen will. Irgendwann war es mir echt zu blöd, und ich fing an, Orgasmen vorzutäuschen. Um überzeugend zu sein, habe ich mir Pornos reingezogen und vor dem Fernseher geübt. Kannst du dir vorstellen, wie lächerlich man sich dabei vorkommt, wenn man einem Vibrator und einer Fernbedienung etwas vorstöhnt?«

Sie hörte ein schallendes Lachen aus dem Nebenraum. Kurz darauf erschien Alan wieder. »Gut, dass Fenella in die

Selbsthilfegruppe für Seelenmüll-geschädigte Vierbeiner geht. Allein könnte sie das nicht verarbeiten.«

»Bitte mach dich nicht über mich lustig.«

»Entschuldige.« Er kniete sich vor Celia. »Ich neige zu unpassendem Sarkasmus. Es ist der einzige Charakter-Fehler, den ich habe, darum pflege ich ihn.«

Jetzt war es an Celia, über ihn zu spotten. »Und wie steht es mit Überheblichkeit?«

Fenella merkte wohl, dass die Schmusestunde für sie vorbei war. Sie streckte sich und sprang von der Couch. Alan setzte sich neben Celia. »Hör mal, ich habe die perfekte Lösung für dein Problem. Ich übernehme die volle Verantwortung. Du bist ab jetzt für deine Orgasmen nicht mehr zuständig, sondern ich. Überlass alles einfach mir.«

Sie wollte zu bedenken geben, dass damit überhaupt nichts gelöst war. Er würde sich abmühen und zuletzt glauben, versagt zu haben, und es ihr vorhalten. Das hatte sie oft genug erlebt.

Doch er küsste ihren unausgesprochenen Einwand einfach weg und fuhr fort: »Und glaube mir, ich habe nicht im Entferntesten den Ehrgeiz, dich zum Kommen zu bringen. So entsteht erst gar kein Leistungsdruck, weder bei dir noch bei mir.«

Sie sah ihm lange in die Augen, aber sie konnte keine Spur Spott darin entdecken. Sie studierte das warme Bernsteinbraun, fuhr mit dem Finger seine Augenbrauen nach, berührte die Lachfältchen und spürte, wie sich ein warmes, zärtliches Gefühl in ihrem Bauchraum ausbreitete. Sie lächelte. »Das hört sich an, als würdest du über den Dingen stehen.«

»Absolut«, betonte er. »Ich finde es sogar sehr reizvoll.«

»Als Herausforderung?« Bitte nicht! Männer, die sich ganz sicher waren, dass sie ihr den Jahrhundertorgasmus schenken konnten, hatte sie schon erlebt, und es war nicht witzig gewesen.

»Nein, als neue Erfahrung. Du kannst bestimmt sehr lange ein hohes Niveau an Erregung halten. Ich finde das großartig. Endlich mal eine Frau, die garantiert nicht zu früh kommt.«

»Ich dachte immer, das wäre ein klassisches Männerproblem.«

»Da habe ich wohl etwas verwechselt. Mach deine Haare auf.«

Als sie nach hinten griff, um das Zopfband herauszuziehen, sagte er: »Warte, bleib genau so.« Er rutschte etwas von ihr weg. »Deine Brustwarzen sind jetzt fast zu sehen.«

Instinktiv wollte sie die Arme wieder senken, doch er schüttelte nur leicht den Kopf und beugte sich vor. Als nächstes spürte sie seine Zunge, die sich zwischen ihrer Haut und dem Rand des Tops einen Weg bahnte. »Hm, hier in der Mitte schmeckst du noch etwas nach Paprika.«

»Vielleicht sollte ich mich waschen.«

Er sah kurz auf. »Das mache ich doch gerade. Nach der Fenella-Methode.«

Dann setzte er die Katzenwäsche fort, indem er den Reißverschluss des Korsagentops ein Stück aufzog, sodass seine Zunge nun ihre Brustwarze komplett umschließen konnte. Celia stöhnte entzückt. Sie löste das Zopfband, lehnte den Kopf nach hinten und kämmte mit den Fingern den Zopf aus, während er von einer Brust zur anderen wanderte und völlig darin aufging zu lecken, zu saugen und leicht zuzubeißen. Jetzt glaubte sie ihm, dass er keinen Ehrgeiz hatte, ein Ziel zu erreichen. Er war ein Mensch, der die Kunst beherrschte, im Augenblick zu leben, im Hier und Jetzt. Bald schon folgte sie ihm dorthin, nahm nur noch seine Nähe war, die ihr erstaunlich vertraut war. Es gab kein Fremdeln, keine Unsicherheit. Sie lehnte sich entspannt zurück und überließ ihm ihren Körper.

Er zog sie aus, erst das Top, dann die Schuhe und zuletzt – nicht ganz ohne Schwierigkeiten – die enge Hose und den Slip. Dann trat er einen Schritt zurück und sah auf sie hinab. Celia verspürte einen Moment lang das Bedürfnis, sich ein Kissen vor den Bauch zu pressen, doch dann sah sie die Bewunderung in seinem Blick und entspannte sich. Sie legte die Arme auf die Couchlehne und schob das Becken vor, hielt die Knie aber fest aneinandergepresst. Für einen kurzen Augenblick rechnete sie damit, dass Devin durch die Tür spazierte, weil sie wieder einmal das Schicksal herausforderte. Denn egal, was sie für Alan empfand: Er war im Grunde ein Fremder, ein Mann, den sie erst seit wenigen Stunden kannte. Woher wollte sie wissen, ob er nicht einer der gefährlichen Typen war, die sich laut seiner eigenen Aussage an einem Ort wie diesem tummelten? Woher wollte sie wissen, ob er sich nicht im Stillen über ihre Versuche amüsierte, ihre Hemmungen zu überwinden?

»Ich habe Lust auf ein kleines Spiel«, sagte Alan. »Ich werde einen Striptease tanzen, und du signalisierst mir mit deiner Körpersprache, wie gut dir gefällt, was du siehst. Und zwar mit deinen Beinen. Öffne sie umso weiter, je mehr der Anblick dich erregt. Ich bin gleich zurück.«

Während er nebenan war, probierte sie aus, wie es sich anfühlte, mit gespreizten Schenkeln auf der Couch zu sitzen. Sehr offen, absolut schamlos, aber auch erregend. Sie schloss die Beine wieder und überlegte, dass sie noch gar nicht so weit war, mit Alan zu schlafen. Himmel, was tat sie da nur? Ob er ihr böse sein würde, wenn sie im letzten Moment einen Rückzieher machte? Verdenken könnte sie es ihm nicht. Und je eher sie es ihm sagte, desto besser.

Als Alan kurz darauf wiederkam, hatte er Jeans, eine Lederjacke und schwarze Handschuhe angezogen, außerdem die

Haare nass gemacht und nach hinten gekämmt. Die Typveränderung war verblüffend. Aus dem Softie war ein Rocker geworden. Jetzt brachte Celia es nicht fertig, ihn zu bremsen, schon gar nicht mit der Mitteilung, dass sie heute noch nicht so weit war.

Schmusen ja, Sex nein. Wie bringe ich das einem Mann bei, der so viel Spaß daran hat, mit mir zusammen zu sein?

Er stellte sich in Pose, indem er eine Hand in die Hüfte stemmte und die andere hinter den Kopf legte. »Mit Musik wäre es natürlich besser«, bemerkte er. »Aber ich weiß nicht, wo meine CD ›You Can Keep Your Hat On‹ gerade ist.«

»Du solltest deine CDs mal wieder sortieren.«

Immer noch in Pose, zuckte er die Schultern. »Das wäre ein Riesenaufwand. In den meisten Hüllen sind nicht mal die dazugehörigen CDs drin«, gestand er. »Egal, ich bin sowieso kein Chippendale.«

Er legte einen astreinen Moonwalk à la Michael Jackson hin, warf dann den Kopf nach hinten und zog mit einer theatralisch anmutenden Geste die Jacke aus.

O Gott, wenn uns jetzt irgendjemand sehen könnte! Ich schaue splitternackt einem Mann dabei zu, wie er versucht, mich mit einem Striptease zu unterhalten. Nun gut, die Seelen der Verstorbenen sollen auch ihren Spaß haben.

Alan stellte sich breitbeinig vor sie hin und knöpfte sein Hemd auf, was dadurch erschwert wurde, dass er Handschuhe trug. Doch er schaffte alle Knöpfe und riss zuletzt das Hemd auf. Seine unbehaarte Brust kam zum Vorschein und sein flacher Bauch, der aber weit von einem Sixpack entfernt war. Celia öffnete die Beine ein wenig, nur ein paar Zentimeter, damit er sah, dass sie die Regeln des Spiels nicht vergessen hatte.

Er zog das Hemd aus der Hose, schwang es ein paar Mal über den Kopf und ließ es dann los. Es landete auf einer Stehlampe, wo es so schnell nicht wieder wegkommen würde, wenn man Alans mangelnden Ordnungssinn bedachte.

Sie studierte seinen Oberkörper. Er war genau so, wie sie Männer am liebsten mochte: Einigermaßen schlank, aber mit vielen weichen Stellen, an die man sich anschmiegen konnte.

Celia bewegte die Knie weiter auseinander und berührte wie zufällig die Innenseiten ihrer Schenkel.

»Du verstehst es, den Künstler anzufeuern«, sagte Alan und machte sich an seinem Gürtel zu schaffen. Das klappte besser als mit den Knöpfen. Auch der Gürtel wurde geschwungen und landete hinter der Couch. Alan wiegte die Hüften, während er die Hose öffnete. Celia merkte, wie ihre Beine fast von allein auseinanderstrebten, und ihr Schoß noch weiter nach vorne rutschte.

Alan entledigte sich ohne viel Brimborium der Schuhe und Socken. Dann drehte er sich mit dem Rücken zu Celia und streifte die Hose über seine Hüften. Sein nackter Po kam zum Vorschein. Er hatte runde, weiche Pobacken, die zum Streicheln einluden. Celia spreizte die Beine noch weiter, als er aus der Hose stieg.

Alan machte eine Bodybuilderpose mit angespanntem Bizeps, ließ sich zu einem weiteren Moonwalk hinreißen und beendete den choreografisch nicht besonders durchdachten Striptease damit, dass er die Handschuhe auszog und Celia in den Schoß warf. Sein erigiertes Glied wippte.

Celia spreizte die Beine so weit sie konnte. Die heisere Stimme, mit der sie »Nimm mich!« sagte, kam ihr völlig fremd vor.

Alan reagierte anders, als Celia erwartet hatte. Sollte ein Mann sich nicht wie wild auf eine Frau stürzen und sie an Ort und Stelle vernaschen, wenn sie »Nimm mich!« sagte? Und wenn er zudem bereits so eine beeindruckende Erektion hatte!

Doch er ließ sich einfach nur neben sie auf die Couch gleiten und streichelte die Innenseiten ihrer Schenkel. Celia begann zu zittern.

Er nahm die Handschuhe fort und warf sie irgendwo hin. Dann griff er nach Celias Hand, drehte sie um und küsste ihre Handfläche. »Ich möchte nachher nicht zu schnell kommen, deswegen wäre es gut, wenn …«

Celia verstand. Etwas zögerlich schloss sie die Finger um sein Glied. Kein Mann hatte sie je gebeten, es ihm mit der Hand zu besorgen. Alle hatten das Vorspiel immer so gestaltet, wie sie es wohl aus zig Sexratgebern oder von ihren früheren Freundinnen gelernt hatten: Erst die Frau anheizen, dann an sich selbst denken. Aber ein Mann, der einen Striptease vorführte, war sicher auch sonst sehr unkonventionell. Celia war sicher, dass er nie in ein festes Muster verfiel.

Ich könnte ein Leben lang mit ihm Sex haben, und es wäre immer anders.

Wo war dieser Gedanke hergekommen? Ein Leben lang, du meine Güte!

Sie setzte sich zurecht, um ihn besser berühren zu können. Mit der rechten Hand packte sie sein Glied jetzt etwas fester, während sie die Linke benutzte, um seine Schenkel zu streicheln. Alan drehte sich zur Seite, lehnte sich entspannt bis zur Armlehne zurück und verschränkte die Hände hinter dem Kopf. Sie betrachtete seinen Körper, der so anschmiegsam aussah. So bequem. Das musste sie spüren. Wenn er seinen Launen folgen durfte, durfte sie das auch. Sie ließ sein Glied los und rutschte auf ihn drauf. Ja, er war überhaupt nicht sperrig, nirgendwo kantig oder kratzig. Sie rieb sich an ihm, wollte so viel wie möglich von ihm spüren, sich am liebsten komplett um ihn herumwickeln.

»Du fühlst dich gut an.« Sie fuhr mit den Fingern in seine

Haare. »Deine Haare sind so weich.« Sie rieb ihren Unterleib an seinem.

»Und ich komme gleich«, kündigte er an.

»Was? Ich hab doch noch gar nichts gemacht?«

Er stöhnte auf, als sie sich enger an ihn schmiegte.

Funktionierte das wirklich? Experimentierfreudig geworden, hob sie den Po an, um den Kontakt in der Körpermitte zu unterbrechen. Er wollte sie wieder an sich ziehen, aber sie sagte: »Nein, Hände weg.«

Er gehorchte.

Langsam senkte sie sich wieder auf ihn herab. Sein Glied drückte gegen ihren Venushügel. Sie bewegte sich von rechts nach links, ließ ihre Hüfte kreisen und drückte ihre Schamlippen gegen seine Hoden.

So bewusst hatte sie noch nie einen Mann berührt, mit so wachen Sinnen und so erregter Erwartung. Doch dann machte sie einen Fehler. Sie sah ihm in die Augen. Von einem Moment auf den anderen wusste sie, dass das kein Spiel war. Es war ernst. So ernst wie ihr noch nie etwas gewesen war.

Eine Träne löste sich aus ihrem Augenwinkel und tropfte auf seine Wange.

Genau zu diesem Zeitpunkt kam er. Keuchend presste er sich von unten gegen ihren Bauch und hob sie dadurch hoch. Sie spürte einen heißen Strahl, der ihre Brüste traf.

Er ließ sich wieder fallen, griff in ihre Haare und zog ihren Mund auf seinen. »Mein Timing war auch schon mal besser«, murmelte er. »Aber ich werde es wieder gutmachen. Und zwar sofort. Das heißt, nachdem ich ein Kondom gefunden habe.« Er schob sie sanft von sich und wühlte sich durch ein paar Schubladen. »Hab eins.« Er streckte eine Hand aus. »Komm, im Schlafzimmer haben wir es bequemer, wenn auch nicht ordentlicher.«

Alan räumte ein Buch und ein T-Shirt vom Bett und strich das Laken glatt. »Leg dich schon mal hin, während ich nach einer Kerze suche.«

»Ich brauche kein Kerzenlicht.« Celia ließ sich auf das Bett sinken und lehnte sich in die Kissen. »Ich will nur endlich wirklich mit dir schlafen.«

»Bin ich sehr umständlich?«, fragte er.

»Umständlich, unordentlich und unsäglich unwiderstehlich.«

Er löschte das Deckenlicht, machte eine Nachttischlampe an, legte sich neben Celia und streichelte ihre Brüste. Sie schloss die Augen und gab sich dem Gefühl hin, von ihm berührt zu werden. »Beiß mich«, bat sie.

»Stehst du darauf?«

»Nein, das ist eher so wie: Kneif mich, damit ich weiß, dass ich nicht träume.«

Alan beugte sich über sie und nahm ihren Nippel zwischen die Lippen. Dann biss er sachte zu. Er wiederholte das mit der anderen Brust. Sie spreizte die Beine und spürte, wie er das gleiche mit ihren Schamlippen machte. Erst einsaugen, dann beißen. Sie fühlte seine Zunge in ihre Spalte gleiten und empfand so viel Lust, dass es wehtat. Und wieder floss eine Träne.

Alan, der sich auf sie legte, bemerkte es und küsste sie weg. »Wo habe ich das Kondom hingelegt? Ah, da ist es.«

Celia hielt die Augen geschlossen und wartete. Ihr Schoß pochte. Sie fühlte ihre Feuchtigkeit und dachte, es sei eins der Mysterien der Weiblichkeit, dass sich das so wundervoll anfühlte. Es gab nichts Vergleichbares.

Endlich war er so weit. Sie wagte es, ihn anzusehen und war erneut überwältigt von den heftigen Gefühlen, die seine Augen in ihr auslösten.

Er glitt langsam in sie hinein. »Tu ich dir weh?«

»Nein, ich … ich … nimm mich einfach.«

Sachte stieß er in ihre Tiefe, glitt hinein und hinaus, ohne sie ganz auszufüllen. Er hielt sich noch zurück.

»Muss ich darum betteln, oder wirst du von selber schneller?«

Er lachte. Das Zusammenziehen seiner Bauchmuskeln bewegte sein Glied. Sie spürte den Ruck in sich. Es fühlte sich geil an. Geil! Das war ein Wort, das sie sonst nie dachte. Es war ein Leanne-Wort.

»Na gut, ich schalte einen Gang hoch.«

Tiefer und schneller, ja das war gut.

Sie hielt sich an seinen Oberarmen fest, als er einen weiteren »Gang hochschaltete«. Sein Atem kam keuchend, sie selbst hechelte.

Plötzlich hielt er inne und küsste sie. Sie genoss die Veränderung ihrer Lust, die sich nicht mehr ausschließlich auf ihre Vagina konzentrierte. Ihre Lippen, ihre Zunge genossen gierig den Kontakt mit ihm.

Ohne seine Lippen von ihren zu lösen, nahm er sie wieder. Langsam zuerst, dann wieder schneller. Schließlich musste er den Kopf heben, damit sie beide wieder Luft bekamen. Er nahm ihren Kopf in beide Hände und stieß noch tiefer in sie hinein. Sie hob die Beine und umklammerte seinen Rücken.

Es war so verdammt gut. Und doch wusste sie bereits, dass sie keinen Orgasmus haben würde. Den Augenblick hatte sie verpasst. Sie war auf einem Lustlevel, das sie jetzt lange halten würde, bis sie irgendwann nicht mehr konnte. Oder vielmehr, bis er fertig war. Da er schon einmal gekommen war, dauerte es lange, bis er wieder so weit war. Als er kam, sah sie ihm in die Augen.

Ich liebe ihn, dachte sie, und es erschien ihr schöner und erschreckender als alles, was sie je empfunden hatte.

Kapitel 13

Celia war in Alans Armen eingeschlafen, erfüllt von einer Zufriedenheit, die ihr Herz warm und weit werden ließ. Als sie aufwachte, war sie allein. Aus dem Bad hörte sie das Zuschlagen einer Schranktür und Wasserrauschen.

Träge drehte sie sich auf den Rücken und hoffte, Alan würde gleich wiederkommen, mit geputzten Zähnen und Lust auf alles Mögliche – bei ihm wusste man ja nie, wie sich das entwickelte. Sie gähnte, rekelte sich und genoss es, nackt in seinem Bett unter der Decke zu liegen, die sie die ganze Nacht mit ihm geteilt hatte.

In Hemd und Anzug kam er aus dem Bad und war gerade dabei, seine Krawatte zu binden. Er sah wahnsinnig gut aus, so frisch und seriös. Zum Vernaschen. »Ah, du bist wach«, stellte er fest.

»Bekomme ich jetzt einen Businessman-Striptease vorgeführt?«

»Heute Abend vielleicht. Ich muss arbeiten.«

»Och nö.« Sie schlug die Decke zurück. »Ist nicht wenigstens Zeit für ein bisschen Kuscheln?«

»Leider nicht. Ich bin schon eine halbe Stunde zu spät dran.« Er zog die Krawatte gerade und kämmte sich mit den Fingern durchs Haar.

Celia sprang aus dem Bett, umschlang ihn und drückte den Kopf an seine Brust. »Was soll ich denn den ganzen Tag ohne dich machen?«

Er küsste ihr zerzaustes Haar. »Tu einfach was du willst. Möglichkeiten hat es ja hier zur Genüge. Den Pool kann ich empfehlen, die Massagen oder Spaziergänge.«

Dass seine Hände ihren Rücken hinunterwanderten und ihren Po kneteten, machte den Abschied nicht unbedingt leichter.

»Wann hast du Feierabend?«

»Das lässt sich schwer sagen. Je nach Betrieb kann es auch mal spät nachts werden. Weißt du was, geh doch noch ein bisschen shoppen. Kauf dir etwas ganz Gewagtes und führe es mir vor, als kleine Aufmunterung bei der Arbeit.«

»Wo ist dein Büro?«

Er machte eine ausladende Handbewegung. »Das ganze Schloss ist mein Büro. Ruf mich auf dem Handy an, dann sage ich dir, wo du mich findest.«

Das gefiel ihr schon besser, als den ganzen Tag auf ihn warten zu müssen. Sie stieß ihn spielerisch von sich. »Dann geh und kümmere dich um dein Sado-Schloss.«

»Wenn du Fragen hast, geh zu Tess. Ich hab dir einen zweiten Wohnungsschlüssel auf den Wohnzimmertisch gelegt.«

»Danke.« Seufzend sah sie ihn gehen.

Wieder zurück ins Bett und den Tag verträumen? Nein, dafür war sie nicht der Typ, selbst in hochgradig verliebtem Zustand.

Sie duschte, zog Jeans und eine weiße Bluse an. Das Frühstück ließ sie sich in die Wohnung bringen und nahm es an dem kleinen Bistrotisch auf dem Balkon ein. Fenella leistete ihr dabei Gesellschaft. An dem Schinken, den Celia ihr anbot, war sie nicht interessiert, dafür umso mehr an Streicheleinheiten.

Die Katze rekelte sich auf ihrem Schoß, während Celia sich zurücklehnte, den Kaffee austrank und die Aussicht auf sich wirken ließ. Einzelne Wolken standen am Himmel, ihre wattigen Bäuche schimmerten in der Morgensonne. Alles atmete Ruhe. Sie konnte sich gut vorstellen, an diesem abgeschiedenen Ort regelmäßig Urlaub zu machen oder die Wochenenden hier zu verbringen. Aber dauerhaft hier leben? Nein, das ginge nicht. Sie brauchte das kreative, pulsierende London, um zu arbeiten. Sie und Alan würden eine Fernbeziehung führen müssen. Das war okay. Alles war okay.

»Diagnose: Rosarote Brille. Ich bin gespannt, wann ich meinen Realitätssinn zurückgewinne.« Sie kraulte Fenella und lauschte ihrem gleichmäßigen Schnurren. »Und ob ich ihn überhaupt wiederhaben möchte.«

***

Nach dem Frühstück stand Devin vom Tisch auf und rieb seinen Nacken. »Ich brauche Bewegung. Spielst du Tennis?«

»Ich wüsste nicht mal, wie man den Schläger richtig hält«, sagte Leanne. »Du wirst einen anderen Gegner finden müssen.«

»Möchtest du zuschauen?«

»Und mich zu Tode langweilen? Nein danke, ich komme allein zurecht.« Sie hoffte, es klang beiläufig genug.

Er stützte sich auf die Lehne ihres Stuhls und sah sie prüfend von der Seite an. »Du weißt, dass du dich heute nicht selbst befriedigen darfst, ja? Auch dann nicht, wenn ich es nicht merke.«

»Mir ist absolut klar, was Gehorsam bedeutet«, versicherte sie. »Ich werde mich in den Läden umsehen und mir eine Massage gönnen. Das ist alles, was ich vorhabe.«

Ungeduldig wartete sie, bis Devin sich umgezogen hatte und gegangen war. Endlich konnte sie ihre Nachforschungen anstellen.

Das Wort »Elektroschock« war ihr seit gestern Nacht nicht mehr aus dem Kopf gegangen. Devins Versicherung, dass Celia nichts passieren konnte, war glatt an ihr abgeprallt. Leanne musste sich das selber ansehen. Darum wollte sie das Verhörzimmer in Augenschein nehmen.

Sie wusste nicht, wie frei sie sich tatsächlich im Schloss bewegen konnte. Ihr erster Ausflug hatte immerhin mit einer Maßregelung geendet. Devin könnte das Hauspersonal instruiert haben, Leanne auf Schritt und Tritt zu überwachen. Aber für Celia war sie bereit, dass Risiko einzugehen.

Natürlich könnte sie den einfacheren Weg wählen und Celia warnen. Aber was, wenn alles ganz harmlos war, und sie sich damit auf ähnlich peinliche Art aufführte, wie Celia es getan hatte, indem sie ihr nachgereist war? Besser war, sie verschaffte sich erst einen Eindruck und entschied dann, was zu tun war.

Frauen waren auf Glowcastle selten allein anzutreffen, darum tat sie ihr Möglichstes, um unscheinbar zu wirken, wenn sie schon nicht unauffällig sein konnte. Sie zog ein hellblaues Sommerkleid und flache Schuhe an und betrachtete sich im Spiegel. Ob sie in so einem braven Outfit hier nicht ganz besonders auffiel? Ach, im Grunde war es egal, was sie trug, so lange sie sich mit völliger Selbstverständlichkeit und Zielstrebigkeit bewegte.

Auf dem Weg vom Restaurant zum Aufzug war ihr in der Nacht eine Hinweistafel aufgefallen. Sie fuhr ins Erdgeschoss, warf einen prüfenden Blick ins Foyer, ob Devin noch irgendwo herumstand und nach einem Tennispartner suchte. Als sie ihn nicht sah, drehte sie sich um und studierte die goldgerahmte Tafel.

»Verhörzimmer. UG, Raum 3.«

Schon wenn sie das Wort nur las, bekam sie Herzklopfen.

Verhör, Reizstrom, Schocks – was für ein Horrorszenario. Ganz anders so melodische Worte wie: Peitschen, Bestrafung, Lustfolter, Gehorsam, Unterwerfung. Das war erotisch! Aber gut, auch das konnte nicht jeder nachvollziehen.

Das Problem war, dass Celia nichts von alldem erotisch fand. Sie war einzig und allein für Blümchensex zu haben, und selbst darauf konnte sie anscheinend locker verzichten, da sie in Mailand keinen einzigen feurigen Italiener verführt hatte. Wie konnte man nur so unnahbar sein! An Angeboten hatte es ihr sicher nicht gemangelt. Aber Celia merkte ja nicht mal, dass ein Kerl mit ihr flirtete, wenn er sie mit Komplimenten überschüttete.

Alan Parr schien durch ihren Panzer gedrungen zu sein – umso schlimmer, da er bald schwere Geschütze auffahren würde.

Leanne nahm ihre Hand vom Herzen, wo sie sie beruhigend hingelegt hatte, und studierte den Plan weiter. Das Verhörzimmer war der einzige Raum im Untergeschoss, der auf der Tafel ausgewiesen war. Sie vermutete, dass sich dort ansonsten Lagerräume befanden, die Haustechnik und Ähnliches. Das Verhörzimmer war im ursprünglichen Entwurf nicht vorgesehen gewesen. Man hatte es auf Alan Parrs Anregung nachträglich eingebaut, wie der Kellner ihr erzählt hatte. Nun lag es einsam und allein, fast ein wenig versteckt und verschämt im Keller, wurde sicher selten benutzt und passte für Leannes Empfinden nicht in das Bild des aufgeschlossenen, zeigefreudigen SM-Szenarios, das hier an allen Ecken und Enden zelebriert wurde.

Ein weiterer Grund, es mit Argwohn zu betrachten.

Sie stieg in den Lift und fuhr ins Untergeschoss. Als die Tür aufglitt, sah sie rohe Steinwände und einen kahlen Betonfußboden, erhellt von kaltem Neonlicht. Obwohl es hinreichend warm war, fröstelte sie.

Der Gang führte ein Stück geradeaus, dann verzweigte er sich. »Raum 3« stand auf einem Schild an der Wand, das nach rechts wies. Leanne versicherte sich, dass sie allein war, dann wandte sie sich nach rechts. Sie kam an zwei unbeschrifteten Stahltüren vorbei, den Schildern zufolge der Weinkeller und die Wäscherei. An die dritte Tür war eine silberne Drei geschraubt.

Das Turmverlies war offen gewesen. Ob das für alle Themenräume galt? Wurden sie nur verschlossen, wenn jemand darin war? Sie legte ein Ohr an die Tür. Stille, bis auf ein fauchendes Geräusch, das von weiter hinten aus dem Gang kam und von der Belüftungsanlage stammen konnte.

Sie probierte die Klinke, die rostig quietschte und sich nur schwer herunterdrücken ließ. Auch die Tür widersetzte sich ihr und Leanne befürchtete schon, sie wäre abgeschlossen. Sie drückte fester. Mit einem Ruck, der Leanne fast aus dem Gleichgewicht brachte, schwang die Tür nach innen auf.

Sie lauschte, ob sie einen Alarm ausgelöst hatte. Möglich war alles. Es blieb still. Also tastete sie nach einem Lichtschalter, fand ihn und drückte. Es flackerte, und kurz darauf war der Raum ebenso kalt erleuchtet wie der Gang.

Leanne versuchte den Anblick, der sich ihr bot, einzuordnen. War das wirklich das Verhörzimmer? Oder nicht vielleicht doch so etwas wie ein Untersuchungsraum? Alles wirkte medizinisch, klinisch, steril, abschreckend und absolut lustfrei. Das auffallendste Möbelstück war ein gynäkologischer Untersuchungsstuhl in der Mitte. Er war schwarz und mit zahlreichen Manschetten versehen, mit denen man Personen festschnallen konnte.

»Das ist ja noch schlimmer, als ich es mir vorgestellt habe«, murmelte Leanne und rieb sich die mit Gänsehaut übersäten Oberarme. Neben dem Untersuchungsstuhl war ein Tisch, auf dem ein Gerät stand, etwas größer als eine Fernbedienung. Das musste das Strom-Dingsda sein. Es hatte beschriftete Drehknöpfe, eine Skala mit einem Zeiger und mehrere Buchsen, aus denen Kabel hingen.

Es gab außerdem eine Liege, ein Waschbecken und eine Reihe von Glasschränken. Was sich darin befand, ließ Leanne den Kopf schütteln. Elektroden, eine Sammlung von Klemmen mit Buchsen, silberne Dildos in vielen Formen – alle ganz offensichtlich dafür gedacht, an das Strom-Dingsda angeschlossen zu werden.

Leanne sah zu dem Stuhl und stellte sich vor, wie Alan Celia dort festschnallte. Vielleicht machte er sie vorher mit Drogen gefügig. Dann klebte er Elektroden auf ihre Schamlippen, befestigte Klemmen an ihren Brustwarzen, führte einen der kalten Metalldildos in sie ein und ließ den Strom fließen.

Wie fühlte sich das an? Zogen sich die Muskeln schmerzvoll zusammen wie bei einem Krampf? Fühlte es sich an, als stünde man in Flammen?

Danach würde Celia für immer traumatisiert sein. Dessen war Leanne sich absolut sicher.

Wäre Celia ihr doch nie nachgereist!

***

Franklin war völlig durchgeschwitzt. Ein gutes Gefühl.

Er hatte heute die doppelte Dosis seines Medikaments genommen, um die Erinnerung an den gestrigen Flashback vollends loszuwerden. Danach war er so voller Energie gewesen, dass er seinen Gegner auf dem Tennisplatz, einen wendigen, durchtrainierten Leistungssportler, in Grund und Boden gespielt hatte. Er hatte zwar nach Punkten verloren, aber vom Gefühl her war er der Sieger gewesen, weil er die anspruchsvolleren Volleys gespielt hatte, mehr gelaufen war, sich einfach mehr verausgabt und das Spiel über weite Strecken bestimmt hatte.

Er duschte in den Waschräumen der Tennishalle und ging zurück zum Schloss.

Auf halbem Weg begegnete er Devin Flinkman – ohne das Elfchen. Man grüßte sich. Franklin eilte in Gedanken bereits weiter. Wenn Devin allein war, dann war auch Leanne allein. Außer sie war mit dieser braungelockten Frau zusammen, deren Auftauchen im Foyer gestern zu der interessanten Szene geführt hatte, die er inzwischen so oft im Geist durchgegangen war, dass er jede erregende Einzelheit in Nahaufnahme sehen konnte.

Danach hatte er die Szene verändert. Nicht Devin legte Leanne übers Knie, sondern er selbst tat es. Seine Hiebe schmerzten wirklich. Leannes Schreie waren diesmal echt. Und die Spuren der Züchtigung würden noch lange zu sehen sein, denn er trug seinen Skalpellring. Eine Spezialanfertigung, gegossen aus Chirurgenstahl. Auf den ersten Blick einfach nur ein breiter, silberner Ring, der ein Ehering hätte sein können. Doch der Ring hatte eine Besonderheit: An einer Stelle stand eine zwei Millimeter breite Klinge ab, die über die Breite des Rings verlief, also nur drei Millimeter lang war. Wenn er den Ring trug, dann drehte er die Klinge nach innen. Er trug ihn, wenn er eine Frau mit der Hand schlagen wollte. Nach jedem Hieb zog er die Hand über die Haut, so dass die Klinge einen Schnitt hinterließ. Meist kratzte sie nur die oberste Hautfläche an, da die Struktur seiner Handfläche dafür sorgte, dass die Klinge nicht ganz eindrang. Wenn er die Hand so flach wie möglich machte, konnte er tiefer schneiden. Am schlimmsten erwischte es die Stelle, an der der Hieb auftraf. Hier blutete sein Opfer oft.

Und so sah er Leanne: Auf seinen Knien liegend, den nackten Po hochgereckt. Jeder Hieb mit der flachen Hand hinterließ einen dünnen Schnitt, der am Auftreffpunkt blutete.

Die perfekte Demütigung, die absolute Macht, der vollkommene Schmerz. Die Hiebe mit dem Skalpellring. Nicht nur auf den Po. Am ganzen Körper. Im Gesicht. Auf den Fußsohlen. Schnitte und blutende Wunden. Lust ohne Grenzen.

Und wenn Leanne ihr Versprechen wahr machte – denn was sonst waren ihre Worte »Retten Sie mich vor diesem Wahnsinnigen« gewesen, wenn nicht ein Versprechen an ihn? – dann würde sie die Glückliche sein, die diese Erfahrung mit ihm machen durfte.

Die breite, geschwungene Treppe war er schon zur Hälfte hochgegangen, als er hörte, wie sich die Aufzugtür öffnete. Er sah über das Geländer hinunter und meinte den Kopf zu erkennen. Die braunen Locken gehörten der Frau, die mit Alan Parr angekommen war und die Leanne kannte. Auch sie war ohne Begleitung. Ob sie sich mit Leanne verabredet hatte?

Franklin beschloss, ihr zu folgen.

Sie ging zum Wellnessbereich. Franklin war nur wenige Schritte hinter ihr, als sie in eine Umkleide trat. Er nahm die Umkleide daneben, zog sich eilig aus und legte seine Kleidung und den Tennisschläger in eins der Schließfächer. Er hatte nicht vor zu schwimmen, wollte nur beobachten und ein wenig ausspannen, darum band er ein Badetuch um seine Hüften, ging zur Poolbar und bestellte ein Glas Mineralwasser.

Fest in einen Bademantel gewickelt trat die Frau aus der Umkleidekabine.

Celia! Jetzt war ihm der Name wieder eingefallen. »Die gut erzogene Celia, die nie ein Risiko einging.« So ähnlich hatte Leanne es gestern im Foyer formuliert.

Aber wo blieb Leanne? Falls sie doch nicht mit Celia verabredet war, vertat er hier nur seine Zeit. Obwohl… wieder einmal zeigte sich, wie klar er denken konnte. Celia war mit Alan Parr angekommen. Sie gehörte zu ihm, in welcher Funktion auch immer. Geliebte? Kaum vorzustellen. Eine »gut erzogene« Frau passte gewiss nicht zu ihm. Vielleicht seine Schwester. Eine Investorin. Eine neue Ärztin. Es gab viele Möglichkeiten, und sie waren nicht von Bedeutung. Die Hauptsache war, dass er mit Celia einen Weg entdeckt hatte, Alan Parr zu beeinflussen. Wenn Greg Sanders weiter so dem Whisky zusprach, würde sein Posten bald frei werden, und Alan Parr würde nachrücken. Franklin hätte dann keinen Verbündeten mehr.

Wenn er Celia aber seine Version erzählte, dafür sorgte, dass sie ihn nett, umgänglich, harmlos und für das Opfer einiger Fehlentscheidungen in Beziehungsangelegenheiten hielt, dann würde sie mit Alan darüber reden. Frauen redeten doch immer über alles, ob man es hören wollte oder nicht. Alan würden Zweifel kommen, ob er weiterhin Tess und ihrem Misstrauen glauben sollte.

Von einer weiteren Sache musste er Celia überzeugen: Dass Leanne hinter ihm her war. Als kleine Versicherung für den Fall, dass Leanne nach der Session mit ihm Dr. Lawrence aufsuchte. Er könnte behaupten, sie hätte ihn darum angefleht, von ihm misshandelt zu werden. Und Celias Aussage würde das untermauern.

Von der Bar aus beobachtete er, wie Celia an der Treppe zum Pool im letzten Moment das Badetuch ablegte und dann schnell ins Wasser stieg. Nackt unter Fremden zu sein schien ihr Unbehagen zu bereiten. Doch erst mal im Wasser, bewegte sie sich sicher und kraulte mit kraftvollen Zügen Bahn um Bahn.

Franklin stellte sein Wasserglas hin, stieß sich von der Bar ab und schlenderte zur Pooltreppe. Als Celia fast am anderen Ende war, hob er ihr Badetuch auf, legte es sich über den Arm und ging damit zu den Umkleidekabinen, wo er es in den Korb für benutzte Handtücher warf.

Er tauschte sein Badetuch gegen einen Bademantel, wählte auch einen für sie aus und ging damit zu einer Liege nahe an der Treppe, auf die er sich auf die Kante setzte und wartete. Kurz darauf stieg Celia aus dem Pool. Sie warf den Kopf zurück und drückte das Wasser aus den Haaren. Ihr suchender Blick verschob sich leicht ins Panische, als sie ihr Handtuch nicht wiederfand.

Franklin stand auf. »Kann ich Ihnen helfen?« Er reichte ihr den Bademantel. »Das Personal ist manchmal etwas übereifrig«, fügte er lächelnd und schulterzuckend hinzu, beeindruckt von sich selbst, von der Leichtigkeit, mit der er den Kontakt knüpfte, alles dank einer chemischen Verbindung, die in seinem Gehirn für Ordnung sorgte.

»Danke.« Sie zog den Bademantel in Rekordzeit an.

»Wie wäre es mit einem Drink? Die Bar hier mixt ausgezeichnete Fruchtcocktails.« Er konnte sich nicht erinnern, wann er das letzte Mal so geschmeidig geflirtet hatte, dazu mit einer Frau, die nicht sein Typ war, sondern einfach nur Mittel zum Zweck. Nur die zunehmende Trockenheit im Mund machte ihm zu schaffen, eine der Nebenwirkungen seines Medikaments. Es fühlte sich mehr und mehr an, als hätte er Sand auf der Zunge.

»Danke, gern.«

Natürlich hatte sie nicht ablehnen können, nachdem er ihr aus der Patsche geholfen hatte, ohne ihr dabei zu nahe zu kommen. Eine Frau wie sie würde sofort das Weite suchen, wenn man sie bedrängte.

An der Bar bestellte er eine Flasche Wasser für sich und überließ es ihr, sich etwas auszusuchen. Dabei drehte er sich immer wieder von ihr weg, starrte zur Tür, zuckte unruhig zusammen, wenn jemand den Poolbereich betrat.

»Warten Sie auf jemanden?«, fragte sie, genau wie er gehofft hatte.

»Nicht direkt. Eigentlich genau das Gegenteil. Es gibt da eine Frau, die mir beharrlich nachstellt.«

»Ich dachte, hier kämen ausschließlich Paare her.«

»Das stimmt. Sie will sich heimlich mit mir treffen, ohne das Wissen ihres Freundes. Dummerweise bin ich allein, weil meine Begleiterin gestern überraschend abreisen musste. Ihr Vater ist schwer erkrankt und …«

»Wieso haben Sie sie nicht begleitet?«

Musste sie ihn unterbrechen? Gerade hatte er noch die perfekte Überleitung zu Fionas Schnittverletzungen auf der Zunge gehabt.

»Sie wollte mich nicht dabeihaben. Ich glaube, sie hat sich geschämt, weil sie rückfällig geworden ist.« Ah, noch mal die Kurve gekriegt.

»Rückfällig?«

»Ja, in Stress-Situationen neigt sie zu selbstverletzendem Verhalten. Sie hat sich ziemlich schlimme Schnitte an der Brust und am Bauch zugefügt. Sie dachte wohl, ich würde es nicht merken. Sobald ich wieder daheim bin, werde ich mich darum kümmern, dass sie wieder in ihre Therapie geht.«

Celia runzelte die Stirn. Glaubte sie ihm etwa nicht?

Die Tür ging auf und Franklin sah sich wieder mit gespieltem Erschrecken um.

»So schlimm wird es ja wohl nicht sein«, bemerkte sie. »Sie können Ihrer Verehrerin doch einfach sagen, dass Sie nicht interessiert sind.«

»Das habe ich schon.« Er nickte ihr zu. »Sie waren sogar dabei. Im Foyer, gestern Abend. Sie kam angerannt und wollte, dass ich sie vor Mr Flinkman rette. Ich habe ihr gesagt, dass sie mich in Ruhe lassen soll. Aber als ich ihr vorhin begegnet bin, hat sie mich schon wieder so angesehen, so… besitzergreifend. Sie kennen das vielleicht nicht, aber als Prominenter hat man feine Sensoren dafür, wenn jemand besessen ist.«

Celias Stirn legte sich in noch steilere Falten. »Leanne ist doch keine Stalkerin. Ich bitte Sie! Und so prominent können Sie gar nicht sein. Ich zumindest kenne Sie nicht.«

»Verzeihung, ich hatte mich noch nicht vorgestellt. Wenn Sie nicht gerade ein Opernfan sind, bin ich Ihnen sicher völlig unbekannt. Franklin Larsson. Ich…« Wie konnte er ihr glaubhaft machen, dass eine junge Frau wie Leanne es auf ihn abgesehen hatte? Sie gehörte so rein gar nicht zur Zielgruppe seiner Kunst.

Celias Reaktion war völlig unerwartet. Sie richtete sich pfeilgerade auf. »*Sie* sind Franklin Larsson? Der Gesangscoach?«

»Ja, warum?«

»Leanne schwärmt für Sie seit sie ein Teenager ist.«

»Ich weiß«, behauptete er, ganz benommen von seinem Glück. Celia würde ihm jetzt alles glauben.

»Ich werde mit Leanne reden und sie zur Vernunft bringen.«

Er hob abwehrend die Hand. »Nein, nein, bitte, versuchen Sie das nicht. Das würde es nur schlimmer machen.«

»Aber ich…«

»Ich reise morgen sowieso ab«, log er. »Kein Grund, darüber Ihre Freundschaft zu gefährden.« Jetzt musste er das Gespräch schnell beenden, bevor es ihm noch mehr entglitt. Er sah auf die Wanduhr. »Schon fast Mittag. Ich hatte Fiona versprochen, sie um Punkt zwölf anzurufen. Bitte entschuldigen Sie mich, Mrs …«

»Celia Cavendish.«

»Ich wünsche Ihnen noch einen schönen Tag, Mrs Cavendish.«

In der Umkleidekabine fiel ihm ein, dass er versäumt hatte herauszufinden, in welchem Verhältnis sie zu Alan Parr stand. Wahrscheinlich in keinem allzu engen. Er konnte sich diese verklemmte Person beim besten Willen nicht während einer Session im Verhörzimmer vorstellen.

***

»Guten Tag. Ich bin Kay-Lin«, stellte die hübsche Asiatin sich vor. Sie hatte zierliche Hände, die sicher mehr Kraft aufbringen konnten, als man ihnen auf den ersten Blick ansah. Der Massageraum war in warmen Farben mit viel hellem Holz eingerichtet und angenehm temperiert. Musik und ein Duft, beide so zart und leise, dass sie an der Grenze zur Wahrnehmbarkeit lagen, erzeugten ein Gefühl von Geborgenheit. Was für ein wohltuender Kontrast zu der einschüchternden, klinisch kalten Atmosphäre des Verhörzimmers!

»Ich habe drei Massageöle zur Auswahl: Sandelholz, Rosenblüte und neutrales Mandelöl.«

»Rosen«, bat Leanne.

»Möchtest du eine Standardmassage, eine Deluxe-Massage oder eine Deluxe-Extra?«, erkundigte sich Kay-Lin.

Leanne musste nicht lange überlegen. Nach dem Schock von eben brauchte sie so viel Entspannung, wie sie nur kriegen konnte. Auch als Vorbereitung für die Session mit Alessa und Jo in der Bibliothek wäre es gut, wenn sie möglichst geschmeidig und ausgeruht war. »Deluxe-Extra.«

»Das wird viel zu selten verlangt.« Kay-Lin zwinkerte ihr zu und wies lächelnd auf die Massageliege. »Leg dich bitte auf den Bauch.«

Viel zu selten? Was hatte das zu bedeuten? Worin bestand denn das Extra?

Leanne, die bereits ausgezogen war, machte es sich auf der Liege bequem. Kay-Lin träufelte angewärmtes Öl auf ihren Rücken und verteilte es mit kreisenden Bewegungen.

So weit war alles so, wie Leanne es von ihren anderen Massageterminen kannte. Und so blieb es auch für eine Weile. Kay-Lin knetete ihre Rückenmuskeln, lockerte ihre Nacken- und Schultermuskulatur, rieb ihre Oberarme und sagte bei alldem kein Wort. Nur die leise Musik füllte den Raum und mischte sich mit dem Duft von Rosenöl.

Leanne glitt in einen dämmrigen Zustand und vertraute sich den routinierten Berührungen an. Ganz langsam drang in ihr Bewusstsein, dass Kay-Lin sich inzwischen sehr behutsam ihren immer noch geröteten Pobacken widmete.

Liegt es an mir, dass ich das als erregend empfinde, oder ist es die Art, wie sie mich streichelt? Hoppla, das ist keine Massage, das ist mehr.

»Oh«, machte Leanne.

»Keine Sorge, ich passe auf«, sagte Kay-Lin. »Ich sehe ja, wo du Striemen hast.«

Das hatte Leanne nicht gemeint. Sie wartete, um ganz sicher zu sein, dass sie hier nicht etwas gründlich missverstand. Aber als Kay-Lins Hand dann zwischen ihre Schenkel glitt und sie ihre Finger auf den Schamlippen spürte, war die Sache eindeutig.

Sie stützte sich auf die Ellbogen und drehte den Kopf zur Seite. »Ist das das Extra?«

»Ja, wusstest du das nicht?«

»Nein, aber macht es dir denn nichts aus, mit wildfremden Frauen intim zu werden? Oder gar mit Männern?«

Kay-Lin strich in langen Bewegungen die Rückseiten ihrer Schenkel aus. »Männern bieten wir es nicht an. Das wäre Prostitution, und das ist hier verboten. Und bei Frauen können wir Masseurinnen selbst entscheiden, wem wir es anbieten.«

Leanne zögerte. Noch bestand ja das Orgasmusverbot. Aber welchen Unterschied machte es schon für Devin, ob sie ein bisschen Spaß hatte oder nicht? Gestern Abend war sie sogar gekommen, während er sich mit ihrem Po vergnügte, und er hatte es nicht einmal gemerkt. Sooo wichtig konnte es ihm also nicht sein.

Leanne legte sich wieder hin. »Du hast wunderbare Hände.«

Kay-Lin bereitete ihr den sanftesten Orgasmus, den sie je gehabt hatte. Sacht glitten ihre Hände immer tiefer, streichelten, drückten, glitten hinein, massierten an Stellen, an denen Leanne noch nie massiert worden war. Leanne öffnete die Beine, so weit das auf der schmalen Liege ging, und hob den Po etwas an. Sie seufzte leise, als Kay-Lin ihre Klitoris ertastete und mit den Fingerspitzen umkreiste, bis sie kam.

Anschließend zog Kay-Lin sich diskret zurück und sagte, Leanne solle sich noch ein wenig ausruhen. Sie blieb ein paar Minuten liegen, dann zog sie sich an und leerte das Glas Wasser, das Kay-Lin ihr eingeschenkt hatte.

Als sie den Raum verließ, sah sie Kay-Lin im Empfangsbereich der Massage-Suite. Sie und die vollbusige Schönheit, die hier die Termine machte, saßen eng umschlungen auf einem weißen Ledersessel hinter dem Tresen und küssten sich leidenschaftlich.

Leanne lächelte und nahm sich vor, bald wiederzukommen.

Sie hatte noch drei Stunden totzuschlagen, bis die Session

in der Bibliothek begann. Sie könnte Devin beim Tennis zusehen – langweilig. Sie könnte einen Spaziergang machen – extrem langweilig. Sie könnte Erkundigungen über Alan einziehen – sehr, sehr knifflig.

Völlig unentschlossen stand sie im Foyer, als Franklin Larsson auftauchte. Noch bevor er sie sehen konnte, verschwand Leanne hinter einer Säule. Sie hatte Herzklopfen bis zum Hals und kam sich völlig idiotisch vor. Wieso versteckte sie sich?

Die Rezeptionistin winkte ihn zu sich und unterhielt sich kurz mit ihm. Er unterschrieb etwas und drehte sich um. In dem Moment kam Celia aus dem Wellnessbereich. Ihre Haare hingen in feuchten Locken über ihre Schultern.

Franklin nickte ihr lächelnd zu. So hatte sie ihn noch nie lächeln sehen. So … charmant. Wo war sein kaltes, arrogantes Gehabe hin? Was fiel ihm ein, mit Celia zu flirten?

Leanne gab es auf, sich zu verstecken und trat hinter der Säule hervor.

Celia kam sofort auf sie zu. »Bist du noch zu retten?«

Leanne sah an Celia vorbei zu Franklin, der sie keines Blickes würdigte, sondern die Treppe hochging. »Jetzt ist er weg«, murmelte sie verärgert.

Celia packte ihr Handgelenk. »He, schau mich an, wenn ich mit dir rede.«

»Lass mich los. Was soll das?«

»Du verfolgst ihn.«

»Wen?«

»Franklin Larsson. Ich dachte, er hätte maßlos übertrieben, als er dich als Stalkerin bezeichnete, aber jetzt habe ich mit eigenen Augen gesehen, wie du ihm heimlich nachstellst.«

Leanne wusste vor Entrüstung und Verwirrung nicht, was

sie sagen sollte. Franklin hatte mit Celia gesprochen und ihr erzählt, sie würde ihm nachstellen? Warum tat er das?

Sie riss sich von Celia los. »Lass mich in Ruhe. Du hast versprochen, dich nicht mehr in mein Leben einzumischen.«

»Aber ich werde doch wohl noch verhindern dürfen, dass du dich lächerlich machst.«

»Was hat er über mich gesagt?«

»Dass du ihn seit Jahren verfolgst. Wir beide wissen, dass das stimmt.«

Leanne spürte, wie ihr das Blut ins Gesicht strömte. Das hatte er gemerkt? Aber Fanbriefe und Einträge in seinem Gästebuch im Internet waren doch kein Stalking! Und wenn er sich dadurch belästigt fühlte, hätte er ihr doch nicht gesagt, in welcher Suite er wohnte! Sie verstand die Welt nicht mehr und fühlte sich beschämt und wütend.

»In Ordnung, ich werde ihn ab jetzt ignorieren«, versprach sie, um das peinliche Thema abzuhaken. »Wollen wir zusammen Mittag essen? Dabei kannst du mir alles über Alan erzählen.«

***

Celia konnte das gemeinsame Essen nicht so recht genießen, denn Leanne löcherte sie unablässig mit Fragen.

»Wie ist Alan denn so?«

»Wundervoll.«

»Was hat er für Hobbys?«

»Keine Ahnung. Er hat eine Katze, die …«

Aber das interessierte Leanne gar nicht. »Du hast aber noch nicht mit ihm geschlafen, oder?«

»Doch.«

»Sonst bist du nicht so schnell.«

»Sonst war ich auch nicht so verliebt.«

»Ach du je! Meinst du nicht, dass du dich etwas zu leichtfertig auf ihn einlässt?«

Wieso freute Leanne sich nicht?

»Und das von dir!«

»Ich habe aus meinen Fehlern gelernt.«

»Vielleicht mache ich ja gar keinen Fehler.«

Leanne runzelte die Stirn. »Schau dich doch mal um, wo wir hier sind. Sieh dir das Paar da hinten an.« Sie wies mit dem Suppenlöffel in eine andere Nische. »Findest du es in Ordnung, mit einem Mann zu schlafen, der ein Hotel leitet, in dem eine Frau halbnackt am Tisch sitzt und von ihrem Gebieter gefüttert wird, weil ihre Hände auf dem Rücken zusammengeschnürt sind?«

Celia zuckte die Schultern. »Darüber mag ich jetzt nicht nachdenken. Überhaupt, was soll das Verhör?«

»Nachdem wir uns monatelang nicht gesehen haben, werde ich dir doch wohl ein paar Fragen stellen dürfen.«

»Dann frag mich etwas über Mailand«, sagte Celia. »Über Alan kann ich dir nicht viel erzählen, da ich ihn ja selbst kaum kenne.«

Leanne legte den Kopf schief. »Gibt dir das nicht zu denken?«

Doch, es gab ihr zu denken. Aber genau darum wollte sie nicht noch extra darauf hingewiesen werden. Niemand durfte ihr die rosarote Brille von der Nase reißen. »Nein. Was kann schon groß passieren?«

»Einiges. Tatsächlich könnte ich dir etwas über ihn erzählen, das du bestimmt noch nicht weißt. Oder hat er dir von dem Verhörzimmer erzählt?«

Celia dachte an das sinnliche Kribbeln, das sie empfunden hatte, als sie auf der Tafel im Foyer gelesen hatte, dass es einen Raum namens »Verhörzimmer« gab. »Natürlich weiß ich davon«, sagte sie. Damit implizierte sie, dass sie es von Alan wusste, aber da sie es nicht ausdrücklich behauptete, war es nicht mal gelogen. Höchstens ein bisschen geschwindelt.

»Und?«

»Was – und?« Celia fühlte sich zusehends in die Ecke gedrängt.

»Welch hitzige Diskussion«, mischte sich eine Männerstimme ein. »Störe ich?«

Celia freute sich aufrichtig, Devin zu sehen. »Keineswegs.« Sie zog ihn förmlich auf den Sitz. »Wie ist hier der Fitnessraum?«, fragte sie ihn. »Ich dachte, ich könnte wieder etwas trainieren und ein paar der Pfunde loswerden, die ich in Mailand zugelegt habe.«

Leanne zog eine Schnute. »Ich wette, Alan steht auf deine weiblichen Formen«, sagte sie mit bissigem Unterton.

Devin legte die Speisekarte hin, die er gerade aufgenommen hatte. »Ich glaube, ich gehe wieder, bis ihr euren Zwist ausgetragen habt.«

»Es ist kein Zwist«, sagte Celia. »Leanne lässt mich nur meine eigene Medizin schmecken. Immer war ich es, die ihr gepredigt hat, dass sie einen Mann kritisch unter die Lupe nehmen soll, bevor sie sich auf ihn einlässt. Und jetzt sind die Rollen vertauscht.«

»Na, dann könnt ihr euch ja jetzt beide gut in die Rolle der anderen hineinversetzen«, bemerkte Devin.

»Leider spielt Celia ihre Rolle zu perfekt«, sagte Leanne. »Sie ist noch uneinsichtiger als ich es jemals war.«

»Weil ich etwas anderes eingesehen habe, nämlich dass ich Unrecht hatte, dir Vorschriften zu machen, denn vieles von dem, was ich für wahr hielt, entsprang nur meinen Vorurteilen. Als ich Devin das erste Mal gesehen hatte, hielt ich ihn für einen Teufel. Nichts für ungut«, sagte sie zu ihm.

Leanne sah Devin an. »So ganz daneben lagst du damit gar nicht, Celia. Er ist teuflisch sexy. Aber, um auf Alan zurückzukommen. Der hat eine dunkle Seite, die …«

»Die in dir anscheinend Vorurteile weckt«, sagte Celia fest. »Und die ich auf eigene Faust zu entdecken gedenke.«

Leanne seufzte theatralisch. »Na gut«, sagte sie gedehnt. »Einigen wir uns darauf, dass wir beide nicht mehr versuchen, die andere zu erziehen, zu warnen, vom Unfug abzuhalten oder in sonstiger Weise zu beeinflussen. Auch wenn ich kein gutes Gefühl dabei habe, denn weißt du, dieses Verhörzimmer ist …«

»Ist jetzt kein Thema mehr«, bestimmte Devin.

Celia aß auf und ließ die beiden allein. Sie wollte wieder eintauchen in ihren Zustand grenzenlosen Verliebtseins. Um die Unruhe abzuschütteln, die das Gespräch in ihr verursacht hatte, sagte sie sich, dass Leannes Verhalten einfach eine kleine Rebellion war.

Oder ein Ablenkungsversuch, nachdem ich sie dabei erwischt habe, wie sie Franklin Larsson hinterherspioniert hat.

Diese Erklärung gefiel ihr noch besser. Denn dass Leanne sich ernsthaft Sorgen machte, Celia könnte an den falschen Mann geraten, hielt sie für unwahrscheinlich.

Ob Alan nun Mr Right oder Mr Wrong war, sie würde sich jetzt ein fantastisches Outfit besorgen und ihn darin verführen.

***

Alan hatte den Morgen damit verbracht, Personalpläne abzugleichen, Zwiste zu schlichten und kleinere Besprechungen einzuberufen. Zwischendurch war nur wenig Zeit gewesen eine Kleinigkeit zu essen und noch weniger Zeit, an Celia zu denken.

Das holte er jetzt nach. Er hatte sich in die Bibliothek zurückgezogen, um seinen Schriftkram zu erledigen. Hier war es an sonnigen Tagen nachmittags besonders schön. Die großen doppelflügeligen Terrassentüren zeigten nach Osten, so dass man auf die sonnenbeschienene Landschaft hinaussehen konnte, ohne geblendet zu werden.

Heute glitzerten das Gras und die Rosenhecken um die Wette, denn es hatte in der Nacht geregnet.

Alan öffnete eine Terrassentür, inhalierte die frische Luft und sog die Schönheit der Umgebung in sich auf. In solchen Momenten vergaß er, wo er war und welchem Zweck diese Umgebung diente.

Die Bibliothek war zudem der einzige Raum, dem man nicht ansah, mit welchen Hintergedanken er eingerichtet worden war. Sie war gediegen möbliert mit genau dosierter Üppigkeit und zurückhaltender Eleganz. Wandhohe Regale aus Pinienholz beheimateten eine einzigartige Sammlung von Erstausgaben. Drei runde Holzsäulen, die keine tragende Funktion hatten, sahen aus wie Stilelemente, verbargen aber Fesselvorrichtungen. Auch die üppigen Ledercouchen und Sessel waren mehr als nur Sitzmöbel. Ein dreitüriger, wandhoher Spiegelschrank, der dem großen Raum zusätzliche Tiefe verlieh, enthielt Peitschen, Fesselriemen, Knebel und Augenbinden. Seidenteppiche bedeckten den Boden, sodass Sklavinnen es auch im Knien gemütlich hatten. Ein Wandpanel ließ sich zur Seite schieben. Dahinter befand sich ein Marmorbad.

Eigens für Alan war ein Schreibtisch aufgestellt worden, mit Blick in den Garten. Dort ging er jetzt hin und fuhr seinen Laptop hoch. Er hatte die Tür zum Gang offen gelassen für den Fall, dass ihn jemand suchte. So wurde die Bibliothek vorübergehend zu seinem Büro oder auch mal zu seinem privaten Rückzugsbereich.

Er zog das Jackett aus, hängte es über eine Stuhllehne, lockerte seine Krawatte und ließ die Schultern kreisen, bevor er sich setzte und weiterhin in den Park hinaussah. Lächelnd. Die letzte Nacht mit Celia war wunderbar gewesen. Endlich hatte er eine Frau gefunden, die sich an seinem chaotischen Wesen nicht störte. Er dachte an ihre Tränen, als er sie geliebt hatte, und fühlte sich so tief berührt wie noch nie.

Jemand klopfte an den Türrahmen. Alan drehte sich um und strahlte vor Freude, als er sah, dass es Celia war.

»Störe ich?«

»Nie und nimmer.« Er wollte sie überschwänglich in den Arm nehmen, doch sie war so raffiniert angezogen, dass er auf halbem Weg zu ihr innehielt, sich an eine der Säulen lehnte und sie ausgiebig betrachtete.

Sie war ganz in schwarz gekleidet mit Netzstrümpfen, einem Minirock und einem Push-up-BH aus Lackleder. Darüber trug sie ein eng anliegendes Netzshirt. Die High Heels waren mit silbernen Nieten verziert. Den letzten Schliff bekam ihre Erscheinung durch ellbogenlange Netzhandschuhe, ein Nietenhalsband und Ohrringe, die silberne Penisse darstellten. Dieses witzige Detail gefiel ihm besonders. »Du findest langsam Geschmack an gewagten Outfits.«

»Ich wollte mich auch an einem Striptease versuchen«, sagte sie, eine Spur schüchtern.

Er ging an ihr vorbei, schloss die Tür und verriegelte sie. Dann wählte er einen Sessel und drehte ihn so, dass er von den Terrassentüren weg in den Raum zeigte, damit er Celia im besten Licht sehen konnte.

»Die Bühne gehört dir«, sagte er und deutete auf die freie Fläche zwischen zwei Säulen.

Mit staksigen Schritten kam sie näher. »Hier?«

»Wo immer es dir gefällt.«

Sie leckte sich über die Lippen und wiegte zaghaft, dann immer mutiger die Hüften. Das Lackleder ihres Rocks knirschte. Sie drehte sich um, damit er ihre Kehrseite bewundern konnte, während sie weiter schwingende Bewegungen vollführte, die ihren Po reizvoll zur Geltung brachten. Auch er ertappte sich dabei, wie er sich die Lippen leckte.

Wieder zu ihm gedreht, zog sie den linken Handschuh aus. Dabei fühlte sie sich offensichtlich auf sicherem Terrain, denn ihre Bewegungen wurden flüssiger und ihr Lächeln sinnlicher. Der andere Handschuh folgte. Sie zog die Handschuhe durch ihren Schritt, vor und zurück, so verrucht, dass Alan die Augen übergingen. Da der Rock sich dabei hob, konnte er sehen, dass die Strümpfe halterlos waren und sie keinen Slip trug. Nicht mal den allerwinzigsten Tanga. Die Handschuhe glitten tief zwischen ihre Schamlippen.

Er atmete hörbar aus und streckte ihr die Hände hin. Sie schüttelte den Kopf, sagte: »Mund auf«, und knebelte ihn mit den Handschuhen, die nach ihrer Lust schmeckten.

Sie griff nach dem Saum des Netzshirts und zog es nach oben. Er sah kommen, was gleich passieren würde, doch bis er die Handschuhe aus dem Mund genommen hatte, um ihr warnend: »Achtung, die Nieten!« zuzurufen, hatte sich der Halsausschnitt des Shirts bereits darin verfangen.

Er legte die Handschuhe weg und eilte ihr zu Hilfe. Es dauerte eine geraume Zeit, bis er den elastischen Netzstoff aus den Nieten gefummelt hatte, und sie das Shirt endlich über den Kopf ziehen konnte.

Sie sah ihn reumütig an. »Ich fürchte, damit habe ich meinen Striptease gründlich ruiniert.«

Er streichelte die Wölbungen ihrer Brüste, die der Push-up so reizvoll präsentierte. »Ich hätte sowieso nicht länger zuschauen können.«

»War es so albern?«

»Im Gegenteil, es war so erregend, dass ich dich endlich berühren wollte. Du kannst den ersten Striptease deines Lebens also als vollen Erfolg verbuchen.« Er küsste sie zärtlich auf die Lippen. »Viel mehr konntest du sowieso nicht ausziehen. Nur noch den Rock und den BH. Und dabei helfe ich dir gern.«

Er hakte den BH auf und zog die Träger langsam über ihre Schultern. »Sag mal, hattest du schon mal einen Brustfick?«

»Nein.« Sie hob die Brüste mit den Händen an. »Wenn du magst, gehören sie dir.«

Er war froh, dass er keine engen Jeans trug, sondern eine bequeme Stoffhose. Und selbst die fühlte sich im Moment eng an. Seine Hände zitterten kaum merklich, als er den Reißverschluss des Minirocks aufzog. Mit dem Rock in der Hand trat er einen Schritt zurück. Nackt bis auf die Strümpfe, die Schuhe und das Nietenhalsband, sah sie so sexy aus, dass ihm schwindlig wurde, weil sein Blut sich in tieferen Regionen staute.

»Komm, leg dich dort drüben auf die Liege.«

Sie folgte seiner Anweisung und legte sich auf den Rücken. Er kniete sich über ihren Bauch und setzte sich so zurecht, dass sein Glied zwischen ihren Brüsten lag. Celia schob ihre Brüste enger zusammen, bis sie ihn fest umschlossen. Er streichelte die zarten, rosigen Nippel, massierte sie zwischen Daumen und Zeigefinger. Sachte bewegte er sich vor und zurück, um ihre Haut nicht zu sehr zu strapazieren.

Schon nach wenigen Sekunden feuerte sie ihn an: »Ja, das ist gut, ich mag es.«

Ihre Brustwarzen zwickte er nun fester, stieß schneller, ließ sich von der Erregung hinreißen und bremste sich in der allerletzten Sekunde, damit sein Samen nicht auf ihrem Hals und in ihrem Gesicht landete. Er lehnte sich zurück, half mit der Hand nach und spritzte zur Seite. Ein paar Tropfen trafen ihre linke Brust. Sie nahm die Flüssigkeit mit dem Finger auf und leckte sie ab. Das war so eine süße Geste, dass er ihr Gesicht mit Küssen bedeckte.

»Ich möchte dich um etwas bitten.« Etwas wacklig auf den Beinen stand er auf, holte ein Paar Handschuhe aus der Innentasche seines Jacketts und streifte sie über. »Aber vorher muss ich dich noch ein wenig gefügiger machen.«

»Du nutzt deine Geheimwaffe ja schamlos aus.«

Er kniete sich zwischen ihre Beine und führte den Daumen in sie ein. Einladend spreizte sie die Beine. Er fickte sie mit dem Daumen. Dabei schlug seine Handfläche gegen ihre Klitoris. Sie hob den Po an und keuchte. Er machte weiter, bis ihre Lust sich nicht mehr steigern ließ. Dann hielt er inne.

»Morgen«, sagte er, »morgen Abend würde ich dich gern mit meiner besonderen Vorliebe bekannt machen. Aber dafür muss deine Pussy völlig glatt sein.«

»Kein Problem. Dann rasiere ich mich eben.«

»Das wird nicht reichen. Sie müsste mit Wachs enthaart werden.«

»Oh.«

Mit der freien Hand streichelte er ihren Bauch und spürte, wie die leichte Anspannung, die seine Bitte verursacht hatte, sich löste.

»Es gibt hier einen Intimfriseur«, sagte er.

»Ich weiß, ich bin daran vorbeigekommen. Soll ich wirklich… ich meine… kannst du das nicht machen?«

Es waren also nicht die Schmerzen, die ihr Angst machten, sondern die Vorstellung, sich für so eine intime Prozedur einer fremden Person auszuliefern.

»Emma macht den Job schon seit Jahren. Sie ist ein Profi.« Er zog den Daumen heraus und öffnete mit beiden Händen ihre Schamlippen. Dann beugte er sich vor und leckte leicht darüber. »Du kannst es dir ja noch überlegen.«

»Nein, nicht nötig. Ich tue es. Mach bitte weiter. Oh ja, das ist wundervoll. Ich wünschte, ich könnte dabei kommen.«

»Morgen«, sagte er wieder und saugte an ihren Schamlippen.

»Was – morgen?«

»Morgen, das verspreche ich dir, wirst du den ersten multiplen Orgasmus deines Lebens haben.«

Kapitel 14

Nach der Begegnung mit Celia am Pool befiel Franklin bleierne Müdigkeit, weil die doppelte Dosis auch doppelte Nebenwirkungen hatte, und eine davon waren Kreislaufprobleme.

Als er aufwachte, war sein Geist wieder klar. Wie ein Blitz, der sein Gemüt in gleißendes Licht tauchte, traf ihn eine Erkenntnis so unwiderlegbar, dass er kaum fassen konnte, wie es ihm bisher hatte entgehen können: Leanne war sein Schicksal. Celia hatte das entscheidende Puzzleteil geliefert, als sie sagte, dass Leanne ihn seit Jahren anhimmelte.

Seine Rache an Devin wurde bedeutungslos. Devin war nur Mittel zum Zweck gewesen, denn er hatte Leanne hierher gebracht. Auch Fiona hatte nur eine kleine Nebenrolle in dieser raffinierten Inszenierung des Schicksals gespielt.

Hier ging es längst nicht mehr um ein Raubtier und seine Beute.

Franklin war immer schon Perfektionist gewesen, aber diesmal musste er sich selbst übertreffen. Alles, absolut alles musste stimmen. Es ärgerte ihn, dass er es Leanne überlassen hatte, wann sie zu ihm kam. Doch dann rief er sich in Erinnerung, wie reibungslos bisher alles ineinandergegriffen hatte, und kam zu der Überzeugung, dass Leanne genau dann erscheinen würde, wenn er für sie bereit war.

Nun galt es, das richtige Setting zu finden, einen Ort, an dem sie absolut ungestört sein würden.

Seine Suite kam dafür nicht in Frage, denn dort würde man zuerst nach ihr suchen, wenn Devin ihr Verschwinden bemerkte. Auch die Themenzimmer waren tabu. Es hieß zwar, dass auf Glowcastle die Diskretion absolut heilig war, aber Sanders hatte ihm gegenüber durchblicken lassen, dass in den Themenzimmern Videokameras installiert waren. Sie wurden nicht laufend überwacht – so weit ging die Kontrolle nicht – aber falls es Probleme gab, konnte man hinterher nachsehen, was sich abgespielt hatte.

Damit blieb nur das Untergeschoss, das riesig und verwinkelt war, und daher schwer überschaubar. Dort würde er sich nach einem geeigneten Raum umsehen.

»Es ist nur ein Untergeschoss«, sagte Franklin zu sich selbst, als er das Zittern seiner Fingerspitzen bemerkte. »Es ist kein Keller. *Kein* Keller!«

Und doch brach ihm der kalte Schweiß aus, als er in den Lift stieg, und seine Eingeweide zogen sich zusammen, als die Tür aufglitt. Aber er war noch nicht am Ziel. Es stieg nur ein Pärchen zu. Sie fuhren ebenfalls ins Untergeschoss.

Franklin ließ ihnen den Vortritt und wartete, bis sie den Weg zum Verhörzimmer eingeschlagen hatten.

Es war unnatürlich warm hier unten. Er trat in den Gang und atmete tief durch.

Nur vage erinnerte er sich daran, wie es gewesen war, als er als Kind in den Keller gesperrt worden war. Aber das Gefühl war geblieben, dieses hilflose, wimmernde Gefühl – und einzelne Eindrücke. Die Worte seiner Mutter, von Panik durchsetzt: »Du musst das verstehen, ich beschütze dich vor dem Leben.«

Viele Jahre später hatte Franklin verstanden, was sie damit gemeint hatte, doch damals hatten ihn Angstfantasien gequält. Er glaubte, während er in eine Decke gehüllt im Licht einer nackten Glühbirne wartete, sie ginge auf Raubtierjagd. Denn unter seinem Bett lebte ein Tiger, der ihn fressen wollte. Abends sang er dem Tiger Schlaflieder vor, um ihn einzulullen. Im Keller war er vor dem Tiger sicher, doch da er wusste, dass seine Mutter mit ihm kämpfte, konnte er nicht aufhören sich vorzustellen, wie die Krallen in ihre Haut schnitten. Sie überlebte jedes Mal, auch wenn sie Blessuren davontrug. Denn woher sonst konnten ihre Blutergüsse stammen, wenn nicht von Prankenhieben; und ihre Schnitte, wenn nicht von scharfen Zähnen und Krallen? An dem Morgen, als er sie blutüberströmt in der Küche fand, glaubte er, der Tiger hätte es geschafft, sie zu überwältigen.

Franklin ging bis zu der Stelle, an der sich der Gang verzweigte. Eine Frau mit einem Karren voller frisch gewaschener, zusammengelegter Handtücher kam ihm entgegen.

Diesen Teil des Kellers kannte Franklin. Rechts lag Raum 3, Alans »Spielzimmer«. Dort waren auch der Weinkeller und die Wäscherei. Beides ungeeignet, da sehr frequentiert, sowohl von Gästen als auch vom Personal, wie er ja eben gesehen hatte.

Er folgte dem linken Gang, und bald wurde es kühler. Er probierte jede Tür, merkte sich jede Abzweigung und musste sich verstecken, als jemand eine Treppe herunterkam und etwas aus einem Kühlraum holte.

Die Suche dauerte lange und bescherte ihm immer wieder angstvolle Momente von Beinahe-Flashbacks.

Ich tue es für Leanne. Sie ist das Opfer wert.

Und dann, als er schon glaubte, dass die Suche niemals enden würde, gab eine Türklinke nach, und er betrat den Raum, in dem sein Schicksal sich erfüllen würde.

***

Celia legte den Weg von der Bibliothek zu Alans Wohnung schwebend zurück, zog sich schwerelos aus, duschte ohne Bodenkontakt und stellte sich anschließend mit ausgebreiteten Armen auf den Balkon, um sich vom Sommerwind trocknen zu lassen.

Wie beflügelnd es war zu lieben, wie befreiend!

Sie ging wieder hinein und ins Schlafzimmer, in dem sie einen hohen Spiegel vermutete. Tatsächlich musste sie nur ein paar darübergehängte Jacken und Hosen wegräumen, und schon kam ein geneigter Standspiegel zum Vorschein.

Sie betrachtete sich so genau wie noch nie. War sie sich eigentlich jemals so deutlich bewusst gewesen, dass sie einen Körper hatte? Sie streichelte ihren Bauch und die Brüste, presste sie zusammen und dachte an das Gefühl, Alans Glied zwischen ihnen zu spüren.

Im Spiegel sah sie sich selber zu, wie sie ihre Brüste liebkoste und ihre Nippel sanft mit den Fingerspitzen rieb. Natürlich war es viel erregender, wenn Alan das tat. Und wenn er dabei Handschuhe trug, hob sie regelrecht ab. Ja, er wusste genau, wie er sie glücklich machen konnte.

Irgendetwas an dem Gedanken störte sie plötzlich. Es war nur eine leise Stimme aus ihrem Unterbewusstsein, die sie sofort zum Schweigen brachte, indem sie sich auf ihren Schoß konzentrierte. Sie strich über das flauschige Dreieck ihrer Schamhaare. Ihre Schamhaare mochte sie, rasierte sich im Sommer nur immer ein wenig die Seiten, damit sie Badeanzüge mit hohem Beinausschnitt tragen konnte. Und diese weichen Locken sollte sie jetzt mit Wachs rausrupfen lassen? Von einer Fremden namens Emma, die das seit Jahren machte? Und warum? Weil Alan ihr multiple Orgasmen versprochen hatte.

Da war die Stimme wieder, und diesmal alles andere als

leise. Wie hatte sie ihm das auch nur eine Sekunde lang glauben können? Es gab keinen Mann, der sie bisher zuverlässig zum Kommen gebracht hatte. Es gab keinen Vibrator, keinen noch so raffiniert konstruierten Dildo, der ihr Befriedigung garantierte. Wie kam Alan darauf, ihr so etwas zu versprechen? Er hatte ja bereits zweimal erlebt, dass sie trotz heftigster Erregung keinen Orgasmus gehabt hatte. Und jetzt trug er so dick auf? Er hatte ihr sicherlich etwas vorgelogen.

Warum tut er das? Was hat er vor, dass er meint, mich mit solchen Versprechungen locken zu müssen?

Celia zog sich wütend und enttäuscht an. Sie hätte es merken müssen – schon als er vorhin gesagt hatte, er müsste sie erst gefügig machen. Nicht nur, dass er sie manipulierte, er gab es auch noch zu! Diese ironische Art, die er im Flugzeug und auf der Fahrt hierher gehabt hatte, die war ein ganz deutlicher Fingerzeig gewesen, dass er ein Mensch war, der mit Gefühlen nicht umgehen konnte, der sie relativieren und ins Gegenteil verkehren musste.

Jetzt war sie den Tränen nahe. Sie war wütend auf sich selbst, weil sie so leichtgläubig gewesen war.

Nun gut, es war noch nicht zu spät. Noch hatte sie nicht mehr verloren als ihr Herz. Aber sie besaß noch ihren Verstand – der sich jetzt wieder eingeklinkt hatte – und ihre körperliche Unversehrtheit. Um zu sehen, worauf sie sich einließ, würde sie das Verhörzimmer inspizieren. Und falls es verschlossen war, musste sie mit Leanne reden. Die hatte vorhin beim Essen ihr etwas zu sagen versucht, aber Celia hatte stur abgeblockt – genau, wie Leanne früher immer abgeblockt hatte, wenn Celia ihre Gardinenpredigten hielt.

Getrieben von Ärger über sich selbst ging Celia im Stechschritt den Gang entlang bis zum Lift und fuhr ins Untergeschoss. Sie hatte sich gemerkt, dass das Verhörzimmer

Raum 3 war. Er war sogar ausgeschildert. Sie bog um eine Ecke und stand kurz darauf davor. Ohne zu zögern, griff sie nach der Klinke und drückte sie fest hinunter. Die Tür schien verschlossen. Sie drückte mit aller Macht dagegen, aber es nützte nichts. Sie wollte sich schon abwenden, da hörte sie einen Schrei. Sie erstarrte. Der Raum wurde also benutzt. Sie sah den Gang hinunter, versicherte sich, dass sie unbeobachtet war, und presste dann ein Ohr an die Stahltür. Ihr Herz hämmerte wie verrückt, und zunächst hörte sie nichts außer dem Rauschen des Bluts in ihren Ohren.

Sie legte eine Hand auf ihre Brust und atmete tief durch. Da – der nächste Schrei. Lauter diesmal, langgezogen und höher. War das ein Schmerzensschrei oder ein Lustschrei?

Sie nahm aus dem Augenwinkel eine Bewegung wahr. Jemand kam von der anderen Seite des Ganges. Schnell ging sie zur nächsten Tür und tat so, als käme sie gerade von dort. Doch sie hätte sich die Mühe sparen können, denn jetzt sah sie, dass sich die Person rückwärts bewegte.

Mit zusammengezogenen Augenbrauen beobachtete sie, wie der Mann Schritt für Schritt näher kam. Er nickte, sagte etwas zu sich selbst, das sie nicht verstand und wandte sich dann nach links zum Lift. Es war Franklin Larsson. Celia setzte ein unverbindliches Lächeln auf, doch er schien sie gar nicht wahrzunehmen, obwohl er kurz in ihre Richtung schaute. Im Neonlicht wirkten seine Augen starr – wie leblos. Diese dunklen, kalten Augen machten ihr Angst. *Ein irrer Blick*, dachte sie, und war froh, als er um die Ecke verschwand, und sie den nach oben fahrenden Lift hörte.

Glowcastle wurde ihr immer unheimlicher.

***

Nach dem Mittagessen überließ Devin sie schon wieder sich

selbst, weil er ein paar wichtige geschäftliche Telefonate führen musste.

Leanne blieb allein im Restaurant zurück und überlegte, ob sie bei Franklin anklopfen sollte, um ihn zur Rede zu stellen. Was fiel ihm ein, sie eine Stalkerin zu nennen? Als Celia ihr das erzählt hatte, war es wie eine eisige Dusche gewesen.

Sie versuchte es positiv zu sehen. Wenigstens wusste sie jetzt, woran sie bei ihm war. Und auch, woran sie bei sich selbst war. Dass erotische Fantasien nichts mit der Wirklichkeit zu tun hatten, war ihr rational durchaus klar gewesen, aber erst jetzt konnte sie sich bewusst machen, dass Franklin nicht der Gebieter ihrer Träume war und es nie sein würde. Und das war gut so, denn sie hatte ja Devin. Er hatte ihr eine Welt eröffnet, die alle ihre erotischen Träume übertraf. In wenigen Stunden würde sie mit zwei Frauen zusammen sein. Wenn sie an die strenge Alessa dachte und an ihre stolze Sklavin Jo, kribbelte ihr ganzer Körper. Es war wie ein elektrischer Strom.

Nein, an Strom wollte sie jetzt nicht denken, sonst trat die Angst um Celia wieder in den Vordergrund. Da war ihr die andere Angst lieber – diese sinnliche, aufregende Angst vor der Bestrafung, die ihr bevorstand. Eine Angst, die sie in lustvollen Schauern durchrieselte.

Leanne verließ das Restaurant durch eine der offenen Terrassentüren und schlenderte eine Weile ziellos durch den Park, bis sie eine Hängematte entdeckte. Sie legte sich hinein, sah in die Baumkrone hoch und dachte an die Massage, an Kay-Lins geschickte Hände und an den zärtlichen Orgasmus, der so anders gewesen war als die masochistische, wilde Lust, die sie sonst bei einem Höhepunkt empfand.

Die Hängematte schaukelte sanft. Ihre Augen fielen zu.

»Leanne?«

Die Stimme schien aus weiter Ferne zu kommen.

»Entschuldigen Sie bitte die Störung.«

Ihr wurde bewusst, dass sie geschlafen oder zumindest gedöst hatte. Sie fühlte sich entspannt, schwer und müde. Widerwillig öffnete sie die Augen und sah Carl neben der Hängematte stehen, den Hausdiener, der sie gemaßregelt hatte.

Erschrocken versuchte Leanne sich aufzurichten und wäre dabei fast aus der Hängematte gefallen.

Carl hielt sie am Oberarm fest. »Mr Flinkman hat mich geschickt, um nach Ihnen zu suchen und Sie an das Treffen in der Bibliothek zu erinnern.«

Leanne rieb sich die Augen. »Wie… wie spät ist es?«

Carl half ihr aus der Hängematte. »Es ist zehn nach vier.«

Sie fuhr sich durch die zerzausten Haare. »Oh, Mist. Devin wird wütend sein.«

»Keine Sorge«, sagte Carl. »Mr Flinkman ist ein sehr geduldiger Mann.«

Sie warf einen Blick auf den Lederriemen an seinem Gürtel. »Dann werde ich also nicht gemaßregelt?«

Er schüttelte den Kopf.

»Sagen Sie, dieses Verhörzimmer«, versuchte sie ihn auf dem Weg zum Haus auszuhorchen, »wie ist das so? Mit dem Strom, meine ich?«

»Es ist im Moment noch ein Geheimtipp«, informierte er sie. »Ich schätze, einige Gäste sind skeptisch. Aber wer es einmal probiert hat, bucht es immer wieder.«

»Tatsächlich? Ich fand die Atmosphäre sehr unerotisch.«

»Meines Wissens finden besonders die Damen Gefallen an der elektrischen Stimulation.« Vor der Treppe zum Haupteingang blieb er kurz stehen und drehte sich zu ihr um. »Angeblich gibt es keine bessere Methode, um unglaublich intensive multiple Orgasmen zu erleben.«

Wow, da habe ich mir ja völlig unnötige Gedanken gemacht. Gut, dass es mir nicht gelungen ist, Celia zu verunsichern.

Im Foyer kam ihnen Devin entgegen.

»Es tut mir leid, ich bin eingeschlafen«, sagte Leanne, aber Devin machte eine abwehrende Geste.

»Süße, es gibt leider ein Problem.« Er nahm sie an den Schultern. »Es tut mir schrecklich leid, aber ich muss die Session auf morgen Abend verschieben. Eine der Firmen, für die ich die Portfolios manage ist – milde ausgedrückt – in Bedrängnis geraten. Ich muss sofort eine Telefonkonferenz einberufen und Schadensbegrenzung betreiben, sonst sind Hunderte von Arbeitsplätzen gefährdet. Ich weiß, das kommt jetzt total ungelegen und …«

»He, ist schon in Ordnung«, unterbrach sie seinen Redeschwall. »Geh und kümmere dich um deinen Notfall, ich komme klar.«

Verwundert hob er eine Augenbraue. »Du hast Verständnis dafür, obwohl du so wenig über meinen Job weißt?«

»Auch in einem Reisebüro gibt es Notfälle.« Sie zwinkerte ihm zu. »Zum Beispiel eingestürzte Regale.«

Er lächelte. »Stimmt, es war absolut weltbewegend. Es hat mein ganzes Leben verändert.« Devins Handy klingelte. Er zog es aus der Hosentasche. »Gönn dir etwas Gutes«, sagte er noch schnell zu ihr. »Das Orgasmusverbot ist natürlich aufgehoben.«

Dann wandte er sich ab und ging telefonierend die Treppe hoch.

Leanne wäre ihm am liebsten hinterhergerannt. Sie könnte doch einfach dabeisitzen, während er seine Konferenz abhielt, ihm Tee servieren und einen Zigarillo anzünden, während er die Krise löste, könnte seinen Nacken massieren …

Ich könnte aber auch shoppen gehen, mir im Buchladen und

im Sexshop neue Anregungen holen oder einen neuen Haarschnitt ausprobieren. Alles, nur nicht schmollen, weil ihm sein Job wichtiger ist.

Sie wandte sich zur Ladenpassage.

Vor einem der Schaufenster stand Celia und kaute an ihrem Daumennagel, schüttelte dabei immer wieder den Kopf und seufzte zum Steinerweichen.

Leanne trat neben sie und betrachtete die Fotos mit Intimfrisuren. »Also, falls du dich nicht entscheiden kannst, würde ich dir zu dieser hübschen Herzform raten.«

Celia sah sie mit großen Augen an. Sie schien überhaupt nicht zugehört zu haben, denn sie fragte: »Hast du dir schon mal die Schamhaare epilieren lassen?«

»Nein, wieso? Spielst du mit dem Gedanken? Also, reizvoll wäre es schon.« *Devins Küsse auf meinen völlig nackten, zarten, glatten Schamlippen zu spüren. Die Peitsche auf… oh bitte, ich werde schon wieder geil.*

»Es muss höllisch wehtun«, sagte Celia. »Wie kann Alan so etwas von mir verlangen? Und überhaupt, dieses Verhörzimmer – du wolltest mich davor warnen. Was ist dort?«

Jetzt erst merkte Leanne, dass Celia in einer ernsthaften Krise steckte. »Vorhin warst du doch noch so verliebt? Was ist passiert?«

»Wir hatten Sex in der Bibliothek. Es war wunderbar.«

»Klingt grässlich. Kein Wunder, dass deine Hände zittern.«

»Fang du nicht auch noch an, ironisch zu werden«, herrschte Celia sie an.

Ups, da hatte sie wohl den falschen Knopf gedrückt. »Tut mir leid.«

Celia lehnte die Stirn an das Schaufenster. »Ach, ich weiß auch nicht, was mit mir los ist. In meinem Kopf geht es drunter und drüber.«

»Dann sprich mit Alan darüber.«

Celia hob den Kopf. »Das sollte ich wohl tun. Ich hatte ja keine Ahnung, wie anstrengend es ist, sich zu verlieben. Und wie zerbrechlich man sich plötzlich vorkommt. Und welche Ängste einen überfallen können.«

»Die schlimmste Angst ist immer die, dass der andere einen fallen lassen könnte«, meinte Leanne. »Wenn Devin mit mir Schluss machen würde… ich weiß gar nicht, ob ich das verkraften könnte.«

Plötzlich sah sie ein Bild vor sich: Sie und Devin saßen beim Essen. In dem Moment kam Franklin ins Restaurant, trat zu ihnen an den Tisch und sagte zu Devin: »Ich will nicht lange stören. Ich möchte Sie nur bitten, Ihre Freundin etwas besser im Zaum zu halten. Sie ist seit Jahren hinter mir her und belästigt mich.«

Und Devin würde ihm glauben wegen der Szene im Foyer, wo sie Franklin gebeten hatte, sie zu beschützen. Und dann hatte sie auch noch gelogen und behauptet, er hätte ihr daraufhin zugeflüstert, dass er ihr Verhalten missbillige. Verdammt!

»He, Leanne, was ist?«

Leanne blinzelte verwirrt. »Jetzt weiß ich, was du meinst, wenn du sagst, dein Kopfkino geht ungefragt an. Ich hatte so etwas auch gerade. Ich muss unbedingt mit Franklin reden.«

Und zwar sofort, so lange Devin mit seiner Konferenz beschäftigt ist, und ich unbeobachtet tun kann, was ich will. Ich muss Franklin sagen, dass ich absolut kein Interesse mehr an ihm habe, und ihn bitten, keine weiteren Gerüchte über mich zu verbreiten. So in der Art.

»Bis später. Und wie gesagt, rede mit Alan. Alles wird gut.« Sie eilte davon.

***

Alan trat an die Rezeption. »Hast du nicht längst Feierabend?«, fragte er Tess.

Greg Sanders schlug ihm im Vorbeigehen auf die Schulter. Er wohnte nicht im Schloss und machte immer pünktlich Feierabend.

»Bis morgen, Mr Sanders.« Tess wandte sich wieder Alan zu. »Mir hat die Sache mit Larsson keine Ruhe gelassen, deswegen habe ich ein paar Nachforschungen angestellt. Ich habe im Internet nach Zeitungsartikeln geforscht und bin dabei auf das hier gestoßen.« Sie reichte ihm drei aneinandergeheftete Blätter. »Ein Interview, das seine Mutter vor zwei Jahren einem Lifestyle-Magazin gegeben hat. Sehr aufschlussreich, finde ich.«

»Danke, ich werde es mir gleich durchlesen. Bis morgen.«

Alan ging in seine Wohnung. Celia war leider nicht da. Er seufzte sehnsüchtig, schenkte sich ein Glas Wasser ein und machte es sich mit dem Ausdruck neben Fenella auf der Couch gemütlich.

»Mir wurde nichts geschenkt« – Kimberley Larssons erschütternde Lebensbeichte.

Das Gespräch führte Lisa Elver.

Kimberley Larsson und ihre Event-Agentur Kim-Co sind aus der Londoner VIP-Szene nicht mehr wegzudenken. Doch der Weg an die Spitze war steinig für die zierliche, jugendlich wirkende Mittfünfzigerin. Sie macht keinen Hehl daraus, dass sie sich viele Jahre als Prostituierte durchschlagen musste, um sich und ihren Sohn zu ernähren. Sie war selbst fast noch ein Kind, als sie nach einer Vergewaltigung schwanger wurde.

»Meine Jugend war die Hölle«, gesteht sie mir in einem Interview, das wir auf der Terrasse ihrer schicken Penthousewohnung führten. »Kurz nach Franklins Geburt starb meine Mutter. Mein

Vater, der aufgrund jahrelangen Alkoholkonsums körperlich und geistig immer mehr abbaute, war auf meine Hilfe angewiesen. Vor vierzig Jahren konnte von einem sozialen Netz noch keine Rede sein. Die Rente, die mein Vater bekam, reichte vorn und hinten nicht, und meine Kräfte schwanden zusehends, denn die Situation überforderte mich völlig. Ein Baby und einen demenzkranken Vater zu versorgen – das war hart. Ich weiß nicht mehr genau, wie ich den Weg in die Prostitution fand. Meine Erinnerungen sind überschattet von schlaflosen Nächten und hungrigen Tagen. Nach dem Tod meines Vaters wurde alles sogar noch schlimmer.«

Alan überflog eine Spalte und las da weiter, wo ihm der Begriff »SM« ins Auge sprang.

»SM war damals noch kein Thema, über das man sprach, aber ich merkte bald, dass die Freier mir mehr bezahlten, wenn sie mich schlecht behandeln durften. Anfangs waren es nur Beschimpfungen, später ließ ich sie auch handgreiflich werden. Oft hatte ich am nächsten Tag ein blaues Auge und Kratzer oder schlimmere Verletzungen. Dafür musste ich nicht mehr so oft arbeiten. Zwei Nächte pro Woche reichten, damit ich uns ernähren konnte.«

»Wie alt war Ihr Sohn damals?«, will ich von ihr wissen.

Nachdenklich streicht Kimberley sich eine Strähne ihres naturblonden Haars aus der Stirn. »Sie meinen, ob er von den Männerbesuchen und den Misshandlungen etwas mitbekam? Nein, dafür habe ich gesorgt. Wenn ich arbeitete, sperrte ich ihn in den Keller. Ich hatte ihm dort ein gemütliches Eck mit einem Bett und Spielzeug eingerichtet. Er hatte einen Nachttopf und genug zu essen und zu trinken. Aus heutiger Sicht war ich eine Rabenmutter, aber ich habe es nur getan, um ihn vor dem Leben zu beschützen.«

»Dass Sie eine schlechte Mutter waren, würde Ihnen sicher niemand unterstellen, wenn man bedenkt, wie erfolgreich Ihr Sohn Franklin mittlerweile als Gesangs-Coach ist. Wie gut, dass Sie sein Talent erkannt und gefördert haben.«

»Das Talent war nicht zu überhören. Jeden Abend hat er sich selbst Schlaflieder vorgesungen. Manchmal ging das stundenlang so.«

Alan übersprang ein paar Absätze, in denen Kimberleys Penthouse beschrieben wurde und im Vergleich dazu die Umgebung, in der sie früher gelebt hatte.

»Es gab einen entscheidenden Wendepunkt – meinen Selbstmordversuch mit Anfang zwanzig. Ich hatte mir eine Geschlechtskrankheit zugezogen und konnte nicht mehr arbeiten. Franklin war gerade fünf geworden, doch er klammerte immer mehr, anstatt selbständiger zu werden. Mir kam der Gedanke, dass er ohne mich besser dran wäre. Er käme in ein Heim, in dem man ihn wenigstens anständig kleiden und ernähren würde. Er wäre gezwungen mit anderen Kindern zu spielen und würde seine Scheu überwinden. Aber wenn ich ganz ehrlich bin, waren das alles vorgeschobene Gründe. Das Hauptproblem war, dass ich mich vor dem Leben ekelte, vor Männern, vor mir selbst, einfach vor allem. Es war eine Kurzschlusshandlung. Ich griff nach einem Messer und stach mir mit aller Kraft ins Handgelenk. Franklin hatte ich an diesem Morgen zu einer Nachbarin gebracht, die manchmal auf ihn aufpasste. Aber sie bekam unerwarteten Besuch und brachte Franklin zurück, genau in dem Moment, als das Blut zu fließen begann.«

Franklin, so erfuhr Alan weiter, hatte für ein paar Wochen bei der Nachbarin gelebt, bis Kimberley sich wieder um ihn kümmern konnte. Aufgrund des Selbstmordversuchs wurde sie von einer Sozialarbeiterin betreut. Es ging aufwärts. Die Larssons bekamen eine bessere Wohnung und Kimberley kellnerte in verschiedenen Pubs, später in Restaurants. Aus eigener Kraft arbeitete sie sich in immer bessere Positionen hoch und machte sich schließlich mit einer Event-Agentur selbständig.

»Mir wurde nichts geschenkt«, sagt Kimberley, als wir uns verabschieden. »Umso dankbarer bin ich für das, was ich erreicht habe.«

Alan legte die Blätter auf den Tisch, schwenkte das Wasser im Glas und ließ das Gelesene auf sich wirken: Ein fünfjähriger Junge erlebt den Selbstmordversuch seiner Mutter mit. Nachhaltiger kann man ein Kind fast nicht traumatisieren, zumal ein so vorgeschädigtes Kind, wie er es gewesen sein musste. Aufgewachsen bei seiner noch jugendlichen Mutter, die sich gegen Geld von Männern verprügeln ließ, und seinem demenzkranken Großvater. Ein Kind, das nachts oft in den Keller gesperrt worden war.

Die so stolz klingenden Worte, er hätte sich schon als Kind gern selbst in den Schlaf gesungen, waren für Alan weniger ein Beweis seines musikalischen Talents, als ein deutliches Zeichen dafür, wie verstört der Junge gewesen sein musste.

Nach Alans Einschätzung war Franklin Larsson immer noch ein verstörter Mensch, allen beruflichen Erfolgen zum Trotz. Zudem trug er die Gene seines Vaters in sich – eines Vergewaltigers.

Kapitel 15

Nach dem Aufenthalt im Keller – *es ist ein Untergeschoss, kein Keller!* – hätte Franklin am liebsten noch eine Tablette genommen. Es war idiotisch, aber er hatte das Gefühl, beobachtet zu werden. Augen verfolgten ihn.

Er verbot sich, unters Bett zu sehen.

Nein, dort ist kein Tiger. Das sind Kindheitsängste, die wieder hochkommen. Sie sind genauso wenig real wie die Flashbacks.

Das hätte noch gefehlt, dass er jetzt die Kontrolle über sich verlor. Gerade jetzt, wo er kurz davor war, die ultimative Kontrolle zu erleben. Alles würde so geschehen, wie er es wollte – als würde sein Geist den von Leanne kontrollieren. Sein Wille würde den Fluss ihres Blutes lenken. Er würde es jederzeit stillen können. Er würde nicht hilflos mitansehen müssen, wie… *Halt, nein, gefährliches Terrain!*

Franklin duschte eiskalt. So kalt, dass er blaue Lippen bekam und am ganzen Körper zitterte. Gut so, jetzt waren seine Gedanken glasklar.

Er zog sich an, lauter frische Sachen, alles in schwarz. Zuletzt streifte er den Skalpell-Ring über. Nun war er selbst ein Tiger – ein Tiger mit einer Kralle, die in seiner Faust verborgen war.

An der Tür klopfte es, und er wusste sofort, dass es nur Leanne sein konnte. Er fühlte sich unendlich stark, so ruhig und sicher wie noch nie zuvor in seinem Leben. So voll und ganz Herr der Lage, dank seines Rings und dank der Vorsehung, die wusste, dass das Leben etwas an ihm gutzumachen hatte.

Er wartete ein paar Sekunden, bevor er öffnete und kostete die Vorfreude aus, dachte dabei an Leannes zarten Körper, ihre helle Haut, ihre süßen Lippen und die weichen Haare. Erregung erfasste ihn so vollkommen, dass er seinen ganzen Willen würde aufbringen müssen, um sie nicht auf der Stelle zu packen, aufs Bett zu werfen und zu nehmen. Aber das hatte er noch nie getan. Er hatte mit Frauen immer erst geschlafen, wenn sie vor Schmerz und Angst zitterten.

Jetzt!

Er zog die Tür auf. Da stand sie. Tatsächlich. Wieso überraschte es ihn? Er hatte es doch gewusst.

Sie knetete ihre Finger. »Oh, Sie sind ja doch da. Ich wollte schon gehen. Störe ich?«

»Nicht besonders.« Er war wahnsinnig lässig, trotz der Erektion, trotz des Rings, trotz des Gefühls endloser Macht. »Komm rein und setz dich.«

»Ich wollte nur kurz…«

Er deutete auf die schwarze Ledercouch, eine knappe Geste, die jedoch keine Zuwiderhandlung duldete. Sie trat ein und setzte sich, die Knie züchtig geschlossen, die Hände auf die Sitzfläche gestützt, als wollte sie sofort wieder aufspringen. Schön, diese kleinen Fluchtgesten, die ihn wieder an die Jagd erinnerten. Er war der Tiger, sie die Gazelle.

Zu gern hätte er an ihr geschnuppert, ihr übers Gesicht geleckt, ihre Wange gestreichelt, so vorsichtig, dass sie die Schneide an seinem Ring mehr ahnte als spürte. All das musste warten, denn sie war noch nicht in seinem Bann. Ihr Blick glitt unruhig durch den Raum.

»Die Sache ist die.« Endlich sah sie ihm in die Augen, senkte den Blick aber sofort wieder. »Halten Sie mich wirklich für eine Stalkerin?«

»Nein.«

»Oh.« Mit einem verwirrten Lächeln sah sie auf. »Wieso haben Sie es Celia dann erzählt?«

»Hat sie das behauptet? Seltsam, sie muss mich missverstanden haben. Kein Wunder, sie wirkte ziemlich verstört. Ich glaube, das Zusammensein mit Alan Parr bekommt ihr nicht. Sie wäre nicht die erste Frau, die er um den Verstand gebracht hat. Ein gefährlicher Mann, weil er so harmlos, witzig und nett wirkt. Ich habe mich schon oft gefragt, warum Greg Sanders – das ist der Geschäftsführer, mit dem ich gut befreundet bin – ihn nicht längst gefeuert hat.«

Leannes Augen weiteten sich vor Schreck. »Und gerade eben habe ich noch versucht Celia zu beruhigen. Ich muss gleich mit ihr reden und ihr sagen, was ich im Verhörzimmer gesehen habe.« Sie sprang auf.

Franklin, der stehen geblieben war, stellte sich ihr in den Weg. Seine Gedanken rasten. Er durfte sie nicht gehen lassen. Nicht zu Celia. Nicht fort von ihm. Er musste sie ins Untergeschoss bringen. Wie ein Pfeil, abgeschossen von seinem Verstand, landete die Idee im Ziel. »Warte noch, ich will dir erst etwas zeigen. Alan hat einen weiteren Raum einrichten lassen. Einen geheimen Raum.«

Misstrauen blitzte in ihren Augen auf. »Wenn der Raum geheim ist, woher kennen Sie ihn dann?«

»Ich sagte doch, dass ich mit dem Geschäftsführer befreundet bin. Du solltest dir den Raum ansehen und Celia sagen, was Alan mit ihr vorhat. Dann wird sie dir glauben und abreisen, so lange sie noch kann.«

Leanne fasste sich ans Herz. »Das klingt grauenhaft.«

Er lächelte verständnisvoll. »Es bricht dir sicher das Herz, ihre Illusionen zu zerstören. Aber besser, als wenn sie ahnungslos in ihr Unglück rennt, nicht wahr?«

Er schloss die Hand um den Ring und hielt Leanne die Tür auf.

***

Alan fand, dass er jetzt etwas Stärkeres brauchte als Wasser und ging in die Küche, in der er vergeblich nach Kaffeefiltern suchte. Gerade wollte er den Zimmerservice anrufen, als Celia kam.

»He, Süße.« Er legte den Telefonhörer hin und ging ihr mit ausgebreiteten Armen entgegen. Doch sie blieb an der Tür stehen, die Stirn in so steile Falten gelegt, dass er innehielt.

»Stimmt etwas nicht?«

Sie nickte kaum merklich, schob sich an ihm vorbei ins Wohnzimmer, ließ sich auf die Couch plumpsen und starrte finster vor sich hin.

Er wusste sofort was los war oder glaubte es zumindest zu wissen.

»Es tut mir leid«, sagte er und setzte sich bewusst nicht neben sie, sondern in einen Sessel ihr gegenüber, um ihr in die Augen sehen zu können – falls sie sich entschloss, den Blick nicht weiterhin stur auf ihre Knie gerichtet zu halten. »Ich weiß, ich war zu schnell. Und das liegt nicht mal daran, dass ich ein paar Monate unfreiwilliger sexueller Abstinenz hinter mir habe, sondern daran, dass ich dich so wahnsinnig sexy finde.«

Sie atmete hörbar ein und schnaubend wieder aus.

»Nicht nur sexy«, fügte er hinzu, »sondern auch faszinierend, spannend, wunderbar und unwiderstehlich. Davon habe ich mich hinreißen lassen und dich mit meiner entflammten sexuellen Energie geradezu überrannt.«

Endlich sah sie ihn an.

»Schau.« Er setzte sich neben sie, legte einen Arm um ihre

Schultern und küsste ihre Wange. »Ich sehe ein, dass ich mich idiotisch verhalten habe.«

»Nun«, räumte sie ein, »du lebst und arbeitest in einer Umgebung, die einem etwas den Blick für die Realität nimmt.«

»Das wohl auch. Also rudern wir zurück und lernen uns erst richtig kennen. Wie wäre es, wenn ich dich an den Wochenenden in London in einer normalen Umgebung ohne Themenzimmer besuche?« Er war nicht glücklich darüber, diesen Vorschlag machen zu müssen. Eine Wochenendbeziehung dieser Art hatte er schon geführt, aber mit Celia würde es vielleicht besser laufen. Sie war ja nicht ganz abgeneigt, sich auf erotische Experimente einzulassen. »Wenn du dich dann eines Tages wieder nach Glowcastle traust, werde ich nicht mehr so stürmisch sein. Ich ziehe nur noch auf deinen ausdrücklichen Befehl hin Handschuhe an, damit du nicht glaubst, dass ich dich willenlos zu machen versuche.«

Lachend lehnte sie den Kopf an seine Schulter. »So langsam kehrt mein Vertrauen in meine Menschenkenntnis zurück. Aber das war es nicht, was mich beschäftigt hat, als ich vorhin reingekommen bin. Das heißt, im Grunde schon, jedenfalls zum Teil. Ich …«

Sie stammelte noch ein paar Worte und verstummte dann.

»Was gibt es denn noch?«, hakte er nach.

»Ich schäme mich.«

»Erzähl es mir trotzdem. Du weißt doch: Als Enkelsohn einer Psychotherapeutin ist mir nichts Menschliches fremd. Ich verspreche auch dir zu helfen, wenn ich kann.«

»Ja, das kannst du.« Sie löste sich von ihm und sah ihn von der Seite an. »Du kannst mich daran hindern, mich total lächerlich zu machen. Ich meine, noch lächerlicher, als ich mich gemacht habe, als ich Leanne hinterhergereist bin, weil ich dachte, Devin würde sie an einen Scheich verhökern.«

»Und wie genau soll ich das bewerkstelligen?«

»Indem du mich in der nächsten Stunde nicht aus deiner Wohnung lässt und mich vom Telefon fernhältst.«

»Du hattest einen Rückfall«, diagnostizierte er.

»Ja«, sagte Celia. »Einen akuten Anfall von Kopfkino. Ich schaffe es nicht, es abzustellen. Es macht mich verrückt.« Sie presste die Handflächen an die Schläfen.

»In welch entsetzliche Gefahr hat Leanne sich diesmal gebracht?« Er merkte sofort, dass er den falschen Ton gewählt hatte. »Entschuldige, ich wollte nicht sarkastisch sein. Aber es hilft dir bestimmt, deine Angst auszusprechen. Dann kannst du sie realistischer einschätzen.«

»Ich kann dir unmöglich meine albernen Angstfantasien anvertrauen. Ich schäme mich ja sogar vor mir selbst.« Sie sah zur Tür. »Andererseits werde ich so lange keine Ruhe geben, bis ich sicher bin, dass Leanne wieder wohlbehalten bei Devin ist.«

»Bei wem ist sie denn?«

Celia setzte sich zurecht, zog die Beine an und umfasste die Knie.

Alan vermutete, dass jetzt eine längere Schilderung folgen würde, gab den Gedanken an eine Kanne dampfenden Kaffee auf und lehnte sich zurück.

»Also, zu euren Gästen gehört so ein Typ – ich nenne mal aus Diskretionsgründen keinen Namen – für den Leanne schon seit Jahren schwärmt.«

Alan ging in Gedanken die aktuelle Gästeliste durch. War ein berühmter Schauspieler darunter, ein Popstar oder ein Sportler? Nein, jedenfalls keiner im passenden Alter oder von ausreichender Attraktivität.

»Leanne ist nicht gerade ein zurückhaltender Fan«, fuhr Celia fort. »Sie hat ihm immer wieder geschrieben und um ein Autogramm gebeten – und nie eins bekommen. Sie hat keine Gelegenheit ausgelassen, ihn in der Öffentlichkeit zu sehen, was aber selten möglich ist, da er mehr hinter der Bühne agiert. Sie hat sogar seine Wohngegend ausspioniert.«

Alan schwante Schlimmes. Wenn Leanne diesen berühmten Menschen hier in Glowcastle um ein Autogramm anging, könnte sie rausfliegen, und Devin wäre zudem seine Mitgliedschaft los, weil er sie anscheinend nicht instruiert hatte, die Privatsphäre der anderen Gäste zu respektieren. Trotzdem sagte Alan erst mal nichts, um Celia nicht zu unterbrechen.

»Nun ist es so, dass dieser Mensch nicht viele solcher Fans hat, da er nicht im Rampenlicht steht«, fuhr sie fort. »Darum hat er gemerkt, wie auffallend Leanne ihm nachstellt. Er hat es mir gegenüber erwähnt, als wir uns am Pool trafen und ins Gespräch kamen. Er meinte, ihr Verhalten grenze an Stalking. Kurz darauf habe ich Leanne tatsächlich dabei erwischt, wie sie ihn heimlich beobachtete. Ich habe sie darauf angesprochen, und sie hat mir versichert, das würde aufhören.« Sie seufzte. »Dennoch war es dumm von mir, etwas zu sagen, denn jetzt hat sie sich in den Kopf gesetzt, ihm höchstpersönlich mitteilen zu müssen, dass sie das Interesse an ihm verloren hat.«

»Damit wäre die Sache doch geklärt«, fand Alan.

»Du kennst Leanne nicht. Sie macht immer alles komplizierter, wenn sie es zu klären versucht, weil sie nicht nachdenkt, sondern spontan, impulsiv und völlig aus dem Bauch heraus handelt. Ich bin ihr vorhin in der Ladenpassage begegnet. Erst haben wir uns noch ganz normal unterhalten, doch plötzlich stob sie davon. Als ich sie einholte, sagte sie, sie müsse ganz sicher sein, dass Devin nie von den Stalking-Vorwürfen erfährt, darum wollte sie mit ihrem Schwarm – beziehungsweise Ex-Schwarm – reden. Ich habe ihr gesagt, dass sie damit genau das Gegenteil bewirken wird, denn wenn sie bei ihm anklopft, wird er das als Eindringen in seine Privatsphäre empfinden. Aber sie war nicht zu bremsen. Ich bin mitgegangen und blieb ein paar Schritte von seiner Tür entfernt stehen. Ich hatte gehofft, er wäre nicht da, denn ich war ihm eine halbe Stunde davor im Haus begegnet. Als Leanne schon aufgeben wollte, öffnete er doch noch. Tja, und dann hat er sie reingebeten.« Celia legte mit einem tiefen Seufzer ihr Kinn auf die angezogenen Knie. »Ich habe ein paar Minuten gewartet. Dann dachte ich: Na, die scheinen sich ja prächtig zu unterhalten, und bin gegangen. Plötzlich ging es los. Ich habe vor mir gesehen, wie Leanne sich an ihn heranmacht, weil sie in seiner Gegenwart wieder von ihrer Schwärmerei überwältigt wird. Weißt du, Leanne kann nicht anders als verführerisch zu sein, das ist ein Reflex bei ihr.«

In diesem Punkt konnte Alan sie beruhigen. »Sie wird ihn sicher nicht in Gegenwart seiner Begleiterin verführen.«

»Aber das ist es ja! Er hatte mir am Pool erzählt, dass er im Moment allein ist.«

Alan runzelte die Stirn, doch bevor er die Information verarbeitet hatte, bombardierte ihn Celia mit ihren Horrorszenarien: Der Promi weiß sich Leanne nicht anders zu erwehren, als sie zu erwürgen. Der Promi schläft mit ihr, wird hinterher aber von Reue überwältigt und erwürgt sie letztlich doch. Und das waren noch die harmlosen Varianten.

Am Ende zuckte Celia die Schultern. »So, da hast du es. Und das alles nur, weil ich Franklin kurz davor begegnet war, und er diesen irren Blick hatte.«

»Franklin?« Alan sprang auf. »Leanne ist bei Franklin Larsson?«

Sie schlug sich an die Stirn. »Mist, jetzt habe ich den Namen doch genannt. Tut mir leid, vergiss einfach, was ich erzählt habe. Leanne wird doch keine Schwierigkeiten bekommen, oder?«

»Nein, natürlich nicht«, wiegelte er ab, während er Panik aufwallen spürte. Wie albern, was konnte schon passieren? Nun, eine Menge. Leanne war genau der Typ Frau, auf den Franklin stand. Alle seine Begleiterinnen waren naturblond und zierlich gewesen. Genau wie Kimberley Larsson, seine Mutter.

»Weißt du was«, sagte er so lässig wie möglich, »ich werde sicherheitshalber mal anklopfen und nachsehen.«

»Lieber nicht, sonst weiß Leanne, dass ich sie verraten habe«, sagte Celia unglücklich.

Alan erzählte Celia nicht, wozu Franklin in der Lage war. Es war schließlich nur seine eigene laienhafte Diagnose, dass Franklin Frauen Schnittwunden zufügte in dem vergeblichen Versuch, den Selbstmordversuch seiner Mutter zu verarbeiten.

»Ich werde so tun, als käme ich aus einem anderen Grund«, meinte er leichthin. »Ich schiebe Probleme mit der Haustechnik vor. Du gehst inzwischen nachsehen, ob Leanne nicht längst wieder bei Devin ist. Wir treffen uns dann vor Franklins Suite.« So war Celia beschäftigt, und er konnte die Sache in Ruhe klären.

***

Leanne war schockiert. Wie war es möglich, dass sie sich so schnell entliebt hatte? Es musste an Devin liegen. Er hatte Franklin aus ihrem Gefühlsleben verdrängt. So gründlich und absolut, dass Leanne sich nicht einmal mehr ins Gedächtnis rufen konnte, was sie an Franklin Larsson jemals so wahnsinnig anziehend gefunden hatte.

Während sie Franklin zum Aufzug folgte, überlegte Leanne,

dass sie erleichtert sein sollte. Sie war endlich der pubertären Schwärmerei entwachsen.

Aber etwas beunruhigte sie bei alledem. War es die Sorge um Celia? Nein, es war etwas an Franklin. Vielleicht seine Augen. Der Blick war kalt wie eh und je, aber unstet. Das war ihr schon in der Suite aufgefallen, und als sie ihn im Aufzug verstohlen von der Seite ansah, bemerkte sie es wieder. Seine Pupillen flackerten irgendwie, anders konnte sie es nicht beschreiben. Es war unheimlich. *Er* war ihr unheimlich.

Was sollte das denn jetzt schon wieder? Leanne kam mit diesem Wechselbad an Gefühlen nicht klar. Das Hin und Her mit Celia, der alberne Stalking-Vorwurf, den Franklin angeblich nie ausgesprochen hatte. Aber Celia war zuverlässig, sie würde so etwas doch nicht behaupten, wenn sie es nicht aus seinem Mund gehört hätte.

Wer log hier? Auf wen konnte sie sich verlassen?

Devin hatte nur nette Dinge über Alan gesagt, und doch folgte Leanne blind diesem Fremden, weil er behauptete, Alan hätte etwas Entsetzliches mit Celia vor. Wie naiv konnte man eigentlich sein?

Als die Aufzugtür sich im Untergeschoss öffnete, blieb Leanne im Lift und sah auf ihre Armbanduhr. »Ich fürchte, ich habe gar keine Zeit mehr, mir diesen Raum anzusehen. Devin erwartet mich, und er wird fuchsteufelswild, wenn ich zu spät erscheine. Es reicht eigentlich, wenn Sie mir schnell erzählen, was es mit dem geheimen Raum auf sich hat. Ich muss ihn nicht unbedingt sehen.«

Franklin trat in den Gang und drehte sich zu ihr um. Sie konnte seinen Gesichtsausdruck nicht erkennen, da das Licht von hinten kam. »Habe ich eigentlich jemals einen deiner Fanbriefe beantwortet?«, fragte er.

»Nein. Aber das macht nichts. Wirklich, ich…«

»Habe ich mich je dafür bedankt, dass du mir jedes Jahr zum Geburtstag gratuliert hast mit einer Karte, auf der eine Rose abgebildet war?«

Das hatte er also bemerkt. Leanne fühlte sich geschmeichelt, wollte aber trotzdem nur noch weg von hier. Sie hatte Angst, auch wenn sie nicht begründen konnte, woher die Angst kam. Es war wie eine Eilmeldung ihres Unterbewusstseins.

Sie drückte den Knopf für das zweite Stockwerk. Die Tür glitt zu. Franklins Hand schoss vor und packte Leannes Handgelenk. Die Lichtschranke ließ die Tür wieder aufgehen. Er zog sie in den Gang.

»Aua«, protestierte sie und versuchte sich ihm zu entwinden. Ein schneidender Schmerz durchfuhr sie, und sie sah Blut zwischen seinen Fingern hervortropfen. Etwas hatte sie geschnitten.

»Nein«, kreischte sie. »Lassen Sie mich los. Hilfe.«

Er zog sie an sich und drückte mit der freien Hand ihren Kopf so fest an seine Brust, dass sie kaum noch Luft bekam. Ihr linkes Handgelenk, in dem sich ein metallisch scharfer Schmerz ausbreitete, war immer noch in seiner Umklammerung gefangen. »Du kommst jetzt mit. Mach dir keine Sorgen wegen Devin. Ich werde dich vor diesem Wahnsinnigen beschützen.«

Wieso nur hatte sie sich dazu hinreißen lassen, diesen lächerlichen Satz zu sagen?

Sie wollte sich von seiner Brust abstoßen, doch er war viel stärker als sie. Sie atmete durch ein Nasenloch, das halb zusammengepresst war und glaubte, ihre Sinne bereits schwinden zu spüren.

»Da, wo wir hingehen, wird Devin dich niemals finden.«

Endlich ließ er ihren Kopf los. Keuchend schnappte sie

nach Luft, traute sich aber nicht, einen weiteren Befreiungsversuch zu starten oder noch einmal um Hilfe zu rufen. Vielleicht kam ja jemand, denn schließlich war das hier ein durchaus frequentierter Bereich. Das war im Moment ihre einzige Hoffnung.

Er zog sie weiter. Sie spürte ihre linke Hand nicht mehr, doch das Blut tropfte weiter, herausgetrieben von ihrem heftig schlagenden Herzen. »Mir ist übel, ich muss mich übergeben«, behauptete sie und machte Würgegeräusche.

»Sei still, ich muss mich konzentrieren. Hier links, dann diese drei Stufen hinunter. Genau.«

Er ist diesen Weg wohl noch nicht oft gegangen. Wenn ich ihn ablenke, verliert er die Orientierung.

»Da hinten kommt jemand«, log sie. »Ich glaube, es ist Alan.«

Es funktioniert nicht. Er hört mir überhaupt nicht zu. Also lauter.

»Halt, da kommt jemand. Haaaalt!«

Er drehte sich nur kurz um und funkelte sie an. »Wenn du nicht still bist, werfe ich dich dem Tiger zum Fraß vor.«

Er muss den Verstand verloren haben. Oder gibt es hier ein Raubtiergehege, von dem Devin mir nichts erzählt hat?

Franklin blieb in einem dunklen Gang vor einer Tür stehen, die nur angelehnt war. Licht fiel durch den Spalt. Er schob die Tür auf und schubste Leanne hinein.

Sie war wie betäubt, weil sie nicht wusste, was sie zuerst tun sollte: Nach einem Tiger Ausschau halten, ihr verletztes Handgelenk untersuchen, eine Fluchtmöglichkeit ersinnen oder Franklin mit einem verzweifelten Angriff überraschen. Alles schien ihr gleich wichtig, und ihr Gehirn war damit überfordert sich zu entscheiden und ihre Bewegungen zu koordinieren. Sie merkte, wie ihre Gedanken sich immer mehr überschlugen, bis sie nur noch weinen wollte.

Die Tür fiel dumpf ins Schloss. Leanne versuchte auf die Beine zu kommen, weil sie sich am Boden so hilflos fühlte. Doch Franklin stellte einen Fuß auf ihre Schulter.

Sie sah zu ihm hoch, überlegte, ob es helfen würde, wenn sie ihn anflehte. Vielleicht stand er darauf, Frauen zu demütigen.

Das ist bestimmt nur ein Spiel. Ein Rollenspiel, in dem er seine Lieblingsfantasie austobt, so wie ich mir immer vorgestellt habe, von ihm gefangen genommen und ausgepeitscht zu werden. Ja, das muss es sein. Und er glaubt, ich spiele mit.

»Hören Sie, ich möchte das nicht«, sagte sie bestimmt. »Wenn Sie weitermachen, machen Sie sich der Freiheitsberaubung schuldig.«

Er stutzte. »Wie bitte?«

»Ich sagte, dass ich Ihr Spiel nicht mitspielen möchte. Alles, was Sie ab jetzt tun, geschieht ohne mein Einverständnis. Diese Aussage ist kein Teil des Spielszenarios. Ich meine es ernst.«

Endlich nahm er den Fuß von ihrer Schulter. »Was redest du denn da?«

Sie schaffte es, auf die Beine zu kommen. »Ich gehe jetzt. Das ist alles ein peinliches Missverständnis, über das ich mit niemandem reden werde. In Ordnung?«

Franklin hob seine rechte Handfläche und hielt sie ihr hin. Sie musste zweimal blinzeln, bis sie glaubte, was sie sah: Ein Ring mit einer scharfen Klinge, an der Blut klebte.

»Das ist dein Blut an meiner Kralle«, sagte er.

Seine Stimme hatte einen Klang, der so weit jenseits von Normalität lag, dass ihr endgültig klar wurde, wie schlimm ihre Lage war. Sie war in der Gewalt eines Wahnsinnigen.

»Ich will raus«, keuchte sie, von Panik überrannt. »Ich will sofort raus aus diesem Keller!«

»Es ist kein Keller. Es ist ein Untergeschoss.«

Sie wich zurück, stieß an etwas und drehte sich um. Es war eine Liege, deren schwarzes Leder abgewetzt war. Der Raum war größer, als sie im ersten Moment gedacht hatte. Groß und vollgestellt mit ausrangierten Möbeln.

»Ich lasse mich von dir nie wieder in einen Keller sperren«, redete Franklin weiter.

»Aber ich habe dich nie … oh.« Ein Gedanke schlich sich in ihre Verzweiflung und nahm Form an. Sie begann zu verstehen, warum er sie gefangen genommen hatte. Es hing mit seiner Kindheit zusammen, mit den Dingen, die seine Mutter getan hatte.

Leanne wusste alles über Franklin, kannte jeden Zeitungsausschnitt auswendig. Ob ihr das half, ihn in die Normalität zurückzubringen?

»Mein Name ist Leanne«, sagte sie so sachlich und fest wie sie konnte. »Kimberley ist nicht hier.«

Als er den Vornamen seiner Mutter hörte, runzelte er die Stirn. Sie war zu ihm durchgedrungen.

Sie hob ihren linken Arm. »Meine Wunde muss versorgt werden.«

Das war ein Fehler, wie sie sofort merkte. Franklins Augen bekamen wieder diesen flackernden Ausdruck, als er das Blut an ihrem Handgelenk sah.

Schnell ließ Leanne den Arm wieder sinken.

Nun gut, wenn ich ihn nicht in diese Richtung ziehen kann, dann stoße ich ihn in die andere.

»Du bleibst jetzt hier«, sagte sie in einem, wie sie hoffte, mütterlichen Tonfall und klopfte auf die Liege. »Das ist dein Bett. Ich habe dir etwas zu essen vorbereitet. Du weißt doch: Ich muss das tun, um dich vor dem Leben zu beschützen.«

Franklins Reaktion war plötzlich, heftig und völlig unerwartet.

***

Vor der Schwarzen Suite wartete Alan einen Augenblick und legte sich im Geist die Sätze zurecht, mit denen er seinen Besuch erklären würde. Dann klopfte er kraftvoll an. Wartete. Klopfte erneut.

Entweder waren die beiden nicht in der Lage, die Tür zu öffnen, oder es war niemand da. Alan zögerte. Er hatte eine Magnetkarte, die ihm jede Tür öffnete. Wenn er sie verwendete, musste er allerdings einen triftigen Grund haben. Gefahr im Verzug wäre ein solcher Grund. Wenn er sich nun aber Zugang verschaffte und Leanne und Franklin beim einvernehmlichen Liebesspiel erwischte, würde Greg ihm fristlos kündigen.

Alan atmete tief durch. Sein Job war ersetzbar, er könnte jederzeit einen neuen finden. Es ging um Leanne, darum, dass ihr nichts Schlimmes zustieß. Doch wie wahrscheinlich war es, dass Franklin ihr etwas antat? Seine Gespielinnen hatten sich immer freiwillig mit ihm eingelassen, nicht ahnend, wie weit er gehen würde. Es war also nicht anzunehmen, dass er Leanne vergewaltigen würde. Und doch – seit er das Interview mit Larssons Mutter gelesen hatte, spürte Alan, dass Franklin jederzeit »umkippen« konnte. Es musste nur etwas passieren, was sein traumatisches Muster aktivierte.

Alan wünschte, seine Großmutter wäre hier. Sie wüsste genau, wie sie mit dieser Situation umzugehen hätte und könnte die Gefahr viel präziser einschätzen.

Ein weiteres Mal klopfte Alan, dann zog er die Magnetkarte aus seiner Brieftasche und führte sie in den Schlitz ein. Die rote LED erlosch, grün leuchtete auf. Jetzt gab es kein Zurück mehr. Alan drehte den Knauf und schob die Tür auf. Durch den sich verbreiternden Spalt sah er zuerst die Couch, dann den Schreibtisch, zuletzt den kleinen Flur, der zu Bad und Schlafzimmer führte. Kein Mensch war zu sehen und auch nicht zu hören. Alan legte den Kopf schief und lauschte aufmerksam, aber aus dem Schlafzimmer kam nicht das geringste Geräusch. Er ließ die Tür zum Gang offen und ging zum Schlafzimmer. Die Tür war offen, das Bett leer. Blieb nur noch das Bad. Auch dort war niemand.

Die Anspannung fiel von ihm ab. Er wollte sich schon zum Gehen wenden, als sein Blick auf eine Tablettenschachtel fiel, die auf der gläsernen Ablage über dem Waschbecken lag. Der Name des Medikaments war ihm unbekannt, aber eine ähnliche Verpackung hatte er schon einmal gesehen, und zwar in der Praxis seiner Großmutter. Alan nahm die Schachtel auf und las, dass es sich um ein Antipsychotikum handelte.

Himmel noch mal, Franklin litt also an einer Psychose. Alan gestattete sich einen Blick auf den Beipackzettel. Dieses Mittel wurde nur bei schweren Psychosen verschrieben. Mit fahrigen Händen versuchte er den Zettel wieder zusammenzulegen, aber der Beipackzettel war widerspenstig, und so legte er ihn schließlich einfach neben die offene Schachtel.

Diesmal zögerte Alan nicht, als er den Spiegelschrank öffnete, um nach weiteren Indizien für Franklins Gefährlichkeit zu suchen. Er wurde fündig. In einem silbernen Etui lagen zwei Skalpelle.

»Alan?«, hörte er Celia rufen.

Schnell schloss er das Etui, legte es an seinen Platz zurück und ging ihr entgegen, bevor sie sehen konnte, was er entdeckt hatte.

»Niemand da«, sagte er. »Wir sollten besser gehen, bevor

Franklin wiederkommt. Hast du Leanne gefunden?«, fragte er, sobald sie wieder im Gang waren.

»Nein. Devin hatte kaum Zeit mit mir zu reden, weil er eine Telefonkonferenz abhält. Ich bin noch mal in die Ladenpassage zurück, aber da war sie nicht. Na ja, immerhin ist sie nicht mehr bei Franklin. Damit ist unsere Mission erledigt.«

»Für mich nicht«, sagte Alan und ging mit ausholenden Schritten den Gang entlang zum Lift. »Für mich ist sie erst beendet, wenn ich weiß, wo Leanne sich befindet.«

»Wieso? Hauptsache, sie sind nicht in seiner Suite. Anderswo kann ja nichts passieren. Oder?«

»Das werde ich herausfinden. Sie könnten in einem der Themenzimmer sein.«

Celia konnte kaum mit ihm Schritt halten. »Willst du die jetzt alle abklappern?«

»Ja, aber nicht per pedes.«

Zurück in seiner Wohnung klappte er den Laptop auf, der auf dem Couchtisch stand, und loggte sich ins Überwachungssystem ein. Damit konnte er die aktuellen Bilder der Videokameras abrufen.

»Ich verstehe.« Celia setzte sich neben ihn. »Du führst mir vor, wie meine Angststörung auf andere wirkt, indem du sie übertrieben nachahmst. Ich habe meine Lektion gelernt, du kannst jetzt aufhören.«

Sollte sie denken, was sie wollte! Er fühlte sich getrieben von einer Angst, von der er nicht einmal wusste, worauf sie genau gründete. Das Medikament und die Skalpelle allein waren es nicht. Auch nicht Franklins Vorgeschichte. Sein Unterbewusstsein hatte etwas aufgeschnappt, das ihm nun keine Ruhe mehr ließ.

Die Kameras waren nach Räumen sortiert. Alan begann mit den weniger kritischen Arealen: Der Tennishalle, dem

Wellnessbereich, den anderen Sporteinrichtungen. Falls Leanne dort irgendwo war, konnte er sich die Indiskretion sparen, die Themenzimmer abzurufen. Sein Einlogvorgang wurde vom Zentralcomputer registriert, und er würde sich später dafür verantworten müssen. Falls er Leanne oder Franklin allein ausmachen konnte, würde er wissen, dass seine Sorge unnötig gewesen war. Doch er konnte sie nirgendwo entdecken.

Er öffnete mit einem Passwort den Zugang zu den Themenzimmern und klickte sich durch die Räume.

»Jetzt hör schon auf damit«, drängelte Celia. »Ich weiß ja, dass ich überreagiert habe. He, was ist das denn?«

Sie deutete auf den Bildschirm, auf dem das Verhörzimmer zu sehen war. Zwei Personen liebten sich am Rand des Bilds auf der Liege. Der Gynäkologenstuhl stand gut sichtbar mitten im Bild. Auch das Reizstrom-Gerät war bestens zu erkennen. Alan wollte den Laptop zuklappen, aber Celia hielt dagegen. »Lass mal.« Sie beugte sich näher heran. »Weißt du, woran mich das erinnert?«

»An einen Besuch beim Frauenarzt deines Vertrauens?«

»Der hat keine Fesselmanschetten an seinem Stuhl.« Ihr Tonfall hatte etwas leicht Sarkastisches, was sonst seine Spezialität war. Jetzt merkte er, wie unangenehm es war, nicht erkennen zu können, was in einem anderen Menschen vorging, der sich hinter rhetorischen Abwehrmustern versteckte.

»Es erinnert mich an eine Filmszene«, sagte Celia. »Die Heldin wurde auf so einem Stuhl gefesselt und gefoltert. Mit Elektroschocks.« Sie sah ihn an. »Ist das das Verhörzimmer?«

»Ja.«

»Und was ist das?«

Sein Blick folgte ihrem Zeigefinger zu einem silbernen Stab mit abgerundeter Spitze. »Ein Elektrodildo.«

»Du meinst, der wird eingeführt und dann unter Strom gesetzt?«

»Ja, aber …«

»Keine Erklärungen. Dafür ist es zu spät.«

Sie klang so sachlich, dass er nicht wusste, wie sie es meinte.

Diesmal war sie es, die den Laptop zuklappen wollte, aber er sagte, dass er erst alle Kameras überprüfen wollte.

»Wozu denn?«, fragte sie. »Wir wissen doch jetzt, dass es nur mein Kopfkino war. Und das alles nur, weil ich vorhin unbedingt dieses Verhörzimmer ausspionieren wollte und auf dem Rückweg Franklin begegnet bin, der mir mit einem völlig wirren Blick im Gang entgegenkam.«

Alan zog die Augenbrauen zusammen. »Und wann war das genau?«

»Etwa eine halbe Stunde bevor ich Leanne begegnet bin.«

»Was hatte er im Keller zu suchen? Der einzige Raum, der für Gäste interessant ist, ist das Verhörzimmer. Alles andere sind Vorratsräume, Abstellräume, Haustechnik und derlei. Aus welcher Richtung kam er? Hat er etwas gesagt?«

»Nein. Aber er ging rückwärts, so als wollte er sich einen Weg einprägen. Und als er sich umdrehte, hatte ich das Gefühl, in total verstörte Augen zu blicken. Er hat mich überhaupt nicht bemerkt.«

»Das war es!«

»Das war was?«

»Was mich die ganze Zeit beunruhigt hat. Du hattest es erwähnt, als du mir von deinem Rückfall erzählt hast.« Er stand auf. »Wir gehen sie suchen.«

»Leanne?«

»Ja. Franklin könnte sie in den Keller gebracht haben.«

»Warum sollte er das tun?«

Alan rief an der Rezeption an. »Ich brauche sofort ein paar

Männer, die mir im Keller helfen, eine verschwundene Person zu suchen. Antonia sollte auch darüber informiert werden, dass ich sie eventuell brauche.«

»Wer ist Antonia?«

»Antonia Lawrence ist unsere Ärztin. Möchtest du mitkommen?«

»Ja, natürlich. Obwohl ich wirklich nicht glaube, dass …« Sie wischte den Satz mit einer raschen Handbewegung fort und erhob sich. »Es ist egal, was ich denke. Du hast *mein* Kopfkino ernst genommen. Jetzt nehme ich deins ernst.«

***

Die Verwandlung geschah so schnell, dass Leanne nicht darauf gefasst war. Eben noch hatte Franklin groß und drohend vor ihr gestanden, plötzlich sank er in sich zusammen, klammerte sich an ihre Beine und wimmerte. »Nein, geh nicht weg, der Tiger wird dich fressen.«

»Ist schon gut«, sagte sie. »Mit dem Tiger werde ich fertig.«

»Er wird dich töten. Ich weiß es. Ich habe es gesehen. Alles voller Blut. Geh nicht weg.«

Leanne sah zur Tür. Sie war zu, aber nicht verschlossen, denn sie erinnerte sich nicht, dass Franklin abgesperrt hatte. Sie sah auch keinen Schlüssel oder Riegel. Dort lag ihr Fluchtweg, aber so lange Franklin sich mit der ganzen Kraft seines zitternden Körpers an ihre Beine klammerte, konnte sie froh sein, nicht das Gleichgewicht zu verlieren.

»Lass mich los. Wir gehen gemeinsam nach oben. Du brauchst heute nicht im Keller zu schlafen. Komm, steh auf.«

Er sah zu ihr hoch. »Ich kann den Tiger in den Schlaf singen, weißt du.«

Leanne bekam eine Gänsehaut, weil sie an einen Satz dachte, den Kimberley in dem Interview gesagt hatte.

Jeden Abend hat er sich selbst Schlaflieder vorgesungen. Manchmal ging das stundenlang so.

Der arme Junge. Er hatte versucht, den Tiger zu besänftigen, der ihn in Todesangst versetzte.

»Das ist fantastisch«, lobte sie ihn übertrieben. »Du musst mir unbedingt zeigen, wie du das machst.«

Leanne reichte ihm die Hände, um ihm hoch zu helfen, doch er packte sie und zog sie zu sich herunter.

»Da, schau, er hat dich schon verletzt. Er wird dich töten und fressen. Und danach bin ich dran.«

»Nein, ganz bestimmt nicht. Das verspreche ich dir.«

»Ich weiß es, ich hab es doch gesehen.« Er ließ sie los, aber der Moment zur Flucht war noch nicht gekommen, denn er hatte ein Bein auf ihre Unterschenkel gelegt, als sie in die Knie gegangen war. Er holte mit der rechten Hand aus und schlug mit aller Macht auf sein linkes Handgelenk. Dann zog er die Klinge darüber. Der Schnitt blutete. Die Klinge war nicht breit genug, um seine Pulsader zu erreichen, aber auch so war der Anblick erschreckend genug. Wieder holte er aus, wohl um den Schnitt zu vertiefen.

»Hör auf.« Leanne versuchte ihn zurückzuhalten, aber er war viel zu kräftig.

Der nächste Schnitt landete knapp unter dem ersten und blutete stärker.

»Hör auf damit!«, schrie sie und versuchte ihre Beine unter seinem wegzuziehen. Doch er presste sich auf sie wie ein Irrer. Nun, er war ja auch ein Irrer. Ein Irrer, der sich vor ihren Augen umbrachte und sie zugleich daran hinderte, Hilfe zu holen.

Sie könnte versuchen, ihn wieder in die Gegenwart zurückzuholen. Doch dann würde er sich daran erinnern, wer sie wirklich war, und was er mit ihr vorgehabt hatte.

»Hilfe«, schrie sie, und konnte nur hoffen, dass die Tür nicht schalldicht war. »Hilfe!«

Hörte sie Stimmen und Getrampel? Ja, da war etwas. »Wir sind hier!«

Endlich. Die Tür wurde aufgestoßen. Carl erschien, war mit zwei Schritten bei ihr und zog Franklin von ihr weg. »Ich habe sie gefunden«, rief er über die Schulter.

Kurz darauf kamen Celia und Alan angerannt.

Leanne stand auf und warf sich Celia in die Arme. Schemenhaft bekam sie mit, wie Alan telefonierte, und wie kurz darauf eine Frau erschien, die dem sich heftig sträubenden Franklin eine Spritze gab. Jemand brachte eine Trage. Das Wort Notarzt fiel. Franklin wurde abtransportiert.

Auf Celia gestützt ließ Leanne sich zum Aufzug bringen. »Nicht zu Devin«, flüsterte sie. »Er arbeitet. Ich soll ihn nicht stören.«

Danach fehlten ihr ein paar Minuten. Als sie wieder zu sich kam, lag sie auf einem fremden Bett. Die Frau, die Franklin eine Spritze gegeben hatte, verband Leannes Handgelenk. Celia saß am Bett und streichelte ihre Stirn. Leanne war unendlich dankbar und zeigte es Celia mit einem Lächeln, das allerdings recht schwach ausfiel.

Dann kam Devin, und Leanne wollte nur noch eines: In seinen Armen liegen und vergessen, dass sie jemals für Franklin geschwärmt hatte.

Kapitel 16

Devin erwachte in den frühen Morgenstunden und betrachtete sein Elfchen mit zärtlicher Besorgnis. Er hatte nicht besonders tief geschlafen, aus Angst, sie könnte von Albträumen geplagt werden. Doch sie sah friedlich aus, wie sie so auf der Seite lag, den Kopf zu ihm gedreht, die Hände vor dem Gesicht aufeinandergelegt.

Sie murmelte etwas im Schlaf und rutschte näher zu ihm. Er küsste ihre Schulter, ihre Halsbeuge und streichelte ihre Haare. Ihre Augenlieder flatterten leicht, dann öffneten sie sich. »Schlaf weiter, Elfchen«, flüsterte er.

»Muss nicht sein«, murmelte sie und kuschelte sich in seine Armbeuge.

»Es wird wohl am besten sein, wenn wir heute abreisen«, überlegte er laut.

»Ist das Problem mit der Firma noch nicht gelöst?«

»Welche Firma? Ach das. Doch, das ist gelöst.«

»Wieso willst du dann abreisen?«

»Nach allem was passiert ist…«

»War doch nicht so schlimm.«

»Nicht so schlimm?« Devin konnte sich nur wundern, wie schnell sie den Schock verarbeitet hatte.

»Bis auf einen Kratzer ist mir nichts passiert.«

Er betrachtete ihr bandagiertes Handgelenk. »Das war kein Kratzer, sondern ein Schnitt.«

»Musste doch nicht mal genäht werden, dann zählt es nur

als Kratzer.« Sie drehte sich auf den Rücken. »Nimm mich.«

»Ich bin mir nicht sicher, ob ich in der Stimmung dazu bin.«

Leanne strampelte die Decke weg, und ihr nackter Körper kam zum Vorschein. »Jetzt vielleicht?«

»Schon eher.« Er fuhr mit der Hand über ihren Bauch hoch zu ihren Brüsten, die er liebkoste. Ihre Brustwarzen richteten sich auf, und er beugte sich vor, um an einer zu saugen.

»Meinetwegen müssen wir nicht abreisen«, sagte sie. »Im Gegenteil. Jetzt ist die Gefahr schließlich weg, und wir können alles in Ruhe genießen. Ich freue mich doch schon so auf die Session in der Bibliothek.«

»Bist du sicher?« Er fasste ihr zwischen die Schenkel und hatte bereits die Antwort. Sie war feucht. »Du bist unglaublich.«

Sie zog ihn an den Schultern zu sich heran. »Erzähl mir, wie du mich in der Bibliothek bestrafen willst.«

Er drang in sie ein und bewegte sich langsam vor und zurück. »Das wird Alessa übernehmen.«

Sie wand sich unter ihm. »Uh, Alessa ist sehr streng.«

»Verdammt streng, du sagst es.«

Leanne begann zu keuchen, was ihn antrieb, sie fester zu ficken. Sie kam plötzlich und lange, und er kostete es aus in sie hineinzustoßen, während ihre Muskeln sich um sein Glied schlossen und es massierten. Als sie den Kopf zurückbog, leckte er ihre Kehle. »Ich möchte, dass du in meinem Mund kommst«, stöhnte sie.

Er glitt aus ihr heraus und rutschte ans Kopfende. Kaum hatte er sein Glied an ihre Lippen gesetzt, schoss ihre Zunge hervor und machte sich geschickt daran, seine Eichel zu reizen. Er zögerte den Moment hinaus, so lange er konnte, doch schließlich verlor er die Beherrschung und drängte zwischen ihre Lippen, die sie willig öffnete, um ihn tief in sich aufzunehmen. Dabei saugte sie so eifrig, dass er nach wenigen Stößen kam.

Hinterher zog er sie über sich und leckte den Rest seines Spermas von ihren Mundwinkeln. Sie küssten sich tief und innig, dann sank sie entspannt an seine Brust und schlief nach wenigen Atemzügen ein.

Wieder bewachte er ihren Schlaf, diesmal nicht besorgt, sondern glücklich.

***

Celia erwachte davon, dass Alan endlich ins Bett kam. »So spät – oder früh?«, meinte sie mit einem Blick auf die Uhr. Die Nacht war längst vorbei.

»Ich bin noch ins Krankenhaus mitgefahren, um sicher zu sein, dass Larsson richtig behandelt wird. Das Antipsychotikum, das er nimmt, hat starke Neben- und Wechselwirkungen. Zum Glück kannte der Oberarzt sich aus. Er meinte, wenn jemand so lange dasselbe Medikament nimmt, kann es seine Wirkung verlieren. Darum der psychotische Schub. Larsson ist einerseits ein gefährlicher Mistkerl, aber zugleich auch eine arme Sau.«

»Arme Sau – ist das der Fachbegriff für seine Psychose?«

Alan sah sie an, suchend, forschend, unsicher. »Eigentlich ein Wunder, dass du noch mit mir redest und in meinem Bett schläfst.«

»Wer weiß, was passiert wäre, wenn du nicht nach Leanne gesucht hättest. Ich werde dir ewig dankbar dafür sein.« Sie rückte ganz nah an ihn heran und legte eine Hand auf seine Brust.

»Noch ein Wunder – du berührst mich.«

Was hatte er nur? »Natürlich berühre ich dich. Wir sind doch zusammen, oder sind wir das nicht?«

»Doch ... das heißt, ich dachte ... nachdem du das Verhörzimmer gesehen hast.«

Jetzt verstand sie. Sie hatte sehr zurückhaltend reagiert, weil sie aus Unsicherheit nicht hatte zeigen wollen, was sie wirklich fühlte. Und nun glaubte er, sie wäre schockiert gewesen. »Ich fand es geil.«

Er richtete sich pfeilgerade auf. »Geil? Aber du sagtest, es würde dich an eine Folterszene erinnern.«

Sie grinste, konnte aber nicht verhindern, dass sie rot wurde. »Ich habe Folterszenen in Agententhrillern immer besonders gern gesehen. Es war mir fast schon unheimlich, wie erregend ich das fand.«

Er legte sich wieder hin und tupfte viele kleine Küsse auf ihre Stirn und ihre Nase. »Dann war deine Lackleder-Verkleidung also ein ganz subtiles Statement.«

»Für mich war es vor allem ein mutiges Statement.« Sie streichelte seinen Bauch und fuhr mit der Hand tiefer, bis sie seine Erektion berührte. »Und du meinst, mit einem Elektrodildo könntest du mir multiple Orgasmen bereiten?«

»Wenn es sein muss, finde ich auch Mittel und Wege, einen Handschuh unter Strom zu setzen.«

Sie umschloss sein Glied und rieb es sanft, bis er stöhnte. »Das wird sehr, sehr spannend. Jetzt, wo ich weiß, wofür ich mich der Wachsprozedur unterziehen werde, nehme ich das Opfer gern auf mich. Du hättest es mir längst erzählen sollen.«

»Ich konnte ja nicht ahnen, dass du so locker damit umgehen würdest. Apropos locker.« Er hob das Becken. »Du kannst gern fester zupacken.«

Kapitel 17

Der Notfall in Devins Firma schien noch nicht ganz behoben, denn nach dem Frühstück musste er noch ein paar Telefonate erledigen, um die »Restkrisen« aus der Welt zu schaffen.

Leanne war das ganz recht, denn sie brauchte ein bisschen Zeit für sich allein, um zu verarbeiten, was geschehen war. Sie saß auf dem Balkon der Suite und konzentrierte sich auf ihre Atmung, um nicht von Gedanken überrannt zu werden.

Ganz so leicht, wie sie Devin glauben ließ, nahm sie die Sache nicht. Der Schreck saß ihr noch in den Knochen, sie wollte nur nicht darüber reden. Sie fand, das machte es noch schlimmer, weil sie dann die komplexen Verknüpfungen entwirren musste, die sie in diese Lage gebracht hatten.

Wäre Celia nicht dagewesen, hätte niemand mitbekommen, dass Leanne zu Franklin gegangen war. Andererseits war es ja genau *wegen* Celia gewesen, weil Franklin ihr erzählt hatte, Leanne sei eine Stalkerin. Dann die Szene im Foyer, als Devin sie vor Franklins Augen übers Knie gelegt hatte. Auch das war nur passiert, weil Leanne sich über Celias Kommen aufgeregt hatte. Und wieso hatte Leanne sich von Franklin überhaupt in den Keller locken lassen? Weil sie dachte, dort gäbe es etwas, vor dem sie Celia warnen musste.

Diese Gedankengänge waren nur die Spitze des Eisbergs. Darunter gab es noch weitere Verflechtungen, die Devin und Alan ins Spiel brachten. Und natürlich Leanne selbst, ihre Impulsivität und ihre unüberlegten Aktionen.

Über all das wollte sie nicht nachgrübeln, denn sie fand es irrelevant, wer Schuld hatte. Sie mochte auch nicht darüber spekulieren, was Franklin mit ihr angestellt hätte, wenn es ihr nicht gelungen wäre, ihn glauben zu machen, sie wäre seine Mutter.

Es zählte einzig, dass alles gut gegangen war. Selbst für Franklin hatte es glimpflich geendet. Er wäre früher oder später sowieso ausgetickt, dessen war Leanne sicher, nachdem sie seinen Anfall miterlebt hatte. Dass er sich in seinem Wahn Leanne als Opfer erkoren hatte, war sein Glück gewesen, denn sie hatte ihn daran hindern können, sich umzubringen. Andererseits hatte sie ihn überhaupt erst in einen suizidgefährdeten Zustand versetzt. Es war wirklich alles sehr kompliziert.

Sie selbst war jetzt um eine Erfahrung reicher. Was genau sie daraus lernen würde, wusste sie noch nicht, das würde sich zeigen.

Aufgrund des Windes, der durch die nahen Bäume rauschte, ahnte sie mehr das Klopfen an der Tür, als dass sie es hörte. Sie ging in die Suite und öffnete. »Celia!« Sie war selbst überrascht, wie nahe sie den Tränen war, die sie heroisch herunterschluckte.

»Wie geht es dir?«, fragte Celia.

»Prima. Ganz prima«, versicherte Leanne. »Devin sagt, ich bin schon wieder so frech und unmöglich wie eh und je.«

»Das heißt, du bist noch ziemlich verstört und spielst die Tapfere«, analysierte Celia.

»Hör sofort auf, in meinen Gefühlen zu lesen wie in einem offenen Buch«, schalt Leanne sie lachend. Dann zog sie sie an der Hand auf den Balkon. »Lass uns so tun, als ob es ein ganz normaler Morgen wäre. Magst du Kaffee? Ein Croissant?«

»Gern. Ich hatte noch kein Frühstück. Alan schläft noch, weil er eine lange Nacht hatte.«

Leanne beobachtete Celia genau, während sie ein Croissant butterte. »Du siehst immer noch sehr verliebt aus, wenn ich mich auch mal im Gefühle deuten versuchen darf. Du siehst sogar verliebter aus als gestern. Von Unsicherheit keine Spur mehr. Was ist passiert?«

Celia grinste, stand auf und zog ihre Jeans herunter. Es folgte der Slip.

Leanne konnte es kaum fassen, dass ihre sonst so züchtige Freundin sich hier – mehr oder weniger im Freien – entblößte. Noch größer war die Überraschung, als sie sah, dass Celia sich hatte epilieren lassen. Ihr Schoß war nackt und leicht gerötet.

Celia sah an sich selbst herab. »Ich war gerade bei Emma. Die macht hier die Intimfrisuren. Es hat mich reichlich Überwindung gekostet, und es hat auch ziemlich wehgetan. Aber die Aussicht auf einen Abend im Verhörzimmer hat als Motivation gereicht.« Celia zog sich wieder an, setzte sich und biss mit einem breiten Grinsen in ihr Croissant.

»Dann weißt du jetzt also, was dich erwartet. Und es hat dich nicht abgeschreckt?« Überhaupt erschien ihr Celia wie verwandelt. Viel unverkrampfter und gelöster.

»Im Gegenteil. Es macht mich heiß. Ich glaube, ich werde auf meine alten Tage noch ein richtiges Sexmonster.«

Leanne lachte aus voller Kehle. »Puh, und ich hatte schon Angst, dass in fünf Jahren – wenn ich so eine alte Schabracke bin wie du – der Sex nur noch eine schöne Erinnerung sein würde.«

Celia lachte mit, dann wurde sie wieder ernst. »Wie ist es, bleibt ihr, oder möchtest du nach dem gestrigen Vorfall lieber abreisen?«

»Das hat Devin mich auch gefragt. Ich will bleiben. Denn wir haben heute ein Treffen mit zwei faszinierenden Frauen geplant, das ich um nichts in der Welt versäumen möchte.«

Celia wurde etwas verlegen. »Mit zwei Frauen?«

»Ich wusste selber nicht, dass ich lesbische Neigungen habe, bis ich Jo begegnet bin. Devin hat es schon vorher geahnt. Stell dir vor, er dachte, du und ich wären ein Paar.«

Röte überzog Celias Gesicht.

»Keine Angst, du bist nicht mein Typ.«

Celia sagte mit gespielter Enttäuschung: »Oh, und ich dachte, dass wir uns gegenseitig mit dem Lederdildo verwöhnen könnten, wenn wir wieder zu Hause wären.« Dann sah sie verlegen zur Seite.

»Ich erkenne dich kaum wieder«, sagte Leanne. »Bald wirst du so locker sein, dass ich dich daran erinnern muss Unterwäsche zu tragen, wenn du das Haus verlässt.«

Grinsend sah Celia wieder zu ihr zurück und leerte ihre Kaffeetasse. »Alan ist ein guter Lehrer.«

»Ein guter Liebhaber hoffentlich auch.«

Celia seufzte verzückt. »Ich glaube, ich sollte mal nachsehen, ob er noch schläft, damit ich ihn wachküssen kann. Es gibt nichts Sinnlicheres als einen Mann, der warm und entspannt im Bett liegt und sich nicht wehren kann.«

An der Tür kam Celia doch noch einmal auf den vergangenen Abend zurück. Sie küsste Leanne auf die Wange und meinte: »Wenn wir wieder daheim sind, arbeiten wir das in aller Ruhe auf, okay?«

Leanne drückte dankbar Celias Hand.

***

Celia öffnete die Tür nahezu lautlos und schlich dann mit angehaltenem Atem ins Schlafzimmer. Sie wurde mit einem hinreißenden Anblick belohnt: Alan lag nackt auf der Seite, das Laken zwischen die Beine geknautscht. Fenella hatte sich in seiner Armbeuge zusammengerollt.

Celia ging vor dem Bett in die Hocke und betrachtete die beiden ruhig atmenden Gestalten. Fenella quittierte ihre Anwesenheit mit einem leisen Schnurren, streckte die Vorderpfoten und schlief weiter. Alans Nasenflügel zuckten, als Fenellas Ohr ihn im Gesicht berührte, aber er wachte nicht auf. Auf seinen Wangen war ein Hauch von Bartwuchs zu sehen, flaumig und bestimmt nicht stoppelig. Celia spürte ein Pochen zwischen den Schenkeln, als sie an das dachte, was sie vorhatte.

Ganz langsam, damit sie nicht klirrten, legte sie die beiden Paar Handschellen, die sie besorgt hatte, auf den Nachttisch, schlich sich auf Zehenspitzen durchs Schlafzimmer und sammelte alles ein, was sie brauchte. Im Bad wechselte sie von Jeans und T-Shirt in ihr Agentinnen-Outfit.

Celia hob Fenella vom Bett und trug sie zur Couch ins Wohnzimmer. »Was jetzt kommt, ist kein Anblick für dein zartes Gemüt«, flüsterte sie ihr zu.

Zurück im Schlafzimmer berührte sie Alan vorsichtig an der Schulter und drückte sie leicht nach hinten. Als hätte er verstanden, was sie von ihm erwartete, drehte er sich auf den Rücken. Sie nahm sein linkes Handgelenk und ließ eine Handschelle einschnappen. Alans Augen flogen auf. »He, was …?«

»Stillhalten«, befahl sie.

Mit hochgezogenen Augenbrauen ließ Alan seine Handgelenke an die Sprossen des Bettkopfteiles fesseln. Sie kniete sich über ihn. »Jetzt können wir spielen.«

Er gähnte, versuchte es zu unterdrücken, schaffte es aber nicht ganz. »Ich fürchte, es ist unhöflich zu gähnen, ohne sich die Hände vor den Mund zu halten.« Er rüttelte an den Handschellen. »Selbst wenn man dazu gar nicht in der Lage wäre.«

Sie legte eine Hand über seinen Mund. »Jetzt kannst du gähnen.«

Er tat es und zwickte sie mit den Zähnen kurz in den Daumenballen, als er den Mund wieder schloss. »Was für ein Spiel wird das?«

»Ein Frage- und Antwort-Spiel.«

»Aha, also ein Verhör.«

»So in der Art. Ich stelle dir Fragen über Elektrosex, und du bekommst für jede Antwort eine Belohnung, die darin besteht, dass ich ein Kleidungsstück ausziehe. Am Ende gibt es noch eine Überraschung, wenn du alle Fragen brav beantwortet hast.«

»Also doch kein Verhör, da arbeitet man nämlich nicht mit Belohnung, sondern mit Strafen.« Er rutschte in die Mitte des Kopfkissens. »Wenn du mir nicht wehtun willst, warum fesselst du mich dann?«

Sie stand auf, die Füße neben seinen Hüften. »Damit du mir nicht dazwischenfummelst. Diesen Striptease will ich nicht verbocken.«

Er grinste.

»Erste Frage. Warum stehst du auf Elektrosex?«

»Weil es geil ist.«

»Das ist keine richtige Antwort, denn darauf muss ich gegenfragen, warum du es geil findest.«

»Also schön, du willst eine Vorlesung.« Wieder zog er an den Handschellen. »Ich unterstreiche meine Worte gern mit den Händen.«

»Es muss auch ohne gehen – oder damit.« Sie ging noch einmal in die Knie und zerrte die Bettdecke weg. Sein halb erigiertes Glied kam zum Vorschein.

»Das hat man mir im Rhetorikkurs nicht beigebracht.«

»Nun mach schon, oder ich überlege mir doch eine Strafe.«

»Also, was ist geil daran. Äh … es ist die Art der Stimulation. Beim Sex – also beim ganz normalen Sex – basiert sie auf Reibung, die Nervenenden werden mechanisch angeregt. Bei der elektrischen Stimulation werden sie stattdessen mit elektrischen Impulsen gereizt. Und das ist nicht nur intensiver, sondern erzeugt auch eine ganz andere Art von Reiz. Einer Frau zuzusehen, wie sie das erlebt, und sie danach zu ficken ist ein Erlebnis, das man nie vergisst.«

»Das lasse ich als Antwort gelten.«

Sie öffnete den Reißverschluss ihrer Jacke und ließ sie über die Schultern gleiten. Dabei merkte sie, dass dieser Striptease eine echte Herausforderung darstellte. Zum einen, weil sie etwas wackelig stand, zum anderen aber, weil sie sich viel lieber sofort alles vom Leib gerissen hätte, um sich auf Alan zu legen und ihn am ganzen Körper zu spüren.

»Zweite Frage. Woraus besteht das Equipment?«

Wieder zuckte er mit den Händen, aber er schien sich daran zu gewöhnen, ohne Gesten auskommen zu müssen. »Es gibt ein Reizstrom-Gerät, das mit Neunvoltbatterien betrieben wird, und an dessen Buchsen man Elektroden anschließen kann. Das können ganz normale Klebe-Elektroden sein, aber auch Klemmen für die Brustwarzen und Schamlippen. Und natürlich Dildos.«

Sie leckte sich über die Lippen. »Ja, das erwähntest du schon. Klingt gut.« Sie öffnete die Gürtelschnalle, zog den Gürtel aus den Schlaufen, wickelte das Leder ein paar mal um die Schnalle und ließ das Ende über Alans Bauch streichen bis hinunter zu seinem Glied, das erwartungsvoll zuckte.

»Dritte Frage.« Sie legten den Gürtel hinter sich. »Weißt du überhaupt, wie es sich anfühlt? Hast du es selbst getestet?«

»Es gibt auch Elektroden für Männer. Penisringe und Analplugs und alles Mögliche. Habe ich natürlich alles ausprobiert. Ein wirklich irres Gefühl.«

Jetzt war die Hose dran. Da sie verdammt eng saß, musste Celia ihren Striptease auf den Fußboden verlagern, um nicht zu riskieren, auf Alan zu fallen. Jetzt trug sie nur noch den BH, das Top und den Stringtanga, der bereits verriet, worin ihre Überraschung bestand.

Als sie sich wieder über Alan stellte, atmete er hörbar ein und mit einem Pfiff wieder aus. »Du hast dich tatsächlich getraut.«

»Ja, und Emma war sehr nett, genau wie du gesagt hast. Nächste Frage. Wie weit kann man mit diesem Stromgerät gehen? So weit, dass es schmerzt?«

»Ja. Vor allem, wenn man am Anfang die Stromstärke zu schnell steigert, das kann fies wehtun. Später, wenn du richtig erregt bist, liegt auch deine Schmerzschwelle höher und du verträgst mehr. Es ist eine Gratwanderung, das macht es so spannend.«

Warum bereitete ihr der Gedanke Lust, dass er ihr wehtun könnte, wenn er wollte?

Sie entledigte sich des Oberteils. Nur noch zwei Fragen, dann bekam er seine Überraschung – und sie endlich den Körperkontakt, nach dem sie sich so sehnte.

»An welchen Stellen wirst du die Elektroden befestigen?«

»Zum Beispiel an deinen Pobacken, den Innenseiten deiner Schenkel und deinen Schamlippen.«

Jedes Körperteil, das er erwähnte, zuckte so, als stünde es bereits unter Strom. Sie öffnete den BH und warf ihn so achtlos weg, wie Alan es mit seinen Sachen immer tat. Sein chaotischer Stil hatte etwas für sich.

»Letzte Frage. Wieso bist du so sicher, mich damit zum Orgasmus bringen zu können, sogar mehrfach?«

Sie warf den Kopf in den Nacken und spielte mit ihren Brustwarzen. Plötzlich hörte sie ein Klicken und sah nach unten. Alan hatte sich aus den Handschellen befreit. Sie hatte damit rechnen müssen, dass er sich mit den Dingern auskannte und wusste, wo der Hebel war, mit dem man sie ohne Schlüssel öffnen konnte.

»Weil man damit mehr Nervenenden stimulieren kann.« Er streichelte die Außenseiten ihrer Schenkel. Sie ließ ihn gewähren, auch wenn er die Regeln des Spiels missachtete. »Die Reize sind abwechslungsreicher, weil ich die elektrischen Impulse in Stärke und Frequenz variieren kann. Die Nerven in deiner Pussy werden dabei immer empfindlicher. Kurz nach einem Orgasmus ist deine Lust sofort wieder am Anschlag. Und wieder und wieder. Dabei ist jeder Orgasmus heftiger als der Vorangegangene.«

Er riss am Slip, und der dünne Stoff gab nach. Alan hielt sich die Fetzen an die Nase und inhalierte tief.

Sie wollte sich auf ihn legen, doch er sagte: »Knie dich über mein Gesicht. Ich will dich lecken.«

Sie rutschte nach oben. Ihre Beine zitterten, ihr Herz raste. Sie war so wild darauf, ihn zu fühlen, dass sie sich vor lustvoller Schwäche am Bettgestell festhalten musste. »Ich wollte eigentlich ...« Weiter kam sie nicht, denn er hob den Kopf und küsste sie direkt auf die Klitoris. Wonne durchzuckte sie. Sie legte die Stirn auf die Hände, senkte ihren Schoß etwas tiefer und ließ ihn gewähren. Er drang mit der Zunge in sie ein, leckte dann über ihre Schamlippen, die nach der Epilation empfindlicher waren als je zuvor. Er saugte an ihnen, nuckelte, küsste und leckte in immer schnellerer Abfolge. Ein Kribbeln wanderte ihre Wirbelsäule entlang, ihre Beinmuskeln versteiften sich, und sie kam.

Celia war fassungslos vor Entzücken. Sie öffnete ihre Beine

so weit sie es in dieser knienden Haltung konnte und drückte ihre Klitoris an Alans Lippen. Sie rieb sich an ihm, während die Wellen des Höhepunkts durch ihren Körper tobten.

Sie konnte sich nicht vorstellen, dass er in der Lage sein sollte, ihr noch mehr Lust zu bereiten als in diesem Augenblick.

***

Die Lauchcremesuppe war köstlich, der Weißwein dazu fruchtig und nicht zu trocken, das Baguette frisch aus dem Ofen mit krachender Kruste.

Ob mein gesteigertes Geschmacksempfinden daher kommt, dass ich gestern hätte sterben können, wenn die Situation mit Franklin sich anders entwickelt hätte? Es heißt ja, dass man das Leben erst richtig zu schätzen weiß, wenn man dem Tod einmal entkommen ist.

Devin hatte versprechen müssen, sich nicht unentwegt nach ihrem Befinden zu erkundigen. An etwas anderes konnte er aber anscheinend nicht denken, denn er löffelte seine Suppe schweigend. Doch dann sah er wiederholt auf seine Armbanduhr und Leanne wusste, dass er nicht an sie dachte, sondern an seine Firmenkrise.

Sie wollte nicht enttäuscht sein, war es aber doch, und ärgerte sich darüber.

Ich muss dabeibleiben: Ich will nie wieder einem Mann so völlig verfallen, dass mein ganzes Lebensglück von ihm abhängt. Wir haben Spaß miteinander und basta. Es gibt keinen Grund, gefühlsduselig zu werden, alberne Eifersuchtsspielchen zu spielen oder die Sache sonst irgendwie unnötig zu verkomplizieren. Bis heute Abend gehört er seiner Firma, danach wieder mir.

Die Stimme der Vernunft war klar und deutlich, aber die Stimme des Herzens tönte um einiges lauter. Sie sprach von

Schmerz und Sehnsucht und dem Widerwillen allein zu sein, und sei es nur für ein paar Stunden. Vielleicht konnte sie Celia von Alan loseisen. Oder sich von Kay-Lin wieder verwöhnen lassen. Oder die Zeit einfach in der Hängematte verschlafen.

Sie betrachtete Devin, seine eleganten Bewegungen, seine dunklen Augen, die Kurve seiner Lippen, die Hände, von denen sie sich so gern streicheln und schlagen ließ. Ein Gefühl, so tief, dass sie nicht wagte, es zu ergründen, erfüllte sie. Sie hätte ihn gern gefragt, was er für sie empfand und rang nach den richtigen Worten. Es sollte nicht zu aufdringlich sein, nicht zu sehr danach klingen, als wäre sie emotional bedürftig. Es musste eine harmlose Frage sein, die man ruhig stellen durfte, wenn man mit einem Mann seit drei Wochen genialen Sex hatte.

Sie dachte noch nach, da legte Devin seinen Löffel hin und sagte nach einem weiteren Blick auf die Uhr: »Jetzt wird der Seniorchef im Büro sein. Ich muss die nächsten Transaktionen mit ihm absprechen.«

»So ein Spätaufsteher«, meinte Leanne auf der Suche nach einem Ventil für ihre schlechte Laune.

»Das ist die Zeitverschiebung. Er ist gerade bei unseren Partnern in den USA.«

»Ah so.«

»Du hast übrigens auch einen Termin.« Er tupfte sich mit der Serviette die Mundwinkel ab. »Es gibt hier ein kleines Atelier. Dort wirst du für ein Aktbild Modell sitzen.«

Was fiel ihm ein, einfach so über sie zu bestimmen! Sie wollte aufbrausen, fing sich aber rechtzeitig und bemühte sich um einen sachlichen Tonfall. »Es wäre nett gewesen, wenn du mich vorher gefragt hättest, ob ich nicht andere Pläne habe.«

»Betrachte es als Überraschung«, sagte er. »Du liebst doch Überraschungen.«

»Nur herumzusitzen, während jemand mich malt, finde ich nicht gerade prickelnd, wenn ich ehrlich bin.«

Wieso grinste er sardonisch? Leanne war zusehends verunsichert.

»Du wirst dich bestimmt nicht langweilen, mein Elfchen. Denn du hast völlige Freiheit, darfst tun und lassen, was du willst. Es gibt kein Orgasmusverbot oder dergleichen.«

Jetzt war es um ihre Beherrschung geschehen. »Hör mal, du spinnst wohl! Ich lasse mich doch nicht von irgendwelchen fremden Männern begrapschen.«

Ihr Wutausbruch ließ sein Grinsen noch breiter werden. »Du wirst einen wunderbaren Nachmittag verbringen, ganz ohne Männer. Iss in Ruhe fertig. Carl kommt in fünfzehn Minuten und begleitet dich ins Atelier. Die Künstlerin freut sich schon auf dich.«

Leanne sah Devin mit offenem Mund nach. Sie war nahe daran, ihm eine Baguettescheibe hinterherzuwerfen.

Dann klang der letzte Satz in ihr nach: *Die Künstlerin freut sich schon auf dich.*

Dafür kam nur eine Person in Frage: Die strenge Herrin Alessa, vor der Leanne einen Heidenrespekt hatte. Mit ihr allein zu sein – der Gedanke machte sie hochgradig nervös. Sie könnte ihr absagen. Genau, das würde sie tun. Niemand konnte sie zwingen, einen Termin wahrzunehmen, den Devin für sie vereinbart hatte. Sie war immer noch ein freier Mensch und bestimmte selbst darüber, wie sie ihre Zeit verbrachte.

Als die Suppenteller abgedeckt wurden und der Kellner fragte, ob er ihr noch etwas bringen konnte, bestellte sie aus Trotz ein Dessert. Alessa würde warten müssen.

Carl kam, als sie gerade begonnen hatte, die Mousse au

Chocolat mit frischen Erdbeeren zu genießen. Leanne kaute und lächelte, sobald sie den Mund leer hatte.

»Ich soll Sie zu Jo in die Bibliothek begleiten«, sagte er.

Leanne warf den Löffel hin, der schon wieder auf halbem Weg zum Mund war. Jo, nicht Alessa! Devin, der verflixte Teufel, hatte sie bewusst in die Irre geführt, damit die Überraschung umso größer war.

»Essen Sie in Ruhe auf«, sagte Carl. »Ich bin etwas zu früh dran, weil ich noch mit Ihnen reden wollte. Darf ich mich kurz setzen?« Er nahm ihr gegenüber in der Nische Platz. »Wie geht es Ihnen?«

»Danke, es geht mir gut. Ich habe mich komplett erholt. Heute fühle ich mich wie neugeboren. Die Verletzung tut auch kaum noch weh.«

Er lächelte. »Das freut mich.«

Leanne streckte eine Hand aus und legte sie auf seine. »Danke, dass Sie mich gefunden und so schnell reagiert haben.«

Carl sah sich erst verlegen um, dann drehte er seine Handfläche nach oben und drückte freundschaftlich ihre Hand. »Wir sind alle froh, dass nichts Schlimmeres passiert ist. Greg Sanders, der Geschäftsführer, wird sich noch persönlich bei Ihnen entschuldigen. Er übernimmt die volle Verantwortung für den Vorfall, da er Larsson trotz einiger warnender Anzeichen falsch eingeschätzt hatte, wie er sagt.«

Leanne legte den Löffel weg und seufzte. »Niemand hat ihn so falsch eingeschätzt wie ich.«

***

Carl begleitete sie in einen abgelegenen Winkel im Erdgeschoss. Dort ließ er sie allein. Leanne klopfte, und als die Tür geöffnet wurde rief sie überrascht aus: »Ich hätte dich fast nicht wiedererkannt.«

Jo zog an ihrem mit Farbflecken gesprenkelten T-Shirt. »Das könnte daran liegen, dass du mich noch nie angezogen gesehen hast.«

»Tatsächlich«, stellte Leanne fest. »Ich kenne dich nur nackt.«

»Nackt und gedemütigt«, fügte Jo lachend hinzu. »Komm rein.«

Leanne machte zwei Schritte und sah sich dann um. Das Atelier war überschaubar. Es kam Leanne so vor, als hätte man diesen Raum übrig gehabt und überlegt, was man damit anfangen könnte. Für ein Themenzimmer oder sportliche Aktivitäten war er zu klein, aber dank der übers Eck gehenden, hohen Terrassentüren hatte er viel Licht.

Jo band ihre Haare im Nacken zusammen und rückte die Staffelei zurecht. »Ich möchte zuerst ein paar Studien von deinem Gesicht zeichnen. Setzt dich am besten dort drüben hin.« Sie wies auf einen Drehstuhl.

Leanne nahm Platz. »Soll ich ein bestimmtes Gesicht machen?«

»Denk einfach an Devin, dann kommt der richtige Ausdruck von allein.«

Leanne spürte, wie der Hauch eines zärtlichen Lächelns sich auf ihrem Gesicht ausbreitete.

Jo nahm einen Kohlestift und begann zu zeichnen.

»Darf ich dabei reden?«

»Je bewegter dein Ausdruck ist, desto lebendiger wird die Zeichnung.«

»Devin hat gesagt, ich dürfte heute Nachmittag machen, was ich will. Und du?«

»Alessa ist reiten gegangen und hat mir zwei Stunden freigegeben, allerdings mit Einschränkungen.« Jo setzte ein paar rasche Striche und legte den Kopf schief. »Denk noch mal an

Devin. Ja, genau den Ausdruck will ich festhalten.« Sie zeichnete weiter. »Alessa meinte, dass wir miteinander vertraut werden sollen, ohne uns zu berühren. Dann werden wir um so mehr leiden, wenn wir zusehen müssen, was mit der anderen angestellt wird.«

Leanne spürte, wie sich ihre Kehle angstvoll zusammenzog. »Sie ist sehr streng, nicht wahr?«

»Oh ja, sehr streng und unerbittlich. Ich liebe sie.« Jos Stimme wurde leise und warm. »Es ging alles sehr schnell zwischen uns. An dem Tag, an dem ich sie kennenlernte, hatte ich stundenlang Galerien abgeklappert und Absagen kassiert. Meine Akte seien zu gewagt, hieß es, zu pornografisch. Dann kam ich in Alessas Galerie. Sie hat meine Mappe durchgeblättert und bescheinigte mir großes Talent. Sie wollte die Bilder ausstellen. Nachdem wir alle Details besprochen hatten, holte sie ohne Vorwarnung eine Peitsche aus einer Schublade und befahl mir, mich auszuziehen.«

»Deine Bilder sagen anscheinend viel über dich aus.«

»Damals noch mehr als heute, weil ich die Botschaft jetzt subtiler zu verstecken verstehe. Wir waren in einem Hinterzimmer«, erzählte sie weiter, »nur durch eine Tür von der Galerie getrennt. Alessa fesselte mich an eine Staffelei und verbot mir, auch nur den leisesten Laut zu machen. Dann hat sie zugeschlagen, genauso wie ich es mag, schnell und fest.«

Leanne presste die Beine zusammen und spürte der Lust nach, die sich in ihrem Unterleib ausbreitete.

»Ich brauche das«, sagte Jo. Sie riss ein Blatt ab, legte es auf einen Tisch und begann eine neue Zeichnung. »Ich möchte, dass es richtig wehtut, und ich schnell an meine Grenzen gebracht werde. Schon nach wenigen Hieben war ich tränenüberströmt. Sie hat so lange weitergemacht, bis ich nicht anders konnte, als leise um Gnade zu flehen. Dann hat sie aufgehört, mir die Tränen abgeleckt und mich mit dem Griff der Peitsche gefickt. Ich wusste, dass ich die perfekte Herrin gefunden hatte.«

Leanne fand die Vorstellung so erregend, dass sie kaum noch stillsitzen konnte. »Kann man an einer Staffelei überhaupt jemanden vernünftig fesseln? Das ist doch eine wackelige Angelegenheit.«

»Alessa liebt es, mich hin und wieder so zu fesseln, dass ich zwar völlig wehrlos bin, aber dennoch keinen Halt habe.« Sie legte den Stift weg. »Komm und schau dir die Zeichnungen an.«

Leanne ging um die Staffelei herum. Jo nahm das erste Blatt vom Tisch und hielt es neben die zweite Zeichnung. Leanne erkannte sich sofort. Obwohl die Bilder sich nahezu glichen, konnte man einen deutlich anderen Ausdruck erkennen. Auf dem ersten Bild sah sie selig verzückt aus, auf dem zweiten lüstern, weil Jo es gezeichnet hatte, während sie von ihrer ersten Begegnung mit Alessa erzählte.

»Erstaunlich.«

»Besonders gut habe ich den ersten Ausdruck getroffen. Die Liebe springt einen förmlich an.«

Das Wort »Liebe« erschütterte Leanne bis ins Mark. »Wie kommst du darauf, dass ich Devin liebe?«, fragte sie mit belegter Stimme. »Wir haben nur eine wilde Affäre.«

Jo zog die Augenbrauen zusammen und sah zwischen Leanne und der Zeichnung hin und her. Dann zuckte sie die Schultern. »Tut mir leid, falls ich dir zu nahe getreten bin. Zieh dich bitte aus. Ich will dich nackt auf dem Rücken liegend malen, während du dich selbst befriedigst.«

Leanne biss sich auf die Unterlippe. »Das ist eine sehr dynamische Angelegenheit«, umschrieb sie ihre Zweifel.

»Du wirst es eben langsamer machen müssen und so, wie ich es dir sage.«

Auch das noch!

Leanne sah skeptisch zu, wie Jo einen Keilrahmen in die Staffelei einspannte.

Jo blickte über die Schulter. »Du bist ja noch angezogen. Devin hat dir wohl keinen Gehorsam beigebracht.«

Leanne stand nachdenklich vor der Zeichnung, die ihren verräterischen Gesichtsausdruck wiedergab. Es stimmte. Sie liebte ihn. Wie hatte sie dieses Gefühl so lange leugnen können?

Langsam, weil ganz in Gedanken, entkleidete sich Leanne und legte sich auf die breite, weiße Lederliege, die das größte Möbelstück im Raum war.

»Spreiz die Beine«, wies Jo sie an. »Lass sie am besten über die Seiten baumeln. Ja, sehr gut. Und jetzt nimmst du das hier.« Sie drückte Leanne einen großen Rundpinsel in die Hand. Leanne strich über die dichten Haare. Sie waren seidenweich.

»Damit wirst du dich streicheln.«

Es war der absolute Gegensatz zu ihrer üblichen Methode. Erst sträubte sich alles in Leanne, dann wurde ihr klar, dass sie es sowieso nie mehr so machen würde wie bisher. All ihre Masturbationsfantasien hatten sich um Franklin gedreht. Nie wieder könnte sie sich selbst schlagen, denn dabei würde sie sofort an ihn denken – aber nicht an den sinnlich strengen, sondern an den verwirrten Franklin.

Leanne fuhr sich mit dem Pinsel über die Wange und lächelte. »Weißt du was, Jo, das ist genau das, was ich jetzt brauche.«

»Fang noch nicht an«, sagte Jo, die damit beschäftigt war, Farbe aus Tuben auf eine Palette zu drücken. Sie rückte die

Staffelei hin und her, zog einen Vorhang zu, legte den Kopf schief und meinte schließlich: »Ja, so stimmt das Licht.« Sie begann zu arbeiten.

Leanne ließ sich Zeit. Sie streichelte mit dem Pinsel erst ihre Brüste, umschmeichelte damit ihre Brustwarzen, bis sie sich aufrichteten. »Wie oft schlägt dich Alessa?«

»Das ist verschieden. Hier auf Glowcastle fast täglich. Daheim vielleicht einmal pro Woche. Schließlich braucht meine Haut auch Zeit, sich zu erholen. Einmal hat sie mir angekündigt, dass sie mich einen ganzen Monat lang nicht quälen würde. Es war schrecklich.«

Leanne war mit dem Pinsel auf ihrem Venushügel angelangt und spielte mit den feinen Locken ihres Schamhaars. »Wieso?«

»Ich bin vor unerfüllter Lust nach Schmerz fast durchgedreht, dabei haben wir uns täglich geliebt. Einen Tag bevor dieser endlos erscheinende Monat um war, sind wir zusammen essen gegangen. Alessa hat einen Mann am Nebentisch bemerkt, der hin und wieder zu uns herübersah. Sie hat ihn herangewunken und gefragt, ob er Lust hätte, mich auszupeitschen.«

Leanne, die mit dem Pinsel ihre pochende Klitoris erreicht hatte, hielt inne. »Einen wildfremden Mann?«

»Er wirkte zwar verblüfft, fragte dann aber, was genau von ihm erwartet wurde. Alessa erklärte es ihm. Er dürfe mich nicht berühren, sondern mir lediglich wehtun. Der Kerl grinste verlegen, sah sich im Restaurant um und fragte, ob wir von einem Comedy-Sender wären. Auch fragte er nach versteckten Kameras. Alessa konnte ihn überzeugen, dass alles mit rechten Dingen zuging.«

Eine Weile war Jo auf ihre Malerei konzentriert, und Leanne widmete sich ihren Schamlippen. Dieser Pinsel war wirklich wundervoll. Sie hob das Kinn und streckte den Rücken leicht durch.

»Ich war wahnsinnig aufgeregt«, sagte Jo. »Ich wusste nicht, was ich denken und fühlen sollte. Ich hatte sexuell noch nie mit einem Mann zu tun gehabt. Mir war die Sache nicht geheuer. Was, wenn der Kerl uns überwältigte und vergewaltigte? Ich konnte mir nicht vorstellen, dass Alessa so ein Risiko einging.«

»Du hättest dich doch weigern können, oder?«

»Ja, aber ich war nach einem Monat ohne Auspeitschung absolut ausgehungert vor Lust nach Hieben. Es war, als würde meine Haut permanent unter Strom stehen.«

Jo erzählte weiter, und Leanne ließ die Szene vor ihrem geistigen Auge lebendig werden, während der Pinsel wie von einer fremden Hand geführt tiefer und tiefer durch ihre Spalte glitt, dabei feucht wurde und sie umso mehr reizte.

Sie sah Jo an Alessas Seite ein Hotelzimmer betreten. Der Mann hielt ein paar Schritte Abstand und wartete. Alessa reichte ihm eine Peitsche. Jo stutzte. Wieso hatte Alessa die dabei? Hatte sie vorgehabt, mit ihr ins Hotel zu gehen und sie dort auszupeitschen, dann sich aber spontan entschlossen, diesen Fremden darum zu bitten? Oder hatte sie von vornherein vorgehabt, jemanden anzusprechen und hatte sich nach einer geeigneten Person – egal, ob Mann oder Frau – umgesehen?

Alessa befahl Jo sich auszuziehen und sich dann mit gespreizten Beinen und hinter dem Kopf verschränkten Armen hinzustellen. Sie erklärte dem Mann die richtige Handhabung der Peitsche, dann sah sie seelenruhig zu, wie der Fremde ausholte und ihre Sklavin schlug.

»Er schlug mich so, wie sie es immer tut. Genau so fest und unerbittlich. Von einem Fremden geschlagen zu werden war erregender, als ich für möglich gehalten hätte.«

Leanne ließ den Pinsel um ihre Klitoris kreisen. Sie stand kurz vor einem Höhepunkt, aber sie wollte erst hören, wie die Begegnung ausgegangen war, darum verlangsamte sie ihre Bewegungen und ließ die Beine locker hängen. Sobald sie einen Muskel anspannte, das wusste sie, würde sie kommen.

Jo malte und sprach dabei leise und in einem unnatürlichen Rhythmus, der zeigte, dass sie ganz in die Arbeit an dem Bild vertieft war. »Er machte weiter, gab mir 20 Hiebe, die Alessa mitzählte. Ich war sicher, sie würde ihn danach wegschicken. Doch ich musste mich aufs Bett legen. Er kniete sich hinter mich, packte meine Fußknöchel und zog meine Beine nach oben und weit auseinander, haargenau Alessas Anweisungen folgend.« Sie hielt inne und biss sich kurz auf die Unterlippe, bevor sie weitersprach, den Blick in die Ferne gerichtet. »Alessa steckte erst einen, dann zwei, dann drei Finger in mich hinein, bis ich so feucht war, dass sie ihre ganze Hand in mir versenken konnte. Es war nicht mein erstes Fisting, aber mein geilstes, weil meine Beine nach hinten gezogen waren, und ich dadurch die Dehnung besonders deutlich spürte.«

Leanne war jetzt so gebannt, dass sie ihre eigene Lust vergaß. Devin hatte ihr ein Fisting versprochen – oder angedroht, wie man es nahm. »Tut das weh?«, fragte sie.

Jo blinzelte und malte weiter. »Nein. Es fühlt sich irre an. Man darf sich nur nicht dabei vor Angst verkrampfen, dann ist es wunderbar. Und derjenige, der einen fistet, muss viel Einfühlungsvermögen haben und sachte vorgehen. Alessa ist eine Meisterin darin. Während sie mich mit ihren Bewegungen zum Wahnsinn trieb, sah ich hoch und dem Mann, der hinter mir kniete, direkt in die Augen. Plötzlich war da eine neue Art der Erregung. Ich spürte seine Hände um meine Fußgelenke, ich merkte, dass ich ihn begehrte. Ich hatte immer schon ganz leichte bisexuelle Tendenzen, aber ich war nie über ein bisschen Herumknutschen mit Jungs während meiner Schulzeit hinausgekommen. Und jetzt war mir ein Mann so nah, während ich nackt und ausgebreitet dalag. Alessa muss meinen Blick bemerkt haben. Sie zog ihre Hand zurück und befahl dem Mann, ihren Platz einzunehmen. Ich konnte vor Schreck kaum atmen, als Alessa sich hinter mich kniete, und den Mann anwies, seine Finger in mich einzuführen. Zum Glück hatte er schlanke Hände. Es war so ein intensives Gefühl, dass ich fast augenblicklich einem Orgasmus nahe war, aber Alessa verbot mir zu kommen. Sie hielt meine Beine noch weiter gespreizt, als er es getan hatte, und wachte streng darüber, dass ich mich beherrschte.«

Leanne lag so still wie eine Statue. Sie war im Moment das perfekte Modell. Auch wenn Jo hin und wieder eine Weile schwieg, um an einem Detail zu arbeiten, rührte Leanne sich nicht. Sie war ganz in der Vorstellung versunken, wie Jo diesem Fremden ausgeliefert war, der, wie Jo weiter erzählte, immer mutiger wurde, sie immer weiter dehnte, bis tatsächlich seine Faust in sie hineinglitt. Dann verharrte er reglos, und Jo fühlte die Kontraktionen ihrer Muskeln gegen den harten Widerstand seiner Knöchel. Pure Lust, wie sie sie noch nie zuvor erlebt hatte, durchflutete sie, und sie wunderte sich, dass es ihr tatsächlich gelang, den Orgasmus zu unterdrücken, ihn wegzuatmen. »Ich war in einem Reich, in dem Gedanken versiegen und Worte verlöschen. Eine sinnliche Trance hatte meinen Körper unter Kontrolle. Schließlich glitt seine Hand aus mir, Zentimeter für Zentimeter. Alessa ließ meine Beine los, beugte sich vor und küsste mich. Dann tauschten die beiden wieder die Plätze, und Alessa begann mich mit der Faust zu ficken. Sie stieß damit so fest zu, wie es bis dahin nie möglich gewesen war. Aber nun war ich zusätzlich geweitet und konnte diesen Faustfick ertragen. Alessa fickte mich immer schneller, bis ich so in Ekstase war, dass ich den Mann vergaß. Er wurde zu einem Teil der Einrichtung. Zu einem Teil von Alessas Inszenierung. Ich kam und kam und schrie und kam.«

Leanne strich mit dem Pinsel über ihre Klitoris und zog die Beine ein Stück hoch. Sofort tauchte sie in ein Meer aus Lust ein.

»Danach rollte ich mich auf die Seite«, fuhr Jo fort. »Ich war völlig weggetreten, aber ich hörte noch, wie der Mann an der Tür zur Alessa sagte: ›Man sieht sich.‹«

Leanne ließ die Hand mit dem Pinsel auf ihrem Bauch ausruhen. »Heißt das, es war ein abgekartetes Spiel?«

»Alessa hat ihn mir ein paar Tage später auf einer Party vorgestellt.« Jo legte die Palette zur Seite und putzte sich die Hände an einem Lappen ab. »Er war ein langjähriger Freund von ihr aus der SM-Szene.«

Kapitel 18

Devin legte das Telefon weg und ließ den Kopf zurücksinken. Geschafft. Alles war geregelt, alle Missverständnisse ausgeräumt, alle Fehlentscheidungen korrigiert. Er konnte endlich wieder ganz für Leanne da sein.

Wirklich erstaunlich, wie unkompliziert sie war. Obwohl… etwas daran störte ihn. Vielleicht war es ihr gar nicht so wichtig, mit ihm zusammen zu sein. Vielleicht bedeutete sie ihm nicht so viel, wie er sich einbildete. Sie war ein flatterhaftes Elfchen.

Aber war es nicht an ihm, ihr einen Platz zum Landen anzubieten? Sie wusste nicht, dass er sie liebte, weil er bis jetzt zu feige gewesen war, es ihr zu sagen. Zu unsicher nach den schlechten Erfahrungen, die er gemacht hatte.

Und was hatte sie für Erfahrungen gemacht? Auch nicht gerade die besten. Und doch hatte sie sich ihm voll und ganz anvertraut. Sie bemühte sich geradezu rührend, ihm zu gehorchen und scheiterte an ihrer hyperaktiven Libido. Er hatte ihren »heimlichen« Orgasmus sehr wohl bemerkt, als er ihre Pospalte gefickt hatte. Ein Blick auf seine aktuellen Abrechnungsdaten hatte ihm zudem gezeigt, dass sie eine Massage Deluxe mit Extra genossen hatte. Er fand die Vorstellung, wie sie von der attraktiven Kay-Lin massiert wurde, sehr schön. Leanne und eine andere Frau – das war überhaupt eine geniale Kombination. Sie war so ultrafeminin, so nachgiebig und weich, so…

Devin sah an sich herab. »So erektionsfördernd.«

Das elektronische Schloss klickte, und die Tür wurde ganz leise aufgeschoben. Leannes Kopf erschien im Spalt. »Darf ich reinkommen oder bist du noch beschäftigt?«

»Komm augenblicklich rein, hol dir tausend Küsse ab und erzähl mir, wie du deinen langweiligen Modelljob hinter dich gebracht hast.«

Sie lachte und sprang auf seinen Schoß. Er brachte gerade noch rechtzeitig seine Hände in eine schützende Position.

Sie rückte sich auf seinen Oberschenkeln zurecht. »Dein Seniorchef muss ja ein heißer Feger sein, dass ein Telefonat mit ihm dich so in Wallung bringt.«

»Er hat eine rauchige Stimme«, ging Devin auf ihr Spielchen ein und küsste ihre Halsbeuge. »Und unglaublich schöne Hände mit Nikotinfingern, die ich ständig vor meinem geistigen Auge sehe. Dazu diese sexy Art, die er hat, mitten im Satz einen Hustenanfall zu kriegen. Da war es um mich geschehen.«

»Wäre ich doch dabei gewesen!«, meinte Leanne. »Ich hätte dir einen geblasen, während du mit ihm die Raffinessen eurer Finanzpläne besprichst. Es hätte ihm sicher gefallen, dich dabei am Telefon stöhnen zu hören.«

Und schon waren sie wieder beim Flachsen angelangt. Wie sollte er da die Kurve zu einem Gespräch über seine wahren Gefühle kriegen?

Er schob sie ein Stück von sich weg, um sie ansehen zu können. »Wie war es denn nun im Atelier?«

»Das war wirklich eine gelungene Überraschung. Danke. Jo bringt das Bild nachher in die Bibliothek mit. Wir sind zur Vernissage ihrer nächsten Ausstellung in Kensington eingeladen.«

»Schön.« Er sah sich und Leanne durch London bummeln,

durch Galerien, Juwelierläden und auf der Suche nach besonders schönen Einladungskarten für ihre Hochzeit.

»He, bist du in Gedanken schon wieder beim Geschäftlichen?«

»Nein, ich war bei… egal.« Jetzt wäre der geeignete Moment gewesen, über Gefühle zu sprechen, doch seine Zunge war wie am Gaumen festgewachsen.

Leanne rutschte von seinem Schoß und griff nach seiner Hand. »Ich glaube, du brauchst dringend frische Luft, damit die Börsenkurse aus deinem Gehirn gepustet werden. Komm.«

Sie gingen zum See und Devin stellte fest, dass Leanne recht hatte – ihm tat der Spaziergang wirklich gut. Mehrmals versuchte er, sie nach ihren Gefühlen zu fragen, und immer fiel sie ihm ins Wort, plapperte, kommentierte etwas, lachte, erzählte von der zärtlichen Masturbation im Atelier, wurde dann wieder still und befühlte ihr Handgelenk. Anstelle des Verbands trug sie nur noch ein Pflaster. Devin wurde bewusst, dass er recht wenig darüber wusste, wie der Vorfall gestern zustande gekommen war, und wie Franklin Leanne in seine Gewalt gebracht hatte. Es gab so vieles, worüber sie reden mussten.

»Was denkst du gerade?«

»Dass wir über vieles reden müssen. Zum Beispiel über…«

Liebe. Was hinderte ihn daran, das Wort auszusprechen?

In dem Moment blieb Leanne stocksteif stehen. Sie waren in der Nähe der Reitställe. Alessa kam ihnen in schwarzer Reitkleidung entgegen, den Helm in einer Hand, die Reitgerte in der anderen. Sie grüßte, indem sie die Reitgerte hob.

Bei ihnen angekommen, blieb sie kurz stehen, ließ ihren Blick über Leanne schweifen und sagte: »Zu deiner Bestrafung gehört, dass du ab jetzt Redeverbot hast, bis ich es wieder aufhebe. Wir sehen uns in einer Stunde.«

Sie ging davon.

Leanne sah ihr mit großen Augen nach. Sie öffnete schon den Mund und wollte etwas sagen, dann klappte sie ihn wieder zu.

»Ich weiß«, sagte Devin. »Sie jagt dir Angst ein. Aber du bist ja nicht allein mit ihr. Ich bin auch noch da.«

Leanne legte die Hände auf ihre Pobacken und rollte die Augen.

Devin wusste, worauf sie damit anspielen wollte.

»Na gut«, gab er zu, »zwei Sadisten ausgeliefert zu sein ist nicht unbedingt besser als einem.«

Außer, fügte er in Gedanken hinzu, wenn der eine Sadist dich liebt wie verrückt.

***

Celia hatte den Tag genossen wie schon lang keinen mehr. Nach zwei Stunden an den Fitnessgeräten hatte sie sich massieren lassen. Sie hatte im Wintergartencafé einen Obstsalat gegessen und sich gefragt, warum man sich viel zu selten so ein Verwöhnprogramm gönnte.

Vielleicht, weil man viel zu selten frisch verliebt ist.

Am späten Nachmittag wurde sie dann doch etwas unruhig. Sie ging in den Keller und nahm die Atmosphäre des Verhörzimmers in sich auf. Es war stimmig, es passte zu dem Szenario, das sie im Kopf hatte. Aber irgendetwas störte sie.

Ein Gespräch mit Fenella auf dem Balkon brachte sie dann darauf: Es war eben nur dann stimmig, wenn das Szenario ihrer Fantasie entsprach. Einfach mal hingehen, alles ausprobieren und dabei Orgasmen erleben – das war zu unerotisch.

Als Alan von der Arbeit kam, überfiel sie ihn schon an der Wohnungstür mit dem Vorschlag, den Abend als Rollenspiel zu gestalten. »Kennst du den Film ›Agentin wider Willen‹?«

»Ja, ich hab sogar hier irgendwo die DVD.« Alan deutete in die ungefähre Richtung des Wohnzimmerschranks. »Jetzt weiß ich, woran mich dieses rote Outfit erinnert hat. Hatte die … wie hieß sie noch gleich? … nicht auch so etwas an? He, du stehst auf die Folterszene in dem Film, hab ich recht?« Alan grinste frech.

»M-hm. Darum würde ich gern nachher im Verhörzimmer nicht einfach nur dieses ganze Elektrozeug ausprobieren, sondern es in eine richtige Szene verpacken. Ich weiß nicht, ob es wirklich funktioniert. Ich habe noch nie ein Rollenspiel gespielt.«

»Schwierig ist nur der Einstieg, weil man sich albern vorkommt. Wenn es erst mal läuft, kann man sich richtig reinsteigern. Wichtig ist, dass man sich grob auf den Ablauf einigt und auf ein Signal, mit dem man das Spiel jederzeit beenden kann.« Er küsste sie. »Lässt du mich jetzt vorbei? Ich muss dringend auf die Toilette.«

***

Redeverbot! Auch das noch. Leanne wusste, dass sie Alessa besser gehorchen sollte.

Vielleicht ist es ganz gut. Ich werde sowieso verschreckt schweigen, wenn wir erst mal zu viert in der Bibliothek sind. Ich will einfach nur gefesselt werden und gehorchen und Schmerzen und Orgasmen erleben … und sehen, wie weit Devin zu gehen bereit ist. Was er alles im Repertoire hat. Wie seine Hände aussehen, wenn er eine Peitsche führt. Mit welchem Gesichtsausdruck er zuschlägt.

Devin schwieg ebenfalls. Er hielt auf dem Weg zurück ins Haus ihre Hand, das fand sie schön, weil es so eine schlichte, romantische Geste war.

In der Suite duschte Devin und zog sich um, während Leanne etwas Tee trank und sich zu entspannen versuchte.

»Ich gehe schon vor«, sagte er, als er in Jeans und einem schwarzen T-Shirt aus dem Bad kam. »Denk an die Stiefel.«

Einen Moment lang fühlte sie sich zurückgesetzt, weil er sie allein gelassen hatte, dann grinste sie. »Von wegen Redeverbot«, sagte sie. »Selbstgespräche darf ich ja wohl führen, so viel ich will.« Diesen kleinen Rest an Trotz würde man ihr nie austreiben können.

Leanne duschte ebenfalls und cremte sich sorgfältig ein, bis ihre Haut geschmeidig war. Auf einem Stuhl sitzend zog sie die hohen Stiefel an, was nicht ganz einfach war. Noch schwerer war es, darin aufzustehen und bis zum Spiegel zu gehen. Der Anblick belohnte sie für die Mühe. Nackt bis auf diese schwarz glänzenden, eng an ihren Beinen anliegenden Stiefel war sie Sex pur.

Als sie zur Tür ging, dachte sie an ihren ersten Morgen hier und ihren Test, wie es sich anfühlte, nackt durch den Gang zu gehen. Ihr jetziges Aussehen war eine Steigerung. Aber es war auch eine Herausforderung, denn sie würde Mühe haben, in den Stiefeln nicht umzuknicken.

Sie öffnete und sah Carl an der Wand gegenüber lehnen.

»Mr Flinkman bat mich Ihnen zu helfen, da der Weg recht lang ist.« Er wies mit dem Kinn auf ihre Beine. »Der Lift wird gerade gewartet.«

»Eine stützende Hand könnte ich in der Tat gut brauchen.«

Er reichte ihr seinen Arm. Sie meisterte die Treppen und den Marmorboden im Foyer. Vor der Bibliothek blieb Carl stehen, verneigte sich kurz, sagte: »Die Verletzung des Redeverbots habe ich geflissentlich überhört«, und ging.

»Und ich hatte es komplett vergessen«, murmelte Leanne erschrocken. Dann klopfte sie an.

Die Tür wurde geöffnet. »Hallo«, sagte Jo. Sie war genau so

bekleidet wie Leanne, nur dass ihre Stiefel rot waren und noch etwas hochhakiger.

Leanne lächelte und trat ein.

Devin erwartete sie in dem für ihn typischen entspannten Zustand. Er saß auf einer Couch, rauchte einen Zigarillo und trank Kaffee. Man hätte meinen können, er wäre mit ihr auf einen Plausch über Lyrik und andere feingeistige Themen verabredet.

Sein Profil zeichnete sich im Licht einer Terrassentür ab. Sie betrachtete seine aufrechte Körperhaltung und die knappen Bewegungen seiner Hände wenn er trank und rauchte. Die Innigkeit, die sie durchflutete, war unbeschreiblich. Ohne das Redeverbot hätte sie sich vor ihn hingekniet und ihm eine Liebeserklärung gemacht, direkt unter den Augen der strengen Alessa, die in einem eng anliegenden schwarzen Korsagenkleid an Devins Seite stand. Sie hatte die Haare hochgesteckt, was sie noch unnachgiebiger aussehen ließ.

Keiner der beiden sagte etwas oder nahm sie überhaupt zur Kenntnis.

Das Bild stand mit schwarzem Samt verhüllt auf einer Staffelei vor hohen Terrassentüren.

»Komm hierher«, sagte Jo. Sie deutete zwischen zwei Säulen. Dann rollte sie aus einem Winkel des Raums etwas heran: Es war ein schwarzer Ledersattel auf einem fahrbaren Gestell. Sie platzierte den Sattel vor Leanne und arretierte die Rollen. Leanne konnte ein Loch von etwa 5 cm Durchmesser in der Mitte des Sattels erkennen. Ihr war das alles sehr suspekt. Der ganze Raum war ihr nicht geheuer. Sie hatte erlebt, wie aus einem schlichten Lehnsessel ein raffiniertes Fesselmöbel geworden war. Die Bibliothek mit den alten Büchern, den bequemen Couchen, den reich verzierten Säulen und den geräuschdämpfenden Teppichen war sicher nur auf den ersten

Blick ein harmloser Ort. Das Turmverlies wäre ihr in diesem Moment lieber gewesen. Dort wusste sie, woran sie war.

Jo trat beiseite, und Alessa öffnete eine Klappe unter dem Sattel. Ein kleiner Monitor kam zum Vorschein, sowie zwei Kippschalter. Alessa betätigte einen davon. Etwas Silbernes schob sich durch das Loch im Sattel. Ein Dildo.

»Stell dich darüber«, befahl Alessa.

Leanne ging um den Sattel herum und musste die Beine breit machen, um den Befehl auszuführen. Sie spürte die kalte Spitze des Dildos in ihrem Schritt.

»Setz dich.«

Dieser Aufforderung folgte Leanne gern, auch wenn sie befürchtete, man könnte den Dildo unter Strom setzen. Das kühle Metall schob sich zwischen ihre Schamlippen. Leanne stöhnte auf und schlug sich sofort die Hand vor den Mund.

»Stöhnen ist erlaubt«, sagte Alessa und trat hinter Leanne. »Arme nach hinten. Ich fessle deine Handgelenke am Sattelknauf.«

Das geschah mit einem Seil. Nun war Leanne auf dem Sattel fixiert und spürte bereits, wie ihre Feuchtigkeit das Leder tränkte.

Sie warf einen Blick auf Devin, der den Zigarillo ausdrückte und sie jetzt unverwandt ansah. Was auch immer Alessa vorhatte, um Leanne zu bestrafen, Devin würde nur ein Zuschauer sein. Sie nahm sich vor, ihn diesmal mit völliger Selbstbeherrschung und absolutem Gehorsam zu beeindrucken. Er sollte stolz auf sein Elfchen sein.

Alessa schaltete den Monitor an. »Dieser Dildo ist ein Messgerät. Er reagiert auf Druck. Wenn du deine Muskeln zusammenziehst, kann ich das auf dem Monitor sehen. Wir probieren es einmal.«

Leanne spannte ihre Beckenbodenmuskulatur an.

»Funktioniert«, sagte Alessa.

Leanne ließ wieder los.

»Gut. Jo wird dir jetzt eins ihrer Erlebnisse erzählen. Dein Befehl lautet, deine Muskeln entspannt zu lassen, egal wie erregt du bist. Jedes Mal, wenn du auch nur zuckst, zählt das Gerät es mit. Eine Muskelanspannung, die länger anhält, wird im Sekundentakt gezählt. Wenn die Geschichte zu Ende ist, werden wir sehen, wie viele Strafhiebe es gibt.«

Ah, so ist das gedacht. Je selbstbeherrschter ich jetzt bin, desto weniger muss ich nachher leiden.

»Ich würde gern das Bild sehen, bevor wir anfangen«, sagte Devin.

Leanne merkte, dass sie bereits auf den warmen Klang seiner Stimme mit einem leichten Anspannen der Muskeln reagierte. Schnell entspannte sie sich wieder.

»Jo«, sagte Alessa auffordernd.

Jo trat neben die Staffelei, ergriff ein Ende des Samtstoffs und zog ihn mit einem Ruck weg. Leanne hatte das Bild schon gesehen, und doch erregte der Anblick sie sofort wieder. Jo hatte einen schnellen Malstil, der mit erstaunlich wenig Nuancen auskam und dabei doch alles zeigte. Leanne erkannte sogar ihr Gesicht. Ihre gespreizten Beine waren im Vordergrund, der Pinsel in ihrer Hand sah so flauschig aus wie er sich angefühlt hatte, ihre Scham glitzerte feucht.

Wieder hatte sie unwillkürlich die Muskeln angespannt. Als sie es merkte, mussten schon einige Sekunden vergangen sein. Mit einem verärgerten kleinen Aufschrei entspannte Leanne sich wieder.

»Wunderbar, so lebendig«, kommentierte Devin das Bild. »Sind das Acrylfarben?«

Er wollte doch jetzt keine Unterhaltung über Kunst beginnen, während sie diesem schrecklichen Messgerät ausgeliefert war?

Leanne war erleichtert, als Jo nur kurz nickte und das Bild wieder verhüllte.

Alessa schob einen hochlehnigen Stuhl vor Leanne und drehte ihn so, dass Jo sich rittlings draufsetzen musste, um sie anzusehen. »Fang an.« Sie warf einen kurzen Blick auf den Monitor unter dem Sattel. »Vier Hiebe sind es bereits.«

Alessa hatte plötzlich eine schwarze Augenbinde in der Hand, die sie Leanne anlegte.

Leanne schloss die Augen unter der Binde und entspannte sich von Kopf bis Fuß. Der Sattel trug ihr Gewicht, ihre Beine standen locker auf dem Boden auf, ihre Schultern waren zwar nach hinten gezogen, aber nicht zu straff. Ja, sie würde durchhalten. Mehr als vier Hiebe würde Alessa ihr nicht geben. Sie würde einfach nicht richtig hinhören, was Jo erzählte.

»Vor drei Jahren haben Alessa und ich Urlaub am Meer in Griechenland gemacht«, begann Jo mit leiser Stimme.

Leanne hatte das Gefühl, dass die größte Gefahr für sie im Moment darin bestand, einzuschlafen. Sie musste sogar ein Gähnen unterdrücken, während Jo von dem wunderschönen Strandhaus und den sanft heranrollenden Wellen erzählte.

Doch dann tauchte Leanne, wie von dieser zärtlichen Stimme hypnotisiert, ganz in die Geschichte ein und sah Alessa und Jo kurz nach Sonnenaufgang nackt den menschenleeren Strand entlanglaufen. Sie setzten sich mit ausgestreckten Beinen in den nassen Sand und beobachteten die Wellen, die ihnen mal bis zu den Knien, mal bis zu den Hüften reichten. Als eine höhere Welle kam, erschrak Jo und wollte aufspringen. Alessa hielt sie an der Hand fest. Jo keuchte, als sie für einen Moment bis zu den Schultern überspült wurde. Sie spürte den starken Sog, als das Wasser sich zurückzog. Alessa begann mit Jos Angst zu spielen. Sie befahl ihr, sich auf den Bauch zu legen, das Gesicht dem Meer zugewandt. Alessa stellte einen Fuß auf Jos Rücken und erlaubte ihr immer erst im letzen Moment, sich rückwärts krabbelnd in Sicherheit zu bringen.

Dann sagte sie, dass sie sie lieben wollte. Sie sollte sich auf den Rücken legen mit den Füßen zum Meer und die Augen schließen. Alessa legte sich auf Jo, die in Panik war. Immer, wenn sie das Wasser an ihre Beine schwappen spürte, wollte sie instinktiv weg, doch Alessa hielt sie fest im Arm und küsste sie, bis sie sich beruhigt hatte. Wenn das Wasser um sie herum höher stieg, hob Alessa Jos Oberkörper an, ohne dabei die Lippen von ihren zu lösen. Jo merkte, dass sie sich Alessa vollkommen anvertrauen musste. Alessa spielte mit ihren Schamlippen und ihrer Klitoris. Der Sand kratzte auf ihrer empfindlichen Haut. In einer Mischung aus Entzücken und Entsetzen merkte Jo, dass sie gleich kommen würde. In dem Moment rauschte eine hohe Welle heran. Alessa reagierte schnell und riss Jo so weit hoch, bis sie beide saßen. Doch das Wasser stieg ihnen bis übers Kinn und floss ihnen salzig von den Lippen. Plötzlich mussten sie beide lachen. Der Zauber des Augenblicks war gebrochen, das Spiel vorbei. Sie rannten zurück zum Haus, duschten Salz und Sand von den erhitzten Körpern, legten sich Kopf an Fuß in die breite, gepolsterte Hängematte im Garten und leckten sich gegenseitig, bis keine von ihnen mehr Luft bekam.

Erst nach längerer Stille merkte Leanne, dass sie selbst schon eine Weile die Luft angehalten hatte. Sie atmete aus und entspannte sich. Dabei spürte sie, wie ihre Vaginalmuskeln zuckten und sich rhythmisch um den silbernen Dildo schlossen. Das mussten sie schon die ganze Zeit getan haben. Von Selbstbeherrschung keine Spur.

Die Augenbinde wurde abgenommen. Leanne blinzelte

und senkte beschämt den Kopf. Sie hatte Angst vor der Zahl, die Alessa gleich ablesen würde.

Doch Alessa bat erst einmal Devin, die Vorhänge zu schließen. Sie selbst machte einige Lampen an, die den Raum in warmes Licht tauchten. »Jo, wie viele?«, fragte sie.

»Vierunddreißig.«

Leanne sog scharf die Luft ein. Sie würde niemals vierunddreißig schnelle, feste Hiebe aushalten, wie Alessa sie nach Jos Aussage bevorzugt verteilte. Aber vielleicht würde sie mit ihr ja sanfter umspringen. Leanne warf Devin einen flehenden Blick zu.

Dann sah sie, dass Alessa zwei Nippelklemmen in der Hand hielt. Leanne hielt den Atem an, als Devin hinter sie trat und ihre linke Brustwarze zusammenkniff, so dass Alessa eine Klemme anlegen konnte. Ein glühender Schmerz durchfuhr sie. Die andere Brustwarze erlitt dasselbe Schicksal. Leanne hatte Tränen in den Augen.

»Jetzt beendest du deinen Ritt«, sagte Alessa. Sie bückte sich, etwas unter dem Sattel klackte, und der Dildo begann zu vibrieren. »Diesmal wird nicht mitgezählt. Genieß es einfach.«

Leanne schluckte. Wie sollte sie… oh, doch, sie würde kommen, sie merkte es bereits. Der Sattel drückte fest gegen ihre Schamlippen. Drückte und übertrug die Vibration des Dildos bis zu ihrer Klitoris. Leanne bewegte sich leicht vor und zurück, so weit es mit dem Schaft in ihrer Pussy möglich war. Sie spürte deutlicher als vorher den festen Halt der Seile um ihre Handgelenke. Die Klemmen bissen unerbittlich in ihre Brustwarzen.

Leanne warf den Kopf zurück, stemmte die Füße in den Boden und erlebte einen Höhepunkt, der ihren ganzen Körper durchschüttelte. Dass sie danach zu erschöpft sein würde, um eine Auspeitschung zu ertragen, war ihr im Moment egal.

»Dein Redeverbot ist aufgehoben«, sagte Alessa, als sie die Klemmen entfernte – was einen neuen Ansturm von Schmerz verursachte – und sie losband.

Leanne legte sich schleunigst ein paar gesetzte Worte zurecht, mit denen sie Alessa demütig um eine Verminderung der Strafe auf allerhöchstens zwanzig Hiebe bitten konnte. Da nahm Devin Leanne in den Arm und führte sie zu einem Sessel. »Mach es dir bequem. Du hast erst einmal Pause.«

»Ich ... ich dachte ...«

»Dein Teil der Strafe ist vorbei. Jetzt ist Jo dran«, sagte er.

Leanne, die sich noch nicht ganz gesetzt hatte, fuhr wieder hoch. »Was? Die Hiebe sind für Jo? Aber warum hat man mir das nicht gesagt? Dann hätte ich mich besser beherrscht.«

Jo hatte es anscheinend auch nicht gewusst, denn sie runzelte die Stirn, meinte dann aber lächelnd: »Und ich hätte die Geschichte womöglich mit noch mehr Details ausgeschmückt.«

Leanne setzte sich wieder und nagte an ihrer Unterlippe. Jo würde ihretwegen leiden müssen. Aber sie litt ja gern, das wusste Leanne. Andererseits dienten Strafen nicht dem Vergnügen, das hatte sie am eigenen Leib zu spüren bekommen. Aber war der Orgasmus, den sie danach erlebt hatte, nicht der Beste ihres Lebens gewesen?

Etwas bang beobachtete sie, wie Alessa ihre Sklavin mit dem Rücken zu einer der Säulen drehte und ihre Hände hinter der Säule zusammenführte und fesselte. Kerzengerade stand Jo, und Leanne betrachtete mit einem Hauch von Bedauern ihre makellosen Schenkel, auf denen sich gleich Striemen abzeichnen würden.

Alessa reichte Devin eine Peitsche. Leannes Herz schlug höher. Devin würde die Hiebe ausführen! Sie spürte ihren Puls zwischen den Schamlippen und beugte sich im Sessel leicht nach vorn. Das wollte sie ganz genau sehen. Ihre Hände umkrampften die Lehnen.

Alessa schob den Sattel aus dem Weg, setzte sich in einen anderen Sessel und schlug die Beine übereinander.

Devin stellte sich seitlich von Jo auf. Leanne sah ihn frontal und Jo im Profil. Es war wie eine Aufführung, nur für sie.

Devin hob die Peitsche – und ließ sie gleich wieder sinken. »Ich möchte ihre Brüste peitschen, wenn ich darf«, sagte er an Alessa gewandt. »Dafür benutze ich lieber eine weichere Peitsche, und sie sollte anders gefesselt sein.«

»Gern«, sagte Alessa. Sie band Jo wieder los und befahl ihr, die Arme über den Kopf zu heben. Sie zog einen Schemel heran, stellte sich darauf und führte das Seil wieder um Jos Handgelenke, so dass sie sie anwinkeln musste. So konnten sie hinter der Säule aneinandergefesselt werden. In dieser Position war ihr Rücken leicht durchgebogen und die Brüste angehoben. Es sah so reizvoll aus, dass Leanne am liebsten diese wunderschönen Rundungen gestreichelt und geleckt hätte. Sie hätte gern in die Brustwarzen gekniffen, die so keck vorstanden.

Devin hatte aus einer Truhe eine andere Peitsche geholt und stellte sich wieder in Position. Als er ausholte, hielt Leanne den Atem an. Sie sah das Spiel seiner Armmuskeln, den ernsten Gesichtsausdruck und das leichte Zucken seiner Nasenflügel. Er war so irrsinnig sexy, wenn er grausam war.

Die Peitsche surrte durch die Luft, der lange Riemen traf Jo knapp unterhalb der Nippel und wickelte sich halb um die Säule. Jos Beine zuckten, aber sie gab keinen Laut von sich, während Leanne sich auf die Fingerknöchel beißen musste, um nicht aufzuschreien.

Alessa sagte: »Eins.« Sie zählte alle weiteren Hiebe mit, die mit gleichmäßiger Stärke ausgeführt wurden. Jos Brüste röteten sich zusehends, ihr Körper verkrampfte sich, ihre Lippen öffneten sich zu einem stummen Schrei.

Der dreißigste Hieb verirrte sich – oder war es Absicht? – und landete quer über ihren Brustwarzen. Jo biss die Zähne zusammen und sog hörbar den Atem ein.

Nach dem letzen Hieb legte Devin die Peitsche zurück und stand mit verschränkten Armen da.

Alessa sah Leanne auffordernd an. »Tu, was du die ganze Zeit schon tun wolltest.«

Leanne strahlte und ging zu Jo, die immer noch heftig keuchte. Sie küsste sie auf die Stirn, strich ihr ein paar schweißnasse Haarsträhnen aus dem Gesicht und berührte dann andächtig ihre heißen Brüste. Sie beugte sich vor und leckte die geschundene Haut, pustete, und konnte dann nicht anders, als fest zuzupacken und ihre Finger hineinzukrallen. Jo stöhnte und flüsterte: »Ja.«

Sie saugte an einer Brustwarze, leckte die andere schnell mehrmals von unten nach oben, packte sie behutsam mit den Zähnen, wechselte wieder zur ersten und kniff sie mit den Lippen. Jo wand sich in ihren Fesseln. Leanne richtete sich auf und widmete sich Jos geöffneten Lippen. Sie zog mit den Zähnen an ihrer Unterlippe, leckte über die Innenseite der Oberlippe, und ließ einen langen, heißen Kuss folgen. Jo war Wachs in ihren Händen.

Leanne wurde mutiger. Sie schob ihr Knie zwischen Jos Schenkel. Da niemand sie unterbrach, hatte sie anscheinend die Erlaubnis, Jo zum Kommen zu bringen. Sie wollte sich dabei Zeit lassen, Jos Ausgeliefertsein genießen. Sie senkte das Bein wieder und streichelte Jos Venushügel mit den Fingerspitzen der rechten Hand, während sie mit der linken eine Brustwarze packte und daran zog, bis Jo aufstöhnte.

Jetzt ließ sie ein paar Finger zwischen Jos Schamlippen gleiten und rieb sie, glitt in sie hinein und spürte die kraftvollen Kontraktionen, die einen Orgasmus ankündigten. Sie zog die Finger wieder raus, zählte in Gedanken bis drei und widmete sich noch einmal ausgiebig Jos misshandelten Brüsten, die so unglaublich sensibel waren, dass Leanne befürchtete, das Lecken und Saugen allein würde Jo zum Kommen bringen. Um nichts zu verpassen, fasste sie Jo wieder in den Schritt und versenkte ihre Finger bis zu den Knöcheln in der sinnlichen Feuchtigkeit. Jos Atem kam abgehackt, als Leanne den Daumen auf die Klitoris legte und fest daran rieb.

Plötzlich lag eine Hand auf Leannes Schulter und zog sie sanft, aber bestimmt zurück. »Die Orgasmen meiner Sklavin gehören alleine mir«, sagte Alessa und nahm Leannes Platz ein. Sekunden später gab Jo klagende Laute von sich und kam unter den geschickten Händen ihrer Herrin.

Leanne lehnte sich gegen die andere Säule und atmete tief durch.

Alessa band Jo los und erlaubte ihr, sich auszuruhen. Devin hatte sich wieder hingesetzt und eine weitere Tasse Kaffee eingeschenkt. »Möchtest du auch etwas trinken?«, fragte er Leanne.

»Nur einen Schluck Wasser.« Sie trat an den kleinen Tisch und schenkte sich mit zitternden Händen aus der Karaffe etwas in das Glas ein, das sie gierig leerte. Sie füllte nach und brachte das Glas Jo.

»Ich möchte von Leanne geleckt werden«, sagte Alessa.

Devin nickte. »Ich bin sicher, das wird ihr gefallen.«

Leanne war sich da nicht so sicher. Sie fand Alessa zwar erregend, aber auf eine Art, die eher darum bat, dass sie ihr die Füße küsste und nicht die Pussy leckte.

»Hast du sie schon einmal mit dem Kopf nach unten aufgehängt?«, wollte Alessa von Devin wissen.

»Nein. Sie schien fasziniert davon zu sein, als sie es bei dir und Jo im Turmverlies gesehen hat. Ich helfe dir gerne.« Er stand auf und ging zur Tür, neben der es ein Paneel mit Schaltern gab. Er drückte einen davon. Eine dicke Metallstange wurde von der Decke herabgelassen.

Wieder war da dieses lustvolle Pochen zwischen ihren Schenkeln. Ob sie auch geschlagen werden würde? Sie wagte es nicht, danach zu fragen.

***

Es klopfte. Celia, die ihr rotes Outfit trug – allerdings nur die Hose und die Jacke, darunter nichts – öffnete mit Herzklopfen. In der Hand hielt sie noch den Zettel mit der komplizierten chemischen Formel, die sie auswendig gelernt hatte, die sie allerdings auch unter der Folter nicht preisgeben durfte. Das gehörte zum Spiel. Ebenso wie der einschüchternd wirkende Mann im schwarzen Anzug, der vor der Tür stand. »Umdrehen«, herrschte er sie an.

Celia gehorchte.

Er packte ihre Ellbogen und führte ihre Arme nach hinten. Dann legte er ihr Handschellen an und verband ihr die Augen. Grob nahm er sie am Oberarm und zerrte sie in den Flur. Blind stolperte Celia auf ihren hochhackigen Stiefeln hinterher. So weit war alles genau wie im Film. Es war der perfekte Einstieg in das Rollenspiel, denn so hatte Celia erst gar nicht die Gelegenheit, darüber nachzudenken, ob ihr das alles peinlich war.

Sie und Alan hatten vereinbart, das Szenario aus »Agentin wider Willen« nicht eins zu eins nachzuspielen, weil es sich sonst so auswendig gelernt anfühlen würde. Daher ging es nicht darum, dass sie zur Mitarbeit gezwungen werden sollte, sondern zur Preisgabe von Informationen.

Im Aufzug fuhren sie ins Untergeschoss. Ihr Begleiter sagte

keinen Ton. Er schob sie aus dem Lift und führte sie um die Ecke. »Ich bringe die Gefangene«, sagte er.

»Danke, ich werde mit ihr alleine fertig.«

Beim Klang von Alans Stimme wurden Celias Knie weich.

Er nahm sie am Arm. Sein Griff war sanfter, wurde aber sofort fester, als sie sich loszureißen versuchte. Sie war jetzt nicht sie selbst, sondern eine toughe Agentin, die sich nicht kampflos dem Feind ergab.

Die Tür schlug zu. Die Handschellen wurden abgenommen, ihre Jacke geöffnet und ausgezogen. Die enge Hose leistete mehr Widerstand, als ihr lieb war, aber Alan konnte sie ihr schließlich von den Hüften zerren. Erst nachdem er sie auf den Untersuchungsstuhl gehoben hatte, zog er ihr auch die Stiefel aus und streifte die Hose vollends ab. Jetzt war Celia nackt bis auf die Augenbinde. Sie schlug mit den Beinen um sich und schimpfte. Sie war richtig in Fahrt und fand immer mehr Gefallen an ihrer Rolle.

»Du Biest.« Alan drückte sie an den Schultern rigoros auf die Liege und schloss die breite Schnalle um ihren Bauch. Ihre Handgelenke folgten. Zuletzt schnallte er ihre Fußgelenke fest, und nun war sie ihm ausgeliefert: Gespreizt, nackt, hilflos und vor Lust bereits fast von Sinnen.

Er nahm ihr die Augenbinde ab. Im kalten Neonlicht sah Alan gefährlich und bösartig aus. Er trug die Haare nach hinten gegelt und wirkte einschüchternder, als sie es für möglich gehalten hätte. Mit zusammengepressten Lippen sah er sie an. »Ich kann es kaum erwarten, dich leiden zu sehen.«

Seelenruhig begann er sie zu verkabeln. Erst kam Kontaktgel auf die Haut, dann wurden Klebeelektroden angebracht, je eine auf die Innenseiten ihrer Oberschenkel, eine auf ihrem Venushügel, und zuletzt noch zwei auf ihren Schamlippen. Celia wurde so feucht, dass sie zu zerfließen glaubte.

Alan drehte den Strom hoch. Ein Kribbeln entstand unter den Kontakten, breitete sich aus, ihre Muskeln zuckten. Das Gefühl steigerte sich zu einem Vibrieren, das Celias ganzen Unterleib erfasste.

Der Strom wurde ausgeschaltet und zurück blieb eine leichte, angenehme Hitze. Sie war so auf diese neue Erfahrung konzentriert gewesen, dass sie vergessen hatte, Schmerzen zu simulieren.

»Du verträgst ja eine Menge«, sagte Alan. »Aber wir haben erst angefangen. Ich bringe dich schon noch zum Reden.«

»Niemals«, spie Celia ihn an und musste sich gleich darauf ein Kichern verkneifen.

Alan regelte den Strom wieder hoch. Celia bäumte sich auf und tat so, als müsste sie Schreie unterdrücken.

»Gib mir die Formel.«

»Lieber sterbe ich.«

Beim dritten Mal wählte Alan eine andere Frequenz, die ein dumpf klopfendes Gefühl verursachte. Celia atmete keuchend ein.

Alan brachte weitere Elektroden an ihren Schenkeln und ihrem Bauch an und quälte sie immer mehr, bis ihre Schreie echt waren – auch wenn sie nicht aus Schmerz, sondern aus Lust schrie. So erleichtert sie jedes Mal war, wenn der Strom wieder ausgeschaltet wurde, so konnte sie es doch kaum erwarten, den nächsten Stromstoß zu spüren.

Als sie sich hinreichend geweigert hatte, die Formel, die sie inzwischen längst vergessen hatte, preiszugeben, sagte Alan: »Dann mach dich auf etwas gefasst.«

Er entfernte alle Elektroden und räumte sie weg.

Celia schluckte trocken. Kam jetzt einer der Dildos zum Einsatz? Sie standen im Schrank in verschiedenen Formen und Größen aufgereiht.

Alan öffnete den Schrank und wählte eine konische Form aus. Nach dem Einstöpseln eines Kabels führte er den Dildo in Celias Vagina ein, die sich sofort um das kalte Metall schloss. Schauer rieselten ihre Wirbelsäule entlang.

Es wurde noch besser: Alan streifte schwarze Lederhandschuhe über. Er schob den Tisch mit dem Steuergerät um den Stuhl herum und stellte sich hinter Celia. Mit einer Hand griff er ihr unters Kinn und hob es an. Dann fühlte sie tief in sich den Strom fließen. Sie wollte schreien, doch Alans Hand knebelte sie. Sie schmeckte das Leder, leckte daran und kam mit solcher Macht, dass sie nur noch einatmen konnte, nicht ausatmen.

Alan schaltete den Strom ab, hielt Celias Kopf aber weiter fest. Sie biss in seine Hand, bis die letzten Zuckungen verebbten. Sie fühlte sich grandios.

»Die Formel.«

»N… nie«, brachte sie atemlos hervor.

»Ich muss wohl schwerere Geschütze auffahren.«

Sie sah, dass er einen längeren, dickeren Dildo auswählte. Allein die Vorstellung, dass damit auch der Strom tiefer in sie eindringen würde, brachte sie fast schon wieder zum Kommen.

Alan entfernte den ersten Dildo und führte den anderen ein. Wieder spürte sie kaltes Metall, diesmal noch deutlicher, da ihre Scheide sensibler geworden war. Alan knetete die Innenseiten ihrer Schenkel, spreizte ihre Beine noch etwas weiter, griff unter ihren Po, beugte sich vor und biss in ihren Venushügel. Celia japste vor Verlangen.

Wieder stellte er sich hinter sie und setzte den Dildo unter Strom. Sengend heiß fuhr es durch ihren Körper, der Orgasmus fand nicht nur in ihrer Vagina statt, sondern überall. Sie bebte bis in die Fingerspitzen, riss an den Gurten, mit denen sie gefesselt war und wand sich aus Leibeskräften.

Alan ließ den Strom langsam verebben, so dass auch ihr Höhepunkt sich allmählich verlor, sie zufrieden zurückließ und zugleich mit Lust auf mehr. Lust auf Alan. Lust darauf, jetzt wieder eine menschliche Berührung zu spüren, Haut auf Haut.

»In Ordnung«, murmelte sie. »Ich gebe auf. Die Formel lautet… irgendwas mit Dings… mit… puh.«

Alan zog die Handschuhe aus und öffnete die Gurte. Er hob Celia vom Untersuchungsstuhl und küsste sie. Das war er – der ersehnte Übergang vom Verhör zur Verführung. Die Stelle hatte sie in dem Film wieder und wieder gesehen. Das jetzt, wenn auch nur gespielt, mit Alan zu erleben, war phänomenal.

Celia konnte sich nicht vorstellen, dass jemals eine Frau mehr Lust empfunden hatte als sie in diesem Augenblick.

***

Auch Leanne konnte sich nicht vorstellen, dass jemals eine Frau mehr Lust empfunden hatte als sie in diesem Augenblick.

Breite Ledermanschetten waren um ihre Fußknöchel geschlossen und hielten sie hoch über dem Boden. Sie trug immer noch die Stiefel. Sie rahmten ihren Schoß ein, der zwischen ihren weit gespreizten Beinen allen Blicken und Berührungen hilflos ausgeliefert war. Devin hatte ihre Handgelenke mit Seilen rechts und links an Haken im unteren Bereich der Säulen gefesselt, so dass ihre Arme ausgebreitet waren. Sie war zu keiner Ausweichbewegung fähig, konnte sich mit ihren Händen nicht schützen. Sie sah den Raum verkehrt herum. In dieser demütigenden Position sollte sie nun Alessa lecken.

Alessa, die sich ausgezogen hatte, schob einen Hocker unter Leannes Kopf. Sie legte sich auf den Hocker, beugte den Oberkörper nach hinten und rückte sich so zurecht, dass ihr Schoß nun genau unter Leanne war, deren Haare auf Alessas

Oberschenkeln auflagen. Alessa spreizte die Beine, und Leanne roch ihren sinnlichen, sauberen Duft.

Devin ließ die Stange, an der Leanne hing, ein kleines Stück herunter, bis Leannes Lippen Alessas Scham berührten.

»Du fängst erst an, wenn ich es sage.«

»Hm«, machte Leanne.

Devin stand hinter Leanne. Sie spürte, wie er seine Hand auf ihre gespreizte Pussy legte. »Ich werde dich peitschen, bis Alessa gekommen ist. Mit derselben Peitsche, die ich für Jos Brüste benutzt habe.«

Ein Beben ging durch Leannes Körper.

»Beginne mit dem ersten Hieb«, befahl Alessa.

Die Peitsche sauste durch die Luft und schlang sich um Leannes Oberschenkel. Sie schrie auf und saugte im nächsten Moment bereits gierig an Alessas Schamlippen, die ebenso glattrasiert waren wie Jos.

Wieder fand die Peitsche den Weg auf ihre Schenkel und ihre Zunge den Weg zwischen Alessas Schamlippen.

Wenn Leannes Hände frei gewesen wären, hätte sie nicht gewusst, welcher Drang stärker gewesen wäre: Ihre brennenden Schenkel zu streicheln oder Alessas Schamlippen weiter zu spreizen.

Alessa hob das Becken, bis Leanne mit der Zunge in sie eindringen konnte. Mit weit geöffnetem Mund schob sie die Zunge vor und zurück, während sie gleichzeitig unter den sengenden Peitschenhieben schrie.

Dann änderte Devin die Richtung. Er schlug nicht mehr seitlich, sondern von oben auf ihre gespreizte Pussy. Die Hiebe waren nicht mehr so fest, aber sie reichten, um Leanne das Atmen fast unmöglich zu machen. Ein paar Sekunden lang vergaß sie ihre Pflichten, bis Alessa den Oberkörper anhob und Leannes Haare packte. »Leck weiter, Sklavin.«

Es gab nur eine Möglichkeit, die Qual zu beenden: Sie musste Alessa zum Höhepunkt bringen. Leanne zog mit den Zähnen an ihren Schamlippen, saugte an der Klitoris und steckte immer wieder die Zunge in die klaffende Spalte. Endlich hörte sie Alessa schreien, spürte das Zucken, das durch die Vulva ging, und intensivierte das Saugen und Lecken mit neu entfachter Lust, weil sie selbst einem Orgasmus entgegenstrebte.

Kopfüber hängend und fast bewusstlos vor Anstrengung kam Leanne mit solcher Macht, dass sie sämtliche Beherrschung verlor. Sie biss in Alessas Schamlippen. Was für ein wunderbarer Knebel.

Für kurze Zeit wurde es ihr schwarz vor Augen, dann war es vorbei. Alessa ließ sich seitwärts vom Hocker rollen. Jo half Devin, Leanne zu befreien. Sie sank neben Alessa auf den Boden. Zwei keuchende Frauen, vereint in einem ungeheuren Lustrausch.

Schließlich stand Alessa auf und ging zu Jo. Die beiden Frauen zogen sich in einen dunklen Winkel der Bibliothek zurück. Devin kniete sich neben Leanne auf den weichen Teppich und streichelte ihre Hüfte.

»Nimm mich«, murmelte sie matt. »Aber nur ganz sanft. Nicht ficken, ja?«

Er zog sich aus und drehte sie auf den Rücken. Unendlich zärtlich drang er in sie ein. »Du bist so weit, dass ich dich kaum spüre«, sagte er.

Leanne lächelte. »Wenn dein Penis jetzt Hallo rufen würde, gäbe es ein Echo.«

Devin sah sie mit großen Augen an. Dann rief er so laut, dass Leanne zusammenzuckte: »Ich liebe dich, oh Gott, Elfchen, du hast keine Ahnung, wie sehr ich dich liebe.«

Die Worte stürzten aus ihm heraus, als hätte er sie lange zurückgehalten. Sie las in seinen Augen, dass er höllische Angst hatte, sie könnte sein Herz brechen.

»Ich liebe dich auch, mein Teufelchen.«

Leanne zog Devin zu sich herunter und küsste ihn mit weit geöffneten Lippen. Tief in ihrem Herzen hoffte sie, dass Celia mit Alan so glücklich wurde, wie sie es mit Devin war.

***

Alan bettete Celia behutsam auf die breite Liege.

»Fenella«, murmelte sie – das Signalwort – dass das Rollenspiel vorbei war. Wenn sie sich liebten, wollte sie wieder ganz sie selbst sein.

Alan zog sich aus, dann legte er sich über sie und drang unter Küssen in sie ein. Celia reckte sich ihm entgegen. Ihre Nervenenden waren so empfindlich, dass es ihr vorkam, als sei ihr Körper vierdimensional. Sie begann schon zu kommen, als er sich das erste Mal zurückzog und wieder zustieß. Der Rhythmus seiner Bewegungen war wie eine Welle von Lust, die sie hin und her schaukelte. Celia schloss die Augen, ließ ihre Tränen laufen und genoss diesen langen, sanften Orgasmus.

Dann sah sie Alan wieder an, griff nach seinem Gesicht, streichelte die Augenlider über seinen wundervollen, bernsteinfarbenen Augen, deren Glanz ihr so viel Geborgenheit vermittelte.

Sie wollte ihm sagen, dass sie ihn liebte, doch dann erkannte sie, dass er genau das auch hatte sagen wollen. Sie hielten beide in ihren Bewegungen inne und tauschten einen tiefen, innigen Blick. Sie brauchten es nicht auszusprechen, denn sie wussten es auch so.

Sie gehörten zusammen. Für immer.